D1881361

हरिमोहन झा

जन्म : १८ सितम्बर, १९०८। जन्मस्थान : कुमर बाजितपुर, जिला : वैशाली, बिहार। मैथिलीक विशिष्ट लेखक मे गिनल जायत छैथ। एहन लेखक, जे विनोद-विनोद मे एहन यथार्थ टिप्पणी करैत छैथ कि कर्मकाण्डी लोकनि कें लौंगिया मिरचाइ लगैत अछि। 'खट्टर कका'क जनक छैथ, आ हास्य-रस सम्राटक पदवी हासिल छैन। मुदा सामाजिक समस्या पर सेहो गम्भीर लेखन करैत रहलाह। बहुमुखी रचनात्मक अवदान सँ मैथिली साहित्य कें श्री-वृद्धि करबाक श्रेय प्राप्त रहलैन्ह। भारतीय दर्शन आ संस्कृत-काव्य साहित्य मे निष्णात छलाह। कहल जायत अछि कि जेना विद्यापति मैथिली काव्य कें शिखर धरि लऽ गेलथिन, मैथिली गद्यक ओ मुकाम बिना हरिमोहन झा कें सम्भव नहि छल।

सन् १९३२ मे पटना विश्वविद्यालय, पटना सँ दर्शनशास्त्र मे एम.ए. केलाह। तकर बाद पटना विश्वविद्यालय मे दर्शनशास्त्रक प्रोफेसर आ बाद मे विभागाध्यक्ष बनलाह। दर्शनक छाप हुनकर साहित्य पर रहल। गाम-घरक सामाजिक आ धार्मिक रूढ़ि और अन्धविश्वास पर ओ खूब प्रहार कैलेथ। लोक-मानस सँ जुड़ल विषय लेखन मे प्रिय रहल। पिता जनार्दन झा 'जनसीदन' मैथिली आ हिन्दी कें विद्वान आ लेखक छलैथ। ताहि लेल साहित्यिक बोध पिताक सान्निध्य मे बाल्यकाल सँ होमय लागल।

मूल मैथिली मे दू दर्जन धरि पोथी प्रकाशित। हिन्दी, गुजराती, तमिल आदि भाषा मे सेहो कहानी अनूदित भेल। लोक-विरोधी प्रसंगक दिलचस्प, मुदा गम्भीर आलोचक रहलाह। 'कन्यादान', 'द्विरागमन' (उपन्यास); 'प्रणम्य देवता', 'रंगशाला' (हास्य-कथा); 'खट्टर ककाक तरंग' (व्यंग्य-कृति); 'चर्चरी' (विधा-विविधा) आदि प्रमुख कृति। जीवन-यात्रा (आत्मकथा) क लेल सन् १९८५ मे मरणोपरान्त साहित्य अकादेमी पुरस्कार सँ सम्मानित।

निधन : २३ फरवरी, १९८४

कन्यादान
द्विरागमन

हरिमोहन झा

राजकमल पेपरबैक्स

कन्यादानक पहिल संस्करण १९३३ ई. में आ।
द्विरागमनक पहिल संस्करण १९४३ ई. में छपल छल।

राजकमल पेपरबैक्स में
पहला राजकमल संस्करण : 2023
दूसरा संस्करण : 2024

राजकमल पेपरबैक्स : उत्कृष्ट साहित्य के जनसुलभ संस्करण

राजकमल प्रकाशन प्रा.लि.
1-बी, नेताजी सुभाष मार्ग, दरियागंज
नई दिल्ली-110 002
द्वारा प्रकाशित

शाखाएँ : अशोक राजपथ, साइंस कॉलेज के सामने, पटना-800 006
पहली मंजिल, दरबारी बिल्डिंग, महात्मा गांधी मार्ग, प्रयागराज-211 001
1, अनमोल सोराबजी संतुक लेन, धोबी तलाव, मरीन लाइंस, मुम्बई-400 002
वेबसाइट : www.rajkamalprakashan.com
ई-मेल : info@rajkamalprakashan.com

विकास कंप्यूटर एंड प्रिंटर्स
ट्रॉनिका सिटी-201 102
द्वारा मुद्रित

मूल्य : ₹250

KANYADAN ● DWIRAGAMAN
Novels by Hari Mohan Jha

ISBN : 978-81-19028-07-8

समर्पण

जे समाज कन्या कैं जड़ पदार्थवत् दान कय देबा मे कुंठित
नहि होइत छथि,

जाहि समाजक सूत्रधार लोकनि बालक कैं पढ़ेबाक पाछाँ
हजारक हजार पानि मे बहबैत छथि और कन्याक
हेतु चारि कैञ्चाक सिलेटो कीनब आवश्यक
नहि बुझैत छथि,

जाहि समाज मे बी.ए. पास पतिक जीवन-संगिनी
ए बी पर्यन्त नहि जनैत छथिन्ह,

जाहि समाज कैं दाम्पत्य-जीवनक गाड़ी मे सरकसिया
घोड़ाक संग निरीह बाछी कैं जोतैत कनेको
ममता नहि लगैत छैन्ह,

ताही समाजक महारथी लोकनिक कर-कुलिश मे
ई पुस्तक सविनय, सानुरोध ओ सभय
समर्पित।

—लेखक

कन्यादान

प्राक्कथन

आइ सँ तीन वर्ष पहिने 'मिथिला' नामक एकटा मासिक पत्रिका बहरायल छल। ओकर प्रकाशक छलाह श्रीयुत बाबू रामलोचन शरण और सम्पादक मंडल मे छलाह श्रीयुत बाबू भोलालाल दास बी.ए.एल.बी.। एक दिन सन्ध्या समय भोलाबाबू आबि ठोंठ पर सवार भऽ गेलाह जे 'मिथिला'क अन्तिम फर्मा अहींक लेख वेत्रेक रुकल अछि, झट दऽ किछु लिखि दियौक जे काल्हि छपि जाय। हमरा राति मे जे किछु फुरल से लिखि-लाखि कय हुनका दय देलिऐन्हि। वैह भेल 'कन्यादान'क श्रीगणेश। तकरा बाद जहिया-जहिया भोलाबाबूक तगादा भेल गेल, थोड़ेक लिखि पिंड छोड़बैत गेलहुँ। चारि-पाँच अंक धरि यैह सिलसिला चलल।

'कन्यादान'क किछु अंश बहराइते समालोचनाक बिरड़ो उठि गेल। केओ एकर प्रशंसाक पुल बान्हय लगलाह तऽ केओ कोदारिक छौ सँ ओकरा ढाहय लगलाह। किन्तु एक बात धरि अवश्य भेल। 'कन्यादान' जनमिते प्रसिद्ध भऽ उठल। जे लोकनि एकर विरोधी छलाह तनिको लोकनि कैं आगाँक अंश पढ़बाक हेतु जी कछमछ करय लगलैन्ह।

एही समय 'मिथिला' शिथिला भय सूति रहलीह। कन्यादानोक हेतु अतीचार पड़ि गेल। किन्तु 'कन्यादान' एतेक लोकप्रिय भऽ उठल छल जे ओकरा सम्बन्ध मे प्रकाशकक नाम सँ चिट्ठी पर चिट्ठी आबय लागल। हुनका बाध्य भऽ एकरा पुस्तकाकार प्रकाशित करबाक विचार करय पड़लैन्ह। ओ हमरा सँ आगाँक अंश मँगलन्हि। जखन हमर एम. ए.क परीक्षा समाप्त भय गेल, तखन तीन वर्षक अटकल 'कन्यादान'क गाड़ी फेरि ससरल और अन्ततोगत्वा स्टेशन पर पहुँच ठाढ़ भय गेल अछि। आब जे किछु अछि से समक्षे अछि। हम पुस्तकक विषय मे की कहू? पुस्तक स्वयं अपना विषय मे कहत।

यदि समाजक थोड़बो उपकार वा मनोरंजन एकरा सँ भऽ सकल तऽ हम बूझब जे एकर जन्म निरर्थक नहि भेलैक।

—**लेखक**

लहेरियासराय
२०-५-३३

१

कनेयाँमाइक ओरिआओन

"हँ ऐ बहिना! यैह तऽ कठिन भऽ गैलैक अछि। जहाँ वर भारी 'गिलास' मे अङ्रेजी पढ़ि जाइत छैक, तहाँ वरक बाप हजार सँ नीचा पर गप्पे नहि करैत छैक। गरिबहा लोक एतेक कतय सँ आनत!"

"ततबे धरि नहि। विवाह होइत देरी 'मोटर दियऽ, बाइसिकिल दियऽ, आगाँ पढ़क लेल फीस दियऽ। अङ्रेजियाक फरमाइश मे जुमब कठिन छैक।"

"ऐ बहिना! सुनैत छिऐक जे अङ्रेजिया सभ कैं जाति-पाँतिक किछु विचार नहि रहैत छैक।"

"जाति-पाँति आब ककरा मे छैक? विशेषरानीक जमाय आयल छलथिन्ह से कोन अङ्रेजी पढ़ने छथिन्ह। पनहीए पहिरने पानि पिबैत छथिन्ह। लोक कहैन्हि जे 'ओझा, जल लऽ कऽ लघुशंका दिशि जाउ' तऽ कहथिन जे से कि हमरा आगि बहराइत अछि!"

"दुर जो! ओहो कोनो लोक छथिन्ह! ज्योतिषीजी एकटा मोचण्ड कैं उठा अनलन्हि। हम तऽ ई दस लोकक बीच मे कहबैन्हि। पढ़ल 'सी' अक्षर नहि, किन्तु फीटफाट भेले चाहय। दिन-राति माउगिक झुंड मे बैसल, रड़—धुम्मस करैत, बनहुल्लुक जकाँ एकरा ताकब, ओकरा ताकब, एहन कतहु लोक भेलय!"

एतबहि मे बिलटी कैं अबैत देखि लालकाकी झट दऽ आवेशरानीक पैरक कनगुरिया आंगुर कैं दाबि देलथिन्ह जाहि सँ ओ लगले चुप भय गेलीह। तखन लालकाकी चतुरता सँ बात कैं बदलि कय बजलीह, "तऽ आब तऽ चौदहेटा दिन बाँकी रहि गेलैक अछि! कथाक एखन धरि किछु निश्चय नहि। कोना की हैतैक से बुझि नहि पड़ैत अछि।"

आवेशरानी : "आबह ने बिलटि! बैसह, ठाढ़ि किऐक भेल छह? हैं, बुचिया तऽ बिलटिएक दतरी होएतैक?"

लालकाकी : "ई तेरहम चढ़लैक अछि। एहि बेरि कन्यादान करब परम आवश्यक छैक। बुचियाक बाप तऽ यैह सपरि कऽ गेल छथिन्ह जे ई सभ सँ

कोड़पोच्छू नेना थिक। अपने भीखोदूख माँगि कए एकरा सुठाममेकऽ दैबैक। ओना तऽ भावी सर्वोपरि।"

आवेशरानी : "हँ, लिखलाहा तँ सभ सँ ऊपर। भगवती अहिबात बनौने रखथुन्ह। अपन लूरिमुँह नीक होएतैन्हि तँ सभक आँखि मे रहतीह।"

लालकाकी : "हँ ऐ बहिना! यैह आशीर्वाद देथुन्ह। विवाह-दान होइन्हि, अपन घर-द्वार सम्हारथि। सासुर सँ ई उपराग नहि देयाबथि जे धोंछी कोना कऽ बेटी कैं पोसलक। यैह हम चाहैत छी।"

एतबहि मे दक्षिण भर सँ भारी घटा उठल। चारू कात सँ मेघ उमड़ि आएल। थोड़बहि काल मे गर्जन-तर्जनक सङ्ग मूसलधार वृष्टि होमय लागल। ओसाराक कोनिया चुबैत देखि लालकाकी बाजय लगलीह, "की कहू बहिना! अहिना सभ घर मे सहस्त्र धार चुबैत छैक। एको हाथ कतहु निचू नहि अछि। अपने घरहटक काज सम्पन्न कय जैतथि से बिचहि मे भदवा पड़ि गेलैन्ह। आब कोबर कोन ठाम होएतैक ताही लेल झँखैत छी।"

एतबहि मे ढुनमुनकाकी लदफद करैत हँफैत-हँफैत ओहि ठाम पहुँचलीह। अबैत देरी चिचियाय लगलीह, "हे! अदौरी जे हम पटिया पर सुखाय देने छलिऐक से सभ भीजि गेलैन्ह। हम की करियौक?"

ई सुनितहि लालकाकी लाल-पीयर होमय लगलीह, "बाढ़नि मारी एहन बुद्धि कैं! एहन भसन्नरि लोक! जैखन घटा देखलिऐक तैखन ने समेटि कय उठा लितहुँ। हाथ मे कि मेहदी लागल छल? सभ अदौरी भिजा कऽ तखन समाद नेने आयलि छथि!"

फेरि आवेशरानीक दिशि ताकि कए बाजय लगलीह, "कहू तऽ भला! आब कोन उपाय होएतैक? कतेक यत्न सँ अदौरी खोंटने छलहुँ से सभ ई दुरि कए देलन्हि। कहाँ सँ आइ हिनका सुखाबहु कहलिऐन्हि! हिनका सन लदगोबरि एहि परोपट्टा मे नहि भेटतेन्ह। मरुआ भरि कथूक लूरि नहि छैन्हि। काल्हि कनेक कहलिऐन्ह जे अँचारक बासन मे तेल दय दियौक। बस, जमाइक लेल चमेलीक तेल मङबौने रही, भरलो बोतल उझीलि देलथिन्ह।"

ढुनमुनकाकी कान सँ कम सुनैत छलीह। तैं ई सभ वार्तालाप हुनका सुनबा मे नहि ऐलैन्हि। किन्तु क्रम सँ बूझि गेलीह जे हमरे शिकायत चलि रहल अछि। ठोर पटपटबैत बिदा भेलीह, "मर्र! आङन मे एकटा हमही लोक छिऐन्हि जे एतेक ललकैत छथि!"

एतबहि मे बिलटी बाजि उठलि, "छीया! ए छीया! ढुनमुनकाकीक नुआ मे की भेलैन्हि? सौंसे पीठ थाल लागल छन्हि।"

ताबत मे बुचिया हँसैत-हँसैत आबि कए कहलकैन्हि, "थाल लगलैन्ह स्वाइत गेल छलीह बाड़ी मे मुनिगा तोड़य। एके बेरि दुइटा मुनिगा कैं दुनू हाथ सँ धऽ कऽ

खूब जोर सँ झीकए लगलथिन्ह। मुनिगाक डंटी तँ टूटि गेलैक, लेकिन अपने भट्ट दऽ चितङे खसि पड़लीह।"

ई सुनि बिलटी हँसैत-हँसैत ओंघड़ाय लागलि। आवेशरानी आवेश देखबैत कहलथिन्ह, "अहा हा! बड़ चोट लागल हैतैन्ह। जाउ ऐ फुचुकरानी! झट दऽ नुआ बदलि लियऽ। कोना दऽ लगैत अछि।"

ढुनमुनकाकीक गेला पर लालकाकी बाजय लगलीह, "देखथु बहिना, काजक घर थिकैक। से ने एखन कोबर ढेबरल गेलैक अछि ने अहिबातक पातलि लिखल गलैक अछि, ने ठकबक बनलैक अछि। हम एकसरि की-की करू? जनउ-टकुरी काटू की निपिया-बढ़िया करू? पुतहु छथि तनिका दिनराति किताबहि सँ ने छुट्टी। बुचिया सहजें एकटा खढ़ पर्यन्त नहि टकसाओत। मैंया पाकल आम छथि, कखन टगि जैतीह तकर ठेकान नहि। फुचुकरानीक हालति देखितहि छथिन्ह। हम करी तँ हो, नहि करी, नहि हो। तिलौरी-दनौरी सभ पड़ले छैक। जौं कदाचित् झपसी लाधि देलक तँ औरो प्रलय। फेरि बिधिकरी कैं होएतैक से फुरितहि ने अछि।"

आवेशरानी : "से किएक? बड़कागामवाली कनियाँ तँ छथिए।"

लालकाकी : "ओ पढ़ुआरानी छथि। रंग-बिरंगक किताब सभ नेने रहैत छथि। एहि पाछाँ खेनाइयो-पिनाइ बिसरि जाइत छैन्हि। हम मुँहे पर कहैत छिऐन्हि। कतहु सुनितो होइतीह। एक दिन पुछलिऐन्हि तँ कहै छथि जे नाक-कान धरब मुरखाहा विधि छैक। हमरा बुतें ई सभ नहि होएतैन्ह।"

आवेशरानी : "तखन फुचुकरानी होइथिन्हि।"

लालकाकी : "इहो एकटा स्याख करै छथि। ओ बिधि की करथिन्ह अङोर? काजर करय जैथिन्ह तऽ वरक आँखिये फोड़ि कय बैसि रहथिन्ह। धरक नाक धय लेथिन्ह कान! कोबर मे जैतीह त पोटे सुरकैत जैतीह।"

एतबहि मे बुचिया बाजि उठलि, "ढुनमुनकाकी कैं तँ भरि देह जुड़पित्ती उठि गेलैन्ह अछि।"

ई सुनितहि बड़कागामवाली कनियाँ घर सँ गर जाँति कय कहलथिन्ह, "वेश, कोनो क्षति नहि। कनेयाँ बिधिकरी दुनू अपनहि बनि जाएब।"

बुचिया : "भौजी कैं तँ अहिना रहै छैन्हि। सभ बात मे एक-एक टा अर्थ लगबैत रहैत छथि।"

लालकाकी : "बेजाय कोन कहैत छथुन्ह? तोरा बीच मे बजबाक कोन काज? जहाँ विवाहक कोनो चर्चा उठैत छौह कि कोनटा मे ठाढ़ भय कान पाथि कय सुनय लगै छह। जाह, अपन काज देखह गऽ।"

ई सुनि बुचिया लजा कय ओहिठाम सँ बिदा भेलि। बिलटियो ओकरा पाछाँ लागलि।

क्रमशः वर्षा थम्हि गेल। किन्तु मेघक आटोप बनले रहल। रहि-रहि कय आकाश मे बिजली चमकय लागल। साँझ होएबा मे किछु देरी छलैक। किन्तु मेघाडम्बर सँ चारू दिशि अन्धकार भय गेल छल। आवेशरानी चलबाक उद्योग मे छलीह। एतबहि मे स्थूल शरीर सँ केवाड़ कैं धकियबैत अपना वज्रविनिन्दक स्वर सँ आङन कैं कम्पायमान करैत, दुलारमनि पिउसी पहुँचलीह, "अँय्! ऐ! मधुरानी! अहाँ बेटी कैं कतेक डाढ़ी खोआओल जे पहिनहि सँ एतेक वर्षा होमय लागल!" एहि प्रश्नक उत्तर मे लालकाकी कनेक बल सँ हँसि कय बुचिया कैं सोर पाड़लन्हि, "कहाँ गेलैं गे बुचिया! झट दऽ आसन दऽ जो। बड़कीदाइ ऐलथुन्ह अछि।"

दुलारमनि पिउसीक स्वरे तेहेन रहैन्ह जे बिनु कहनहु बुचिया बुझि जइतैन्ह। किन्तु ओ आङन सँ टरि गेल छलि। लालकाकी धड़फड़ा कय अपनहि उठय लगलीह, ताबत पुतहु घर सँ चटकूनी दय गेलथिन्ह।

दुलारमनि दाइ फेरि अपना उदात्त स्वरसँ घर-ओसारा कैं दलमलित करैत बजलीह, "अँय् ऐ मधुरानी! अहाँ कैं टोल-पड़ोसक एको रत्ती धाख नहि होइ अछि। राम! राम! राम! कन्या अजग्ग भय गेलि। एतेक बयस मे तँ चारि खेप सासुर सँ भय आइलि रहैत। नैहरे मे युगपाकड़ि भय जाएत तऽ सासुर बसत गऽ बुढ़ारी मे?"

लालकाकी (माथ निहुरा कय) : "हँ ऐ दाइ! आब कन्या रक्षणी तऽ नहि अछि। किन्तु अपन कोन साध्य? नीक घर-वर कतहु भेटलो तँ चाहय।"

दुलारमनि दाइ एहि बेरि और जोर सँ चिकड़ि कय बाजय लगलीह, "ई अहाँ की बजलहुँ? नीक घर मे नै देबैक तऽ की इनार मे फेंकि देबैक? एहि सँ तऽ भोथ हाँसू लए कऽ गरदनि रेति देबैक से नीक। हमर ममियाँ ससुरक प्रपितामह महादेव झा पाँजि। उनतीसटा विवाह कैलन्हि। जखन एकटा विवाह और करय सभागाछी गेलाह तँ एगोटाक पुछला पर कहलथिन्ह 'जे मास मे उनतीस दिन तऽ उनतीस ठाम जाएब, तीसम दिन कतय जाएब अहाँक कपार पर?' ताहि दिन एहन वंशक मर्यादा रहैक। आब तँ लोक छोटबभना कैं उठा अनैये। ऐ! कनेक जोड़न देब?"

लालकाकी : "बड़की दाइ! जोड़न तऽ आब नहि हैतैक। मटकूरी मे एक मिसिया दही छलैक से घोरि-घारि कए बुचियाक आगाँ दय देलिऐक। कनेक पहिने अबितथि तँ भय जएतैन्हि।"

ई सुनितहि दुलारमनि दाइ लगले हाथक बाटी कैं पटकि ठाढ़ि भय गेलीह। फेरि गरजैत बिदा भलीह "कोन पाप लागल जे ऐबो कएलहुँ। जनितहुँ जे आइ रवि दिन जोड़न नहि देतीह तऽ की करय छिछियायल अबितहुँ? पहिने आँजन बनाबऽ लेल घी मँगैक तँ घैलक घैल भुभका दैक। आब तऽ सितुआभरि घोर देबा मे लोक कैं करेज फटैत छैक।"

जखन दुलारमनि पिउसीक शब्द कर्णपथ सँ बहिर्भूत भय गेल तखन लालकाकी बजलीह, "ह! ह! जाबत धरि ई छलीह ताबत धरि हम हड़कम्प कँपैत छलहुँ।

आब जा कऽ कतहुँ सँ प्राण मे प्राण आएल अछि।" आवेशरानी सहानुभूति देखबैत कहलथिन्ह, "तऽ! हम तऽ चुप्पे साधि देलहुँ। कोन ठेकान, किछु अनट-बिलट कथा मुँह सँ बाहर भए जाइत तँ हमरे पर उनटि जैतथि।"

लालकाकी : "हिनका मुँह मे जहाँ कनेक क्यो-टोक देलक कि बुझक चाही जे बिढ़नीक छत्ता कैं खोंचारलक।"

आवेशरानी : "हँ ऐ बहिना! हिनका दऽ जे लोक कहै छैन्ह से हमरा सत्ये बूझि पड़ैत अछि। (नहूँ-नहूँ) दखैत ने छथिन्ह बजैत काल कोना दूनू आँखि उनटि जाइत छैन्हि। गुनझिक्कू डाइनक जतेक लक्षण होइत छैक..."

लालकाकी : "की करथिन्ह, जाय देथु। आइ-काल्हि भीतो कैं कान होइत छैक। (ढुनमुनकाकी दिसि) जाउ ऐ फुचुकरानी! झटपट भानस चढ़ा लियऽ। वर्षा-बिकालक समय अछि। के जाने कखन की होय?"

आवेशरानी : "बेस बहिना! आब हमहूँ चलैत छी। साँझ देबक बेरि भए गेलैक। फुलमतिया एकसरिये होइति।"

लालकाकी : "हिनके पर तँ आस अछि बहिना! जौं ई नहि सम्हारतीह तऽ सभ काज भण्डूले भए जाएत।"

आवेशरानी : "आ हे कहू तऽ भला! हमरा लोकनि सँ जे सक लागत से किन्हहुँ उठाए राखब?"

ई कहि आवेशरानी ठाढ़ि भए गेलीह। लालकाकी हुनका अरियातने-अरियातने दरबाजा पर नेबोक गाछ लग धरि नेने गेलथिन्हि। ओहि ठाम दूनू गोटा ठाढ़ि भए फेरि गप्प करए लगलीह। पहिने नेबोक चर्चा उठल जे एहि बाटे जे चलैत अछि से एकटा कऽ तोड़नहि जाइत अछि। तखन निमकीक गप्प होमय लागल जे जतेक बनल छलैक सभ मे फुफरी पड़ि गेलैक। तदुपरान्त गप्प उठल जे परुका लालकका पटना सँ बड़ दिब अँचार लाएल रहथि।

पटनाक नाम सुनैत लालकाकी फुसिए आँचर सँ नोर पोछैत बाजय लगलीह, "जनैत छी, बड़का बौआ पटना सँ कहिया अबैत छथि! भुट्टू बाबू परसू कहि गेलाह जे जे बी.ए. मे पढ़ैत छैक तकरा पलटन मे लय जाइत छैक। कालेज तँ बन्द भए गेलैन्हि, लेकिन छुट्टी मे ओत्तहि रहि गेलाह। मास दिन बाँकी रहतैन्ह तँ औताह।"

पलटनक नाम सुनैत आवेशरानीक सौंस देह सिहरि उठलैन्ह, "बाप रे बाप! सुनैत छियैक जे पलटन मे दिनराति गोर्राक पहरा पड़ैत रहैत छैक। जहाँ क्यो बहराएल कि लगले किरिच भोंकि दैत छैक।" पहरा दऽ सुनि लालकाकी कैं मन पड़लैन्ह जे आइ-काल्हि कोतवाल नीक जकाँ नहि ठहकै अछि। एहि पर चोरक गप्प उठल। अजगैबीनाथक घर मे सेंध पड़ल छलैन्ह से एकटा फुटलो काँसा नहि रहय दैलकैन्ह। लालकाकी कहय लगलथिन्ह, "जे राति मे हम जहाँ कनेक पातो

खड़खड़ाइत सुनैत छिऐक कि खूब जोर सँ रामायण पाठ करय लगैत छी। चोर कोढ़िए ई तऽ बुझताह जे एखन सभ जगले अछि।" ताहि पर आवेशरानी कहलथिन्ह, "हम तऽ कुकुरक भुकबे सुनि दम साधि कय पड़ि रहैत छी। उकलगौना मुर्दो बूझि कऽ तऽ छोड़ि देता।"

तदनन्तर दू-एकटा चोरक खिस्सा-पिहानी चलल। आवेशरानी कनेक और लग मे घुसिकि कए कहय लगलथिन्ह, "परसुक्की राति फुलमतिया फुजले केबाड़ छोड़ि देलकैक। आधाराति कऽ देखी तँ दूनू पट्टा दूहू दिशि! आब एतेक साहस नहि पड़य जे खाट सँ उतरि कए केबाड़ लगा आबी। कतहु चौकठिए लग गरदनि दबा दैत! भरि राति भगवान-भगवान गोहरबैत प्रात कैलहुँ। छन-छन डर होय जे कतहु केओ आबि तँ ने रहल अछि।"

फुलमतियाक असावधानी सुनि लालकाकी कैं अपन फुचुकरानी मन पड़लथिन्हि। भरि ढाकी अपन दुःख कहि सुनौलथिन्हि। तखन किछु बड़का-गामवालीक समालोचना भेलैन्हि। अन्त मे घुरि-फिरि कय फेरि कन्यादानक ओरियाआओन पर गप्प पहुँचि गेल।

एवं प्रकारें पौन घंटा धरि वार्तालापक क्रम बनल रहल। जखन टिप-टिप कऽ फेरि बुन्नी पड़य लगलैक, तखन जा कऽ आवेशरानी कैं मन पड़लैन्ह जे आब साँझ देबाक बेरि भए गेल। लालकाकी चलयकाल पुराइ कैलथिन्ह, "थम्हू सूप नेने अबैत छी, ओना भीजि जायब।" किन्तु आवेशरानी कहथिन्ह, "नहि-नहि। एतबहि दूर लेल कोन! ओहिना झटकि कय चलि जैबैक।" आवेशरानीक गेला उत्तर लालकाकी गाछ सँ दुइटा पैघ नेबो तोड़ि आङन ऐलीह।

आङन मे पैर दैतहि लालकाकी बजलीह, "है लोकनि! आइ चोर-डाकूक गप्प-सप्प भेलैक अछि, खूब सतर्क भऽ कऽ रहैत जैहऽ।"

बुचिया बाजलि, "ई सभ कहबहुन तँ ढुनमुनकाकी भरि राति सुतल मे घिघिऐथुन्हि।"

ढुनमुनकाकी भनसा असोरा पर पटुआक झोर करैत छलीह। बुचियाक मुहें अपन नाम सुनि भनभनाय लगलीह, "ढुनमुनकाकी ककरा लोह दगलथिन्ह अछि? की दऽ कहैत छैक तकर परि। हट्ठि घड़ी सभ गोटे हमरे अदगोइ-बदगोइ करैत रहतीह!"

एतथहि मे झुनियाँमाय हन-हन पट-पट करैत पानि देबय आइलि। पाँचे मिनट में कतेक बात बाजि गेल तकर ठेकान नहि "घैलची लग लोक पिच्छड़ बनौने रहैत अछि, कतेक रासे पानि उठि जाइत छैक, डोल पुरान भय गेल, उबहनि सड़ल जा रहल छैक" इत्यादि। तखन कोनो अज्ञातनाम व्यक्ति सँ झगड़ा करय लागलि, "सौख मे सौख मिरचाइयोक सौख! हम दिन भरि बड़ी तरवाक तज्जी ने रहय—आ ओम्हर निचिन्त सुतथि पदमावती बहुरिया। ताहि पर कहनाइ जे मथा मे दर्द होइए। अहा हा हा! छबि ने छटा मसुरीक दालि बड़ खट्टा! देहो जरैए।"

ई कहि झुनियाँमाय चमकि कय घैल उठौलक और चलल दरबाजा दिशि। दिन मे ककरो सँ झगड़ा भेल रहैक से मन पड़ि गेलैक। बस, लागल फेरि चरखा ओटए। "हँ, आँखि देखौला सँ जेना झुनियाँमाय डेराइये तऽ जाइति। हम थाना-दरोगा सँ डेरैबे ने करी से..."

ई बजैत-बजैत झुनियाँमायक नजरि सहसा कोनो वस्तु पर पड़ि गैलेक जाहि सँ डराय ओ जान लऽ कऽ पड़ाइलि। ओतय सँ पड़ाइलि-पड़ाइलि ओ सोझे लालकाकीक लग आबि भरि पाँज हुनका धऽ लैलकैन्ह और कसकसा कऽ गरदनि पकड़ि लेलकैन्ह। मुँह मे वकौर लागि गेलैक। लालकाकी बजलीह, "देखै जाह लोक सभ। ई हमरा नीक कऽ छरोबरो कैने अछि। ऐं गे! तोरा भूत लगलौक अछि जे एना करैत छें?"

एके छन मे आङनक सभ लोक जमा भए गेल। ई देखि झुनियाँमाय कैं कनेक साहसक संचार भेलैक। पहिने तऽ ओकरा मुँह सँ बकार नहि बाहर होइक। तखन लागलि ओ लटाढ़म करय, "आब नहि भरबैक पानि हम ककरो आङन। आरे बाप! जीउब त करमीक साग तोड़ि गुजर करब। उँहुँ! आब कहाँ!"

क्यो बाजथि जे एकरा साँप कटलकैक अछि, क्यो बाजथि जे आइ दुलारमनि पिउसी कैं जोड़न नहि देलिऐन्हि तकरे फल थिक। अन्त मे ओ बहुत पुछला पर बाजलि, "गे मैया गे मैया! दरबाजा पर पाँच हाथक सिपाही बन्दूक नेने बैसल छैन्ह। बीचे मुँह घेरि लेलकैन्ह अछि। हम जौं कि धुरखुर पर लात दै छी कि झपटल हमरा दिसि। हम घेल पटकि कऽ पड़एलहुँ, नहि तऽ आइ प्राण नहि बचैत हे महतमाइन।" ई कहि झुनियाँमाय हिचकि-हिचकि कानय लागलि।

ई समाचार सुनितहि सभ गोटाक जी सन्न दऽ उड़ि गेल। लालकाकी थर-थर कँपैत बजलीह, "कहाँ सँ छुच्छी सब आबि कऽ गोर्रा पलटनक हाल कहि जाइये। ई सभ तँ चर्चा करैत देरी लगले पहुँचि जाइत छैक।"

अन्त मे ई विचार होमय लागल जे प्राणरक्षाक कोन उपाय करबाक चाही। लालकाकी साहस कय कहलथिन्ह, "सभ गोटा मिलि कय सुन्दरकाण्ड रामायण पाठ करैत जाह। कनियाँ कैं कहून्ह हनुमान चालीसा पढ़थुन्ह (जोर सँ) 'महावीर विक्रम बजरंगी। सुमति निवारि कुमति कैं संगी।' दुरजो! उनटें भय गेलैक। नहि जानि की लिखल अछि रे दैबा!"

मैंयाक विचार भेलैन्ह जे सभ गोटा मिलि कय एके बेरि घोल करबह तँ ओ आबि कऽ सभक ठोंठ दबाय देतौह। से नहि, पछुआड़क मुँह सँ एगोटा जा कऽ ज्योतिषी कका कैं बजा लबहुन। ताहि पर झुनियाँमाय बाजलि, "नहि रे बाप! ओहू मुँह पर क्यो ठाढ़ होएतैक। हमरा बुट्टी-बुट्टी काटि कऽ घर मे गाड़ि दियऽ, लेकिन हम आब बाहर नहि जाएब।" ई कहि ओ फेर घेवना पसारलक।

मैंया कहलथिन्ह जे पहिने गनि लइ जाह जे आङन मे सभ गोटे छह की नहि?

लालकाकी सभक देह धऽ-धऽ कय गनय लगलीह। दू-तीन बेरि गड़बड़ा गेलैन्ह। चारिम बेरि गनैत बजलीह, "जाह! फुचुकरानी की भय गेलीह! दैबा रे दैबा। लऽ गेलैन्ह घिसिया कऽ।"

ताहि पर झुनियाँमाय कहलकैन्ह, "जे ओ तँ पहिनहि सँ जारन घर मे जा कऽ किल्ली लगा बैसलि छथि।" मैंया रुद्राक्षक माला लय भगवती कैं गोहरबैत कबुला करय लगलीह जे एहि बेरि जँ प्राण बाँचि गेल तँ कुमारि भोजन करायब।

ई हाल देखि बड़कागामवाली टनकि कय बजलीह, "ई लोकनि एतेक डराइत छथि किऐक? हमरा लोकनि की चोरी-खून कैने छी जे फाँसी पड़ब? बुच्चीदाइ कैं पुछय कहथुन्ह जे के अछि।" बुचिया सुरफुरा कऽ बिदा भेलि जे "तोरा लोकनि कैं डरें बग्घा लगैत छौह तँ लैह हमही जा कऽ देखि अबैत छिऐक। डर कथीक छैक? किछु बाघ तँ नहिएँ छैक जे लोक कैं टप दऽ गीड़ि जैतैक।"

एतबहि मे बाहर चौकी पर लाठी पटकि क्यो कड़कि कय बाजल, "कोई है?"

मैंया झट दऽ लालकाकीक हाथ टीपि कहलथिन्ह, "कहि दियौक जे केओ नहि अछि।"

ताबत सिपाही बाजल, "पं. भोलानाथ झा के नाम से एक तार आया है। कोई अन्दर से आकर ले जाइये।"

मैंया कहलथिन्ह, "तार आया है तऽ दरबज्जे पर रहऽ दीजिये। एकसरि आङन मे कऽ के उठा आनेगा?"

एतबहि मे बाहर ज्योतिषी ककाक शब्द सुनि सभ लोक फक दऽ निसास छोड़लक।

२

सभागाछीक दृश्य

जखन सभागाछी पहुँचबा मे आध कोस बाँकी रहि गेलैन्ह तखन घूटर झा कैं बाह्मभूमि दिशि जैबाक शंका बूझि पड़लैन्ह, अपन नसिदानीक बटुआ भोलानाथ झाक हाथ मे दैत कहलथिन्ह, "हौ बाबू! तोरा लोकनि आगाँ बड़क गाछ तर बैसै जैहऽ। हम एही पोखरि सँ भेने अबैत छी।" ई कहि घूटर झा कान पर जनउ चढ़ाय लग्गा सन-सन डेग दैत बिदा भेलाह।

ठकबा कैं पछुआयल देखि भोलानाथ झा गर्द कैलथिन्ह, "चल रौ ठकबा! पैर मे जाँत बान्हल छौक की? एना चलबैं तँ एही ठाम राति भय जैतौक।" ठकबा मुँह गोंहछा कय कुड़बुड़ाय लागल, "ईह! दौड़बैत-दौड़बैत जान मारि कऽ छोड़ि देलन्हि। गाड़ीक टेने तऽ जेना छूटल जाइ छैन्ह।" तदुपरान्त काँख तरक मोटरी कैं माथ पर राखि कसि कऽ फाँड़ भिड़लक और लगौलक दुलकी चालि।

बड़क गाछ तर पहुँचला पर ठकबा पहिने मोटरी के नीचाँ पटकलक। तखन दुइ हाथ भूमि कैं झाड़ि-फूकि कय चिक्कन बनौलक। ताहि पर अपन अंगपोछा ओछौलक। कनेक काल ठेहुन पर माथ राखि बैसल। फेरि मोटरी पर ओठङि गेल। तदुपरान्त एम्हर-ओम्हर ताकि शनैः शनैः दूनू पैर कैं लम्बायमान कैलक। थोड़बहि काल मे अरना महिष जकाँ फोंफ काटय लागल। भोलानाथ झा बेचारे बड़क सोर पर बैसल अपन फराठी लए एकटा पकोहा कैं पिचैत रहलाह।

अढाइ दण्डक उपरान्त घूटर झा लोटा डोलबैत पहुँचलाह। अबैत देरी एक चूरू पानि ठकबाक कान मे ढारि देलथिन्ह। ओ कुनमुना कऽ उठल। घूटर झा बजलाह, "एँ रौ! तोरा देह मे फुर्ती नहि छलौक तँ मधुबनी मे दू कैञ्चाक कीनि किऐक ने लेलैं? परदेश में लोक चड़फड़ भेल रहैत अछि और तों जतय जाइत छैं तत्तहि पेटकुनिया देमय लगैत छैं।"

फेरि भोलानाथ झाक दिसि ताकि कऽ बाजय लगलाह, "हो बाउ! ई मेघक टिक्कड़ नहि मानतौह। पैर झाड़ि कऽ चलह नहि तऽ भिजै जैबह।" ई कहि घूटर

झा अपन साबिक वला दनहा छाता बाहर कैलन्हि। ई छाता हुनका पिता कैं मातृ-मातृक मे भेटल रहैन्ह। छाताक छिद्र सभ देखला उत्तर बूझि पड़ए जे सहस्राक्ष शब्दक व्यञ्जनाशक्ति एही मे घटित भय रहल अछि। कमानी सभ देखाबथि जे हम अष्टावक्र मुनिक साक्षाते मसियौत थिकहुँ।

छाताक घोड़ा टूटि गेल रहैन्ह तकरा स्थान मे घूटर झा एकटा काठी लगा देलथिन्ह। तदनन्तर नसिदानी सँ नासिकानन्द चूर्ण लय, नाकक उभय पूरा मे कोंचि, एके बेरि पूरक श्वास चढौलन्हि। ई क्रिया समाप्त भेलैन्ह तखन ठाढ़ भय बिदा भेलाह। पाछाँ-पाछाँ भोलानाथ माथ निहुरौने चललाह। ठकबा तमाकू चुनौने छल, ठोर बिचका कऽ एक जुम्म रखलक, तखन पिच-पिच थूक फेंकैत सभ सँ पाछाँ चलय लागल।

थोड़ेक दूर गेला पर फूही पड़य लागल। भोलानाथ झा कैं मन पड़लैन्ह जे पनही भिजैत होएत। हड़बड़ा कऽ ठकबा कैं पुछलथिन्ह, "रौ! पनही देखही तऽ भिजै तऽ नै छौक?" ठकबा मोटरीक ऊपर ससरफानी लगा कऽ पनही बन्हने रहय। एखन जे टोयलक तऽ एकेटा बूझि पड़लैक। बाजल, "एक पबाइ तऽ कतहु खसि पड़ल, एकटा बाँचि गेल अछि से लिअऽ।" ई कहि पनही आगाँ मे फेकि देलकैन्ह। भोलानाथ झा ओही पनही लऽ ठकबा कैं मारक हेतु उद्यत भेलाह, किन्तु घूटर झा रोकि देलथिन्ह। भोलानाथ झा बजलाह, "नबे पनही छल-सालमसाही! एक रुपैया चौदह आना मे! एतेक दामक आइधरि कहियो ने किनने छलहुँ। चलबाक काल एँड़ी मे कटैत छल—तैं सार कैं कहलिऐक जे नेने चल—आब एक पबाइ लऽ कऽ की करू? एकरो फेंकि दैत छिऐक।"

घूटर झा भरिगरहा चुटकी नसि लय आश्वासन देमय लगलथिन्ह, "की करब? 'सर्वनाशे समुत्पन्ने अर्द्धं त्यजति पण्डितः।' एक पबाइ ने गेल? गाम पर नेने चलू। यदि अहीं जकाँ ककरो एक पबाइ हेरा गेल होएतैक तऽ ओकरा सँ माँगि कऽ जोड़ लगा लेब। नहि तऽ ओकरे इहो पबाइ दय देबैक। हम तऽ थाल-कीचक समय मे पनही रखितहि ने छी। नाङट नहायब गाड़ब की? जौं पनहिए नहि रहत तऽ हेराएत कोना?"

एतबेहि मे मटर सन-सन बून्द पड़य लागल, जाहि सँ तीनू गोटा भागि कय एक दलान मे पहुँचलाह।

सभागाछी आइ बेश जमकल बूझि पड़ैछ। पाकड़िक गाछ मौलल देखि बहुतो अनुभवी वृद्ध अनुमान करैत छथि जे एक लाख ब्राह्मण पूरि गेलाह। जतय धरि दृष्टि जाइछ पागहि पाग देखि पड़ैछ। एतबहि मे कनेक फूही आयल कि सभ पागक ऊपर मे एक-एक टा छाता तना गेल। श्वेत मरालपंक्ति जेना सहसा श्याम काकावली मे परिणत भय गेल हो।

पाठकवृन्द! एक मन सूझए-बन्दा बूझए। कत्तहु पर-कत्तहु पर-घूटर झा तँ देखा दियऽ। वैह देखियौन्ह, हाथ मे नसिदानी नेने हँसि-हँस कय घटकराज टुन्नी झा सँ गप्प कय रहल छथि। टुन्नी झाक ठढ़ौका चानन, भगजगार ठोप आ अष्टोत्तरशेत रुद्राक्षमाला देखि बूझि पड़त जे ई कर्मकांड मे धौतपरीक्षोत्तीर्ण हेताह, किन्तु असल बात पूछी तऽ...किएक देखार करबैन्ह—जाय दियऽ—बेचारे दोसरा दिशि ताकय लगलाह।

घूटर झा नसि लैत पुछलथिन्ह, "बालकक मूल की कहल?"

टुन्नी झा आँखि-भौंह चमकबैत बजलाह, "मूल न बश मूले छैन्ह। मानि लियऽ जे शोदरिपुरिये शरिशव। बिकौआ वंश! मान लियऽ जे चारिटा वंश छैन्ह। एक तँ ब्राह्मण एहन पैघ, दोशर शुठाम परक। ई कथा करी तऽ मानि लियऽ शोन मे शुगन्ध भेटत।"

घू. : "बालकक आस्था कोन तरहक छैन्ह?"

टु. : "आश्था! मानि लियऽ जे कम आश्था नहि छैन्ह। अपन शात बीघा ब्रह्मोत्तर छैन्ह आओर शवा बीघा कलम शुदिभरना नेने छथि। चालीश मन तऽ मरुए भेल छलैन्ह।"

भोला. : "पढ़ल-लिखल की छैन्ह?"

टु. : "पढ़ल कोना ने छैन्ह? मानि लियऽ शीघ्रबोध पढ़ैत छथि। मङ्गलाचरणक श्लोक सम्पूर्ण कंठश्थ छैन्ह। हमरा लोकनिक पुरुखा तऽ मानि लियऽ जे चिड़िचिड़ियो पाड़य नहि जनैत रहथि। ताहि शं तँ शंश्कार उत्तम छैन्हि।"

घू. : "बालकक पिता छथिन्ह कि नहि?"

टु. : "मानि लियऽ पिता नहिए छथिन्ह त हर्ज की? हमरा लोकनि तऽ छिऐन्ह! मानि लियऽ माय तऽ एखन जीबिते छथिन्ह। आओर भाय मे शेहो एकश्वरे छथि।"

घू. : "कोन तरह सँ कथा करय चाहैत छथि?"

टु. : "मानि लियऽ शवा शय टाका तत्काल मे अपने कैं देताह। भार-दोर मानि लियऽ नहिए जाएत तऽ हर्ज की? शोमक दिन शिद्धान्त लिखा कऽ अपना शङ्गहि नेने जैयौन्ह। ओतय मानि लियऽ एक खंड धोतिए पहिरा कऽ बिदा कय देबैन्ह। ई सभ कथा-वार्ता भेलाक उपरान्त घूटर झा और भोलानाथ झा ओहि ठाम सँ हटि कय एकान्ती करय गेलाह।" माम कैं कनेक पसिन्दे जकाँ पड़लैन्ह, किन्तु भागिन कलपि कय कहलथिन्ह, "औ मामा! बुचिया योग्य वर हमरा नहि बूझि पड़ैत अछि। आङन मे भरि जन्म खोभाटनि दैत रहतीह।"

अन्ततोगत्वा दूनू माम-भागिन आबि कय टुन्नी झा कैं कहलथिन्ह जे कन्याक प्रति टाका गनाएब हमरा लोकनिक अभीष्ट नहि। कनेक नीक कथा चाहैत छी। बेसी तऽ नहि, किन्तु दस-पाँच टाका यदि अपनो दिसि सँ खर्च पड़य तऽ ताहि सँ पाछाँ नहि हटब। ई सुनि टुन्नी झा मटियार खेतक दरारि जकाँ मुँह बाबि कहलथिन्ह, "आहि

रौ नैयायिक! ई हमरा पहिनहिं किएक ने कहल? मानि लियऽ जे हमरा ओहिठाम तऽ शभ तरहक कथा अबैये। एकटा खनखनौआ—जाहि मे कन्यागत खनखना कैं टाका हँशोथि लैत छथि। दोशर मानि लियऽ टनटनौआ—जाहि मे वरपक्ष टनटना कैं हजार-पाँच शौक तोड़ा गनबैत छथि! तेशर मानि लियऽ जे ठनठनौआ—जाहि मे वर कन्यागत दूनू ठनठन गोपाल भय काज करैत छथि। हमरा तऽ पहिने बूझि पड़ल जे अहाँ खनखनौआ कथा करब, किएक तँ अहाँ शन मैल पाग वला कन्यागत मानि लियऽ जे बहुत खरनाएले अबैत छथि—तैं ई कथाक उत्थान कय देल। अहाँ बेशी हिसाब रखैत छी—टनटनौआ कथा करब—श मानि लियऽ हम की जानय गेलहुँ? नहि तऽ कथा तऽ मानि लियऽ जे हमरा मुट्ठीए मे अछि। ऐखन चलू बालक पशिन्द कए लियऽ। शंयोग शौं एहन कथा मानि लियऽ जे शभागाछी मे आबि गेल अछि। मानि लियऽ ई कथा जौं पटि गेल तऽ कन्याक भाग्ये बूझक चाही।"

ई सुनि माम-भागिन टुन्नी झाक संग चलबाक हेतु प्रस्तुत भऽ गेलाह। टुन्नी झा भरि बाट हिनका लोकनि कैं सामयिक शिक्षा प्रदान करैत गेलथिन्ह जकर मुख्य सारांश ई—हम पहिने बर्नी किछु कहि देने छलहुँ-ओ कथा अहाँक योग्य नहि छल-आब जे कथा कहैत छी से यथार्थ मे शोन अछि—एकरा बिगाड़क हेतु बहुतो लोक प्रयत्न करत—तैं शतर्क रहब—अनका कथा पर ध्यान नहि देब—आब अहाँ अपन लोक भय गेलहुँ—हम जौं शपरि कऽ एहि मे पड़ि जायब तऽ कथा निश्चय भय जायत...इत्यादि-इत्यादि।

टुन्नी झा कैं देखितहि एगोटा पाछाँ सँ आबि कय नमस्कार कैलथिन्ह। टुन्नी झा बाजि उठलाह, "नमस्कार! नमस्कार वैदिक! छी निके? तदुपरान्त टुन्नी झा घूटर झाक दिसि संकेत कैलथिन्ह जे अहाँ लोकनि ताबत एहीठाम रहू—हम पहिने जा कऽ कथाक रंग-ढंग देखने अबै छी।" आध घंटाक बाद टुन्नी झा ओही वैदिक कैं संग नेने प्रत्यागत भेलाह। टुन्नी झा अबितहि बजलाह, "औ बाबू! अहाँक कार्य तऽ शुतरि गेल। किन्तु पुछिऔन्ह वैदिक शौं हम अहाँक पक्ष शँ कतेक लड़लहुँ अछि! मानि लियऽ जे गर बाझि गेल। अन्त मे मानि लियऽ श्वीकार करहि पड़लैन्ह। आब अपनहि गप्प-शप्प कय शभ टा फरिछा लियऽ।"

भोलानाथ झा पुछलथिन्ह, "वरक की मूल छैन्ह? कतय रहै छथि?"

टुन्नी झा कानक जड़ि कुड़ियबैत बजलाह, "मूल शौं अहाँ कैं कोन काज? मानि लियऽ शुरगणें छथि तैं की? शुद्ध मैथिल ब्राह्मण तँ छथि। की औ वैदिक?"

वैदिक माथ झुलाय कऽ अनुमोदन कैलथिन्ह। तखन घूटर झा प्रश्न कैलथिन्ह, "वरक घर कतय छैन्ह?"

टुन्नी झा कनेक खखसि कऽ बजलाह, "मानि लियऽ दक्षिणे भर छैन्ह तऽ हर्ज की? शेहो बेशी दूर नहि—दलशिंहशराय सँ चौदह कोश पर घर छैन्ह। हमर देखल अछि। घर-द्वार परम शुखितगर। की औ वैदिक?"

वैदिक पुनः माथ झुलाय एहि कथाक समर्थन कैलथिन्ह। तखन टुन्नी झा अपन ब्रह्मास्त्र रूपी वचनक प्रयोग करय लगलाह, "वर मानि लियऽ जे एफ.ए. मे पढ़ैत छथि। कन्यागतक द्वारे मानि लियऽ जे दरबाजा पर एकटा बरहमशिया चूल्हि बनले रहैत छैन्ह। पहिने मानि लियऽ चलै छल महादेव झा पाँजि, श्रीकान्त झा पाँजि, आब चलैत अछि मानि लियऽ डिप्टी पाँजि, वकील पाँजि, माश्टर पाँजि। वरक पिता मानि लियऽ जे नाक पर माछिए नहि बैशऽ दैत छलाह जे यावत बेटा मानि लियऽ बी.ए. पाश नहि करताह तावत मानि लियऽ जे माथ पर मोर नहि देबैन्ह। तखन हम अपन मानि लियऽ जनउ जोड़ि कऽ ठाठ भऽ गेलिऐन्ह। तखन कहलन्हि जे बेश शात शय टाका अहाँ कहियौन्ह—हम बेटा दए देबैन्ह। शम्भव थिक जे अधिक दबौला सँ पचीश टाका आओर छूटि जाएत। आब शुभश्य शीघ्रम् करबाक चाही। की औ वैदिक?"

वैदिकजी महादेवक बसहा जकाँ फेरि माथ झुलाबय लगलाह। घूटर झा एवं भोलानाथ झा घटकक संग वरपक्ष सँ गप्प करय गेलाह। पूरे अढ़ाइ घंटा महोजरो भेला पर ई निष्कर्ष बहरायल जे छौ सै सँ एक कौड़ी कम पर कथा नहि भय सकैछ।

भोलानाथ झा बेचारे बड्ड साहस कय पौने दू सै टाका फाँड़ मे नेने आएल छलाह—षट्शत मुद्राक नाम सुनि प्राण सुखा गेलैन्ह। अन्त मे हारि-दारि कऽ दूनू माम-भागिन डेरा पर अबैत गेलाह।

डेरा पर पहुँचला उत्तर घुटर झा चपकनक भूँड़ी फोइत बजलाह, "हौ बाबू! आइ भरि दिन दाउनिक बरद जकाँ घुमितहिं छी। पहिने पाक-शाकक उद्योग करै जाह, तखन बुझल जैतैक।"

भोलानाथ झा टीक सोहरबैत बजलाह, "मामा! हम तऽ भरि जन्म अपना हाथ सँ कहियो भूमिदाह नहि कैने छी। माथ पर दू-चारि पसेरीक बोझ बरु राखि दी, तऽ से धऽ आएब, किन्तु भानस कैल हमरा बुतें पार नहि लागत।"

घूटर झा कहलथिन्ह, "हौ बाबू! हम तँ आठमहि वर्ष सँ चुल्हिक मुँह मे आँच लगबए लगलहुँ। बिनु सिद्धान्ने कल्याण नहि। बेस, हम सीधा सामग्री लय अनैत छी। तावत तों ठकबा सँ चौका ठीक करबौने रहिहऽ।"

ई कहि घूटर झा कैञ्चा लए हाटक दिसि बिदा भेलाह। ओतय आङुर सँ टनटना कय एकटा छोट-छीन पातिल किनलन्हि। जखन डेरा पर प्रत्यागत भेलाह, तखन ठकबा पर तमसाय लगलाह, "भारी धिम्मड़ अछि। हम कहैत छलहुँ जे चुल्हि बना कऽ आँच पजारने होयत से एखन धरि भूमिए खड़रैत अछि।" आध घन्टाक अविरल परिश्रमक अनन्तर घूटर झाक चुल्हि तहिना धधकि उठल जेना कन्यागत द्वारा विशेष बिदाइ नहि भेटला पर समधिक कोपाग्नि धधकि उठैत छैन्ह।

जखन घूटर झा अधनि मे दालि लगाबय लगलाह तखन पाछाँ सँ क्यो व्यक्ति आबि कय प्रणाम कैलथिन्ह। घूटर झा पाछाँ ताकि कय बजलाह, "के मुकुन्द? नीके रहऽ। हौ! तों कतय सँ?" मकुन्द झा मुँह कोचियबैत बजलाह, "की कहू मामा? भारी ठकान मे पड़ि गेलहुँ।"

घूटर झा दालि लगायब छोड़ि कय पुछय लगलथिन्ह, "से की? से की?"

मुकुन्द कहय लगलाह, "हमरा पर जुड़ानपुरक वर्तुहार आयल छल। कथाक निश्चय भऽ गेलैक चालीस टा रुपैया पर। हम अपना दिसि सं दू टका खर्च कय सिद्धान्तो लिखबौलहुँ। चलबाक काल मे हमरा कहलक जे रुपैया पहिनहि गना दियऽ। हम गनाबय लगलिएक ताहि मे संयोग सँ एक टा रुपैया खराब बहरा गैलैक। दोसर रुपैया संग मे रहबे नहि करय। आब लाख-लाख कहलिऐक जे एक टा पाछाँ लऽ लेब से किन्नहु मानबे नहि कैलक अन्त में मझौलियाक एकटा द्वितीय वर चालीस रुपैया गनि देलकैक। तकरे लऽ गेल हम मुँहे तकैत रहि गेलहुँ।"

भोलानाथ झा नेत्र विस्फारित कय बजलाह, "कहू तऽ केहन भारी धरकट बाभन छल। हमर पिसियौत भाइ कैं एहिना भेल रहैन्ह। भलमानुस कैं लऽ जाइत रहैन्ह। एक्का ठीक भेल-सभ गोटे चढ़ैत गेलाह। जखन मधुबनी पहुँचैत गेलाह तखन एकमान अठारह आना भाड़ा माँगय लगलैन्ह। आब झगड़ा उठल जे किरायाक कैञ्चा के देतैक। एही पर त्वञ्चाहञ्च होइत-होइत मारि बजरल। छत्ता-छत्तौअलि, जुत्ता-जुत्तौअलि सभ किछु होमए पर वृत्त भय गेल। तावत एकटा दोसर बालक सभागाछी सँ फिरल जाइत रहय। कन्यागत परिचय-पात बूझि कय पुछलकैक, 'औ बाबू! अहाँ भाड़ा देबैक?' बालक तुरन्त अठारह आना ढेउआ फेंकि देलकैक। कन्यागत ओही बालक कैं नेने-देने चल गेल। हमर पिसियौत भाय टुक्कुर-टुक्कुर तकैत रहि गेलाह।"

ई सभ कथा सुनि घूटर झा गम्भीरतापूर्वक बजलाह, "हौ बाबू! तोरा लोकनि की देखलहौक अछि? सभागाछीक ठकैती ओ भोजपुरक डकैती दूनू नामी छल। एक बेरिक हाल कहैत छियौह। एकटा साठि वर्षक बूढ़-बेश लक्ष्मीपात्र-तनिका जखन कोहा-कौड़ी जुगताबक समय ऐलैन्ह, तखन जा कऽ विवाह करबाक उक्खी-बिक्खी लेलकैन्ह। बस एकटा दीयरक छोटबभना परतारि कऽ अपना ओहि ठाम लऽ गेलैन्ह। पूरे नौ सै टका गनबा लेलकैन्ह। राति मे एकटा निमोछिया जवान सँ विवाह करा देलकैन्ह। कोबर करय गेलाह तऽ बिधिकरी कहलथिन्ह जे कनेयाँ कैं कोदवा भय गेल छैक। चतुर्थीक प्राते वर राम कैं बिदा कय देलकैन्ह। जकर हाथ धैलथिन्ह तकर मुँहो नीक जकाँ नहि देखि सकलाह। जखन दुल्हा राम अपन गाम पर पहुँचलाह, तखन ससुर हजाम पठौलथिन्ह जे हमर बेटी कोदवा सँ शान्त भऽ गेलीह। कहू, एकरा ठकैती कहब की डकैती?"

भोलानाथ झा मुकुन्द कैं आश्वासन दैत बजलाह, "की करबहक, मुकुन्द!

रुपैया तऽ बाँचि गेलौह! कोन ठेकान तोरो कतहु पुरुखे सँ विवाह करा दितौह तऽ कोन उपाय करितह?"

घूटर झा फेरि एकटा कथा पसारबाक सूर-सार कैलन्हि, ताबत आँच मिझा गेलैन्ह। तैं गप्प छोड़ि पाक-क्रिया मे तत्पर भए गेलाह। जखन चाउर पूर्ववत खदकय लगलैन्ह, तखन मुकुन्द दिसि ताकि कय कहलथिन्ह, "की हौ मुकुन्द! भोजन तऽ नहि कैने होएबह?"

मु. : "नहि, की होयतैक? दोकान पर जा कऽ किछु खा लेबैक।"

घू. : "ओह! दोकान पर असिद्ध की खैबह? घी मे चरबी फेंटने रहैत छैक। एहिठाम सिद्ध अन्न मे जे स्वाद भेटतौह, से बजारू पूड़ी में कतय पैबह?"

मु. : "हँ से तऽ हमरो आइ चारि साँझ सँ असिद्ध खाइत-खाइत जी उमठि गेल अछि। किन्तु..."

घू. : "किन्तु की? त्रयाणां पाकसम्पन्ने, चतुर्णामपि भोजनम्। तों खैबे कतेक करबह?"

मु. : "हँ से तऽ हम बड़ कम खाइत छी। ताहि मे भूखो कम्मे अछि।"

घूटर झा खिचड़ीक पातिल उतारि चारिटा पात पर परसलन्हि। फेरि ओहि मे सँ आलू बीछि कय साना कैलन्हि। तखन बजलाह "जे बेश, आब अबैत जाउ, नमोनारायण करू।" दूनू गोटे पैर धो कऽ बैसैत गेलाह। मुकुन्दक पेट तेहने रहैन्ह जे चारू पात परक खीचड़ि आगाँ मे देल जैतैन्हि, तैयौ छुछुआयले उठितथि, किन्तु करताह की? जैह नैवेद्य भेटलैन्ह ताही पर सन्तोष कऽ उठि गेलाह।

अचोबय काल मुकुन्द बजलाह, "मामा! आइ दालि बड़ दिब सिद्ध भेल, स्वादिष्टो तेहने भेल छलैक। बुझि पड़ैत छल जेना गंगाजल मे बनल हो।"

घूटर झा खरिका करैत ठकबा सँ पुछलथिन्ह, "की रौ! पानि कतय सँ अनने छलैं?"

ठकबा गौंहछि कऽ बाजल, "एही उत्तरवारी पोखरि सँ अनलहुँ और कोन मे सँ आनब?"

घू. : "रौ! लघियाही पोखरि सँ तऽ ने अनलैं?"

ठ. : "तँ की हड़ाही पोखरि सँ नेने अबितहुँ!"

घूटर झा बजलाह, "हौ बाबू! आब किछु बाजह जुनि। फिरती बेरि सिमरिया घाट मे एक डूब देबय पड़ैत गेलौह।"

तदनन्तर कम्बल बिछा कऽ गप्प-सप्प करैत तीनू गोटा स्वप्नराज्य मे प्रविष्ट भेलाह।

प्रात भने मुकुन्द उठि कय दोसरा दिसि बिदा भेलाह। दूनू माम-भागिन झटपट स्नान-भोजन कय सभागाछी मे प्रवेश कैलन्हि। थोड़बहि दूर पर काँख तर एक पुलिन्दा

कागज नेने घटकराज टुन्नी झा भेटलथिन्ह। घूटर झा पुछलथिन्ह, "औ घटक! ई की थिक?"

टुन्नी झा आँखि मटकबैत कहलथिन्ह, "एही माश शँ एकटा माशिक पत्र चललैक अछि मानि लियऽ जे 'मिथिला शुधारिणी।' तकरे विज्ञापन थिकैक। हमरा पचाशंक बाँटक हेतु देने छल। हम देखल जे मानि लियऽ एक पीठ खालिए छैक। उतेढ़ि लिखवा योग्य तऽ भऽ गेल। यैह कहाँक थोड़? आगि लगन्ते झोपड़ा, जे निकशै शें लाभ—एकटा अहूँ लऽ लियऽ। मानि लियऽ जे पाग मे धरऽ योग्य तऽ होएत।"

घूटर झा एक चुटकी नोसि सुरकैत बजलाह, "हँ हँ, हमरो मधुबनी स्टेशन पर एगोटा भेटल रहय। जैखन गाड़ी सँ उतरलहुँ कि दिक करय लागल जे अपनहुँ ग्राहक बनि जाउ। हम पुछलियैक जे 'औ बाबू! मंङनी देबैक कि किछु नगदो नारायण लेबैक', ताहि पर कहलक 'जे तीन टाका साल मे लागत।' हम कहलियैक, 'जे एहि पत्र सँ हमरा एको साँझक खर्चा चलत?' ओ कहलक, 'से तँ नहि होयत।' हम कहलियैक, 'बेस, चुपचाप अपन बाट धरू। सभ सँ बढ़ि बुरिढ़हलेल अहाँ कैं हमहीं बूझि पड़लौंह? तीन टाका मे हमरा दू सालक नोन चलत। एकबार लऽ कऽ कि चाटब?' फेरि एहन कथा बजबैक तऽ लोक उकठि करय लागत।"

टुन्नी झा अपन चातुर्यक दाबी देखबैत बजलाह, "हमर नाम तऽ मानि लियऽ जे जबर्दशती ग्राहक मे लिखि लेलक। तऽ की अहाँ कैं बूझि पड़ैत अछि जे हम एकोटा कैञ्चा देबैक?"

भोलानाथ माथ कुड़ियबैत बजलाह, " 'मिथिला-सुधारिणी' पुस्तक हम देखने छलिऐक। ज्योतिषीकका अनने रहथि। ओ बजैत रहथि जे ई पत्र व्यर्थ टाँहि-टाँहि कय रहल अछि। मैथिल-जाति मे सुधार-तुधार किछु नहि भऽ सकैत छैक।" टुन्नी झा अपन पाण्डित्यक प्रखर प्रकाश देखबैत बजलाह, "ई पत्र तँ मानि लियऽ जे अपनहिं आर्यशमाजी थिक। ई शुधार की करत? मानि लियऽ अपनहि जातिक निन्दा करैत अछि। ई परम अनर्गल थिक। जौं अपनहि घरक दोख अपने देखार करय लागब, तखन तँ दोशर जाति मानि लियऽ जे धूशि कय छोड़ि देत। हमरा जौं शम्पादक शँ भेट होइत त कहितिऐन्ह जे अपने कनेक ज्ञान झाक योग दए कऽ देखियौक।"

एहि प्रकारक समालोचना होइते छल कि फराक सँ टुन्नी झा कैं क्यो सोर पाड़लकैन्ह। टुन्नी झा खरज स्वर सँ गर्द कए, कहलथिन्ह, "यैह ऐलहुँ। कनेक थम्हि गेल जाउ।"

३

तार कोना पढ़ाओल गेल

फैसला सुनबाक समय याबत मुद्दालह लोकनि कठघरा मे ठाढ़ रहैत छथि, ताबत पर्यन्त हुनका लोकनिक सौंसे देह भुलकैत रहैत छैन्ह। किन्तु हाकिमक मुँह सँ रिहाइक आज्ञा सुनैत देरी हुनका लोकनि कैं कत गोट मोक्षानन्दक प्राप्ति होइत छैन्ह, से केवल भुक्तभोगिए अनुभव कय सकै छथि। दरबाजा पर ज्योतिषीककाक शब्द सुनि लालकाकी लोकनि कैं ओही प्रकारक आनन्द बुझि पड़लैन्ह।

ज्योतिषीकका पहिने तऽ हरकारा सँ ओकर जाति पुछलथिन्ह, तदनन्तर ग्राम, परगन्ना, थाना, बापक नाम आदि पूछि कय निम्नलिखित प्रश्नावली करय लगलथिन्ह, "अहाँ कय भाइ छी? कतेक घर जयवार अछि? भोजन मे कय मन चाउर लगैत अछि? कतेक खेत जोतै छी? धियापुता सभ विवाहल अछि कि कुमारे? राति मे भात खाएब कि अपना हाथ सँ पाक करब?" इत्यादि, इत्यादि।

हरकारा सभ प्रश्नक यथोचित उत्तर दय हाथ मे तार देलकैन्ह और प्रणाम कय बिदा भय गेल। ज्योतिषीकका खड़ाम खटखटबैत दलानक मुँह पर पहुँचलाह और दू-तीन बेरि बल सँ खखास कैलन्हि। से सुनितहि लालकाकी, फुचुकरानी, बड़कागामवाली सभक सभ अपना-अपना घर दिसि पड़ैलीह। तखन ज्योतिषीकका आङन मे पदार्पण कैलन्हि। मैंया खाट पर बैसबाक संकेत कैलथिन्ह। ज्योतिषीकका केथरी कैं हटा कए अखड़ा खाट पर बैसि गेलाह।

तदनन्तर ज्योतिषीककाक उपन्यास प्रारम्भ भेल। कोना भोजन कैलन्हि, कोना आचमन कैलन्हि। कोन तरहें लोटा लऽ कऽ बहरैलाह, कोन तरहें दक्षिणबरिया खत्ता मे लघुशंका करय गेलाह, कोन रूपें झुनियाँमाइक स्वर कर्णगोचर भेलैन्ह। कोन रूपें जिज्ञासा करबाक हेतु चललाह, से सभ कथा एक घंटा मे सविस्तार कहि सुनौलथिन्ह।

तदुपरान्त लालकाकी घर सँ बुचिया द्वारा पुछबौलथिन्ह जे तार मे की लिखल छैक? ज्योतिषीकका तार कैं उनटबैत-पुनटबैत बजलाह, "हमरा तर्क मे अबैत

अछि जे भोलानाथ कैं कतहुँ सँ उपनयन अथवा विवाहक निमंत्रण आएल छैन्हि। से किएक तँ लाल कागत मे लिखल छैक। जौं श्राद्धक नेओत रहितैन्ह त कदाचितो लाल नहि पठवितैन्ह। निश्चय शुभकार्यक पाता थिकैन्ह। जौं तिरहुता मे लिखल रहितैक, त हम स्वयं बाँचि लितहुँ।" तदनन्तर ज्योतिषीकका कैं जीवन भरि जतेक निमंत्रण पत्र लाल आखर अथवा लाल कागत मे आएल रहैन्ह, ताहि सभक विस्तार पूर्वक उपाख्यान सुनाबय लगलथिन्ह।

अन्त मे प्रश्न उठल जे आब तार पढ़ाओल कोना जाएत? ज्योतिषीकका किछु काल विचारि कय बजलाह, "सकुड़ी मे एकटा बड़ पैघ डाक्टर अछि। यदि ओकरे सँ ई पत्र पढ़बाओल जाइत तऽ यथार्थ समाचार बूझि पड़ैत। अपना गामक तऽ जे केओ अङ्रेजिया अछि से सभ बाहरे अछि। काल्हि भिनसरे केकरो सकुड़ी पठैबाक चाही। कतहु तिथि टरि जैतैन्ह तऽ मुफ्त मे बिदाइ मारल जैतैन्ह।"

मैंया चिन्तित भाव सँ कहलथिन्ह, "राड़-रोहिया तऽ आइकाल्हि डुम्मरिक फूल भय गेल अछि। जहाँ घर मे चारि पसेरी मरुआ होइत छैक कि कनडेरियो नहि तकैत अछि। काल्हि ककरा पठैबैक से नहि सुझैए।"

ज्योतिषीकका अपना पैरक अंगूठा दिसि तकैत बजलाह, "हम तऽ अपनहि भऽ अबितहुँ, किन्तु परसू ठेस लगला सँ औंठा मुड़ुकि गेल। तैं चलबा मे कष्ट होइत अछि। मुकुन्द एहि सभ मे बेस चड़फड़ अछि। किन्तु ओ तऽ एतय अछिए नहि! झारखंडी कैं पठबितिऐक से ओकरा किछु गमले-बुझल नहि छैक।"

झारखंडीक नाम सुनितहि लालकाकी बुचिया द्वारा कहबौलथिन्ह, "ओकरा छोड़ि और ककरो जुनि पठबथुन्ह। ओ बड़ सगुनिया लोक अछि। जतहि जाइत अछि, ततहि काज बनौने अबैत अछि।"

अन्ततोगत्वा ई प्रस्ताव सर्वसम्मति सँ स्वीकृत भेल जे भिनसरे झारखंडी कैं किछु पनिपयाइ करा सकुड़ी पठाओल जाय। ज्योतिषीकका कनेक काल और बैसितथि, किन्तु उड़िस काटय लगलैन्ह। उठि बिदा भए गेलाह।

झारखंडीनाथ सूति उठि कय दातमनि कैलन्हि और पोखिरि मे एक डूब दऽ, भीजल अङपोछा डाँड़ मे लपेटनहि भोलानाथ झाक आङन में पहुँचलाह। लालकाकी हपसि कय कहलथिन्ह, "आउ ऐ बाबू! अहींक बाट तकैत छलहुँ। बड्ड जरूरी काज भऽ पड़ल, तैं बजा पठौलहुँ अछि।"

झारखंडीनाथ बजलाह, "सकुड़ी जैबा मे तऽ हमरा दिसि सँ कोनो भाङठ नहि, किन्तु आइधरि हम कहियो नहि गेल छी, और दोसर जे ओहिठाम अपन चिन्हारो केओ नहि अछि। ताहि पर रामजीक प्रताप सँ धोतियो धोबिएक ओहिठाम अछि।"

लालकाकी पोल्हा कए कहलथिन्ह, “ऐ बाबू! धोती हम दैत छी। जे किछु खेवा-खर्च लागय से लय लियऽ। हम की कहू! बूझब जे अपने काज थिक। बेस, आब पैर धो लियऽ। पितियाइन ठाँव-बाट कैने छथि।”

एकरा उत्तर में झारखंडीनाथ एक लोटा पानि पैर पर उझीलि पीढ़ी पर आबि कय बैसि गेलाह और चूड़ा भिजाबय लगलाह। लालकाकी लग मे बैसि आमक मुहठी काटि-काटि देबय लगलथिन्ह। झारखंडी कैं तृप्तपूर्वक भोजन करैत देखि लालकाकी नहूँ-नहूँ बजलीह, “की जाने कोन बात तार मे लिखल छैक। जे नीक-बेजाय होइक से अपनहि पेट में राखब। एकर हाल ककरो अनका नहि कहबैक।”

झारखंडी पूर्ववत चोभा लगबैत बजलाह, “भला कहू तऽ! ई बात दोसराक कान में किन्हुँ जा सकैत अछि! हम तऽ रामजीक प्रताप सँ तारक चर्चोटा ककरो आगाँ मे नहि करब।”

लालकाकी प्रसन्न भय सन्दूक सँ एक खंड धोती बाहर कैलन्हि। पुन: पा-तीनियेक चूड़ा, एक धरिका अमौट और चारि आना कैञ्चा आनि कय झारखंडीक आगाँ मे राखि देलथिन्ह। झारखंडी बटखर्चा लेबऽ मे कुण्ठित होमय लगलाह। किन्तु जखन लालकाकी अपन सपत देलथिन्ह तँ चुपचाप सभ वस्तु लय बिदा भेलाह।

झारखंडीनाथ किछु दूर गेलाक उपरान्त कोनी कटैत अपना घर पहुँचलाह। ओतय चूड़ा, अमौट, कैञ्चा सभ राखि देलन्हि। तखन बथान दिसि चललाह। बाट मे जे क्यो भेटैन्हि तकरा सभ कैं तारक वृत्तांत कहि सुनबथिन्ह और अन्त मे कहि देथिन्ह जे देखब ई बात गुप्त थिक, ककरो आगाँ बाजी जुनि। एहि प्रकारें सभ सँ एकान्ती करैत झारखंडी बथान पहुँचलाह और ओतय जा कऽ चरबाह सभ कैं तारक हाल सुना कहलथिन्ह जे तोरा लोकनि तावत माल-जाल कैं नीक जकाँ देखैत-सुनैत रहिहें।

झारखंडीनाथ पूरे तीन बजे सकुड़ीक सड़क पर दृष्टिगोचर भेलाह। ओतय एकटा मोदिआइन सँ पुछलथिन्ह, “गौ, सकुड़ीक डाकदर कोन ठाम रहता है?” एवं प्रकारें झारखंडीनाथ सभ सँ पुछारी करय लगलाह, “डाकदरक बासा कतेक दूर पड़ता है। हमरा केओ गोटे बाट देखा देते हैं?” ताहि पर जौं क्यो पुछैन्ह जे ‘कोन डाक्टर’ तऽ कहथन्हि जे ‘सकुड़ीक डाकदर’। हिनका अपना भरि बौआइत देखि एगोटा अस्पतालक बाट देखा दैलकैन्ह। ई जा कऽ रोगी सभक बीच से ठाढ़ भऽ गेलाह। सिपाही पुछलकैन्ह, “तुमको कौन बीमारी है?” हिनका बूझि पड़लैन्हि जे ई अपनैती सँ जिज्ञासा कय रहल अछि। कहलथिन्ह जे “हमरा आङन मे कनेक-कनेक कब्जियत बूझि पड़ता है। रामजीक प्रताप सँ कहियो—कहियो पेटो फूलि जाता है। और सभ लोकवेद निकें रहता है।”

'हमरा आङन' कहला उत्तर स्त्रीक बोध होइछ, ई सूत्र प्राय: सिपाही कैं नहि ज्ञात छलैक। ओ बाजल, "अच्छा, थोड़ी देर में डाक्टर साहब आ रहे हैं। तब तक यहीं ठहरो।"

डाक्टर अबितहि रजिस्टर फोललक और एकाएकी सभ रोगीक विवरण लय नुसखा लिखए लागल। जखन झारखंडीनाथक पार ऐलेन्ह, तखन हिनको सँ नाम और अवस्था पुछलकैन्ह। ई कहलथिन्ह, "सरकार! हमरा लोक सभ दुलार सँ 'खट्टर' कहता है, लेकिन असल नाम झारखंडी माय बाप राखि दिया। और उमिर मे सरकार सभ भाइ सँ छोट हैं।"

डाक्टर चश्माक भीतर सँ आँखि गुड़ेरि कय बाजल, "बीमारी क्या है? जल्द कहो।" झारखंडीनाथ हड़बड़ा गेलाह। बजलाह, "हम तऽ लालकाकीक काज सँ एहिठाम—रामजीक प्रताप सँ-बीमारी तँ कुछ नहि—सरकार एकठो तार-कनेक झट दऽ काज भऽ जाय।"

डाक्टर अत्यन्त कुपित भय बाजल, "कहाँ गया दरबान! हटाओ इसको यहाँ से। काहे बदमाश को यहाँ घुसने देता है?" सिपाही कैं अपना दिसि बढ़ैत देखि झारखंडी 'बाप-रे-बाप!' कहि पड़ैलाह।

झारखंडीनाथ पड़ाएल-पड़ाएल एकटा 'पवित्र मैथिल भोजनालय' क निकट पहुँचलाह। ओहिठाम संयोग सँ अपना मसियौत भाय पर दृष्टि पड़ि गेलैन्ह। ओ देखितहि टोकलथिन्ह, "हो झारखंडी छऽ हौ! एम्हरे-एम्हरे। एखन गाड़ी कैं बहुत बिलम्ब छौह।" झारखंडी कैं कतहुँ सँ प्राण ऐलैन्ह। हृदय मे भ्रातृस्नेहक समुद्र उमड़ि ऐलैन्ह। कलपि-कलपि कय सभटा हाल सुना गेलथिन्ह।

मसियौत भाय आश्वासन दैत कहलथिन्ह, "कोनो चिन्ता नहि। एहिठाम एकटा मोहर्रिर रहैत छथि। हमर बेस चिन्हार छथि! चलह, हुनका सँ काज भए जैतौह।"

झारखंडी अपना मसियौत भायक पाछाँ-पाछाँ मोहर्रिरक डेरा पर पहुँचलाह। ओहिठाम पटिया पर बैसल एक व्यक्ति हुक्का पिबैत रहय। हिनका लोकनि कैं देखि कहलकैन्ह, "मोहर्रिर साहब पाखाना गये हैं। करीब एक घंटा में आवेंगे।"

अगत्या ई दूहू गोटा एक टूटल चौकी पर बैसैत गेलाह। पूरे पैंतालिस मिनट पर मोहर्रिर साहेब उकासी करैत पैखाना सँ बहरैलाह। अबितहि नौकर कैं डाँटय लगलाह जे "साला पैखाना इतना गन्दा काहे कर दिया! जाने को मिजाज नहीं करता है।" पुन: हुक्का पिउनिहार व्यक्ति पर बिगड़य लगलाह जे "हमारा हुक्का ताख पर से काहे उठा लाते हैं?" फेरि भीतर जा कऽ कोनो कारणवश धियापुता सभ कैं ठोकए लगलाह। जखन ओ सभ चें-भों करए लगलैन्ह तखन मोहर्रिर साहब बाहर ऐलाह।

हिनका लोकनि कैं बैसल देखि मोहर्रिर तमसा उठलैन्ह, "ए साहब क्या कर रहे हैं? चौकिया टूट न जाएगी।"

ई लोकनि फुरफुरा कऽ उठि गेलाह और सभ वृत्तान्त कहि सुनौलथिन्ह। मोहर्रिर साहब कहय लगलथिन्ह, "ए साहब! हम तो लिखने-पढ़ने का काम बिल्कुल छोड़े हुए हैं। खाँसी के मारे नाकोदम आ गया है। उसमें कब्जियत हो गई है सो पैखाना जल्दी उतरता ही नहीं। खैर, लाइये तो देखें, कैसा तार है।"

मोहर्रिर साहेब तार कैं तजबीज करैत बजलाह, "ए साहब! हमको तो बिना चश्मा के कुछ सूझता ही नहीं है।" नौकर पर खिसिया कऽ कहलथिन्ह, "रे उलुआ! ताकता क्या है? चश्मा लेते आओ।"

चश्मा ऐला उत्तर मोहर्रिर साहब नाक पर कमानी चढौलन्हि, फेरि लत्ताक छोर सँ ओकरा कान मे बन्हलन्हि। तखन तार पढ़य लगलाह, "ए साहब! पहले 'बी' मालूम पड़ता है, तब शायद 'एम' है-नहीं 'डब्ल्यू' है, उसके बाद 'जेड' है, उसके बाद...ए साहब! यह तो बड़ा गड़बड़ है। हमसे नहीं होगा! नाहक इतना तंग किया। ले जाइये।"

झारखंडीनाथ अपना मसियौत भायक संग पुनः भोजनालय मे पहुँचलाह। दीप लेसबाक बेरि भय गेलैक। मसियौत भाय आग्रह कैलथिन्ह, "आब कहाँ जैबह? राति होटल मे खा-पी कऽ भिनसरे चलि जैहऽ।"

झारखंडीनाथ जन्म-भरि कहियो होटलक मुँह नहि देखने छलाह। आइ पहिले-पहिले होटलक सिहन्तगर नाम सुनि आह्लादित भय भोजनालयक भीतर मे जा कऽ देखलन्हि जे टोकनाक टोकना चढ़ल अछि। एकटा अढ़ेया मे अङपोछा लगाय माँड़ पसाओल जा रहल अछि। एकटा बड़का टोकना मे पीयर राहड़िक दालि लगाओल जा रहल अछि। अन्दाज पसेरिएक तरकारी काटल जा रहल अछि। एगोटा बड़का सिलौट पर आमक चटनी पिसैत अछि। ई सभ देखि झारखंडीक जीभ सँ पानि खसय लगलन्हि। मसियौत भायक लग जा कऽ पुछय लगलथिन्ह, "भाइ साहेब एतय कोनो भोज-भातक तैयारी भऽ रहल छैक की?"

मसियौत भाय कहलथिन्ह, "एतय सभ दिन एहिना होइत छैक। दू आना कैञ्चा देला सन्ताँ जे क्यो आबथि तनिका भरिपेट भात, दालि, तरकारी और चटनी खोआए देल जाइत छैन्ह!"

झारखंडी कनेक विस्मित भय बजलाह, "और जे क्यो असौजनिया छथि तनिका लोकनि कैं कोन भोजन कराओल जाइत छन्हि?"

मसियौत भाय बिहुँसि कय कहलथिन्ह, "क्यो असौजनिया अबैत छथि तिनका लोकनि कैं नीक जकाँ चानन-काजर कए पाग-डोपटा बिदाइ दए सौजन्य कराओल जाइत छैन्ह। किन्तु डाला पर पहिनहि सभ दाम जोड़ि कए चढ़ाबए पडैत छैन्ह।"

झारखंडीनाथ आश्चर्यचकित भय बजलाह, "अरी तोरीक रौ तोरी! एहन रंगलाल तऽ कहियो ने सुनने छलिऐक! बेस, ई तऽ कहू जे घरबैयाक मूल की थिकैन्हि?"

मसियौत भाय आकुंचित नयन सँ कहलथिन्ह, "घरबैयाक मूल थिकैन्ह अछिंजले भतवार। हिनका ओहिठाम आब बड़-बड़ पैघ लोक अबैत छैन्हि। वैह देखू एकटा पागधारी औखन आबि रहल छथि। ई उपदेशकजी थिकाह। आन ठाम जैताह तऽ भरि ठेहुन जमाबए लगताह जे हम अरवे चाउर भोजन करैत छी, किन्तु एहिठाम ऐला सन्ताँ अपैत-सपैत सभटा हाविष्ये बनि जाइत छैन्ह।"

एतबहि मे एकटा मैट्रिक फेल जे डाकपिउनगिरीक हेतु सिफारिशी चिट्ठी अनने छल और दू-तीन दिन सँ दौड़ि बरहा करैत छल, भोजनालय मे पहुँचल। झारखंडीक मुँह सँ लगातार तारक चर्चा सुनि ओ कहलकैन्ह, "महाराजजी! कैसा तार है? लाइये न, पढ़ दें।" झारखंडीनाथ हड़बड़ी मे दूनू हाथे तार बढ़ा देलथिन्ह। ओ तार पढ़ए लागल, "मैरेज सेटल्ड ब्रिंगिंग ब्राइडग्रूम आन ट्यूजडे इवनिंग ऐरेंज।"

पाछाँ भाषा मे अर्थ बुझाबय लगलैन्ह, "तार पटने से आया है। रेवतीरमण नाम के किसी आदमी ने पटना से तार भेजा है। शादी ठीक हो गई। वह मंगलवार की शाम को दूल्हा लिये आ रहे हैं। तबतक सब इन्तजाम कीजिये।"

४

जहाज परक गप्पशप्प

संध्याक समय अछि। सूर्य भगवान रूसल जमाय जकाँ मुँह विधुऔने प्रस्थान कय रहल छथि। गंगाजीक हिलकोर देखि भान होइछ जेना जमायक रुसला सँ गोटेक छोहगरि सासुक छाती दलमलित भय रहल हो।

एतबहि मे एकटा स्टीमर शंखनाद करैत महेन्द्रू घाट दिसि अबैत दृष्टिगोचर भेल। जहाजक भोंपा सुनितहि समस्त यात्रीगण मे भारी हूलि उठि गेल। जेना 'सिरकट्टा' दौड़ल अबैत हो।

जहाज घाटो ने लागल छल कि असंख्य कुलीवृंद मुसाफिर लोकनि कैं धकियबैत, केहुनियबैत, सुग्रीवक दल जकाँ फानि कए ओहि पर टूटि पड़ल। जहिना कुकुरक जमात ऐंठ पात देखि चारू कात सँ ओहि पर झपटैत अछि, तहिना कुलियो सब ट्रंक ओ मोटा देखि ओहि पर झपटैत गेल और छीनाछोरी करैत उठाबय लागल।

जहाजक मुसाफिर लोकनि उतरबाक मोसबिदे बनबैत छलाह कि घाट परक धरोहि एके बेरि रेलमपेल करैत जहाज दिसि कऽ जोर कय देलक।

एही धक्कमधुक्कीक समय मे एगोटा स्थूलकाय नेने घाटक सीढ़ी पर धड़फड़ाइत आबि रहल छथि। झटकला सँ सौंसे देह घाम सँ तर-बतर भय रहल छैन्ह। तथापि थुलथुल करैत, अपना भरि अपस्याँत होइत नीचा उतरि रहल छथि। धौतवस्त्र अत्यन्त ढील भय डाँड़ सँ अहिंसात्मक असहयोग कय रहल छैन्ह। जहिना एक हाथ सँ फुजल साँची सम्हारय लगलाह कि बामा हाथ मे लोटा खसि पड़लैन्ह। गंगाजल सँ भरल कलगइयाँ लोटा ढनढना कऽ ओङ्ढ़ाइत-ओङ्ढ़ाइत गंगाजीक धारे मे जा कऽ विश्राम लेलक।

एतबहि मे जहाजक भोंपा बाजि उठल। ई सुनैत आगन्तुक टाँहि देलन्हि, "औ लाल छी औ? आहि रौ बाप! औ की भेलहुँ औ...!" उत्तर नदारद।

एहि बेरि बुचकुन चोधरी कैं जतेक दम छलैन्ह ततेक जोर सँ चिचियाय लगलाह, "औ लो-आ-आ-आ-ल! कतहु लाल छी औऽऽऽ!" एहि बेरि जहाज पर सँ तीव्र स्वरें उत्तर श्रुतिगोचर भेल, "एम्हरे, एम्हरे। चलू झट दऽ। जहाज छुटैत अछि।"

आब बुचकुन चौधरी कैं कतहुँ सँ प्राण ऐलैन्ह। लोटाक मोह छोड़ि तलमलाइत-तलमलाइत जहाज पर चढ़ि गेलाह।

बुचकुन चौधरी कैं देखितहि लालकका पुछलथिन्ह, "अहाँ लघुशंका करय गेलहुँ से एतेक विलम्ब कतय लागल? हमरा तऽ होइत छल जे आब अहाँ एतहि छुटलहुँ।"

चौधरी जी अङपोछा कैं बीयनि जकाँ घुमबैत बजलाह, "आहि! की कहू? भारी फेर मे पड़ि गेलहुँ। लग मे कतहु निकासे नहि भेटैत छल। एहि दिसि महादेवक घाट छैन्ह। ओहि कात गेलहुँ तऽ टमटम सभ ठाढ़। जेम्हरे जाइ तेम्हरे लोक सभ धड़मुड़िया देने। एक ठाम बैसय लगलहुँ तऽ ओहिठाम 'हवागाड़ी' पहुँचि गेल। तखन की करू। जा कऽ सत्यदेवक डेरा सँ लघुशंका कय ऐलहुँ अछि। ओहिठाम जहिना पहुँचैत छी कि जहाज एम्हर भोमियाय लागल। से ताहिठाम सँ बुझू जे दे दड़बड़, दे दड़बड़..."

ई कहि चौधरीजी पुन: हाँफय लगलाह और पंखा डोलाबय लगलाह। जखन हँफनी किछु कम भेलैन्ह, तखन एकाएक बाजि उठलाह, "लाल! लोटा तऽ गंगाजी मे खसि पड़ल। धड़फड़ी मे हाथ सँ छूटि कऽ ढनमनाइत-ढनमनाइत नीचा गेल। जा निहुरी-निहुरी ता तँ पार! लोटा तँ गेल से गेवे कैल, गगांजलो सभ छुट्टी भऽ गेल।"

ई सुनितहि लालककाक रंग उड़ि गेलैन्ह। अत्यन्त खिन्न भय बजलाह, "जाह! लोटा खसि पड़ल? बहुत दिन सँ हमरा सङ छल। प्रयागक कुम्भ मेला मे जा कऽ किनने छलहुँ। आब कि ओहन लोटा एहि देश मे भेटि सकैत अछि? कतेक यत्न सँ अपन नामो ओहि पर खोदबौने छलहुँ।"

लालक मुखाकृति स्याह होइत देखि चौधरीजी झट बाजि उठलाह, "नहि, नहि। अहाँक लोटा दऽ नहि कहैत छी। ओ तऽ मोटा मे बन्हले अछि। हमर अपने लोटा हेरा गेल।"

ई सुनितहि लालककाक पितपिताएल ठोर पर हँसीक रेखा आबि गेलैन्ह। बजलाह, "अहाँक लोटा छल! हेराइये गेल तँ कोन क्षति? घृत कतय हेराएल तँ दालि मे। गंगेजीक उदर मे पैठ भलैन्ह कि ने? ई भाग्यहिक बात बुझक चाही। लोटा तऽ कतेक भऽ जाएत, किन्तु गंगामाइक कृपा सदैव एहिना होइत रहौ यैह बड़का बात।"

चौधरी मनहिमन कहलन्हि, "एहन कृपा अहीं कैं सदेव होइत रहौ। कनेक अपना दऽ बूझि पड़ल तँ केहन छिलमिला उठलहुँ! सब जान-गुदरी छाँटए लगलहुँ अछि।" पुन: प्रकाश्य स्वर मे बजलाह, "लोटा हेरा गेल से एक तरहें नीके भेल। ओकर कनखा किछु ओदरि जकाँ गेल छलैक। से मँजबा काल कतेक दिन आँगुरे कैं पार कऽ दैत छल। आब ओहि डर सँ तँ बचलहुँ।"

एतबहि मे जहाजक तेसर घंटी बाजल और जहाज विपुल-जलराशि कैं चिरैत बिदा भेल। घाट सँ देखला उत्तर बूझि पड़य जे जहाज गंगाजी मे पानिक सड़क बनबैत जा रहल अछि। किन्तु ओ सड़क बाल-विधवाक मनोरथ जकाँ बिलाएल जा रहल अछि।

देह मे बयार लगला पर बुचकुन चौधरि लालकका सँ गप्प करबाक हेतु कोनो बात फुराबय लगलाह। जखन और किछु नहि फुरलैन्ह तखन बजलाह, "लाल! बटुकजी त 'सभा' पहुँचि गेल होएत। कतहु एहन ने हो जे ओम्हर भोलानाथ गोटेक दोसर 'बिख्या' नेने आएल होथि।"

ई बात लालकका कैं कठाइन जकाँ बूझि पड़लैन्ह। तथापि बल सँ हँसि कय बजलाह, "नहि। एहन नहि भय सकैत अछि। हम गामक पता सँ तार दैए देने छिऐन्ह। तखन बटुकजी कैं पठाइये देने छिएक। काल्हिये सौराठ पहुँचि गेल होएत। दोसर, जे भोलानाथ हमरा बिनु सूचित कैनै 'बालक' नहि आनि सकैत छथि।"

चौधरि आब हँ मे हँ मिलबैत कहलथिन्ह, "हँ, से तँ ओ साक्षात भोलेनाथ थिकाह। बिनु पुछने लघुशंको करय नहि जैताह। वर अनबाक कोन कथा? आब तँ बटुकजी द्वारा सभ ज्ञाते भेल हैतैन्ह।"

लालकका एहि बेरि गम्भीर मुद्रा बनाकय बजलाह, "बटुकजी अछि कनेक बुड़ि जकाँ। तैं सन्देह होइत अछि जे संवाद पहुँचल होइन्ह वा नहि।"

"कहियो पूर्व मे 'सभा' गेल अछि कि नहि?"

"हँ, से तऽ हमरा संग तीन बेरि भऽ आयल अछि, किन्तु बोध नहि भेलैक अछि। ओतय पहुँचले उत्तर दिसाँस लागि जाइत छैक। हम तऽ अपना भरि खूब बुझा-सुझा कए पठौने छिऐक जे पहिने टुन्नी झा घटकक खोज करिहऽ, वैह सभ कए देथुन्ह। आब देखा चाही जे केहन यश लगबैत अछि।"

चौधरीजी सोचय लगलाह जे एहि पर की बाजू। ताबत लालकका पूछि बैसलथिन्ह, "जमाय खूब पसन्द पड़लाह किने?"

चौधरी जी 'रोटिया गवाह' छलाह। हुनका सिद्धान्ते 'सत्यं ब्रूयात् प्रियं ब्रूयात्' एहि वचनक केवल उतरार्द्ध टा माननीय छलैन्ह। पूर्वोक्त प्रश्न यदि केओ आन व्यक्ति एकान्त मे पुछने रहितैन्ह तऽ कोशक समस्त निन्दासूचक शब्द कैं निंघटा देने रहितथि। किन्तु लालककाक मुँह सँ ई प्रश्न सुनि केवल अलंकार में प्रशंसा करए लगलाह, "जमाय तऽ बस जमाइये छथि। जेहन होमय बुझए। आइकाल्हिक जे थिकैक छओ पाँच, से एकोरत्ती नहि छैन्ह। दोसर केओ अङ्‌रेजिया रहैत तऽ मारि टीमटाम फीटफाट-मचमच करैत चलैत। किन्तु ई त बूझू जे परमहंसे थिकाह। एहन तऽ कतहु देखबे नहि कैल। तखन अवगुण मे अवगुण यैह जे कनेक मोटिया पहिरैत छथि।"

ई कहि चौधरी मंद-मंद हँसय लगलाह।

लालकका किछु अधिक घूमल-फिरल छलाह। बजलाह, "खद्दर पहिरैत छथि से तँ कोनो तेहन अनर्गल नहि। आइकाल्हि बसाते सैह बहि गेल छैक। हमहीं देखू जे कइएक ठाम भारी धुसान मे पड़ि गेल छी।" किन्तु यैह कहि जान छौड़बैत छी जे "बाबू! ई धोती हमर अपन किनल नहि अछि। बिदाइ मे भेटल तँ कोना फेकि दियऽ। हँ आब जौं किनबाक होएत त स्वदेशीए कीनि लेब।"

जखन चौधरीजी देखलन्हि जे लाल अहू विषय मे हाथ नहि लगलाह तखन बाजय लगलाह, "आहि, आहि, आहि! से तऽ अवश्ये। आब तऽ नीक नीक लोक बूझू जे खद्दरे पहिरय लागल अछि। और आब विलायती कपड़ा भेटबे कतए करैए? सभ दोकान पर दू-दू गोटा नकुल-सहदेव जकाँ ठाढ़! की तऽ हम स्वयंसेवक थिकहुँ!"

लालकका कहलथिन्ह, "देखितहि छी कतेक कठिनता सँ चारि खण्ड विलायती साड़ी भेटल अछि। मिसरक खातिर तऽ सभटा वस्त्र खादिएक लेबय पड़ल अछि। किन्तु आङनक हेतु बूझू सौंसे बाकरगञ्ज छानि कय तखन चारि टा पातर साड़ी भेटल अछि।"

बुचकुन चौधरि एहि कथाक समर्थन करबा लय सुरफुरैलाह। किन्तु लालकका वार्तालापक रुख बदलल जकाँ देखि चट दऽ पूछि बैसलथिन्ह, "की? जमायक शील-स्वभाव केहन बूझि पडैत अछि।"

चौधरीजीक मुँहक बात मुँहे रहलैन्ह। बजलाह, "आहि आहि! शील-स्वभावक कोन कथा? परम सात्विक छथि। असले सत्ययुगी अवतार! आइकाल्हिक नवतुरिया छौंडा सभ जहाँ ए. बी. सी. टी. फी. टी. पढ़ि लेलक कि भदैया बेङ जकाँ कोंकियाए लगैत अछि। बूढ पुरनिया कैं के गुदानैत अछि? सदिखन बबुआनी फैशन मे चूर। किन्तु हिनका मे तऽ घमण्डक छूतियोटा नहि छैन्ह। एकरा सोन मे सुगन्ध बुझबाक चाही। धाख-संकोच सेहो बेस छैन्ह। तखन माथ जे नहि झँपै छथि से तऽ कनेक नेनमति जकाँ छैन्ह। हमर ससुर तऽ परम वृद्ध भऽ गेलाह। आँखि सँ नहि सुझैत छैन्ह किन्तु औखन यदि कतहु भेंट भऽ जाइत अछि तऽ झट दऽ धोतियोक साँची खोलि कए माथ पर राखिये टा लैत छी।"

लालकका देखलन्हि जे ई कतबो प्रशंसा की प्रशंसाक बाप ने करताह, तथापि अन्त मे एक शह धरि अवश्ये लगा देताह। अतएव हारिदारि कए आब अपनहि दिसि सँ कहय लगलथिन्ह, "ई कुटुम्ब असल मे पूछी तऽ हमरा कृत्ये नहि भेल छथि। एकर सोरहो आना यश वा अपयश 'कनटीर' कैं छैन्हि। ओ तऽ कहैत छथि जे ई एकटा रत्ने थिकाह। ई तऽ दैव कैं अनुकूल बुझबाक चाही, ने तऽ ई कतहु हमरा ओहिठाम आबथि। वर-वरगुण देखितहि छी—बी.ए. पास, घर सँ बेस सुखितगर, पाँच-छौ सै टाकाक नगदी तहसील-सभा जैतथि तऽ एक हजारसँ कम नहि भेटितैन्हि।

किन्तु ई बड़ उच्च विचारक छथि। कहै छथि जे तिलक प्रथा अन्याय थिक। विवाह स्त्री-पुरुषक होइत छैक, किछु टाकाक नहि। तैं हमरा सँ एकोटा कैञ्चाक अपेक्षा नहि रखैत छथि। एहन कथा यदि आन ठाम करितहुँ तऽ तनो-तरीज भऽ जैतहुँ-ओहि पाछाँ बिका जैतहुँ, किन्तु हिनका मे तऽ जगदम्बाक कृपा सँ कोनो टा खर्चे नहि। तखन ई त हमरा वास्ते बूझू जे देवते भऽ कऽ ठाढ़ भेल छथि।"

चौरीजीक अपन जमाय पढ़बा-लिखबा मे सिलपट्ट छलथिन्ह। ताहू पर बरियात बिदा करय काल एक जोड़ बरदक खातिर ससुर जमाय मे खूब थुक्कम-फज्जति भऽ गेल छलैन्ह, जे समस्त गाँव मे प्रख्यात छल। अतएव लालककाक सौभाग्य-सूर्य कैं एकाएक एतेक चमकल देखि चौधरीक आँखि फूटय लगलैन्हि। तथापि आन्तरिक भाव कैं दबा कए कहलथिन्ह, "ईह! अहाँ त 'अल्टी' मारि देल। अपना टोलक कोन कथा-गाँव भरि मे एहन कुटुम्ब केओ नहि अनने छलाह-से बड़का-बड़का बबुआन सभ देखि कय दाँते आङ्गुर काटय लगताह। यावत सभ केओ सभा मे टाँहि-टाँहि करैत छलाह, ताबत एही ठाम मे अहाँ खड़े पचीसे रंग..."

एतेक धरि बाजि ईर्ष्याक प्रबल वेग सँ रुद्धकण्ठ चौधरी आगाँ नहि बढ़ि सकलाह।

लालकका सौजन्य देखबैत कहलथिन्ह, "ई कथा जे भऽ सकल से अहीं लोकनिक कृपाक फल थिक। अहाँ तऽ संयोग सँ हाइकोर्ट मे अपील करय आबि गेलहुँ तैं, नहि तऽ एसकर हमरा बुते कोनो टा काज सम्हरैत? कनटीर तऽ सदिखन मिसरेक संग रहैत छथि। दूनू गोटा कैं सुलग्नक भेट छैन्ह, तैं एतेक मेल रहैत छैन्ह।"

ई कहि लालकका मन्द-मन्द मुसुकाय लगलाह। लालकका कैं एहि तरहें प्रसन होइत देखि चौधरीजीक सौंसे देह मे आगि लागि गेलैन्ह। मन मे कहलन्हि, "कोन एहन सोति कैं उठा अनलन्हि अछि जे एतेक गतियाइत छथि? एक पहर सँ अपना भरि ढकि रहल छथि जेना हमरा लोकनि कहियो कुटुम्बक मुँह नहि देखने रही। बेस, हिनक मोहो तऽ कनेक तोड़ि देबाक चाही।" ई विचारि चौधरीजीक तीक्ष्ण दृष्टि छिद्रान्वेषण दिसि तत्पर भेल। बजलाह, "मिसरक पिता त नहि जीवित छथिन्ह। यैह कनक अथी जकाँ...।"

लालकका बीचहि मे बात काटि कहलथिन्ह, "पिता नहि छथिन्ह तँ हर्जे की? आब किछु नाबालिग तऽ नहिए छथि। भगवानक कृपा सँ अपन कार्य देखबा योग्य..."

चौधरी : "घरे किछु अधिक दूर पबैत छन्हि। भागलपुर जिला एहिठाम सँ..."

ला. : "आब तऽ रेलक प्रसादात् दूर कतहु रहबे नहि कैल। और भागलपुर जिलाक तऽ अपना गाम मे कइएकटा कुटुमैती अछि।"

चौ. : "मिसरक बयस किछु अधिक जकाँ बूझि पड़ैत छैन्ह। हमरा लोकनि कैं तऽ नहि कोनो हर्ज, किन्तु स्त्रीगण कैं..."

ला. : "नहि, बयस तऽ बेसी नहि छैन्हि। ई बाईसम वर्ष थिकैन्ह।"

चौधरीजी देखलन्हि जे आब कोनो मे नहि लहल, तखन अगत्या गस्सा मे गस्सा मिला कए दसो आङुर कैं फोड़य लगलाह।

एतबहि मे जहाज कर्णभेदी नाद करैत पहलेजा घाट पहुँचि गेल। सभ यात्री एक दोसरा सँ पहिनहि जैबाक हेतु फाँड़ भिड़ने 'पहलेजा' नाम कैं सार्थक करय लगलाह।

लालकका ओ बुचकुन चौधरी ठाढ़ भय अपन वस्तुक रक्षा करय लगलाह। तावत रेवतीरमण पाहुन कैं संग नेने ओहि ठाम पहुँचि गेलथिन्ह। जखन भीड़ छटि गेलैक त ई चारू गोटे जहाज सँ उतरैत गेलाह।

बुचकुन चौधरी दिन मे सुतल नहि छलाह। अतएव ई अभीष्ट छलैन्ह जे गोटेक खाली कोठरी भेटय तऽ ओहि मे खूब आराम सँ सूति रही। अतएव कुलीक माथ पर असबाब लदबौने गाड़ीक आदि सँ पजोहि धैलन्हि और अन्त धरि चलि गेलाह। कतहु पसन्द नहि पड़लैन्हि। ताबत गाड़ीक सभ डब्बा पुरोहितक पेट जकाँ भरि गेल! बुचकुन चौधरी कठिन समस्या मे पड़ि गेलाह। हिनका थकमकाइत देखि खौंझाएल कुली और जोर सँ चिचियाय लागल।

चौधरीजी कैं किंकर्तव्यविमूढ़ भेल देखि रेवतीरमण फानि कय एकटा कोठरीक दरबाजा खोलि ओहि मे असबाब रखबाबय लगलाह। कोठरीक यात्री लोकनि एक स्वर सँ एहि क्रियाक घोर विरोध करय लगलाह। तथापि चारू गोटे येनकेनोपायेन ओहि मे प्रविष्ट भेलाह।

बुचकुन चौधरि नीक जकाँ गाड़ी मे चढ़बो नहि कैल छलाह कि लगलाह हड़बिड़रो उठाबय, "हमर धोतीवला मोटरी कतय अछि?"

लालकका पुछलथिन्ह, "की! फेरि किछु छूटि तऽ ने गेल?"

चौधरी बजलाह, "हम ओहि पार मगह जानि गंगास्नान नहि कैल। जाइत छी तुरन्त एक डूब देने चल अबैत छी।"

लालकका कहलथिन्ह, "आब समय नहि अछि। बर्नी, अहाँ झट दऽ डूब दए आउ, ता हम धोती बाहर कए रखैत छी।"

चौधरीजी ने आव देखलैन्हि ने ताव, सोझे गंगाक मुँहे बिदा भऽ गेलाह। जहिना चौधरी भरि डाँड़ गंगाजल मे धसलाह कि ओम्हर गाड़ी सीटी दय देलकैन्ह। चौधरजी ठामे एक डूब दय लदफद धोती नेने पानि चुअबैत दौड़लाह। गाड़ीओ क्रमशः मन्द गतिएँ बिदा भेलि। लालकका खिड़की सँ मुँह बाहर कए जोर सँ सोर पारय लगलथिन्ह। चौधरी दौड़ैत-दौड़ैत रेलवे लाइनक समीप पहुँचि गेलाह और जाहि डब्बा मे लालकका रहथि तकर समानान्तर दौड़य लगलाह। किन्तु सहसा गाड़ीक स्पीड तेज भय गेलैक और चौधरीजी केवल एक हाथक अन्तर सँ छुटि गेलाह।

५

गोसाँओनिक गीत

झारखंडीनाथ तारक अर्थ घोखैत-घोखैत गाम दिसि बिदा भेलाह। एही धुन मे मस्त भेल बढ़ल चल अबैत छलाह कि पाछाँ कनपट्टी लग घंटी टनटना उठलैन्ह। जहिना पाछाँ फिरि कय ताकय लगलाह कि नीचा साइकिलक अगिला पहिया सरसराइत साँची धोतीक मध्यभाग मे सन्हिया गेलैन्ह। तदुपरान्त सड़कक दोष सँ वा साइकिलवलाक दोष सँ वा पृथ्वीक आकर्षणशक्तिक दोष सँ झारखंडीनाथक शरीर तुरन्त लम्ब सँ आधार रूप मे परिणत भय गेलैन्ह। लगभग एक पल धरि साइकिलक चेन मे ओझराएल रहलाह। पुनः देह झाड़ि कय उठलाह। देखैत छथि जे साइकिलवला और केओ नहि, वैह सकुड़ीक डाक्टर थिक।

झारखंडीनाथ पड़ैबाक उपक्रम करय लगलाह। तावत पीठ मे केओ पम्प लऽ कऽ एहि प्रकारे स्पर्श कैलकैन्ह जे ओकर दोसरो नक्शा ओहिठाम उखड़ि गेलैन्ह।

झारखंडीनाथक आगाँ अन्हार भऽ गेलैन्ह। तारक जे जे अर्थ घोखैत अबैत छलाह से सभटा बिसरि गेलैन्ह। साइकिल हनहनाइत निकसि गेल।

झारखंडीनाथ जखन घर लग पहुँचलाह तखन थोड़ेक काल ठाढ़ भऽ कऽ कानय-कानय सन मुँह बना लेलन्हि। पुनः ठेहुन कैं धैने नङराइत-नङराइत लालकाकीक आँगन मे प्रवेश कैलन्हि।

लालकाकी पिउरि करैत छलीह। झारखंडी कैं देखतहि बाङ टकुरी कैं छोड़ि ठाढ़ि भऽ गेलीह। कहलथिन्ह, "ऐ बाबू! अहीं पर मन टाँगल छल। राति भरि ततेक अन्देसा भेल जे नींद नहि पड़ल। आइ भिनसरे अजगैबीनाथ सँ सगुन कराओल तऽ कहलन्हि जे सीताक घर मे सगुन उचरल अछि से अवश्ये किछु ने किछु भाङठ भेल हैतैन्ह। आब अहाँक मुँह देखि जी मे जी आएल! ऐ बाबू! एतेक बिलम्ब कोना भेल?"

एकरा उत्तर मे झारखंडीनाथ ठोहि छोड़ि कानय लगलाह। हिचकी उठि गेलैन्ह। नाक सँ पानि खसय लगलैन्ह। ई देखितहि लालकाकी पुक्की देलन्हि, "अरे दै...बा!

मुद्दैया सभक छाती जुड़लैक रे दैबा!" बस, देखादेखी सौंसे आङन मे कन्नारोहटि पसरि गेल।

कन्नारोहटिक शब्द सुनितहि आवेशरानी फुलमतियाक संग हकासलि-पियासलि लालकाकीक आङन पहुँचलीह। बजलीह, "हमरा तऽ भेल जे बौआदाइ आइलि अछि। भोलाबाबू ओहि दिसि गेले छथिन्ह। भरिसक लेआओन करौने आएल होइथिन्ह। से जहिना निपै छलहुँ ताहिना नुड़हे हाथे दौड़लहुँ।"

फुलमतिआ अपन फुर्ती देखबैत बाजलि, "आ हम तऽ कनटीरबा कैं छोचबै छलिऐक। जहिना कननाइ सुनलिऐक कि लोटा फेंकि कऽ दौड़लहुँ।"

झारखंडीनाथ देखलन्हि जे हमर कननाइ तँ दोसरे रङताल पसारि देलक। तैं आब अपन अर्जीदाबी पेश करय लगलाह, "अरौ बाप रौ बाप! ज्योतिषीककाक हम की बिगाड़ने छलिऐन्ह जे हमरा बध कराबय पर लागि गेलाह। सकुड़ीक डाकदर सनकाह लोक, तकरा लग खून होमय लेल पठा देलैन्हि! ओहि ठाम तऽ जे मारलक से रामजीक प्रताप सँ मारबे कैलक, गामक सिमान धरि नेङरौने आएल छल। कोनो तरहें प्राण बाँचि गेल। ठेहुन-केहुनी सभ फूटि गेल। देखि लियऽ। अहाँ जे नवका धोती देने छलहुँ से रामजीक प्रताप सँ चिर्री-चिर्री भऽ गेल। जौं फूसि कहैत होइ तऽ वंश तर छी।"

लालकाकी आतुर भय पुछलथिन्ह, "ऐ बाबू! आब तऽ जे भेलैक से भऽ गेलैक। तारक हाल कहू। अपने जिबैत छथि कि नहि?"

झारखंडीनाथ अपन केहुनाठी कैं तजबीज करैत बजलाह, "तारक बात सभ तऽ हम मन पाड़ने अबैत छलहुँ। से रामजीक प्रताप सँ एहन सटका मारि देलक जे सभ टा बिसरि गेल।"

एतबहि मे सड़क पर एक्काक खड़खड़ाहट सुनि पड़ल। झारखंडीनाथ पुनः अनिष्टक भय सँ झट कान पर जनउ चढ़बैत अपना बथान दिसि बिदा भेलाह। एक्का लालकाकीक दरबाजा पर पहुँचल। ओहि पर सँ भोलानाथ और बटुकजी उतरलाह। भोलानाथ झा धुरिआएले पैरे आङन मे जाय बजलाह, "भौजी, खुशखबरी नेने ऐलहुँ अछि। इनाम दियऽ।"

लालकाकी भोलानाथ कैं देखतहि आनन्द सँ अपना कैं बिसरि गेलीह। पुनः बजलीह, "ऐ छोटका बाबू, ऐ छोटका बाबू! बड़ संकट मे आबि कऽ उबारि लेलहुँ। आइ दू दिन सँ पेटक अन्न लाबा-फरभी होइत अछि।"

ढुनमुनकाकी माँड़ पसबैत छलीह। अपना स्वामीक स्वर सुनितहि पसौनाइ छोड़ि घर मे जा नुकैलीह। बुचिया एक लोटा पानि ढारि कय भोलानाथक आगाँ मे राखि देलकैन्ह। भोलानाथ पैरक औंठा कैं मँजैत बजलाह, "भौजी! इनामक बात अन्ठा देलहुँ। से अन्ठौने काज नहि चलत।" लालकाकी बिहुँसि कय कहलथिन्ह, "इनाम मे चारि मास और बाँकी रहि गेल अछि। जौं ठाकुरजीक कृपा होएत तऽ..."

भोलानाथ लजा कय बात कटैत बजलाह, "हम तऽ दोसरे कथा ठीक कैने छलहुँ। घूटर मामा कैं सोलहो आना पसिन्द छलैन्ह। ताबत बटुक जी दोसरे संवाद लऽ कऽ पहुँचि गेल जे लालकका अपना संग वर नेने चल अबैत छथि।"

लालकाकी कैं विधाता पर अत्यन्त पित्त उठलैन्ह जे दुइए टा कान किऐक देलन्हि, जौं चारि टा कान देने रहितथि तऽ चारू कान सँ ई बात सुनितहुँ। आवेशरानी कैं हर्षक द्वारे सौंसे देह में गुदगुद्दी लागय लगलैन्ह।

लालकाकी एके साँस मे एतेक प्रश्नक वर्षा करय लगलीह, "कहू, कहू ऐ बाबू! कखन वर औतेक? केहन छैक? कतेक टा? गोर छैक कि कारी? नाम की छैक? घर कोन गाम छैक?"

भोलानाथ कहलथिन्ह, "बटुकजी सँ सभटा हाल पूछि लियऽ। हमरा आब स्नान मे अतिकाल भेल।" ई कहि भोलानाथ मोटरी सँ धोती और अङपोछा बाहर कय एक चुड़ कड़ू तेल माथ मे पचबैत पोखरि दिसि बिदा भेलाह!

आब स्त्रीगणक गरोहि बटुकजी पर टुटि पड़ल। बटुकजी चारूकात सँ घेरा गेलाह। लालकाकी पुछलथिन्ह, "ऐ बाबू! कहू, वर देखय-सुनय मे केहन छैक?"

बटुकजी अपन स्वाभाविक भाषा मे बाजल, "वर देखय-सुनय मे केहन रहतन? जेहन आदमी होइअऽ। एगो नाक हइन, दूगो कान हइन, हाथ गोर हइन; और केहन रहतन?"

आवेशरानी पुछलथिन्ह, "वरक अङौट केहन छैक?"

बटुकजी : "न कौआ जैसन करिया छथ न बगुला जैसन उज्जर।"

लालकाकी पुछलथिन्ह, "वर कतेक टा छैक? कैयम वर्ष हैतैक?"

बटुकजी : "न बूढ़ लेखा दाँत टुटल हैन न लड़िका लेखा दूध पिबै छथ। और धूआ मे हमरा न देखली वरे के देख लेली।"

आवेशरानी : "ऐ बाबू! पम्ह चललैन्ह अछि कि नहि?"

बटुकजी : "पम्ह के के कहे गलमोछा तक हो गेलैन। लड़कारी एखनी तक धैले रहतैन?"

ई बात सुनि लालकाकीक मुखमण्डल मुरझा गेलैन्ह। पुछलथिन्ह, "हौ बाबू! जमाय पढ़ल-लिखल छैक कि नहि?"

बटुकजी : "हमरा लेखे तऽ कुछ न छथ। 'शंशकीरित' मे हमरा साथ न बोल सकै छथ। एगो कनीगो 'जोतिश' के बात पूछ देलिएन, ताही मे ढेकार हो गेलैन। 'शीशूबोध' के एगो इश्लोक पुछलिऐन तऽ चूड़ा अमौट दुन्नू खसे लगलैन।"

आवेशरानी : "वर खूब सुखितगर होएतैक?"

बटुकजी : "कुछ न छथ। मङनी मे मँहग छथ।"

लालकाकी : "तखन कोन गुन पर उठा कऽ नेने अबैत छथिन्ह?"

बटुकजी : "जाने गेलिऐन? कैसे पसिन्द पड़ गेलैन! वर के तऽ बोलहू के लूर न हइन। सभ के 'आप' 'आप' कहै छथ।"

ई सुनितहि स्त्रीगणक मंडली में भारी हँसी उठि गेल। आवेशरानी हँसैत-हँसैत बजलीह, "ऐ बहिना! ई ने कहियो सुनने छलिऐक। 'आप' की कहबैत छैक?"

सूर्यमुखी हँसैत-हँसैत ओङ्ढ़ाय लागलि। बाजलि, "आहि गे माय! 'आप' की कहैत छथिन्ह? ताहि सँ सोझे 'बाप' किऐक ने कहैत छथिन्ह?" एहि पर पुन: ठहाका पड़ल।

ई देखि लालकाकीक जी पित्ते औंट भऽ गेलैन्ह। लोहछि कए बजलीह, "हऽ! अनकर चौल करैत अनका किछु लगैत छैक? अही गाम मे केहन-केहन जरलाहा जमाय सभ ऐलैक अछि। हम कहाँ ककरो मुहँ मे खोरनाठ लगाबय गेलिऐक अछि? हमरा आङन मे एखन वर ऐबो नहि कैल अछि। तखन नहि जानि छुच्छी सभ पहिनहि सँ एतेक किएक जड़ि लागल रहैत अछि?"

एतेक बाजि लालकाकी नहूँ-नहूँ कानय लगलीह। सूर्यमुखी रंग-कुरंग देखि चुप्पे घसकि देलक। आवेशरानी आब बात कैं चिकनाबए लगलथिन्ह, "ऐ बहिना! ई नाहक कियैक सोच करैत छथि? लालकका किछु आन्हर तऽ छथि नहि जे पंगु कैं उठा अनताह! हुनका सँ बाढ़ि कय सफली के होएत?"

लालकाकी हुनके पर काट करैत उत्तर देलथिन्ह, "हित मुदैया सभ के हँसबाक मन लागल छैक से सभ कैं सिहन्ते लागल रहि जैतैन्ह।"

एतबहि मे भोलानाथ झा गंगास्तव पाठ करैत आङन मे पहुँचलाह। लालकाकी देखितहि टोकलथिन्ह, "ऐ बाबू! अहाँक भाय केहन कान्ह-कोढ़ि कैं उठौने अबैत छथि से हमरा सरिपों-सरिपों कहि दियऽ, नहि तऽ हम कपार फोड़ि कऽ मरि जाएब। हमर चंग उड़िआएल अछि।"

भोलानाथ हाथक लोटा तुलसी चौरा पर धरैत बजलाह, "राम-राम! एहन बात केओ बजैए! शुभ अवसर पर लोक गीत-नाद गबैत अछि कि ई सभ भखैत अछि! वर तऽ भाइसाहेब एहन नेने अबैत छथि जेहन गाम मे केओ नहि अनने छल। बटुकजी परम बुड़ि अछि। की कहत?"

ई सुनितहि आङन मे जनीजातक मण्डली मे बड़े टहङ्कार सँ गोसाँओनिक गीत उठि गेल।

६

मिस्टर सी.सी. मिश्रा

गाड़ी छुटि गेला उत्तर बुचकुन चौधरी जाड़ तथा क्रोधक वेग सँ थरथर काँपय लगलाह। गंगाजीक प्रति जे भक्ति छलैन्ह से विरक्तिक रूप मे परिणत भय गेलैन्ह। डाँड़ मे अङपोछा लपेटि भीजल धोती गाड़ैत-गाड़ैत बाजय लगलाह, "आब कलियुग क गंगा मे कोनो टा महत्त्व नहि रहल। हिनके चलिते एहन पराभव मे पड़लहुँ। ओहि पार लोटा नेने सन्तोष नहि भेलैन्ह तऽ एहि पार अबैत-अबैत 'खोप सहित कबूतराय नमः'—सभ किछु पार कय देलन्हि। नहि जानि केहन कुयात्रा मे चलल छलहुँ। महेन्द्रू मे कोनो तरहें जहाज भेंटबो कएल तँ पहलेजा मे आबि कय गाड़िए छुटि गेल। आब की करू?"

एतबहि मे एक एहन सर्द बसातक झोंक आएल जे चौधरीक सौंसे देह सिहरि उठलैन्ह। आब सब पित्त लालकका पर झाड़य लगलाह, "कहाँ सँ ई प्रत्यवाय संग लागल। पापीक संग भेने यैह सभ दुर्दशा होइत छैक। धिया-पुता ककरो घीढ़ारी करय मङरो। भला हमरे एहि बीच मे सन्हिऐबाक कोन प्रयोजन छल? आब आइ दिन सँ दूनू कान ऐंठैंत छी जे फेरि एहन फन्द मे नहि पड़ब।"

एहि प्रकारें चौधरीजी रहि-रहि कए बुमकार छोड़ए लगलाह। जखन धोती कनेक सिमसिम जकाँ रहलैन्ह तऽ वैह पहिरि मोदियाइनक दोकान मे जा एकटा चौकी पर बैसि दोसर ट्रेनक प्रतीक्षा करए लगलाह। बैसले-बैसल झक लागि गेलैन्ह।

जखन चौधरीजीक झक टूटि गेलैन्ह तऽ देखैत छथि जे लालकका सीरम मे ठाढ़ भेल उठाय रहल छथि। चौधरीजी अवाक् भए हुनक मुँह ताकय लगलथिन्ह। लालकका बाजय लगलाह, "आब औंघी छोड़ू। अहींक खातिर हम कंटीर और पाहुन कैं सोनपुर छोड़ि, लगले ट्रेन सँ वापस आएल छी। लियऽ, पहिने धोती पहिरि लियऽ। कपड़ा सभ नेने ऐलहुँ अछि।"

चौधरीजी चुपचाप धोती, गंजी, बालाबर्ज पहिरि ऊपर सँ दोहड़ि ओढ़ि लेलन्हि और लालककाक संग जा गाड़ीक खाली बेंच पर लम्बायमान भेलाह। दूनू गोटे

सुतबाक उपक्रम करय लगलाह। परन्तु चिन्ताक द्वारे दूनू गोटा मे किनको आँखि मे नींद नहि एलैन्ह। लालककाक मस्तिष्क मे पाग-घूनेस, घरक इन्तिजाम, खर्चबर्च और स्त्रीगणक सहमति आदि नाना प्रकारक भावना उठय लगलैन्ह। बुचकुन चौधरीक मस्तिष्क मे एके प्रबल भावना ताण्डव नृत्य करय लगलैन्ह जे कोनो प्रकारें कन्यादानक कथा भङठि जाइत तऽ जी कैं सन्तोष होइत। परन्तु दूनू गोटे व्याजनिद्रा मे पड़ल रहलाह।

सोनपुरक रिस्टोरेंट (उपाहार-गृह) मे दूटा अङ्रेजिया नवयुवक आमने-सामने कुर्सी पर बैसल छथि। बीच में सफेद संगमर्मरक टेबुल धैल अछि। ओहि पर चारू कात चारि टा शीशाक फूलदानी मे रंग-बिरंगक विलायती फूल सभ सजाएल राखल अछि। बीच मे तीन टा बेशकीमती शीशी मे क्रमश: टर्मरिक पाउडर (हरदिक चूर्ण), मस्टर्ड क्विक (सरिसवक चटनी) और फाइन साल्ट (खूब मेंही बुकल नोन) राखल अछि।

थोड़बे काल मे होटलक खानसामा आबि कए हिनका दूनू गोटा कैं सलाम कए ठाढ़ भऽ गेल। आहि मे एक गोटा आर्डर देलथिन्ह, "पहले दो कप चाय और फिर दो प्लेट पराठा, दो प्लेट वेजिटेबल करी (रसदार तरकारी), दो ठो चौप, और चार ठो स्पंज रसगुल्ला।" पाँच मिनटक भीतर आधा सँ अधिक टेबुल चिनिया प्याला और तश्तरी सँ भरि गेल। खानसामा दूटा शीशाक ग्लास मे जल नेने आएल और टेबुल पर राखि देलक। दूनू गोटे निम्नलिखित गप्पशप्प करैत छुरी-काँटा और चम्मच लय भोजनरूपी महायुद्धक हेतु प्रस्तुत भऽ गेलाह।

सी.सी. मिश्रा चायक प्याला कैं हाथ मे लय फुँकैत-फुँकैत बजलाह, "आइ ऐम अफ्रेड यू आर प्रोसीडिंग ए बिट टु फास्ट। हैव यू पुट ऑल माइ कंडिशन्स बिफोर योर फादर?"

[अर्थात्—आप जरा जल्दीबाजी कर रहे हैं। क्या आपने अपने पिताजी को मेरी कुल शर्तें बतला दी हैं?]

रेवतीरमण ठोर सँ प्याला फराक कए बजलाह, "नॉट येट। बट यू नीड नॉट बॉदर योरसेल्फ अबाउट दैट। आइ शैल ट्राइ टु फुलफिल ऑल योर कंडिशन्स।"

[अर्थात्—एखन धरि तऽ सूचित नहि कैलिऐन्ह अछि। किन्तु अहाँ एकर चिन्ता नहि राखू। अहाँक सभ शर्त पूरा करबाक चेष्टा कैल जाएत।]

सी.सी. मिश्रा : "नो, नो, आइ डू नॉट वॉन्ट टु रिमेन इन ए स्टेट ऑफ सस्पेन्स एनी लाँगर। आइ मस्ट हैव ए डेफिनिट येस ऑर नो फ्रॉम योर फादर हियर बिफोर वी प्रोसीड फर्दर।"

[अर्थात—नहीं, नहीं, मैं अब दुविधा में पड़ा रहना नहीं चाहता। आपके पिता से हाँ या ना यहीं निश्चित हो जाय, तब आगे बढ़ा जाय!]

रे. र. : "यू मस्ट रिलाइ अपॉन माइ वर्ड्स। आइ अंडरटेक टु सी दैट यू आर सेटिस्फाइड इन ऑल रिस्पेक्ट्स!"

[अर्थात—अहाँ के हमरा बात पर विश्वास रखबाक चाही। हम एकर जिम्मा लैत छी जे अहाँ सभ तरहें सन्तुष्ट भऽ जाएब।]

मि. मिश्रा : "आई बिलीव इन यू ऐण्ड दिस इज दि रीजन व्हाइ आइ हैव ऐकम्पनीड यू सो फार। यू नो माइ प्रिंसिपुल्स क्वाइट वेल। आइ वुड रादर रिमेन ए बैचलर दैन बी टैग्ड ऑन विथ ऐन इलमैच्ड कम्पैनियन इन लाइफ।"

[अर्थात—आप पर मुझे विश्वास है और इसीलिये इतनी दूर तक आपके साथ आया हूँ। आप मेरे सिद्धान्त अच्छी तरह जानते हैं। अनमेल विवाह करने की अपेक्षा मैं कुँआरा रह जाना कहीं अधिक पसन्द करता हूँ।]

रे. र. : "आइ नो दैट क्वाइट वेल। बट आइ कैन गिव यू दि अश्योरेन्स दैट यू वोन्ट फाइन्ड एनी रीजन फॉर कम्प्लेन्ट।"

[अर्थात—हम ई पूर्ण रूपें जनैत छी। किन्तु हम अहाँ कैं विश्वास दैत छी जे अहाँ कैं कोनो बातक बिथुति नहि होमय पाओत।]

मि. मिश्रा चौप मे काँटा गड़बैत दृढ़तापूर्वक बाजय लगलाह, "यू सी, आई डोन्ट वॉन्ट मनी। बट आइ वॉन्ट ए लाइफलाँग कंपैनियन हू मस्ट बी एबुल टु असिस्ट मी इन ऑल दि डिफरेन्ट बॉक्स ऑफ लाइफ, हू मस्ट बी एबुल टु अन्डरस्टैण्ड ऐण्ड रेसिप्रोकेट माइ आइडियाज ऐन्ड सेन्टिमेन्ट्स , हू मस्ट शेयर माइ इन्टरेस्ट्स, ऐम्बिशन्स, ऐण्ड ऐक्टिविटीज इन ऑल डिफरेन्ट स्फियर्स। आइ कैन नेवर टॉलरेट ऐन इगनोरेन्ट, सुपरस्टीशस बेबीब्राइड शट अप इन दि जनाना ऐण्ड अनफिट फॉर ऑल प्रैक्टिकल परपसेज। आइ मस्ट हैव ए फॉरवर्ड, अप-टु-डेट, वेल ऐकम्प्लिश्ड लेडी हू कैन नॉट ओनली सेटिस्फाइ माइ फिजिकल क्रेविंग्ज, बट मीट मी ऑन ईक्वल टर्म्स ऑन दी इन्टलेक्चुअल, ऐसथेटिक ऐण्ड प्रैक्टिकल प्लेन्स ऑफ लाइफ।"

[अर्थात्—मैं रुपये का भूखा नहीं हूँ। मैं ऐसी जीवन-संगिनी चाहता हूँ जो जीवन के प्रत्येक क्षेत्र में मेरी सहचरी हो सके, जो मेरे भावों और विचारों को समझ सके और उनका बदला दे सके, जो मेरी हर एक इच्छा, महत्त्वाकांक्षा और कार्य में बराबर हाथ बटाती रहे। मैं मूर्खता और अन्ध-विश्वास में जकड़ी हुई ऐसी लड़की कभी नहीं बरदाश्त कर सकता जो पर्दे में बन्द रहे और जीवन में कोई भी महत्त्वपूर्ण कार्य सम्पादित नहीं कर सके। मुझे ऐसी उन्नत विचार वाली सुशिक्षिता और सर्वगुण-सम्पन्ना गृहिणी चाहिये जो केवल मुझे शारीरिक सुख ही प्रदान कर न रह जाय, वरन जो विद्या-बुद्धि की बातों में, भले बुरे की पहचान में और व्यावहारिक विषयों में भी हर तरह से मेरे बराबर होकर मेरा साथ देती रहे।

रेवतीरमण चम्मच द्वारा तरकारीक झोर मुँह मे दैत बजलाह, "योर फर्स्ट

कंडिशन इज अबाउट अपीयरेन्स। फॉर दिस आइ कैन एश्यूर्डसेफ दैट यू विल फाइन्ड स्पॉटलेस ब्यूटी इन दी गर्ल।"

[अर्थात्—अहाँक प्रथम शर्त अछि शारीरिक रूप। एहि सम्बन्ध में हम कहि सकैत छी जे बालिका में दिव्य रूप भेटत।]

मि. मिश्रा : "वेल, आइ डोन्ट ले मच एम्फॉसिस ऑन दिस पॉइन्ट। हाउएवर, दिस इज नॉट टोटली नेगलीजिब्ल ऐज वेल, बट हाउ कैन आइ फॉर्म एनी आइडिया ऑफ हर व्हेन आइ हैव नॉट ईवन ए सिंगल फोटो ऑफ हर्स?"

[अर्थात्—शारीरिक सौन्दर्य पर मैं उतना जोर नहीं देता पर साथ ही उसकी बिल्कुल उपेक्षा भी नहीं कर सकता। परन्तु मैंने तो लड़की का एक फोटो तक भी नहीं देखा है। उसके विषय में कोई राय कैसे कायम कर सकता हूँ?]

रे. र. : "आइ हैव ऑलरेडी टोल्ड यू दैट शी पजेसेज दि फेयरेस्ट कम्प्लेक्शन इन माइ विलेज।"

[अर्थात्—हम तऽ पूर्वहिं अहाँ सँ कहि चुकल छी जे गाँव भरि मे ओ सभ सँ अधिक गौराङ्गी अछि।]

मि. मिश्रा : "येस। बट आइ अटैच मोर इंपॉरटेन्स टु दि हारमनी ऑफ फीचर्स।"

[अर्थात्-हाँ, लेकिन खाली रंग से क्या होता जाता है! शरीर का काट-अंग-प्रत्यंग सुडौल रहना चाहिये।]

रे. र. : "नाउ यू आर गोइंग टु सी हर विथ योर ओन आईज।"

[अर्थात्—आब तऽ अहाँ स्वयं अपना आँखि सँ देखबाक हेतु चलिये रहल छी।]

मि. मिश्रा : "बट ह्वाट आइ वैल्यू मच मोर दैन ब्यूटी इज पर्सनल ग्रेस ऐन्ड चार्म। दी सीक्रेट ऑफ अट्रैक्शन लाइज इन दी आर्ट ऑफ पोजिंग। यू हैव सीन दि बिविचिंग पोजेज ऑफ दि फेमस सिनेमा स्टार लाइक देविका रानी।"

[अर्थात्—रूप से भी कहीं अधिक मैं लावण्य और लोच को समझता हूँ। आकर्षण की शक्ति तो भावभङ्गी में भरी रहती है। सिनेमा की प्रसिद्ध अभिनेत्री देविका रानी ऐसे नाज-नखरे दिखलाती है कि दिल पर जादू चल जाता है।]

रे. र. : "मिस्टर मिश्रा, यू विल एक्सक्यूज मी। दि ब्यूटी ऑफ योर सिनेमा स्टार्ज वैनिशेज इन ब्रॉड डे लाइट व्हेन देयर पाउडर्ड चीक्स ऐण्ड पेंटेड लिप्स विकम टु पलपब्ली ऐपरेन्ट। यू वोन्ट फाइन्ड सच थिंग्स इन सिंपल, अनसोफिस्टिकेटेड विलेज-गर्ल्स, हू शाइन इन दि नेवरफेलिंग लस्चर ऑफ प्योर ऐण्ड एलिजेन्ट रूरल ब्यूटी।"

[अर्थात्—क्षमा करब। अहाँक सिनेमाक अभिनेत्रीगण गाल मे पाउडर और ठोर मे गुलाबी रंग लगा कऽ चकमक-चकमक करैत छथि। जखन दिनक प्रकाश मे असली स्वरूप प्रकट होइत छैन्ह तखन ओ आकर्षण कहाँ? सरल निश्छल प्रकृतिक ग्राम्य-बाला मे ई सभ बनावटी तड़क-भड़क नहि भेटत। ओकर विमल कान्ति तऽ सदैव अपनहि चमकैत रहै छैक।

मि. मिश्रा : "आइ ऐम सॉरी। यू हैव टेकन ए वेरी अनकाइन्ड व्यू ऑफ स्क्रीन स्टार्स! यू मस्ट ऐडमिट दैट दे पजेस समथिंग मैग्नेटिक ह्विच अट्रैक्ट्स ऑल आईज टु देम। देयर फैसिनेटिंग लुक्स, टेंडर स्माइल्स, ग्रेसफुल मूवमेन्ट्स, ऐण्ड आर्टिस्टिक डान्सेज कमाण्ड ए मैजिकल इन्फ्लुएन्स ओवर दि स्पेक्टेटर्स।"

[अर्थात्—अफसोस! अभिनेत्रियों के सम्बन्ध में आपकी बहुत बुरी धारणा है। आपको यह मानना पड़ेगा कि उनमें चुम्बक की तरह कोई ऐसी आकर्षण शक्ति है, जो बरबस सभी की आँखों को अपनी ओर खींच लेती है। उनकी तिरछी चितवन, मीठी मुस्कुराहट, लोचभरी चाल और कलापूर्ण नृत्य-ये सब मिलकर दर्शकों को मंत्रमुग्ध कर डालते हैं।]

रे. र. : "दीज थिंग्स आर फॉर दी मोस्ट पार्ट आर्टिफिशियल ऐण्ड कैन बी अचीव्ड बाइ ट्रेनिंग।"

[अर्थात्—ई सभ बात तऽ अधिकतर कृत्रिम रहै छैक। सिखौला उत्तर सभ कैं अभ्यास बनि सकैत छैक।]

मिस्टर मिश्रा एक चम्मच मस्टर्ड (सरिसव) क चटनी तरकारीक प्लेट मे मिलबैत बजलाह, "ऑलराइट। लेट अस नाउ कम टु दि नेक्स्ट पॉइन्ट। ह्वॉट अबाउट हर एजुकेशन?"

[अर्थात्—अच्छा। अब दूसरे विषय पर आइये। लड़की की शिक्षा के बारे में आपका क्या कहना है?]

रेवतीरमण फूलदानी दिसि तकैत बजलाह, "आइ हैव अश्योर्ड यू दैट यू विल फाइण्ड हर एजुकेटेड इन दि रियल सेन्स ऑफ दि टर्म, ऑलशो शी इज बिदाउट एनी यूनिवर्सिटी डिग्री।"

[अर्थात्—हम तऽ कहनहि छी जे बालिका मे बी.ए., एम.ए. क उपाधि तऽ नहि कोनो भेटत, किन्तु यथार्थ शिक्षा जकरा कहक चाही से भेटि जायत।]

मि. मिश्रा : "वेल, आइ डू नॉट इनसिस्ट ऑन ए डिप्लोमा, बट दि गर्ल शुड बी वेल वर्स्ड इन लिटरेचर ऐण्ड पॉलिटिक्स ऐण्ड मस्ट बी इन टच विथ दि करेन्ट अफेयर्स ऑफ वर्ल्ड।"

[अर्थात्—नहीं, यह कोई जरूरी नहीं है कि लड़की बी.ए., एम.ए. पास ही हो। लेकिन मैं चाहता हूँ कि वह साहित्य और राजनीति में खूब निपुण हो और संसार की वर्तमान प्रगतियों की पूरी-पूरी जानकारी रखती हो।]

रे. र. : "शी इज श्योर टु कैच योर स्पिरिट, इफ यू कैन इनफ्लुएन्स हर एनफ।"

[अर्थात्—अहाँक प्रभाव पड़ने ओ सभटा बात बुझि जाएत।]

मि. मिश्रा : "हैज दि गर्ल एवर कन्ट्रीब्यूटेड टु एनी मैगजीन? प्रॉबबली नॉट एट दिस स्टेज। बट शी मस्ट बी सबस्क्राइबिंग टु सम वीकली पेपर्स ऐण्ड दि स्टैण्डर्ड मैगेजीन्स ऑफ हिन्दी ऐट लीस्ट।"

[अर्थात्—क्या उसने किसी पत्र में कभी कोई लेख भी दिया है? शायद अभी तक नहीं दिया होगा। मगर कम-से-कम हिन्दी के मुख्य-मुख्य साप्ताहिक और मासिक पत्र तो वह जरूर मँगाती होगी?]

रे. र. : (किछु सोचि कय) "वेल, शी रेगुलरली गेट्स दि 'मिथिला मिहिर'—दि प्रीमियर वीकली ऑफ आवर प्रॉविन्स।"

[अर्थात्—हँ, हमरा घर मे मिथिला प्रान्तक सर्वश्रेष्ठ साप्ताहिक पत्र 'मिथिला मिहिर' नियमित रूप सँ अबैछ।]

मि. मिश्रा : "मिस्टर झा, यू आर अबेयर ऑफ माइ पोइटिकल टेंडेन्सीज। आइ सीक ए सोल ह्विच कैन अवेकन ऐण्ड इन्टेन्सिफाइ दि पोएटिक एलीमेन्ट इन मी, ह्विच कैन ट्रान्सपोर्ट मी टु दि रीजन ऑफ दि म्यूजेज, फार अवे फ्रॉम दि बिजी क्राउडेड वर्ल्ड, ऐण्ड फिल माइ हार्ट विथ रैपचरस डिलाइट। ह्वाट एन इनएस्टीमेबल मिजरी इट वुड मीन फॉर मी, इफ माइ हार्ट वेयर टु बी टाइड डाउन टु वन हू इज ऑफ ए ड्राइ, प्रोसेइक टाइप।"

[अर्थात्—झाजी, आपको ज्ञात ही है कि कविता की ओर मेरा कैसा झुकाव है। मैं एक ऐसी आत्मा की खोज में हूँ जो मेरी कवित्व शक्ति को और भी जागृत और विकसित कर सके, जो दुनिया के झमेलों से बहुत दूर, स्वर्ग के नन्दन कानन में मुझे ले जाकर वहाँ मेरे हृदय के तारों को झंकृत कर सके। उफ्! ईश्वर न करे यदि मैं किसी शुष्क नीरस आत्मा के साथ बाँध दिया जाऊँ, तो उस कष्ट की कल्पना भी नहीं कर सकता!]

रे. र. (मनहि मन) : "दि जेन्टिलमैन इज फ्लोटिंग इन ए ड्रीमलैन्ड ऑफ इमैजिनेशन। इट विल टेक टाइम टु ब्रिंग हिम डाउन टु दि अर्थ।"

[अर्थात्—ई महानुभाव एखन ऊपरहि ऊपर उड़ि रहल छथि। भूमि पर पैर ठेकबा मे एखन बहुत विलम्ब छैन्ह।]

मि. मिश्रा : "यू आर ऑलसो फैमीलियर विथ माइ इन्टेन्स लव फॉर म्यूजिक आइ कान्ट लिव विदाउट इट। आइ वान्ट ए वाइफ-फ्रेंड हू शूड पजेस दि कैपेसिटी टु लल मी टु ए जेन्टिल स्लीप बाइ दि स्वीट वाइब्रेशन्स ऑफ हर मेलोडियस साँग्स, ह्वेन आइ एम टू मच लेडन विथ दि केयर्स ऐण्ड एंग्जाइटीज ऑफ डेली लाइफ। इट वुड बी ए मोस्ट लेमेन्टेबल ट्रैजेडी इन्डीड इफ आइ वेयर टु बी फासण्ड फॉर एवर टु ऐन अन्म्यूजिकल सोल।"

[अर्थात्—मेरा संगीत-प्रेम भी आपको विदित ही है। इसके बिना मैं रह ही नहीं सकता। मैं भार्या रूप में एक ऐसी मित्र चाहता हूँ, जिसकी मधुर संगीत लहरी के हिलकोरों में मैं उतराता रहूँ। जब दैनिक जीवन की चिन्ताओं के भार से बिल्कुल थका-माँदा होकर घर लौटूँ, तब वह मेरे श्रान्त मस्तिष्क को प्यार से अपने आँचल मे लेकर संगीत की थपकियाँ दे-दे कर अनन्त शान्ति और विश्राम की गोद मे

पहुँचा दे। उफ! यदि ऐसी सहचरी मुझे नहीं मिली तो मेरा जीवन कितना दु:खमय बन जाएगा। इसकी मैं कल्पना तक नहीं कर सकता।

रे. र. (स्वगत) : "दि पुअर फेलो इज ओनली बिल्डिंग यूटोपियाज। लेट हिम वन्स फेस दि स्टर्न रियलिटीज ऐण्ड ही विल बी सेट अराइट। (प्रकट) मिस्टर मिश्रा यू हैव नॉट येट हर्ड दि फेमस साँग्स ऑफ विद्यापति इन तिरहुत। इफ यू वन्स हियर दि अपीलिंग ट्यून्स फ्रॉम दि लिप्स ऑफ विमेन, यू विल बी इमेन्सली अफेक्टेड।"

[अर्थात्—(स्वगत) ई बेचारे एखन ख्यालीए पोलाव पका रहल छथि। एक बेरि ठेस लगतैन्ह तखन अपनहिं ठेकान पर पहुँचि जैताह। (प्रकट) मिश्राजी, अहाँ अद्यावधि तिरहुत मे विद्यापतिक प्रसिद्ध गीत सभ नहि सुनल अछि। यदि एक बेरि जनीजातक मुँह सँ समदाउनिक कारुणिक राग सुनि ली तऽ अहाँक आँखि मे नोर ढबढ़बा जाएत।

मि. मिश्रा : "कैन दि गर्ल प्ले ऑन हारमोनियम इन ट्यून विथ गजल्स ऑफ ऑल सॉर्ट्स?"

[अर्थात्—क्या लड़की हर एक तर्ज की गजल पर हारमोनियम बजा लेती है?]

रे. र. (बात अंठा कय) : "प्रॉबेबली यू आर रिमेम्बरिंग मिस बिजली बोस ऑफ हिन्दू यूनिवर्सिटी।"

[अर्थात्—प्राय: हिन्दू यूनिवर्सिटीक कुमारी बिजली बोस अहाँ कैं मन पड़ि गेल अछि।]

मि. मिश्रा : "मिस्टर झा, यू नो माइ नेचर फुली वेल। आइ लाइक ह्यूमरस डिसपोजिशन ऐण्ड नॉट ए मेलंकली मूड। इट वुड बी मोस्ट डिफिकल्ट, नॉट इम्पॉसिबुल फॉर मी टु पुल ऑन विथ ए लाइफ-मेट हू इज नॉट इन्स्पायर्ड विथ ए कीन सेन्स ऑफ ह्यूमर।"

[अर्थात्—झाजी, आप मेरी प्रकृति अच्छी तरह जानते हैं। मैं हँसमुख स्वभाव चाहता हूँ। मनहूस मिजाज को मैं जरा भी पसन्द नहीं करता। जो बात-बात में व्यंग्य और चुलबुलाहट का पुट नहीं भर सकती है, उसके साथ मेरा निर्वाह होना अत्यन्त कठिन, बल्कि असम्भव ही है।]

रे. र. : "दि विमेन ऑफ आवर साइड आर नेचुरली गिफ्टेड विथ विट ऐण्ड ह्यूमर। दे विल सरप्राइज यू बाइ देयर प्रेजेन्स ऑफ माइण्ड। यू विल बी सिम्प्ली नॉन-प्लस्ड इफ दे वन्स मेक यू दि बट ऑफ देयर जोक्स।"

[अर्थात्—तिरहुतक स्त्रीगण स्वभावहि सँ हास्य-विनोदक प्रिय होइत छथि। हुनका लोकनिक चातुर्य देखबैन्ह तऽ चकित भऽ जाएब। जखन एक बेरि हुनका सभक धुसान मे पड़ब तऽ अक्क-बक्क किछु नहि फुरत।]

मि. मिश्रा : "यू ऑल्सो नो माइ ओरेटोरिकल कैपेसिटी। इट इज ऑफ कोर्स हार्ड टु एक्सपेक्ट ऐन इलोक्वेन्ट गर्ल स्पीकर हू कैन डिलिवर लेक्चर्स लाइक

माइसेल्फ, नेवरदिलेस इट वुड बी मिजरेबल फॉर मी, इफ आइ एम फोर्स्ड टु रिमेन इन पेरेनियल कंपनी ऑफ वन हू इज अर्सटेन इन स्पीच।"

[अर्थात्—आप मैरी वक्तृत्व शक्ति से भी परिचित हैं। ऐसी लड़की मिलना तो मुश्किल है जो मेरी ही तरह धाराप्रवाह भाषण दे सके। लेकिन यह भी न होना चाहिये कि जो लड़की व्याख्यान कला से बिल्कुल कोरी हो, उसी के साथ मेरा गठजोड़ कर दिया जाय।]

रे. र. : "यू नीड नॉट बी अफ्रेड ऑफ दैट। दि विमेन ऑफ आवर साइड आर वेल-नोन फॉर देयर टॉकेटिव हैबिट्स। गिव देम दि लीस्ट अपॉरचुनिटी ऐण्ड सी देयर अलोक्वेन्स।"

[अर्थात्—एकरा हेतु अहाँ चिन्ता जुनि करी। हमरा दिसक स्त्रीगण गप्प मे नामी छथि। एक रत्ती अवसर दिऔन्ह तखन देखू जे वाचाशक्ति मे केहन फड़हड़ि होइ छथि।]

मि. मिश्रा : "आइ वुड लाइक टु अर्सटेन दि पोलिटिकल क्रीड ऑफ योर सिस्टर।"

[अर्थात्-आपकी बहन का राजनीतिक सिद्धान्त क्या है, वह जरा मैं जान लेना चाहता हूँ।]

रे. र. : "शी विल पर्सनली स्पीक हर व्यूज टु यू ह्वेन दि टाइम कम्स।"

[अर्थात्—समय ऐला पर ओ स्वयं अपन विचार अहाँक समक्ष प्रकट करतीह]

मि. मिश्रा : "मोर ओवर, यू नो आइ हैव गॉट माइ ओन हॉबीज, फॉर इन्सटेन्स, यू नो आइ ऐम दि मोस्ट रिनाउण्ड टेनिस प्लेयर इन माइ टीम, ह्वाट ए प्लेजर इट वुड बी फॉर मी, इफ आइ कुड गेट ऐन इक्वली एक्सपर्ट गर्ल ऐज माइ लाइफ-कम्पैनियन।"

[अर्थात्—मुझे किन बातों में आमोद-प्रमोद मिलता है, यह भी आप जानते हैं। आपको मालूम है कि मैं अपने टीम भर में टेनिस का सबसे अच्छा खिलाड़ी हूँ। यदि मेरी ही तरह टेनिस में कमाल कर दिखलानेवाली संगिनी मुझे मिल जाती, तो मेरा जीवन कितना आनन्दमय बन जाता!]

रे. र. (स्वगत) : "दि पुअर मैन कैनॉट अंडरस्टैंड दि डिफरेन्स बिट्वीन दि ऐटमॉसफियर ऑफ गर्ल्स होस्टल ऑफ हिन्दू यूनिवर्सिटी ऐण्ड दि एनविरॅनमेन्ट ऑफ इल्लिटरेट हाउस-होल्ड्स इन विलेज एरियाज।"

[अर्थात्—हिन्दू विश्वविद्यालयक बालिका छात्रावासक वातावरण मे और निठट्ट देहाती घर-आङनक वातावरण मे कत गोट भेद होइ छैक, तकर किछुटा अनुभव बेचारे कैं नहि छैन्ह।

मि. मिश्रा : "मिस्टर झा, आइ डु नॉट नो हाउ फार यू विल ऐग्री विथ मी : बट आइ एम ए वोटरी ऑफ सेल्फ-डिपेन्डेन्स। आई वुड हेट ए वुमन हू डिपेन्ड्स

स्लेविशली अपॉन हर हसबैण्ड ऐण्ड लैक्स दि करेज ऐण्ड सेल्फ-कॉनफिडेन्स टु अर्न हर ब्रेड बाइ दि स्वेट ऑफ हर ओन ब्रो।"

[अर्थात्—झाजी मैं नहीं जानता कि इस विषय में आप मुझसे कहाँ तक सहमत होंगे। किन्तु मैं तो स्वतंत्रता का पुजारी हूँ, स्वावलम्बन का उपासक हूँ। जिस स्त्री की सामर्थ्य नहीं, जो पशु की तरह अपने स्वामी की दी हुई टुकड़ी पर बसर करना चाहती है और गुलाम की तरह उसके अधीन रहना चाहती है, उससे मैं नितान्त घृणा करता हूँ।]

रे.र. : "इफ यू स्टडी दि रूरल लाइफ ऑफ आवर प्रॉविंस, यू बिल बी कनविन्स्ड दैट आवर वुमन-फोक पजेस सच हैण्डी क्रैफ्ट्स ऐण्ड कैन प्रोड्यूस सच वर्क्स ऑफ आर्ट ऐज कैन इजिली प्रोक्योर देम रिच मीन्स ऑफ सबसिस्टेन्स।"

[अर्थात्—यदि अहाँ हमरा प्रान्तक ग्राम्य जीवन पर दृष्टिपात करब त अहाँ कैं देखना जायत जे मिथिलाक स्त्रीगण तरह-तरहक कारीगरी जनैत छथि और एहन-एहन वस्तु तैयार कय सकैत छथि जाहि सँ ओ बढ़िया जकाँ स्वतंत्र रहि अपन निर्वाह कय सकैत छथि।]

एतबहि मे होटलक खानसामा एक तश्तरी मे थोड़ेक इलायचीक दाना और एकटा कागजक टुकड़ा नेने पहुँचि गेलैन्ह और टेबुल पर राखि देलकैन्ह। मिश्रा ओहि मे सँ इलायचीक दाना उठौलन्हि और रवेतीरमण कागजक टुकड़ा उठा कय देखय लगलाह।

आर्टिकल्स			रु. आ. पा.
१. पराठा	—	२	०—८—०
२. वेजीटेबल करी	—	२	०—८—०
३. चॉप्स	—	२	०—८—०
४. स्पंज रसगुल्ला	—	४	०—८—०
५. टी	—	२	०—८—०
			टोटल २—४—०

रेवतीरमण उपर्युक्त 'बिल'क अनुसार सवा दू टाका तश्तरी मे राखि देलथिन्ह। खानसामा सलाम कय ओ उठौने चल गेल।

७

जटिल समस्या

भोलानाथ झा भोजन-छाजनक उपरान्त भाउजि कैं कहलन्हि, "हमरा फेरि स्टेशन जाय पड़त। एहि ठामक सभटा भार अहीं लोकनिक ऊपर रहल। ठकबा अछिए। जे किछु मँगेबाक हो से मँगा लेब। झुनियाँमाय कैं बराबरि एत्तहि रहय कहबैक। देखब कोनो बातक बिथुति नहि हो। बहुत पैघ लोक आबि रहल अछि।"

पुन: बटुकजी कैं बजा कय कहलथिन्ह, "देखू, हम स्टेशन जा रहल छी।" पहर राति बितैत-बितैत फिरी से सम्भव। एहि ठामक कुल इन्तिजाम अहींक हाथ। दलान पर जे चटान अछि, ताहि पर बड़का शतरंजी ओछबा देबैक। और भोलाबाबूक ओतय सँ जाजिम और मसनद मँगवा लेब। भाइ साहेबक नेबाड़ वला पलंग जे छैन्ह से बाहर धरबा कऽ ओहि पर पाहुनक हेतु बिछाओन करबा देबैन्ह। और छोटकी चौकी पर एक गगरा जल, लोटा और नवका खड़ाँव रखवा देबैक। की, सभटा बुझि गेलहुँ ने? बेस, त हम जाउ ने?"

बटुकजी अपन फुर्ती देखबैत बजलाह, "ई सभ तऽ दू मिनट के काम है। अपने निफिकिर जाउ न।"

भोलानाथ झा भनसा घर मे जा भगवती कैं प्रणाम कय बिदा भेलाह।

जखन भोलानाथ झा स्टेशनक दोकानक समीप पहुँचलाह तऽ देखै छथि जे लालकका गम्भीर चिन्ता मे निमग्न छथि। और बुचकुन चौधरि मनहि मन खूब प्रसन्न भए रहल छथि। भोलानाथ दूनू गोटाक पैर छूबि कय प्रणाम कैलथिन्ह और किछु दबि कऽ बैसि गेलाह। लालकका विषण्ण स्वर सँ कहलथिन्ह, "भोला! चलह पहिने वर कैं देखि लैह, तखन कोनो गप्प होएत।"

वस्तु जातक चार्ज बुचकुन चौधरि कैं दय लालकका भोलानाथक संग स्टेशन दिसि बिदा भेलाह। बाट मे कहलथिन्ह, "तोरा सँ किछु गप्प करबाक छल तैं टरि कय चलि ऐलहुँ अछि। बूझि पड़ैछ जे एतेक कैला उत्तर आब सब गुड़ गोबर भऽ जाएत।"

भोलानाथ झा सशंकित भय बजलाह, “से कियैक भाइजी? हमरा सभक दिस सँ तँ कोनो भाङठ ने?”

लाल. : “वरहिक दिसि सँ भाङठ। हमरा पहिने नहि बूझि पड़ल जे ई एहन भारी बिसखोपड़ा छथि। यदि कनेको एहि बातक आभास बुझना जाइत तऽ हिनका फराकहि सँ नमस्कार करितिऐन्ह। कंटीरक नेनमति मे पड़ि हमहूँ अगुता गेलहुँ। बेस, जा पहिने कंटीर कैं बजौने आबह, तखन एकर विचार कैल जाय।”

एतबहि मे कंटीर कैं अबैत देखि लालकका पुछलथिन्ह, “की हौ! की हाल? कनेको टगलथुन्ह कि नहि?”

रेवतीरमण माथ झुलाय संकेत करैत कहलाह, “आह, ‘डिगहिं न शम्भु शरासन कैसे।’ ओ तऽ कहैत छथि जे यदि हमरा बात मे अहाँ लोकनि कैं आपत्ति बुझना जाय, तऽ हम दोसरा ट्रेन सँ वापस चल जाइ।”

लालकका कहलथिन्ह, “आब की कैल जाए? एहन कठिन समस्या आबि गेल अछि जे किछु फुरितहि ने अछि।”

भोलानाथ नम्रतापूर्वक पुछलथिन्ह, “भाइजी, बात की थिकैक? कनेक हमहुँ बुझितिऐक तँ...”

रेवतीरमण कहय लगलथिन्ह, “बात ई छैक जे हिनका मैथिल रीति-नीति और सामाजिक व्यवहारक ककहरो टा नहि बुझल छैन्ह। जन्महि सँ बाहर रहलाह। नेने मे माय मरि गेलथिन्ह। बाप डिपुटी-मैजिस्ट्रेट छलथिन्ह। पेंशन लए काशी वास करय लगलथिन्ह! प्रारम्भहि मे हिनक नाम हिन्दू यूनिवर्सिटी मे लिखाय देलथिन्ह। हिनक सभटा आचार-विचार, संस्कार ओही ठामक भऽ गेलैन्ह। पिताक देहान्त भेला उत्तर ई पुनः घरक मुँहो नहि देखलन्हि। घर पर छैन्हे के? जेठ बहिन छथिन्ह से सासुरे बसैत छथिन्ह। पट्टीदार लोकनि चाहैत छथिन्ह जे भने एक समाङ बाहरे रहय जाहि सँ सोरहन्नी ‘निश्चिन्तं परमं सुखम्’ करी। ई रहि ऐलाह बनारस मे, देहाती हवा लगबाक कहियो मौके नहि भेटलैन्ह। गाँव-घर मे जनीजात कोन रूपें रहैत छैक से बुझथुन्ह कोना? संसर्ग तऽ भेलैन्ह मिस चटर्जी सँ, मिस बनर्जी सँ। ओ सभ रंग-बिरंगक फैशन मे रहैत अछि, धुड़झाड़ अङ्रेजी मे लेक्चर दैत अछि, हारमोनियम पर गाना गबैत अछि, पत्र मे लेख लिखैत अछि, मैदान मे टेनिस खेलाइत अछि, साइकिल पर चढ़ि घूमय जाइत अछि। आइ-काल्हि अधिकांश नवयुवक एही तरहक ‘अपटुडेट लेडी’ चाहैत छथि। हिनके होस्टलक एकटा बी. मित्रा बंगाली एम.ए. मे पढ़ैत अछि। ओहि क्लास मे एक टा बीस वर्षक सुन्दरी बंगालिन युवतीओ पढ़ैत छलि। दूनू मे प्रेम भय गेलैक। आब दूनू स्वेच्छापूर्वक विवाह कय एक खास कमरा लऽ कऽ मित्र जकाँ संगहि पढ़ैत अछि। भोरे नौकर-चाकर चा-पानी तैयार कैने रहैत छैक। दूनू गोटे स्नानागार सँ निपटि मेस मे भोजन कय दस बजे कॉलेज जाइत अछि। पुनः क्लास खतम भेला पर दूनू बोर्डिंग मे अबैत अछि। मेसक बाबाजी

जलपान बनौनहि रहैत छैक। दूनू नाश्ता-पानी कय अपन-अपन साइकिल पर घूमक हेतु निकलि जाइत अछि। यद्यपि दूनू गोटा मे अत्यन्त घनिष्ठता छैक, तथापि एक दोसरा सँ बढ़ि जैबाक हेतु कम्पिटिशन (प्रतियोगिता) कय रहल अछि। आब देखा चाही परीक्षा मे के फर्स्ट होइत अछि। अस्तु। ई दृश्य देखि सभ छात्र के सिहन्ता होहत छैन्ह जे हमरो जीवन एही प्रकारे बितैत। इहो एही श्रेणी में छथि। चाहैत छथि जे ओहने कन्या भेटए।"

लालकका किछु विरक्त स्वरें बजलाह, "तऽ ई सभ पहिनहि बजैत की भेल छलौह? भरि ठेहुन हिनक प्रशंसा ढकैत छलह जे अलान छथि तऽ फलान छथि। हम ई सभ बखेड़ा की जानय गेलहुँ? बाहर सँ देखला उत्तर तऽ परम सात्विक जकाँ बुझना गेलाह। हम कोना कऽ बूझू जे ई भीतर सँ एहन भारी कटाह छथि। परन्तु तोरा तऽ बुझल छलौह। तखन पटने मे कहैत की भैलौह? आब तऽ तोरा बात मे पड़ि हमहूँ बूड़ि बनलहुँ।"

भोलानाथ शान्त करैत कहलथिन्ह, "आब 'गतस्य शोचना नास्ति'। जे भऽ गेलैक से तऽ भइये गेलैक। हँ, तत्काल मे वरक की अभिप्राय छैन्ह?"

रेवतीरमण किछु अप्रतिभ जकाँ भय कहलथिन्ह, "सभ सँ पहिने कहैत छथि जे विवाह सँ पूर्व कन्या कैं देखि लेब तखन..."

ई सुनितहि लालककाक क्रोधाग्नि पुनः भभकि उठल। बजलाह, "हँ, बड़ काबिलक नाति ने छथि जे पहिनहि कन्या कैं देखि लेताह। ई होएब तऽ त्रिकालहुँ मे असम्भव छैन्ह। पहिने अपन मुँह ने जा कऽ ऐना मे देखथु गऽ जे हमर कन्याक तरवोक परितरि कय सकैत छैन्ह!"

रेवतीरमण कहलथिन्ह, "पहिने तऽ फोटोक हेतु बहुत जिद कैने छलाह। परन्तु पाछाँ किछु सोचि कय कहलन्हि जे 'नहीं आजकल लड़की के गार्जियन फोटो खिंचाने में बड़ी धूर्तता से काम लेते हैं। अगर लड़की साँवली रही, तो फोटो में सफेद रंग करवा देते हैं, चेचक का दाग रहा, तो ब्रश से साफ करवा देते हैं, बाल छोटा रहा, तो डेढ़ गज का नकली बाल लटका देते हैं। इसलिए मैं बिना अपनी नजर से भली-भाँति देखे हुए किसी लड़की के साथ शादी नहीं कर सकता।' तखन हम कहलिऐन्ह जे बेस, चलू, अहाँ अपन सन्देह निवारण कए लेब। यदि एतेक आग्रह छैन्ह तऽ...फराक सँ कनेक देखिये लेथिन्ह तऽ हर्ज की? की औ ककाजी?"

भोलानाथ : "नहि हर्ज की? हमर कन्या किछु लुल्हि नाँङड़ि तऽ अछिए नहि जे नापसन्द पड़तैन्ह।"

लालकका किछु खिसिया कय बजलाह, "हूँ, हमरा लोकनिक जतेक पुरुखा छलाह से सभ प्रचण्ड बूड़ि छलाह और केवल आइ-काल्हिक अङ्रेजिया बुधियार कहू तऽ भला? हमरो लोकनिक विवाह-द्विरागमन भेल, धिया-पुता भेल, सभटा

परियोग भऽ गेल, किन्तु एहन लष्टम-खष्टम कहियो पसारलहुँ? भला हमरा लोकनिक कुल-मर्यादा यैह थिक जे अपन कन्या कैं सभक आगाँ नचा दी? की हौ भोला?"

भोला. : "नहि, कथमपि नहि। हमरा लोकनिक देशाचार, कुल-व्यवहार जे थिक तकर कहियो उल्लंघन कए सकैत छी?"

रेवतीरमण किछु संकुचित भए बजलाह, "ओ कहैत छलाह जे हम केवल दस-पाँच मिनट का 'इंटरभ्यू' चाहते हैं, जिससे उसके रहन-सहन और विचार का स्टैंडर्ड मालूम हो जाय।"

भोलानाथ पुछलथिन्ह, "'इंटरभ्यू' कथी?"

रे. र. : "हुनक अभीष्ट छैन्ह जे सामाजिक-राजनीतिक विषय पर किछु बातचीत करी। किछु प्रश्न पूछि तकर उत्तर सुनए चाहैत छथि।"

लालकका : "कहू त ई बतहपन! हिनका बताह बूझी की घताह? पढ़ल-लिखल बूड़ि एकरे कहैत छैक। अपनो माय-बहिन सँ जा कऽ एहिना राजनीतिक बहस करैत छथि कि एही ठाम आबि कए ई सभ शौख पूरा करताह? ई सभ किछु ने भय सकैत छैन्ह। जा, स्पष्ट कहि दहुन गऽ। की हौ भोला?"

भोला. : "हँ तऽ और की? आदि विरोध नीक, अन्त विरोध नहि नीक। पाछाँ जा कऽ जे टंट-घंट ठाढ़ करताह ताहि सँ तऽ..."

रे. र. : "कनेक हमरो विचार सुनि लेल जाइत। एखन ई गरमा-गरम मिजाज लय चलि रहल छथि। जखन देहातक हवा-पानि लगतैन्ह तऽ अपने ठंढा जैताह। ई सभ गरम ख्याल दू-एक दिन धरि रहतैन्ह तकरा बाद अपनहि सेरा जैतैन्ह। तैं हमर विचार होइछ जे हिनका हड़काएब उचित नहि। ओतय पहुँच जाथि तऽ बुझल जैतैक। भेल विवाह मोर करबह की? की औ ककाजी?"

भोला. : "हँ बेस तऽ कहैत छी। जखन सामाजिक बन्धन मे पड़ि जैताह तऽ अपने लीक धऽ कऽ चलय लगताह। एखन गदहपचीसी छैन्ह। द्विरागमन होइत-होइत ठेकान पर आबि जैताह।"

लालकका : "एहन लोक सँ भय मानक चाही। पाछाँ कऽ कतहु पड़ा-हड़ा जाथि, कन्या कैं छोड़ि देथि, तऽ कोन उपाय? भरि जन्म कन्या कैं हकन्न कानय पड़त। की हौ भोला?"

भोला. : "ताहि मे कोन सन्देह? कन्याक जीवन-मरण, सुख-दुख वरक अधीन रहैत छैक। तैं पूर्वहि पूर्ण रूपें विचार कए कथाक निश्चय करबाक चाही।"

रे. र. : "परन्तु हिनक स्वभाव तऽ हमरा बुझल अछि। ई व्यक्ति बहुत सज्जन छथि। केवल चाहैत छथि जे स्त्रियो कैं अपनहि समान शिक्षित बनाबी। तऽ ताहि मे हर्ज की? जखन अपना ओहिठाम लय जैथिन्ह तऽ अपन सुधारैत रहिहथिन्ह। की औ ककाजी?"

भोला. : "हँ-हँ। पाछाँ कऽ अपन जेना इच्छा हैतैन्ह तेना सिखबैत-पढ़बैत रहिहथिन्ह। संग रखला उत्तर तऽ जाहि पाट पर चढ़ौथिन्ह ताही पर चढ़ि जैतैन्ह।"

लाल. : "परन्तु पहिने जे टंट-घंट करक चाहैत छथि से कोना भऽ सकैत छैन्ह?"

भोला. : "नहि, से कोना होएतैन्ह?"

रे. र. : "और यदि हम फराके सँ चुपचाप कन्याक मुँह देखा दिऐन्ह तऽ कोन क्षति?"

भोला. : "नहि, क्षति कोन? जखन पाछाँ कऽ वैह स्वामी होइथिन्ह तखन मुँह देखि नेने हर्ज की?"

लाल. : "परन्तु यदि पाछाँ कऽ पसन्द नहि होइन्ह और फिरि कय चल जाथि तखन तऽ हम लोक सँ गेलहुँ?"

भोला. : "हँ, ई बात विचारणीय अछि।"

रे. र. : "किन्तु ओकरा मे की कोनो पय छैक? एक बेरि देखि लेथिन तखन किन्हुँ फिरि नहि सकैत छथि।"

भोला. : "हँ, से तऽ ओ अपूर्व सुन्दरी अछि। हिनका कुलखूँट मे एहन केओ होएबो नहि करतैन्ह।"

लाल. : "परन्तु ई कथा केओ बूझए नहि पाबए। यदि एक कान सँ दोसर कान मे ई बात गेल, तऽ गाँव भरिक लोक कुचेष्टा करय लागत।"

भोला. : "हँ, तखन तऽ बाट चलब कठिन भऽ जाएत। पीठक पाछाँ सभ आंगुर देखाबए लागत।"

रे. र. : "ई बात केओ बुझबे कोना करत? हमरा तीन गोटाक अतिरिक्त और तऽ केओ...। और हमरा लोकनि कतहु बजबे नहि करब। की औ ककाजी?"

भोला. : "हँ, हमरा लोकनि बजबे नहि करब तऽ दोसर बुझत कोना?"

लाल. : "बेस। तऽ तोरा लोकनिक जे सम्मति होऔ ताहि मे हम राजी छी। परन्तु पाछाँ कऽ हमरा अपयश जुनि देयबैत जैहऽ।"

तदुपरान्त भोलानाथ झा भातिजक संग आबि जामाता कैं देखय गेलाह। लालकका दोकान पर आबि बुचकुन चौधरी लग बैसि गेलाह।

८

गुप्त परामर्श

"काग की दोस?"

"काग।"

"फक्का मुट्ठी बारह। आब लाबह बारहटा अंडी।"

"से तऽ नहि होएतौह, हे सरौता! एतेक कन्ना नहि करह।"

एतबहि मे ढुनमुनकाकी ओहि ठाम पहुँचि गेलीह और बुच्चीदाइ कैं फुलमतियाक संग काग-दोस खेलाइत देखि कहय लगलथिन्ह, "देखू तऽ भला ई अकड़हड़! आइ हिनकर वर चल अबैत छैन्ह और ई बैसि कय काग-दोस खेलाइत छथिन्ह।"

"ई शब्द लालकाकी कैं सुनना गेलैन्ह। बस तुरन्त युद्ध मचि गेल।"

"अयँ ऐ फुचुकरानी! ओ अहाँ कैं फुटलो आँखिए नहि सोहाइत अछि जे सदिखन एना जड़ि लागल रहैत छिऐक? ओकरा एखन खैबा-खेलौबाक बयस नहि छैक तऽ कि चिल्हकाउरि भऽ कऽ बैसबाक वयस छैक? अहाँक छाती किऐक फटैए?"

ई सुनैत देरी ढुनमुनकाकी एक टूटल छितनीक पेनी हाथ मे लय पड़ापड़ अपन कपार पीटय लगलीह।

ई लंकाकांड मचैत देखि बुचिया ओ फुलमतिया अंडी फेंकि पड़ाइलि। फुलमतिया अपना आङन पहुँचि बाजलि, "सरौता, आइ भरि हमरा आङन बैसि लैह। काल्हि सँ की फेरि हमरा देहरि पैर देबह?"

बुचिया : "से की? काल्हि सँ की भेलैए?"

एकरा उत्तर मे फुलमतिया बुच्चीदाइक कान मे किछु एहन बात बाजलि जे बुच्चीदाइ तमकि उठलीह और एक चाट अपना सरौताक गाल पर लगाय बाजि उठलीह, "भग्! हमरा ने ई सभ नीक लगैत अछि! तोरा तऽ एहिना रहैत छौह।"

थोड़बहि काल मे दूनू सरौता गोटी-गोटी खेलाय लगलीह। जखन बुच्चीदाइ अन्यमनस्कताक कारणें बहुत हुकय लगलीह तखन बजलीह, "हे सरौता! आइ हिड़ुला पर नहि चढ़बह?"

फूलमती देवी एहि प्रस्तावक हृदय सँ समर्थन करैत बजलीह, "हँ हँ, बेस तऽ मन पाड़लह। चलह, झुलुआ झुलूगै।"

पछबरिया घर मे धरनि सँ पटुआक रस्सी लटकाओल छलैक। ओहि पर एक चाकर पीढ़ी राखि दूनू सखी ठाढ़ि भऽ गेलीह और मचकी मारैत बारहमासा उठौलन्हि...'आएल हे सखि सावन मास, मोहि तजि कन्त गेला परदेश, कि मैं ना जैहों। झुलनी तुम ले जा रे सनेस कि मै ना जैहों!'

एतबहि मे पुरान रस्सी कड़कड़ा कऽ टूटल और दूनू सरौता कैं नने-दने पीढ़ी भूमि पर जा खसल। बुच्चीदाइ कैं ठेहुन मे किछु विशेष चोट लगलैन्ह। फुलमतिया नवे चूड़ी पहिरने छलि, से सभटा फूटि गेलैक। ताहि डरें ओ कानय लागलि। बुच्चीदाइ चुप्पहि उठि अपना बाड़ी मे ऐलीह और भालसरीक फूल लोढ़य लगलीह। जखन एक मुट्ठी फूल बीछल भऽ गेलैन्ह तखन अपना आँचरक खूट मे बान्हि आङन एलीह।

बुच्चीदाइ कैं देखितहि लालकाकी टोकलथिन्ह, "ऐं गै! तों दिन-दिन बहत्रा भेल जाइत छैं? एतीकाल धरि कतऽ बौआइत छलैं? तोरा कनेको लाज-धाक नहि छौक? 'जब छौंड़ी सुनलक सासुरक नाँव, बुलि आइलि छौंड़ी सौंसे गाँव।' हमरा लोकनिक विवाहक चर्चा होय तऽ लाज सँ ठामहि गड़ि जाइ। और आइ-काल्हिक कनेयाँ के तऽ देखू? मकुना-माधव जकाँ भेल जिला-जयवार सँ धाङि आओत। हऽ हऽ।"

ई सुनि बुच्चीदाइ चुपचाप भाउजिक लग जाए बैसलीह और खोंइछा महँक फूल लय माला गाँथए लगलीह।

"लालकाकी! कहाँ गेलन लालकाकी? तनी बाहर निकलके देखू तऽ एगो एक्का खड़खड़ाइत चल अबइयऽ। आब तऽ मकुनाही पुल के अइ पार पहुँच गेल।"

दरवाजा पर बटुकजीक ई ध्वनि सुनितहिं लालकाकी, ढुनमुनकाकी, बड़कागामवाली सभ धुखखुर पर आबि ठाढ़ि भऽ गेलीह।

एक्का शनैः शनैः दरवाजा पर आबि कय लागल। ओहि पर सँ लालकका और भोलानाथ उतरलाह। बटुकजी कपड़ाक मोटरी उतारय लगलैन्ह।

लालकका आङन आबि पहिने भगवती कैं प्रणाम कैलन्हि। तदनन्तर मैंयाक पैर छूबि आङन मे खाट पर बैसि रहलाह। पुनः बटुकजी दिस ताकि कय बजलाह, "तों मुँह की तकै छह? जा, पुरोहित-नौआ कैं बजा आनह। और भोलानाथ कैं कहून जे जा कऽ अपनहि सँ सभ कैं हकार दऽ औथिन्ह। कंटीर और पाहुन कैं हम तिनगछिया पोखरि पर बैसा आएल छिऐन्ह। ओ लोकनि आध पहर राति बितैत पहुँचै जैताह। ता सभ इन्तिजाम भऽ जैबाक चाही।"

ई कहि लालकका मोटरी मे सँ लोटा बहार कैलन्हि और कान पर जनउ चढ़बैत पोखरि दिसि बिदा भेलाह।

लालकाकी हपसि कए मोटरी खोलय लगलीह। ढुनमुनकाकी नूर लऽ कऽ मड़वा नीपक हेतु चललीह। फुलमतिया स्त्रीगणक दिसि हकार देबक हेतु बिदा भेलि। बड़कागामवाली पान लगाबय लगलीह। बचिया लाजक मारे कोनियाँ घर मे जा कऽ मुँह झाँपि कय पड़ि रहलि।

थोड़बहि काल मे ओसारा पर लाल, पीयर और हरियर रंगक साड़ी चकमक करय लागल। और ई गीत कर्णभेदी नाद सँ प्रारम्भ भऽ गेल—

"आगे माइ हम नहि आजु रहब एहि आङन, जौं बुढ़ होएत जमाय।"

लालकका आङन ऐलाह तऽ देखैत छथि जे पुरोहित महाराज पद्धति नेने मंडप पर आबि उपस्थित भेल छथि और किछु भाव व्यक्त करक चाहैत छथि, किन्तु गीतक आटोप मे हुनका दिसि केओ कर्णपात नहि करैत अछि।

जखन गीत समाप्त भऽ गेलैक तऽ पं. नमोनाथ झा सप्तम स्वर मे चिचिया कय बाजय लगलाह, "एहिठाम क क क क कलश चाही, प प प प पल्लव चाही। ग ग ग ग गीतगाइन सभ कैं क क क क कहियौन्ह जे एखन ग ग ग ग गीत बन्द करतीह।"

एतबहि मे दोसर गीत बेस टहंकार सँ उठि गेल और पुरोहित जीक उक्ति अरण्यरोदन भय गैलैन्ह।

ई दशा देखि लालकका लग मे जा कहलथिन्ह, "आब हम आबि गेलहुँ। अहाँ कैं जे किछु कहबाक हो से हमरा कहू। बटुकजी हजाम कैं अनबाक हेतु गेल अछि। आब अबितहि होएत।"

पुरो. : "म म म म मातृका पूजा अ अ अ अ आभ्..."

लाल. : "हम कहि दैत छी, आभ्युदयिक..."

पुरो. : "हँ, ताहि मे क क की वि वि विलम्ब अछि?"

लाल. : "किछु नहि। दरवाजा पर पाहुन कैं आबय दिऔन्ह। ओम्हर आज्ञाक पान-धूप जैतैन्ह। एम्हर मातृका पूजा प्रारम्भ भऽ जाएत।"

ता नौआ ठाकुर कैं नेने बटुकजी पहुँचि गेलाह और पुरोहितजीक फरमाइशक अनुसार सामग्री सभ जुमाबय लगलाह। गाँव मे दुगोला छलैक। अतएव भोलानाथ अपना गच्छ मे हकार दय फिरि ऐलाह और आङन मे ठकबाक पीठ पर ठाढ़ भय ओकरा सँ काज लेबय लगलाह।

थोड़ेक कालक उपरान्त धिया-पुता गरोहि बान्हि दरबाजा दिसि छूटल। बटुकजी बाहर झाँकि बाजल, "मेहमान तऽ दूरा पर पहुँच गेलन।" ई सुनि लालकका भोलानाथ कैं एकान्त में लऽ जा कहलथिन्ह, "देखह, पाहुन किछु दोसर प्रकृतिक छथुन्ह। एखन थाकल-ठेहियाएल मे केओ दिक नहि करय पबैन्ह। हुनका चुपचाप आराम करय लेल छोड़ि दहुन्ह।" भोलानाथ झा ठक़बा कैं संग लय पाहुनक आगत-स्वागत मे बिदा भेलाह।

एम्हर लालकाकी पुतहुक लग जाय कहलथिन्ह, "ऐ कनेयाँ! बिधिकरी अहीं होएबैक। अपन सभ किछु सँभारि लियऽ। हम भनसाघर जाइत छी।" बड़कागामवाली किछु बाजहि लेल छलीह कि एतबहि मे रेवतीरमणक आहटि बूझि पड़लैन्ह।

पतिक जूताक शब्द सुनि बड़कागामवाली जानि बूझि कय अपन केशक फूलदार चोटी कनेक उघारि लेलन्हि और पतिक नजरि पड़ला उत्तर पुन: लज्जाक भाव देखबैत माथ झाँपि लेलन्हि। तदुपरान्त एक कटाक्ष बाण चलाय मुस्कुराइत अपना घर मे आबि कुर्सी पर बैसि गेलीह। रेवतीरमण माय-पितिआइन और पितामही कैं प्रणाम कय अपना घर मे ऐलाह। कोट उतारि खूटी पर टँगैत बजलाह, "ऐ हुजूर! आपसे एक जरूरी काम है।"

बड़कागामवाली भृकुटी चढ़ा कय कहलथिन्ह, "मैं बिना पेशगी फीस लिये किसी का काम नहीं करती।"

रेवतीरमण : "अच्छा पहले नजराना तो ले लीजिये।" ई कहैत पत्नीक कोमल अधरदलक मध्य मुँह मे एक खिल्ली पान राखि देलथिन्ह। ई देखि रसिका पत्नी कृत्रिम क्रोध प्रदर्शन करैत बजलीह, "ऐसा नजराना मैं नहीं चाहती। अभी अपना वापस ले लीजिये।" ई कहैत अपना मुँहक पान उगीलि स्वामीक मुँह मे राखि बाहर होमय लगलीह।

रेवतीरमण पत्नी कैं बहरैबाक उपक्रम करैत देखि हाथ पकड़ि लेलथिन्ह और जबर्दस्ती कुर्सी पर बैसा देलथिन्ह। पत्नी हाथ छोड़ेबाक अभिनय करैत कहलथिन्ह, "आब जाय दियऽ। काजक आङन छैक। लोक सभ की कहत?"

रेवतीरमण अपनहुँ ओही कुर्सी पर बैसि बजलाह, "देखू, हम एकटा जंगली पक्षी कैं बझा कए अनने छी। ओकरा सिखा-पढ़ा कय गमैया बनाउ, नहि तऽ ओ फुड़ दऽ उड़ि जायत। ई अहीं बुते पार लागि सकैत अछि।"

एकरा बाद थोड़ेक काल धरि पति-पत्नी मे गुप्त परामर्श भेल। दूनूक राय मिलि गेला पर बड़कागामवाली हँसैत बाहर ऐलीह और रेवतीरमण पानक डब्बा लय प्रसन्न होइत दालान पर गेलाह।

१

कौतुक

मिस्टर सी.सी. मिश्रा पड़ल-पड़ल भावी पत्नीक रंग-बिरंगी काल्पनिक चित्र खिचबा मे तन्मय भेल छलाह। एहि बीच मे रेवतीरमण पहुँचि कहलथिन्ह, "आपकी खातिर अन्दर से पान आया है, इसे ग्रहण कीजिये और जो सरवेन्ट (नौकर) इसे लाया है उसके लिए इसमें जो रिवार्ड (बखशीश) देना हो, डाल दीजिये।"

मि. मिश्रा कैं असमञ्जस मे पड़ल देखि रेवतीरमण कहलथिन्ह, "देखिये, बिलो स्टैण्डर्ड (निम्न पद) का कोई काम मत कर बैठियेगा नहीं तो यू विल कट ए सारी फिगर अमॉङ दि लेडीज (भद्र महिला-समाज में उपहासास्पद बनियेगा)। पाँच रुपये से कम रखना एटीकेट (कायदा) के खिलाफ है।"

मि. मिश्रा एक नोट बाहर कय ओहि डब्बा मे राखि देलथिन्ह। एतबहि मे सहसा आङन सँ परिछनिक स्रोत उठल और मन्द गति सँ दालान दिस बढ़य लागल—

आजु शोभा जनक-मन्दिर चलहुँ देखन जाहु रे।

मि. मिश्रा अकचका कय पुछलथिन्ह, "वेल ह्वाट इज दि मैटर? आइ हियर ए कोरस नियरबाइ। (मामला क्या है? कोरस सुनने में आ रहा है।)"

रेवतीरमण कहलथिन्ह, "हाँ, आपही को वेलकम (स्वागत) करने के लिये महिलाओं का प्रोसेशन (जुलूस) निकला है। वे लोग रिसेप्शन-सॉङ्ग (स्वागत-गान) गाती हुई आपको लेने के लिए आ रही हैं। यू मस्ट प्रूव योरसेल्फ वर्दी ऑफ दि ऑकेजन ऐण्ड ऑब्जर्व ऑल दि रिचुअल्स ऐण्ड सेरिमनीज विथ राइट कर्टसी (आपको चाहिये कि अवसरानुकूल विधियों का पालन शिष्टतापूर्वक करते जायँ)। दिस इज माइ फ्रेन्डली ऐडवाइस" (मैं मित्र की हैसियत से आपको यह सलाह दे रहा हूँ)।

मि. मिश्रा : "बट आइ ऐम सॉरी, आइ डू नॉट नो दि फॉरमैलिटीज" (लेकिन अफसोस है कि मुझे विधियों का कुछ हाल मालूम नहीं।)

रे. र. : "नेवर माइण्ड, योर फ्यूचर ब्राइड विल गाइड यू ऑल अलॉङ्ग" (कुछ चिन्ता नहीं, आपकी भावी पत्नी आपको बराबर सब कुछ बतलाती रहेगी)।

ई अप्रत्याशित शब्द सुनि मिश्राजीक आश्चर्यक ठेकान नहि रहलैन्ह। विस्फारित नेत्र सँ उत्सुकतापूर्वक पुछलथिन्ह, "कैन योर सिस्टर फ्रीली टॉक विथ मी बिफोर मैरेज?" (क्या आपकी बहन विवाह से पूर्व मेरे साथ नि:संकोच होकर बातचीत कर सकती है?)

रेवतीरमण ईषत हास्ययुक्त स्वर सँ कहलथिन्ह, "वेल, शी इज मोर फास्टीडियस इन हर च्वॉएस दैन योरसेल्फ (वह तो आपसे भी कई गुनी बढ़ी-चढ़ी है)। आप तो फ्यूचर वाइफ (भावी पत्नी) से सिर्फ इन्टरव्यू (भेंट) भर चाहते हैं और वह अपने फ्यूचर हसबैण्ड (भावी पति) को पहले ही हर एक पहलू से अच्छी तरह एक्जामिन (परीक्षा) कर लेना चाहती है। तब जाकर अपना कन्सेन्ट (स्वीकृति) दे सकेगी। अच्छा, तो अब आप तैयार हो जाइये।"

रेवतीरमण पाग और डोपटा लय मि. मिश्राक आगाँ बढ़ाय देलथिन्ह और कहलथिन्ह, "आपको इस वक्त यह नेशनल हैट (स्वदेशी टोप) पहन लेना चाहिये और यह चादर गले में डाल लेनी चाहिये। वाइफ (वधू) आपको रिसीव (स्वागत) करने के लिए आ रही है।"

ई कहि रेवतीरमण एक परम सुन्दरी युवतीक दिसि संकेत कैलथिन्ह। मिश्राजी देखलन्हि जे अठारह-उन्नैस वर्षक एक लावण्यमयी युवती हाथ मे पुष्पमाला नेने जुलूसक आगाँ विद्यमान छथि और मन्द-मन्द मुस्कुराइत क्रमश: बढ़ि रहल छथि। हुनक रूप-यौवनक आभा छनि-छनि कय गुलाबी साड़ीक तर सँ बहरा रहल अछि। हुनक समुन्नत अञ्चल रेखावली देखि मिश्राजीक छाती पर साँप लोटय लगलैन्ह। ओ निर्निमेष दृष्टि सँ ओहि दिसि ताकय लगलाह, किन्तु ओहि युवतीक चंचल कटाक्ष अपना ऊपर पड़ैत देखि आँखि झँपि गेलैन्हि।

एतबहि मे ललनागणक समुदाय समीपतर पहुँचि गेल। मि. मिश्रा धड़कैत हृदय सँ ओहि दिसि चललाह। मन मे सौचैत छलाह जे भावी पति कैं अपना सम्मुख देखि ओ युवती अवश्य किछु संकुचित भऽ जैतीह। किन्तु हुनक ई अनुमान सर्वथा भ्रमपूर्ण सिद्ध भेलैन्ह। जैखन मिश्राजी ओहि चंचल युवतीक समीप पहुँचलाह कि ओ बिजली जकाँ चमकि फूलक माला हिनका गर मे पहिरा देलथिन्ह। मिश्राजीक सर्वाङ्ग शरीर रोमांचित भऽ उठलैन्ह। ओ चित्रवत् स्तब्ध रहि गेलाह।

पुन: ओ नवयुवती अपन मृदुल स्पर्श सँ हिनका पुलकित करैत हाथ पकड़ि लेलथिन्ह और कहलथिन्ह, "आपकी आँखें झिप क्यों रही हैं? कहीं आ तो नहीं गई हैं? अच्छा, ठहरिये मैं इनमें काजल लगा देती हूँ। और मालूम होता है कि आपका दिमाग भी इस वक्त ठंढा नहीं है। अगर मैं चन्दन का लेप लगा दूँ, तो कुछ हर्ज तो नहीं है?"

ई कहि बिना उत्तरक प्रतीक्षा कैनहि युवती चानन-काजर कय देलथिन्ह। मिश्राजी एहि क्रियाक विरोध नहि कय सकलाह।

एतबहि मे दुलारमनि पिउसी आँगा बढ़ि उद्दात स्वरें पुछलथिन्ह,

"कतै अवस्थित की मूलग्राम?
के छथि बाप-माय की थिक नाम?"

एकर भाव बूझि मिश्राजी बजलाह, "हमर नाम छय सी.सी. मिश्रा।"

एहि पर सौंसे आङन अट्टहास सँ गूँजि उठल। दुलारमनि पिउसी बजलीह, "मर्र, ई कोन देशक भाखा बजै छथि? मोगलक बेटा तऽ ने छथि?" एकटा प्रौढ़ा चिबुकाग्र पर अनामिका राखि आश्चर्यक भाव प्रदर्शित करैत बजलीह, "गे दाइ गे दाइ! कोन माय-बाप एहन नाम बिछलकैन्हि?" दोसर तरुणी छवि कय बजलीह, "सीसी मिसर? तखन तऽ बोतल मिश्रा हिनक बापे होइथिन्ह!" एहि पर पुनः ठहाका पड़ल। मिस्टर सी.सी. मिश्रा अप्रतिभ भऽ अपना नामक व्याख्या करय लगलाह, "हमर पूरा नाम छय चण्डीचरण मिश्रा..."

एहि पर पुनः हास्य-ध्वनि गुंजायमान भेल। ई देखि ओ युवती हिनका चलबाक हेतु संकेत कैलथिन्ह। मिस्टर सी.सी. मिश्रा कैं धड़फड़ाइत चलबाक हेतु अग्रसर होइत देखि युवती कोकिल-विनिन्दक मधुर स्वर सँ बजलीह, "क्षमा कीजिये, आपको साधारण शिष्टाचार का भी ज्ञान नहीं है। इतनी बड़ी-बूढ़ी स्त्रियों के बीच में बेधड़क बढ़े जा रहे हैं। मालूम होता है, मुझे आपके गले में फन्दा डालकर ले चलना पड़ेगा!"

ई कहि हिनका गर मे डोपटा लपेटि हाथ सँ धैने बिदा भेलीह। मिश्राजीक सभटा सिट्टी-पिट्टी गुम भऽ गेलैन्ह। ओ चुपचाप पाछाँ-पाछाँ चलय लगलाह। गीतगाइन लोकनि परिछनिक गीत गबैत मिश्राजी कैं चारू कात सँ घेरने शनैः शनैः आङन दिसि अग्रसर भेलीह।

गीतक तुमुल निनाद मे मिश्राजीक कर्ण-कुहर कैं अपना मधुर स्वर सँ आप्लावित करैत ओ युवती नहूँ-नहूँ कहय लगलथिन्ह, "माफ कीजियेगा। कई शताब्दियों से स्वार्थी पुरुष लोग बेचारी अबलाओं को नाक पकड़कर नचाते आ रहे हैं। इसका बदला मैं आपसे लूँगी। मेरा संकल्प है कि जो पुरुष विवाह करने आवेगा उसको पहले नाक पकड़कर चलाऊँगी, तब पीछे कोई बात करूँगी। आशा है, आपको इसमें कोई आपत्ति न होगी।"

ई कहि युवती प्रौढ़तापूर्वक एक चाकर पान हाथ मे लय मि. सी.सी. मिश्राक नाक पकड़ि हुनका घुमाबय लगलथिन्ह।

मिश्राजी अवाक् भऽ सोचय लगलाह, "वाह! यह क्या गड़बड़ है! मैं बीसवीं सदी का हसबैन्ड (पति) होकर आया तो यहाँ बाईसवीं सदी की वाइफ (पत्नी) सिर पर सवार है। मैं समझता था कि दो शताब्दी मुझसे पीछे पड़ी होगी, सो दो शताब्दी और आगे ही निकली। अब लेने के देने पड़ गये। मैं आया इस लड़की

का इम्तहान लेने और यह शोख उल्टे मुझी को नाक पकड़कर नचाने लगी। अच्छा तमाशा है। मैं यहाँ आकर बुरा फँसा!"

एतबहि मे ओ मुखरा युवती बाजि उठलीह, "दु:ख की बात है कि आप में कंजूसी भी है। मेरी दाई कबसे खड़ी आपकी यात्रा का शकुन बना रही है और आप उसकी ओर ध्यान तक भी नहीं देते? क्या मेरा नाम हँसाते हैं? अगर आपके पास कुछ नहीं हो तो मुझसे रुपया ले लीजिये।" मिश्राजी लज्जित भय मनीबैग सँ एकटा रुपया बाहर कैलन्हि और झुनियाँमायक भरल कलश मे राखि देलथिन्ह। झुनियाँमाय नचैत-कछैत चलि गेलि।

ई अवसर देखि ढुनमुनकाकी दूनू हाथे ठक—बक, जान—डाला, भालरि और हाथी नेने ढनमनाइत वरक दिसि बढ़य लगलीह। मि. मिश्राक समीप अबैत-अबैत सभ किछु नेने-देने सूर्यमुखीक देह पर खसि पड़लीह।

सूर्यमुखीक किकिआएब सुनि दुलारमनि पिउसीक कान ठाढ़ भय गेलैन्ह। ओ सूर्यमुखीक माय कैं हुथुक्का दऽ लोहछि कय कहलथिन्ह, "ऐ! नेना मुइलि और अहाँ गीत गबैत छी? की दऽ फाटै तँ मलार गाबी!"

ई सुनि ओकर माय गीत छोड़ि सूर्यमुखीक हाथ पकड़ि ओकरा पीठ पर एक धमक्का लगबैत बजलीह, "गै छुच्छी, हम पहिनहि ने मना कैलियौक जे अधिक छम-छम नहि कर। गेल छलीह वर सँ सटि कऽ ठाढ़ होमय। आब भेलौह ने! हाथ पैर टुटलौह ने!"

ई कहि सूर्यमुखीक माय अपन बेटीक हाथ धय अपन आङन चलबाक हेतु उद्यत भेलीह। एहि अकाण्डताण्डव सँ समस्त महिला-मंडल मे हूलि-मालि मचि गेल। सभ केओ ढुनमुनकाकी कैं 'दूरछी' करय लगलैन्ह।

लालकाकी क्रोध-कम्पित स्वर सँ बजलीह, "हम जनितहि छलहुँ जे ई घिनौतीह। भला हिनका के कहलकैन्ह जे अपनहि फुरने भारी जानडाला उठा कऽ वर कैं देखाबय गेलीह? हँ, आइ मास दिन सँ वैह सब बनैबा मे लागलि छलहुँ। से सब असले बेर पर फोड़ि देलन्हि।"

ई कहि लालकाकी सूर्यमुखी लग जाय ओकर पीठ हँसोथय लगलथिन्ह और ओकर माय कैं बौंसैत कहलथिन्ह, "हिनका हमरे सप्पत छैन्ह बहिनदाइ, जे ई कोनो बातक आमर्ष राखथि। बुचियो तऽ हिनके बेटी थिकैन्ह। हमर हँसी भेने हिनको हँसी छैन्ह। आब यैह लोकनि सम्हारथि तऽ सम्हारिथ।"

एम्हर ढुनमुनकाकी कनैत दुनू हाथ उठाय बाजय लगलीह, "हे दिनकर! हम जौं जानि बुझि कय जानडाला फोड़ने होइऐक तऽ हमर कोखि जरि जाय!"

ई कहि ढुनमुनकाकी आँचर सँ नोर-पोटा पोछैत हिचकि-हिचकि कानय लगलीह। आवेशरानी ई देखि ढुनमुनकाकीक लग आबि कहलथिन्ह, "अहाहा! हिनका नहि किछु कहै जैयौन्ह। ई कि जानि-बुझि कऽ थोड़बे खसलीहे। बेचारो अकसक लोक-ई

पाँचम मास छैन्ह। की ऐ फुचुकरानी! बेसी चोट तऽ ने लागल?" ई कहि आवेशरानी आवेश सँ ढुनमुनकाकीक पीठ झाड़य लगलथिन्ह।

ई रंग में भंग देखि उपर्युक्त युवती मि. मिश्राक हाथ दबा कय कहलथिन्ह, "आप घबड़ाइये नहीं। आपही की खातिर यह टंटा खड़ा हुआ है। न आपकी पुरुष-जाति स्वार्थी होती और न ठक-बक की मूर्ति बनाकर उसका खाका खींचा जाता। खैर, आप अन्दर चलकर पहले कपड़े तो बदल लीजिये।"

मि. मिश्रा आब युवतीक हाथ मे कठपुतरी जकाँ भेल इशारा पर काज करय लगलाह। पुनः गीतक सिलसिला जारी भऽ गेल।

ओ सुन्दरी बिहुँसैत मि. मिश्राक कान में कहय लगलथिन्ह, "आपके आज्ञा-पालन से मैं सन्तुष्ट हूँ। पति को ऐसा ही आज्ञाकारी होना चाहिये। परन्तु आपको एक कष्ट और देना चाहती हूँ। मेरा प्रण है कि जो पति होना चाहेगा, उसे मैं सात पुरुषों के साथ खड़ा कर धान कुटवाऊँगी। यह भी स्त्री-जाति के प्रति किये गये अपमानों का बदला है। आशा है, आप बुरा न मानेंगे।"

ई कहि ओ मिस्टर सी.सी. मिश्राक हाथ मे मूसर धराय देलथिन्ह और ऊखरि मे चोट देबाक अनुरोध करय लगलथिन्ह। मि. मिश्रा किंकर्तव्यविमूढ़ भय गेलाह। एतबहि मे गोड़ दसेक बालक हिनक संग देबक हेतु अपना मे उपरौंझ करय लागल।

ओ सुन्दरी पुनः मिश्राजीक कान में कहलथिन्ह, "बाबू चण्डीचरणजी, पहले कच्चे सूत से बाँधकर मैं आपकी परीक्षा करती हूँ! यदि इसमें बँधे रह जायेंगे तो मैं समझूँगी कि आप बराबर मेरे स्नेह-सूत्र में बँधे रहेंगे और यदि आपने इसे तोड़ दिया तो स्नेह-सूत्र भी टूटा ही समझिये।"

सुन्दरीक मुँह सँ एहि प्रकारें अपन नाम (चण्डी चरण)क उच्चारण सुनि मिश्राजी क्षुब्ध भय गेलाह। मन मे कहय लगलाह, "ओफ! कितनी ऐडव्हान्सड (बढ़ी) लड़की है! मुझको निर्विकार होकर इस प्रकार सम्बोधित कर रही है, जैसे यह किसी कालेज की लेडी प्रिन्सिपल (अध्यक्षा) हो और मैं इसका स्टुडेन्ट (विद्यार्थी) होऊँ।"

एतबहि मे सारक वर्ग 'सहस्त्रशीर्षा' मंत्र पढ़ैत मूसर उठौलकैन्ह। मि. मिश्रा निरुपाय भय चोट देमय लगलाह। नौआ ठाकुर आबि टकुरीक सूत सँ आठो गोटा कैं परिवेष्टित करय लागल।

अठोंगरिक बिधि समाप्त भेला उत्तर युवती मिश्राजी सँ मृदुल परिहास करैत कहलथिन्ह, "अहा! आपकी कोमल कलाई तो टेनिस खेलने के लिए है। आज पहले-पहल मूसल पकड़ने में तो बड़ा क्लेश हुआ होगा। खैर! इसके बदले आपका मुँह मीठा कर देना चाहिये।" ई कहि युवती एक सिलवरक तश्तरी मे राखल दही-चीनी दिसि संकेत करैत हिनका आसन पर बैसा देलथिन्ह।

मिश्राजी मंत्रमुग्ध जकाँ ओहि पर बैसि गेलाह। दस-पन्द्रह मिनट धरि कोन प्रकारें मधुपर्कक बिधि सम्पन्न भेलैक से हिनका किछु नहि बूझि पड़लैन्ह। पं. नमोनाथ झा तोतराइत-तोतराइत कंठ-रूपी बोरा मे सँ उभर-खाभड़ मंत्रक रोड़ा सभ गड़गड़ा कय उझिलय लगलाह। गाइनिक दल अपना आलापक स्वर खरज सँ निषाद पर्यन्त पहुँचाबय लगलीह। किन्तु मि. मिश्राक ध्यान ओहि सभ दिस नहि छलैन्ह। हुनका नेत्रक आगाँ ओहि चपला सुन्दरीक चित्र नृत्य करैत छलैन्ह। ओकरा अपन भावी चिरसंगिनीक रूप मे देखि ओ आनन्द और विस्मयक कल्लोल तरंग मे पड़ि ऊबडूब होमय लगलाह और कल्पनाक प्रवाह मे दहाइत-दहाइत वास्तविक परिस्थित सँ बहुत दूर जा भसिऐलाह। ओ मनोराज्य मे विचरण करैत ओहि हास्यमुखी युवती कैं शीघ्र अपन अङ्कशायिनी बनैबाक मधुर कल्पनाक रसास्वादन करय लगलाह। हुनक सुख-निद्रा तखन भङ्ग भेलैन्ह जखन ओ सुन्दरी पुनः आबि हुनक करस्पर्श करैत कौतुकागार दिसि लय चललथिन्ह।

मि. मिश्रा कैं भेलैन्ह जे आब ई हमरा अपन प्राइवेट चेम्बर (खास कोठरी) मे लय जा रहल छथि। ई विचारि हुनक हृदय खरहा जकाँ उछिलय लगलैन्ह। किन्तु जखन कौतुकागारक द्वार पर पहुँचलाह तऽ देखैत छथि जे सौंसे घर ओही प्रकारें खचाखच भरल अछि जना कार्तिक पूर्णिमा सँ एक दिन पूर्व सोनपुर जायवाली मालगाड़ीक डब्बा लोक सँ भरल रहैत अछि। जखन सुन्दरीक अनवरत सहायता सँ मिश्राजी ओहि घर मे प्रविष्ट भय आसन पर बैसलाह तऽ देखैत छथि जे एहि समुदाय मे चारि मासक नेना सँ लय अस्सी वर्षक वृद्धा पर्यन्त मौजूद छथि। ई देखि मिश्राजी कैं विश्रामक आशा ओही तरहें परित्याग करय पड़लैन्ह जेना कवि-सम्मेलनक दूरागत सभापति महोदय कैं रेल किराया मे सन्देह देखि बिदाइक आशा परित्याग करय पड़ैत छैन्ह।

मि. मिश्रा थोड़ेक काल धरि कोबरक दृश्य देखय लगलाह। ढेवरल चुनौटल भीत पर पुरैनिक पात, कमलक फूल, कदम्बक गाछ आदिक रंग-बिरंगी चित्र उखड़ल छलैक। अपना आगाँ भीत मे (गौरी-गणेशक पूजार्थ) गोबरक चोत और घोंघा साटल देखि मि. मिश्रा विस्मय मे पड़ि गेलाह।

दुलारमनि पिउसी गरजैत बजलीह, "है लोकनि! आब नैना-जोगिन मे की भाङठ छैक! कन्या निरीक्षण करय ने कहुन्ह।"

एहि पर आवेशरानी मिश्राजीक समीप आबि कहलथिन्ह, "आब अपन कनेयाँ कैं चीन्हू।" मिश्राजी पाछाँ फिरि कय देखलन्हि जे एक पाँती मे चारि टा कन्या खूब घोघ तानि कय माथ गोंतने बैसल छथि। मि. मिश्रा कैं ओहि मे अपन सहायिका युवती कैं चिन्हैत कनेको देरी नहि लगलैन्ह। ओ मन मे शेक्सपीयरक ई पंक्ति दोहराबय लगलाह—

हूएवर लव्ड दैट लव्ड नॉट ऐट फर्स्ट साइट?

पुन: कम्पित स्वर में बजलाह, "मुझे अब तक यही गाइड (पथ-प्रदर्शन) करती आ रही हैं। और इन्हीं को पहचानने में भला मैं भूल कर सकता हूँ? इनके समान चिर सङ्गिनी पाकर मैं अपने को बहुत फॉरचुनेट (भाग्यवान्) समझता हूँ। ये अब तक मेरा हाथ पकड़े हुए थीं। अब मुझे इनका हाथ पकड़ने का सौभाग्य प्राप्त हो रहा है। आशा है, इनको कोई आपत्ति नहीं होगी।"

ई लेक्चर झाड़ि मि. मिश्रा अपन सुपरचित गुलाबी साड़ी वाली सुन्दरीक हाथ धय लेलन्हि और अपना आङुरक अँगूठी बाहर कय हुनका आङुर में पैसाबक यत्न करय लगलाह।

ई अभूतपूर्व दृश्य देखि उपस्थित महिला-मंडली मे एहन भारी हँसीक बिहाड़ि उठल जे कोबरा घरक चार उधियाय लागल। फुलमतिया हँसैत-हँसैत बाजलि, "दैवा रे देवा! ह : ह : ह : ह :! बिधिकरीये कैं...हा हा हा हा हा! बहु बना लेलथन्हि! ही ही ही ही ही!" आवेशरानी बजलीह, "अहा हा! बेस सुलग्न मे सरहोजि सँ भेंट भेल छैन्ह। अहिना मीठे-मीठे रहि जाइन्ह दूनू गोटा मे त...ही ही ही ही!" एकटा तरुणी बजलीह, "कनेयाँ! अहाँ हिनका कोन मंत्र पढ़ि कय नोन चटा देलिऐन्ह जे अबितहिं अहाँक हाथे बिका गेलाह? हा हा हा हा हा हा!" एकटा प्रौढ़ा जमींदारनी बजलीह, "हिनका अपने सभ की बुझैत हतिऐन्ह। ई खूब खेलायल छथ। जौन चीज पर अपन हक होतैन गऽ ओह पर पहले ही से कबजा दखल कर लेबे के चाहै छथ। कैसे कऽ अपन चीज टेब लेलन? ही ही ही ही!"

एहि हा हा ही ही क बिड़रो मे मिश्राजी कैं किछु नहि बूझि पड़लैन्ह। ओ हतबुद्धि भऽ टुकुर-टुकुर सभक मुँह ताकय लगलाह।

ई देखि बिधिकरी दाइ हिनका कान मे अपन मुँह सटा कय कहलथिन्ह, "देखिये, आपको सबके सामने इस तरह अपने भाव का आवेश नहीं प्रकट करना चाहिये। आपकी कितनी मखौल उड़ रही है! मैं तो लज्जा के मारे गड़ी जा रही हूँ। देखिये, अब मंडप पर ऐसी भूल मत कीजियेगा। वहाँ मेरे पिता, चाचा और गाँव भर के लोग रहेंगे। आप उस वक्त मेरी ओर नजर तक मत उठाइयेगा। मैं भी चुपचाप वहाँ घूँघट काढ़कर बैठी रहूँगी। अगर बिधि-पालन में कुछ भी गड़बड़ी आपने की तो समझ जाइये कि फिर मैं आपको मिल नहीं सकती।"

ई कहि चतुरशिरोमणि बड़कागामवाली छम्म दऽ कोबरघर सँ बाहर भय दोसरा घर मे चलि गेलीह।

एतबहि मे पं. नमोनाथ झाक स्वर सुनबा मे आएल—

"ज ज ज ज जनानी बिधि सभ तऽ भऽ गेल। आब ज ज ज ज जमाय कैं आ आ आबय ने कहियौन्ह।"

१०

कन्यादान

मंडप पर बैसितहिं मिस्टर सी.सी. मिश्राक नेत्र सभ सँ पहिने ओहि सुपरिचित गुलाबी साड़ीक अन्वेषण मे इतस्तत: घूमय लागल। ई देखि पं. नमोनाथ झा बजलाह, "ट ट ट ट टी टी टी टी टीक टीक बान्हि लेल जाओ।"

एतबहि मे मिश्राजी देखैत छथि जे स्त्रीगणक झुंड ओहि गुलाबी साड़ी कैं चारू कात सँ घेरने शनै: शनै: मंडप दिसि अग्रसर भय रहल अछि। ई देखि मिश्राजीक मनमयूर नाचय लागल। थोड़बहि काल मे गुलाबी साड़ी मंडप पर आनल गेलि और लालककाक दक्षिण पार्श्व मे बैसा देल गेलि। ओ लजौनी खढ़ जकाँ सकुचि भूमि मे सटय लागलि। मिश्राजी मन मे कहय लगलाह, "यह लड़की गजब की नखरेबाज मालूम होती है। अभी कैसी भीगी बिल्ली की तरह बैठी हुई है! इसका यह पोज (भाव) देखकर कौन कहेगा कि अभी कुछ मिनट पहले यह मुझे नाक पकड़कर नचाती फिरती थी?"

एतबहि मे पंडित नमोनाथ झा गोत्राध्यायक काण्ड प्रारम्भ कैलन्हि। लालकका जाहि कागज पर वरक परिचय लिखल छलैन्ह, से बटुआ सँ बाहर कय मिस्टर सी.सी. मिश्राक बाप, पितामह, प्रपितामह आदिक नामोच्चारण करय लगलाह।

गोत्राध्यायक उपरान्त लालकका जमायक हाथ अपना हाथ पर धय मैंया दिसि तकलथिन्ह। मैंया ओहि गुलाबी साड़ीक आवरणक भीतर सँ एक लजाएल हाथ निकासि मिश्राजीक कम्पित हाथ पर राखि देलथिन्ह। पं. नमोनाथ झा ओहि पर अक्षत, चंदन, पुष्प और शंख राखि कन्यादानक मंत्र पढ़ाबय लगलथिन्ह, "इमां क क क क कन्यां स स स स सालंकारां" आदि पढ़ा कय कहलथिन्ह, "क क क क कन्या क न न न न नाम लियऽ।"

ई सुनैत मिस्टर सी.सी. मिश्रा के धक् सँ बिजली दौड़ि गेलैन्ह। हिनका मस्तिष्क मे तरह-तरहक अप टु डेट नाम सभ चक्कर लगाबय लगलैन्ह। ई उत्सुक भय सोचय लगलाह—देखा चाही, की सुनैत छी! कुमारी बिजली बाइ? अथवा

नलिनीबाला? अथवा विमलप्रतिभा देवी? अथवा मिस अनारकली? पर एतबहि मे लालककाक मुँह सँ बुचिया 'नाम्नीम्' सुनि मि. सी.सी. मिश्राक कल्पना—लतिका पर तुषारपात भऽ गेलैन्ह।

मिस्टर सी.सी. मिश्रा अपन भावी ससुरक एहि प्रोजेक नेचर (अरसिकता) पर क्षुब्ध भऽ उठलाह। मन मे सोचय लगलाह, "संसार में केहन-केहन सुन्दर नाम अछि- उषा! प्रभा! लीला! ललिता! मनोरमा! शैलबाला! चन्द्रकला! हिरण्मयी! स्वर्णलता! हेमाङ्गिनी! सरोजिनी! पीयूषमयी! तुषारबाला! विश्वमोहिनी! शिशिरसुन्दरी! एहि मे सँ एको टा नाम यदि ई बुढ़उ अपना कन्याक हेतु बिछने रहितथि तऽ कि घरक आँटा गील भऽ जैतेन्ह? अहा! एहि चंचला सुन्दरीक नाम यदि कुमारी विद्युत्प्रभा अथवा मञ्जुहासिनी देवी रहैत तऽ हमर जीवन आइ केहन सुखमय बनि जाइत! परन्तु एहि बुढ़उ के फुड़लैन्ह मे फुड़लैन्ह की तऽ 'बुचिया'! छिः छिः! आब हमर जीवन नष्ट भऽ गेल।" पुनः अपना मन कैं सन्तोष देमय लगलाह, "अच्छा, आब तऽ ई मिसेज मिश्रा कहौतीह। लेख, कविता आदि मे देबाक हेतु हम एक सुन्दर उपनाम अपना पसिन्द सँ चुनि कय राखि देबैन्ह।"

एम्हर पं. नमोनाथ झा धुड़झाड़ अपन ठेला गाड़ी छोड़य लगलाह।

वैवाहिक मंत्र मे वर और कन्याक हेतु केहन पवित्र आदर्श भरल छैक! अग्नि कैं साक्षी राखि दूनू कैं प्रतिज्ञा करय पड़ैत छैन्ह जे आब सँ हम दूनू गोटा मिलि कय एक भय गेलहुँ और आजीवन मनसा-वाचा-कर्मणा एक भेल रहब। सुख-दुःख मे, पाप-पुण्य मे, जीवन-मरण मे, हम एक दोसराक भागी रहब। संसार मे कोनो शक्ति हमरा दूनू गोटा कैं पृथक नहि कय सकत। प्राचीन युग मे वर ओ कन्या दूनू सम्यक रूपें अपन गम्भीर दायित्व ओ पुनीत कर्त्तव्य बुझि वैवाहिक प्रतिज्ञा सँ आबद्ध होथि। एकरे नाम थिक वैदिक विवाह।

किन्तु सम्प्रति की स्थिति भय रहल अछि? ओहि पावन प्रतिज्ञाक अर्थ सँ वर-कन्या कैं ततबहि सम्पर्क रहैत छैन्ह जतेक आधुनिक ग्रेजुएट लोकनि कैं मिथिलाक्षर सँ। पुरोहित महाराजक आँखि रहैत छैन्ह पद्धति पर, मन रहैत छैन्ह 'रजतं चन्द्रदैवतम्' पर। यजमान चाहैत छथि जे कोनहुना झट द' छुतका छोड़ा कय पाक भय जाइ। रहि गेलाह वर-कन्या। से वरक मन मे रहै छैन्ह जे कखन बिधि-बाधक बखेड़ा सँ पिंड छूटय और फालतू लोक सभ घसकय जे कोबरक आनंद लूटी। और बेचारी कन्या बलिदानक छाग जकाँ बैसलि भीतरहिं भीतर औनाइत रहैत अछि। जाहि पुरुष कैं ओ कहियो देखने-सुनने नहि, जनने-बुझने नहि, ओकरा एकाएक ऊक जकाँ आबि अपन भाग्य-विधाता बनैत देखि कन्याक मन मे विद्वेष उत्पन्न होएब सर्वथा स्वाभाविक छैक। ओहि अपरिचित 'मालिक' क प्रति ओकरा प्रेम नहि भऽ प्रत्युत उपेक्षा और घृणाक भाव जागृत भऽ जाइत छैक। ओकर हृदय मे एक एहन अज्ञात भय जड़ि पकड़ि लेत छैक जे ओकरा आत्माक स्वतंत्रता कैं नष्ट कय ओकरा

पराधीना दासी बना दैत छैक। ओ कुमारि अवस्था मे अपना कैं एक 'व्यक्ति' बुझैत छलि, विवाहक राति सँ ओ अपना कैं 'सम्पत्ति' बुझय लागि जाइत अछि। कोनो कन्याक विवाह भेला पर ओकरा चेष्टाक अध्ययन करू, ई परिवर्तन स्पष्ट देखय मे आओत। कन्या मे आब ओ स्फूर्ति कहाँ, ओ उल्लास कहाँ, ओ तेज कहाँ? पहिने ओ मुक्त चिड़इ जकाँ चहकैत फिरैत छलि। आब ओ पिंजड़ाक पक्षहीन पक्षी जकाँ बँधुआ बनि जाइत अछि। ओ पहिने जीवित छलि, आब ओकर जीवनी शक्ति जाइत रहलैक।

हमरा लोकनि मूलवस्तु कैं छोड़ि छायाक अनुसरण कय रहल छी। वर-कन्याक स्वभाव, शिक्षा ओ विचार मिलय वा नहि, किन्तु उतेढ़ि मिलि जैबाक चाही। वर-कन्या एको अक्षर प्रतिज्ञाक अर्थ बुझथु वा नहि, किन्तु मंत्र पढ़ल जैबाक चाही। वर-कन्या मे यथार्थ स्नेह-बन्धन हो वा नहि, किन्तु गठबन्धन भऽ जैबाक चाही। ई विवाह नहि, विवाहक स्वाँग थिक। और एही कनेंयाँ-पुतराक खेलक पाछौं लाखो बिकाएल जा रहल छथि और एहि सारहीन स्वाँग सँ, एहि क्षणिक प्रहसन सँ, जे दाम्पत्य-सम्बन्ध प्रारम्भ होइत अछि ओ प्राय: आजन्म रोदनक कारण बनि जाइत अछि।

एहि अनर्थमूलक नकली विवाहक अन्त कोना हो? समाज कैं सरोकार छैन्हें दहनहींक अँकुरी सँ, भारक बायन सँ, चतुर्थीक भोज सँ और घसकट्टीक सुपारी सँ। वर-वधूक दाम्पत्य-जीवन कोना सफल और सुखमय बनतैक, ताहि दिसि समाज कनडेरियो आँखिये तकबाक प्रयोजन नहि बुझैत अछि। एहन स्वार्थी ओ अन्ध समाज सँ कोनो लाभ नहि। जा धरि समाजक दृष्टिकोण उदार नहि होएतैक, जा धरि कन्या-घातक कुप्रथा सभक मौलिक सुधार नहि होएत ता धरि देशोन्नतिक आशा करब मृगमरीचिकावत् अछि। जखन मूर्खता ओ अन्धविश्वासक स्थानापन्न ज्ञान ओ तर्कक आधार पर विवाह-सम्बन्ध स्थापित होमय लागत, जखन कन्यागण अपना कैं खूटाक बाछी जकाँ निरुपाय आ पराधीन नहि बूझि अपना कैं मनुष्यताक अधिकार सँ युक्त एक स्वतंत्र और मुक्त आत्मा बुझय लगतीह, जखन वर ओ कन्या मे जबर्दस्ती गठजोड़ा नहि भय प्रेम ओ सहानुभूतिक सूत्र जोड़ाय लागत, तखन दाम्पत्य कर्त्तव्य चिरैताक काढ़ा जकाँ तीत नहि लागि कुसियारक रस जकाँ मीठ लागत, और जे गृहस्थी एखन जंजालक घर बूझि पड़ैत अछि से स्वर्गीय सुखक केन्द्र बनि जाएत। परन्तु ई होएब तखने सम्भव जखन मैथिल कन्यागण जगज्जननी जानकी, मंडन मिश्रक विदुषी भार्या सरस्वती ओ राजा शिवसिंहक पंडिता पत्नी लखिमा ठकुराइन कैं अपन आदर्श मानि अपना मे आत्मबल ओ साहसक संचार करथि और अखिमुन्ना पर्दा कैं गर्दा मे मिलाय, अबला सँ सबला और मूर्खा सँ शिक्षिता भय, मिथ्या लज्जा ओ भय कैं दूर भगबैत, सामाजिक अत्याचारक तीव्र प्रतीकार करबाक हेतु तत्पर भऽ जाथि। आब हुनका चाहिऐन्ह जे अनमेल विवाह-वेदी पर स्वयं बलिदान नहि भय, सामाजिक कुरीतिक बलिदान करथि। यावत धरि ओ

शक्ति, साहस, शिक्षा और स्वावलम्बन सँ वञ्चित रहतीह, तावत धरि ओ पशुक दशा मे प्राप्त रहतीह। मैथिल कन्या सभ पतितपावनी गंगा भय बहत दुर्दशा सहैत गेलीह। आब हुनका असिधारिणी दुर्गा बनबाक प्रयोजन छैन्ह।

पाठक-पाठिकागण! हमरा लोकनि प्रस्तुत घटना सँ बहुत दूर बहकि ऐलहुँ। आब देखू, लाबा छिड़िऐबाक बेरि पहुँचि गेल। गाइनि लोकनि परिहासक स्वर मे गाबय लगलीह—

लाबा छिड़ियाउ दाइ लाबा छिड़ियाउ, बाबू बिछि-बिछि खाउ।

चारिटा कमैनिहार जे ऐंठकटार लग ओसारा पर ठाढ़ि छलि, से ओत्तहि सँ डहकनि गाबय लागलि। अश्लील गारि सुनि रेवतीरमण ओकरा सभ कैं मना करय लगलथिन्ह, किन्तु ओ सभ हिनका बात कैं मोजर नहि कय पूर्ववत उमंग सँ गबैत रहलि।

शनैः शनैः हवन, सप्तपदी आदि सभ वैवाहिकी प्रक्रिया सम्पन्न भय गेल।

मिश्राजीक हाथ मे सन, साख-सिहुली और मटिया सिन्दूर देल गेलैन्हि। स्त्रीगण कैं 'शुभे हो शुभे' कहैत कन्याक झाँपल-तोपल सिउथि के कनेक उघारि मिश्राजीक औंठा सँ सिन्दूर देया देलथिन्ह।

सिन्दुरदान ओ चुमाओन बिधिक उपरान्त मिश्राजी कोबरघर मे पहुँचाओल गेलाह। ओतय नाना प्रकारक हावभाववाली अज्ञातयौवना, ज्ञातयौवना, मुग्धा, प्रौढ़ा आदि नायिका सभ तरह-तरहक हास-परिहास ओ वचन-विलास सँ मिस्टर सी.सी. मिश्रा कैं चकित करय लगलीह। एहना स्थिति मे हमरा लोकनि आब एहि ठामक दृश्य देखी से उचित नहि। तऽ चलू, देखू जे बड़कागामवाली की कय रहल छथि। प्रायः ओ दोसरा घर मे ककरो संग किछु एकान्ती कय रहल छथि। यदि कोनटा लगबा मे कोनो विशेष अधर्म नहि होइत होई, तऽ सुनू जे की सभ गप्प-सप्प भय रहल अछि।

रे. र. : "अहाँ त इनाम पैबाक योग्य काज कैलहुँ अछि। वाह! हमरा एतेक आशा नहि छल। किन्तु मंडप परक हेतु अहाँ कौन युक्ति रचलहुँ?"

ब. वाली : "हम साहेब बहादुर कैं पहिनहि चेता देलिऐन्ह जे 'खबरदार आप मंडप पर भूलकर भी मेरी ओर घूमकर मत देखियेगा।" और एम्हर दोसरा घर मे जा कऽ गुलाबी रंगक साड़ी छोटकी दाइ कैं पहिरा देलिऐन्ह। बस, माड़ब पर हिनका ओ साड़ी देखि अस-तस कऽ विश्वास भऽ गेलैन्ह जे हमहीं बैसल छी।

रे. र. : "किन्तु सिन्दूरो देबक काल हिनका ई नहि बुझि पड़लैन्ह जे कनैयाँ एतेक छोट कोना भऽ गेलि?"

ब. वाली : "से तऽ हम पहिनहिं कहि देलिऐन्ह जे हम लोकलज्जाक रक्षार्थ खूब निहुड़ि कय बैसब। तखन सन्देह कोना होउन्ह?"

रे. र. : "तऽ ई एखन धरि यैह बुझैत छथि जे अहीं हिनक कनेयाँ छिऐन्ह?"

ब. : "हँ, एखन धरि तऽ सैह बुझैत छथि।"

रे. र. : "तऽ देखब, यै बुझैत-बुझैत गोटेक बेरि हाथो ने साफ कय बैसथि।"

ब. : "ईह! से कि अखतियार छैन्ह? हम चेता देने छिऐन्ह जे चतुर्थी भरि वर कन्या के स्पर्श नहि करैत छैक। तैं चारि दिन धरि हाथ-पैर नहि पसारू। बेचारे धैर्यपूर्वक दिन गनि रहल छथि।"

रे. र. : "हँ, तखन तऽ ओहि राति अहाँ कैं नहिए छोड़ताह?"

ब. : "ओहि राति तऽ अहींक बहिन हुनका नहि छोड़तन्हि। हुनका की होश रहतैन्ह जे हमर खोज करताह?"

ई सरस प्रश्नोत्तर शनैः शनैः मृदुलं हास्य ओ नूपुरक झंकार मे परिणत होमय लागल। एहि रसिक दम्पत्तिक एकान्त विहार मे आब हमरा लोकनि कैं बाधा देब उचित नहि। अतएव आब एहू ठाम सँ हटबाक चाही।

११

चतुर्थीक राति

घोर अन्धकार व्याप्त भय रहल अछि। आकाश मे समुद्रक लहरि जकाँ चारू कात सँ कारी-कारी मेघ उमड़ि रहल अछि। बीच-बीच मे बिजली चमकि उठैत अछि। थोड़बहि काल मे टिप-टिप कय पानि पड़य लागल। ई घटाटोप देखि जे गाइन लोकनि सौजन्यक सँचार देखय और उचिती गाबक हेतु आइलि छलीह से सभ झटकि कय अपना-अपना आङन दिसि पड़ैलीह।

मिस्टर सी.सी. मिश्राक समस्त अभिलाषाक गजट आइये राति बहरैबा लेल छैन्ह। कोबर घर मे पलंग पर ओंठगल ओ मनहि मन हनीमून (सोहाग रात्रि) क रिहर्सल (पूर्वाभ्यास) करय लगलाह। तरह-तरहक काल्पनिक दृश्य सिनेमाक फिल्म जकाँ हिनका हृत्पटल पर उदित और विलीन होमय लागल। मिश्राजी कल्पना-जगत मे विचरण करैत निम्नलिखित प्रोग्राम बनाबय लगलाह

जैखन श्रीमतीजीक एकटा रञ्जित कोमल पद-कमल चौकठिक भीतर पहुँच जैतैन्ह, तैखन हुनक स्वागतार्थ झट दऽ उठि कय ठाढ़ भऽ जैबाक चाही। ता दोसरो पद-कमल भीतर पहुचि जैतेन्ह। तदुपरान्त एवं प्रकारे कार्यवाही होमक चाही—

मि. मिश्रा (पत्नी क समक्ष ठेहुनिया दऽ कऽ) :

ओ फेयर एञ्जिल! दाउ आर्ट माइ ऑल,
माइ हार्ट, माइ सोल, माइ लव, माइ लाइफ!
हाउ रेयर ए ब्लिस इट इज टु कॉल,
दिस डॅजलिंग फॉर्म ऑफ दाइन माइ वाइफ!

[अरे यह भक से सौ पावर की बिजली आ गई कैसे?
कनेक्शन के बिना लाइट एलेक्ट्रिक छा गई कैसे?
जरा-सा स्विच दबाने से लगेगा शॉक फौरन ही
समझ में है न आता इसको पकडुँ हाथ से कैसे?]

मिसेज मिश्रा (मुस्कुराइत) : "कुछ खौफ नहीं है साहब! आप बेखटके इस बिजली को छू सकते हैं। अगर आपको डर मालूम होता है तो लीजिए, मैं ही आपका हाथ पकड़ लेती हूँ।"

मिस्टर मिश्रा (हाथक चुम्बन करैत) : "क्या मैं जीता-जागता हूँ या स्वप्न देख रहा हूँ अथवा स्वर्गलोक में पहुँच गया हूँ?"

मिसेज मिश्रा (हिनका उठा कय छाती सँ लगबैत) : "मेरे काँपते हुए हृदय के मालिक! तुम्हें अब इसी तरह चिपटाकर रखूँगी। (भुजा-पाश मे जोर सँ कसि कय) क्या मजाल जो तुम इस बन्धन से अपने को तिल भर भी छुड़ा सको!"

मिस्टर मिश्रा (आनन्दोन्मत्त भय) : "गॉड! इफ यू एक्जिस्ट एनीह्वेयर, आइ चैलेंज यू टु कम फॉरवर्ड ऐण्ड क्रियेट ए स्वीटर प्लेजर दैन दिस टाइट एम्ब्रेस!"

[ईश्वर! तुम कहीं भी मौजूद हो, तो मैं तुम्हें सामने आने के लिए चुनौती देता हूँ। इस गाढ़ आलिङ्गन में जो मधुर आनन्द है सो देखो, और इससे बढ़कर कोई भी आनन्द उत्पन्न कर सको, तो मैं समझूँ।]

मिसेज मिश्रा (मिश्राजीक केश फेरैत) : "प्यारे! क्या तुम सच्चे दिल से मुझे 'लव' (प्यार) करते हो?"

मिस्टर मिश्रा (उत्तेजित स्वर सँ) : "यदि मजनू सचमुच लैला से प्रेम रखता था, फरहाद शीरीं के लिए जान देता था, यूसुफ जुलेखा पर मरता था, रोमियो जूलियट को प्यार करता था, अंटोनी किल्यांपेट्रा पर फिदा था, बसैनियो पोर्शिया पर मोहित था, और उन लोगों को तराजू के एक पलड़े पर बैठा दिया जाय और दूसरे पलड़े पर मुझे बिठा दिया जाय तो सब-के-सब एकबारगी ऊपर उठ जायेंगे और आसमान में लटकते ही रह जायेंगे।"

मिसेज मिश्रा : "अहा! अब मुझे और क्या चाहिये? (मुखचुम्बन करैत) मैंने प्रेम की यह मुहर-छाप जो लगा दी है वह टूटने न पावे।"

मिस्टर मिश्रा (अधरक रसपान करैत) : "मालूम होता है अंगूरी शरबत का प्याला चूस रहा हूँ।"

मिसेज मिश्रा (गाल पर गाल रखैत) :

मेरे प्यारे, मेरे मालिक, मेरे दिल में रहा करना।
कलेजा काटकर तेरे लिये मैं घर बनाऊँगी॥
मेरे हीरा, मेरे मोती, गले का हार बन जाओ।
रहूँगी रात-दिन पहने, न पल-भर भी हटाऊँगी॥
मेरे सुग्गा, मेरे तोता, मेरे पिंजड़े में आ जाओ।
मैं चुनकर खेत से दाना तेरे मुँह में खिलाऊँगी॥
मेरे साथी, मेरे शौहर, मेरी गोदी में आ बैठो।
करूँगी प्यार मैं तुमको कलेजे से सटाऊँगी॥

मिस्टर मिश्रा : "अहा! मालूम होता है, इस मुखरूपी चन्द्रमा से सभी अमृत छन-छनकर मेरे ही कानों में आ रहा है। अहा! वन्स मोर (एक बेरि और सुनाउ)!"

तखन मिसेज मिश्रा कलापूर्वक पैर सँ ताल देमय लगतीह। डांस (नाच) करबा मे हुनका पैरक नूपुर छम-छम बाजय लगतैन्ह।

मिस्टर मिश्रा ई कल्पना करितहिं छलाह कि यथार्थहि मे छम-छमक शब्द सुनि पड़लैन्ह। जेना केओ ताल दैत नृत्य करैत चलि अबैत हो।

मिश्राजीक हृतंत्री एके बेरि झन् दऽ बाजि उठलैन्ह। जाहि समयक प्रतीक्षा ओ चौरासी घंटा सँ कय रहल छलाह से समय आब नाकक सोझा आबि रहल छैन्ह! मिश्राजीक हृदय धक्-धक् करय लगलैन्ह। जेना वोटक गिनती होमय काल भावी मेम्बर लोकनिक हृदय धक् धक् करय लगैत छैन्ह। ओ पूर्णत: नर्वस (किंकर्तव्यविमूढ़) भऽ गेलाह। पहिलुका सोचल सभटा प्रोग्राम गड़बड़ा गेलैन्ह।

एतबहि मे गुलाबी साड़ी वाली सुन्दरी आबि कहलथिन्ह, "मिश्राजी! हमर सँ जे किछु कसूर भेल हो से क्षमा करब। और हमर ननदि एखन बड़ सुकुमारि छथि। देखब, काँच कली तोड़ब उचित नहि। बेस, तऽ आब अपन वस्तु सुमझा लियऽ।"

ई कहि बड़कागामवाली बुच्चीदाइ कैं घर मे धकेलि बाहर से जिंजीर लगाय देलथिन्ह और बिहुँसैत अपना घर दिसि चलि गेलीह।

मिश्राजीक पैर तर सँ पृथ्वी ससरि गेलैन्ह। ओ झमा कऽ आकाश पर सँ खसलाह। आँखिक आगाँ अन्धकार भऽ गेलैन्ह। जतेक हवाइ महल बनौने छलाह से सभ एक बेरि बालुक धसना जकाँ खसि पड़लैन्ह। मुँह सँ केवल दू टा शब्द बाहर भय रहि गेलैन्ह, 'माई गॉड!' (हे भगवान!)। एहि सँ आगाँ ओ और किछु नहि बाजि सकलाह।

देखैत-देखैत पश्चिम दिशा सँ भारी बिहाड़ि उठल। संगहि-संग मूसलधार वृष्टियो होमय लागल। चारक खपरा पर अदौरी सन-सन बङौरी पड़य लागल। बुच्चीदाइ भिड़ियाएल पटिया जकाँ ठाढ़ि रहि गेलीह और लस्सा जकाँ केवाड़क दोग सँ सटि गेलीह।

मिस्टर मिश्रा मन मे सोचय लगलाह, "हाय-हाय! क्या यही क्रीचर (जन्तु) मेरी वाइफ (पत्नी) है? इसमें तो कुछ भी पर्सनैलिटी (व्यक्तित्व) नहीं है। मामूली एटिकेट मैनर्स (शिष्टाचार) तक नहीं जानती। न यह क्लब में जा सकती है, न पार्क में घूम सकती है, न मीटिंग में बैठ सकती है। मेरी लेडीफ्रेण्ड्स (मित्राणियाँ) कैसी शोख और चुलबुली हैं? कोई परी की तरह नाचती है, कोई चिड़िया की तरह चहकती है, कोई बिजली की तरह चमकती है, कोई तितली की तरह उड़ती-फिरती है। मगर यह कम्बख्त तो हिलने तक का नाम नहीं लेती। जबसे आई है, अशोक पिलर (स्तम्भ) की तरह वहीं गड़ी हुई है। इसमें जरा सा भी लाइफ (जीवन) का साइन

(चिह्न) नहीं जान पड़ता। मालूम होता है जैसे लगेज (गट्ठर) खड़ा कर दिया गया हो। क्या कोई भी जेन्टिलमैन (भद्र व्यक्ति) इसके साथ एक मिनट रहना पसन्द कर सकता है? हाय-हाय! मैं फाँसी पड़ गया। मेरी सभी आकांक्षाओं का खून हो गया।"

बुच्चीदाइ मन मे सोचैत छलीह, "इह! बाहर मे केहन-केहन बङौरी खसैत छैक। ओसारा पर रहितहुँ तऽ एखन खूब बिछि-बिछि कय खैतहुँ।"

मिस्टर मिश्राक नैराश्यरूपी अन्धकार मे सहसा एक आशाक क्षीण प्रकाश उदित भेलैन्ह। सोचय लगलाह, "अच्छा, ऐसा भी तो हो सकता है कि इस ओढ़नी के अन्दर एक नाजनीन परी छिपी हो, घूँघट हटाते ही एक चाँद-सा मुखड़ा निकल आवे!"

मिस्टर मिश्रा भावना करय लगलाह, "इस पर्दे के अन्दर से मलाई-सी गोरी और मुलायम एक सुन्दर कलाई निकलेगी, जिसमें सुनहली रिस्टवॉच (घड़ी) चमकती रहेगी। पलाश के फूलों के समान कानों में छोटे-छोटे ईयररिंग चकमक करते रहेंगे और उनकी आभा गुलाबी गालों पर पड़ती रहेगी। फीरोजी रंग का ब्लाउज इतना नीचे से कटा रहेगा कि खुली हुई सफेद छाती दूध से धोये हुए संगमर्मर की तरह जान पड़ेगी और उस पर गिनी गोल्ड का नेकलेस (सोने का हार) या मोती की माला छक-छककर अपनी ज्योत्स्ना छिटकाती रहेगी और कंघी-चोटी किये हुए काले-काले बालों की टेढ़ी-मेढ़ी माँग और लहरदार जुल्फें ऐसी बहार दिखलाती रहेंगी कि चेहरे की रौनक सौ गुनी बढ़ जाएगी और मालूम होगा कि काले-काले बादलों के बीच में चाँद निकल आया है। उस चाँद को हाथ में पाकर किसको 'किस' (चुम्बन) करने की इच्छा नहीं जो जाएगी!"

ई भावना करैत-करैत मिस्टर मिश्रा एतेक विह्वल भय उठलाह जे दन सँ नेवाड़ के पलंग पर सँ कूदि पड़लाह और लपकि कय बुच्चीदाइक घोघ हटाय, माथक नूआ सर्र द' खीचि लेलथिन्ह। बुच्चीदाइ ठामहि चुक्कीमाली बैसि गेलीह और ठेहुनक बीच मे मुँह नुका लेलन्हि। परन्तु मिस्टर मिश्रा कैं देखबाक जे सिहन्ता छलैन्ह से पूर्ण भय गैलैन्हि। बुच्चीदाइक पहुँची में रिस्टवाच तऽ नहि छलैन्ह किन्तु छौ टा मोट-मोट लहठी और कंगना सुशोभित छलैन्ह। कान में ईयररिंगक स्थानापन्न वीरझुम्मक लटकल छलैन्ह। बुच्चीदाइक छातीक जे अंश मिश्राजी कैं देखना गेलैन्ह से संगमर्मर जकाँ झलकैत तऽ नहि बूझि पड़लैन्ह, किन्तु गोदनाक रंग सँ रंजित भेलाक कारणें संगमूसाक समान भासित भेलैन्ह। ओहि पर नेकलेस तऽ नहि छलैन्ह, किन्तु कारी डोरा में गाँथल चानीक पैघ-पैघ चकती विराजमान छलैन्ह। फैशनदार माँगपट्टी और चोटीक बदला मे पाछाँ मे खोंपा बान्हल छलैन्ह और ललाट पर एक सिन्दूर-बिन्दुक स्थान मे सौंसे कपार पर पटमासी सिन्दूर कैल छलैन्ह।

मिस्टर मिश्राक हृदय मे ज्वालामुखी भभकि उठलैन्ह। ओ छिलमिला कऽ केवाड़ फोलय लगलाह। किन्तु बाहर सँ जिंजीर बन्द छलैन्ह। अन्त में हारि-दारि

कय खाट पर आबि कय बैसि गेलाह। तदुपरान्त नवदम्पति मे निम्नलिखित प्रश्नोत्तरी होमय लागल—

मि. मिश्रा : "क्या तुम्हारा ही नाम बुचिया है?"

बुचिया (मनहिं मन) : "इह देखू ने, उर्दुए छाँटै छथि।"

मि. मिश्रा : "तुम बोलती क्यों नहीं? मैं जानना चाहता हूँ कि क्या सचमुच तुम्हारे ही साथ मेरा विवाह हुआ है?"

बुचिया (मनहिं मन) : "मनुसा केहन भारी मुँहफट्ट अछि! एतेक जोर सँ बजैत लाजो ने होइत छैक।"

मि. मिश्रा : "देखो, इस तरह का पर्दा मैं पसन्द नहीं करता, अगर तुम सचमुच ही मेरी स्त्री हो तो मेरे नजदीक आकर क्यों नहीं बैठती?"

बुच्चीदाइ मनहि मन डरैलीह जे ई कतहु फेरि आबि कय बेपर्द नहिं करय। ई सोचि ओ अपन कोंचा और आँचर कैं सक्कत कय लेलन्हि।

मि. मिश्रा : "क्या हारमोनियम बजाना जानती हो?"

बुच्चीदाइ चुप्प।

मि. मिश्रा : "क्या तुम चाय बना सकती हो?"

बुच्चीदाइ चुप्प।

मि. मिश्रा : "क्या तुम नर्सिंग (परिचर्चा) जानती हो?"

बुच्चीदाइ मन में सोचय लगलीह, "नरसिंह तऽ गामक कोतवालक नाम छैक। देखू तऽ भला, कोतवाल लगा कऽ हमरा गारि पड़ैत अछि!"

मि. मिश्रा : "क्या कुछ निटिङ (जाली बनाना) वगैरह भी सीखा है?"

बुच्चीदाइ चुप्प।

मि. मिश्रा : "तो क्या तुम मेरी किसी बात का जवाब देना नहीं चाहती?"

बुच्चीदाइ चुप्प।

मि. मिश्रा : "अच्छा, तो मैं यहाँ से जाऊँ?"

बुच्चीदाइ चुप।

मि. मिश्रा मन में सोचय लगलाह, "क्या यह बहरी या गूँगी तो नहीं है? अथवा जान-बूझकर 'इनसल्ट' (अपमान) कर रही है? खैर, जो हो, इसे अब आखिरी दफे पूछ लेना चाहिये कि यह क्या चाहती है।"

मिस्टर मिश्राक धारणा छलैन्ह जे एकान्त शयनागार मे पतिक प्रथम स्पर्श सँ पुलकित भय नववधू प्रेममग्न भय पतिक छाती सँ लपटि जाइत अछि। एहि भावना सँ प्रेरित भय मिश्राजी अपन नवोढ़ा पत्नीक समीप पहुँचलाह। किन्तु जैखन ओ निहुरि कय बुच्चीदाइक बाँहि दिसि हाथ बढ़ौलथिन्ह कि दुलार सँ बहसल बुच्चीदाइ छिड़ियाएल नेना जकाँ हिनक हाथ जोर सँ झटकि देलथिन्ह। मिस्टर मिश्राक नाक मे हीराकाटक चोख कँगना एतेक झोंक सँ लगलैन्ह जे ओहि सँ ट्प-ट्प शोणित खसय लगलैन्ह।

मिश्राजी रुमाल सँ आँखि-नाक पोछैत पुनः पलंग पर जा बैसलाह और अपना कर्त्तव्य पर गम्भीर रूपें विचार करय लगलाह। मन मे नाना प्रकारक तर्क-वितर्क उठय लगलैन्ह। सोचय लगलाह, "इस लड़की का स्टैण्डर्ड (दर्जा) तो मालूम हो गया। यह देहाती, मूर्ख, असभ्य और उजड्ड है। इसमें कुछ भी शऊर नहीं है। यह इतनी खराब सोसाइटी में पली है, इसमें इतना जंगलीपन भरा है कि इसको मनुष्य बनाते-बनाते मेरी सारी उम्र खत्म हो जाएगी। फिर इससे मैं सुख कब उठाऊँगा? ऐसी परिस्थति में क्या करना चाहिये।"

एहि प्रकारें तारतम्य करैत मिस्टर मिश्रा कोटक पाकेट सँ फाउंटेन पेन बाहर कैलन्हि और रेवतीरमणक नाम सँ चिट्‌टी लिखय लगलाह। पत्रक भावार्थ नीचा देल जाइछ—

प्रिय रेवती बाबू!

मुझे इस तरह धोखा देकर आपलोगों ने अच्छा नहीं किया। मैं प्रत्येक दृष्टिकोण से विचार कर इसी निष्कर्ष पर पहुँचा हूँ कि आपकी बहन मेरी पत्नी होने के योग्य नहीं है। मैं गैस का इञ्जिन चाहता हूँ और वह बैलगाड़ी का पहिया है। उसके सहारे मेरा जीवन-रूपी हवाई जहाज ऊपर नहीं उड़ सकता, उल्टे ज़मीन पर गिरकर चूर-चूर हो जायगा।

मैंने हर एक पहलू से आपकी बहन को जाँच लिया है। वह मेरे लिये सर्वथा अनुपयुक्त है। मुझे अभी तक समझ में नहीं आता है कि वह जिन्दा है या मुर्दा, बेवकूफ है या पागल, बहरी है या गूँगी, आदमी है या कोई दूसरी चीज। उसके साथ मेरा रह सकना बिल्कुल असम्भव है।

आपकी बहन न लिटरेचर (साहित्य) समझ सकती है, न पॉलिटिक्स (राजनीति) डिस्कस (बहस) कर सकती है, न पियानो बजाकर मेरा दिल बहला सकती है। जिस समय मैं कालिदास और शेक्सपीयर की कविताओं का रसास्वादन करता रहूँगा, उस समय जी तड़प उठेगा—होती कोई ऐसी आत्मा जो मेरे साथ बैठ छक-छककर यह अमृत पीती और मुझे भी पिलाती! तब कितना विमल और स्वर्गीय आनन्द मिलता! लेकिन आपकी बहन के आगे शेक्सपीयर का नाटक रखना वैसा ही होगा जैसा भैंस के आगे रविवर्मा के चित्रों का अलबम रख देना। जिस समय मैं मिल और कांट के दार्शनिक विचारों की तुलनात्मक विवेचना करता रहूँगा, उस समय मन में एक कसक उठेगी—होती कोई ऐसी आत्मा जो मेरे साथ इन सूक्ष्म भावों की बारीकियाँ समझकर जटिल गुत्थियों को सुलझाने में मेरी सहायता करती, विचार-वारिधि में मेरे साथ गोते लगाकर नये-नये रत्न ढूँढ़ निकालती! लेकिन उस समय आपकी बहन उलझे हुए बालों के गन्दे जंगल में गोते लगाकर रत्नों के स्थान में जूं ढूँढ़कर निकालती रहेगी। फिर आपकी बहन के साथ मेरा कैसे निभ सकता

है? न वह मेरे फाइन सेन्टिमेन्ट्स (सूक्ष्म भावों) को समझ सकती है, न मेरे लॉफ्टी एम्बिशन्स (महत्त्वाकांक्षाओं) को अप्रीशियेट (अनुमोदन) कर सकती है। जीवन के जो सबसे बड़े-बड़े आनन्द हैं, उनमें वह मेरा साथ नहीं दे सकती, जीवन के किसी भी महत्त्वपूर्ण कार्य में मेरा हाथ नहीं बँटा सकती। फिर आपकी बहन मेरी जीवन-सङ्गिनी क्यों कर हो सकती है?

मैंने माना कि आपकी बहन दोनों शाम रसोई बनाकर मुझे खिला सकती है, किन्तु यह काम तो पाँच रुपये के रसोइये से भी हो सकता है। मैंने माना कि वह चौका-चूल्हे का मोटा काम कर ले सकती है, किन्तु यह काम तो दो रुपये की दाई से भी चल सकता है। मैंने माना कि वह मेरी क्षणिक वासनाओं की पूर्ति कर सकती है, किन्तु मेरी स्थायी वृत्तियों में सहयोग तो नहीं दे सकती। आपकी बहन से मुझे मिला क्या? एक रसोई बनानेवाली और बच्चा पैदा करने वाली मशीन, किन्तु जीवन-यात्रा में साथ देनेवाली सहचरी नहीं। वह मेरे शरीर की भूख-प्यास बुझा सकती है, मेरी आत्मा की नहीं। वह मजदूरिन बनकर भले ही रह सके, हृदय-साम्राज्य में शासन करने वाली रानी बनकर नहीं रह सकती। थोड़े में यों समझिये कि वह मेरी पालिता हो सकती है, पत्नी नहीं।

मैं जानता हूँ कि लड़की का कोई दोष नहीं है। वह अबोध है, अशिक्षिता है। लेकिन आपलोगों के पाप का प्रायश्चित उसे अवश्य ही करना पड़ेगा। आप लोगों ने उसके प्रति घोर अन्याय किया है। उसके प्रति अपने कर्तव्य की निष्ठुर अवहेलना की है। उसको आपने मनुष्योचित सभी अधिकारों से वञ्चित रखा है। सन्तान को केवल जन्म देने से ही माता-पिता के दायित्व की इतिश्री नहीं हो जाती। सन्तान को सुशिक्षित और जीवन-युद्ध के योग्य बना देना माता-पिता का अनिवार्य कर्त्तव्य है। आपके पिता ने कन्या को 'सालङ्काराम्' और 'प्रजापतिदैवताम्' तो बना दिया, किन्तु उसे 'सुशिक्षिताम्' और 'सुयोग्याम्' नहीं बनाया। कर्त्तव्य की इस अक्षम्य अवहेलना का प्रतिफल तो उन्हें भोगना ही पड़ेगा।

मैं इतना स्वार्थी और हृदयहीन नहीं हूँ कि कहीं जाकर पुनर्विवाह कर लूँगा। मैं आपसे प्रतिज्ञा करता हूँ कि आजन्म ब्रह्मचारी रहूँगा। मैंने अपने जीवन का संकल्प निश्चय कर लिया है। जब तक जीता रहूँगा, घूम-घूमकर कन्याओं के जीवन को सुधारने की चेष्टा करता रहूँगा और स्वार्थ की वेदी पर कन्याओं की जो हत्या हो रही है, उसके विरुद्ध आन्दोलन करते-करते अपना प्राण त्याग करूँगा! अपने देश की यदि एक भी कन्या को मूर्खता और अन्धविश्वास के चंगुल से छुड़ा सका, तो अपने जीवन को सफल समझूँगा।

जिस अभागिनी लड़की के साथ मेरा वैवाहिक नाटक किया गया है, उसको कह दीजियेगा कि वह अपने को कुमारी ही समझे और अब से भी शिक्षित बनने की चेष्टा करे। जिस दिन वह अपने को मेरे योग्य बना सकेगी, उसी दिन उसके

साथ मेरा सच्चा विवाह होगा। यदि वह ऐसा करने में असमर्थ हो, तो उसे उसी के अनुरूप किसी वर के हाथ सौंप दीजियेगा।

अच्छा, अब मैं चला। मेरा पता लगाने की चेष्टा मत कीजियेगा। और अपने पिता को कह दीजियेगा कि भविष्य में इस तरह का कन्यादान कर वर-कन्या के जीवन का बलिदान नहीं करेंगे।

—चण्डीचरण

मिस्टर सी.सी. मिश्रा चिट्ठी कैं मोड़ि सीरम मे राखि देलथिन्ह और विक्षिप्त जकाँ घर मे इतस्ततः टहलय लगलाह। हुनका हृदय मे घोर अन्तर्द्वन्द्व मचय लगलैन्ह। अन्त मे ओ मोह पर विजय प्राप्त कैलन्हि। पछबरिया भीत मे एकटा जंगला छलैक। बुढ़ियाक दाँत जकाँ ओकर सभ छड़ टूटल छलैक। मिश्राजी बाकस पर पैर दय जंगला पर चढ़ि गेलाह। हुनका हृदय मे जे ज्वालामुखी भभकल छलैन्ह तकरा आगाँ पनिया-बिहाड़िक झटक किछु नहि बूझि पड़लैन्ह। मिश्रा जी फाँड़ बान्हि साहसपूर्वक कूदय लेल तैयार भऽ गेलाह।

अभागलि बुचिया! तों चतुर्थीक कोन सुख बुझलह? हः! तोहर सर्वनाश भय रहल छौह और तों औखन धरि अपन मुँह घोघ सँ बाहर नहि करैत छह। कनेक आँखि खोलि कय ताकह जे केहन भारी वस्तु हेराय रहल छौह।

बुच्चीदाइ! आबहुँ चेतू। अन्तिम अवसर हाथ सँ जा रहल अछि। औखन यदि अहाँ लपकि कय पतिक पैर पकड़ि ली तऽ की मजाल जे ओ छोड़ा कय चलि जाथि। किन्तु अहाँ तऽ संकोचे आँखिक पट्टी बन्द कैने छी।

निविड़ अन्धकार मे, घनघोर वर्षा मे, मिस्टर सी.सी. मिश्रा एक बेरि पाछाँ तकलन्हि और धम्म् दऽ पछुआड़ मे कूदि पड़लाह। बिहाड़िक प्रचण्ड झोंक मे किछु शब्द नहि सुनाइ पड़ल। एतबहि मे कड़कड़ा कय मेघ गरजल और लगहि मे कतहु ठनका खसि पड़ल।

१२

?

क्रमश: वर्षा थम्हि गेल। बिहाड़ियो बन्द भऽ गेल। आकाश निर्मल भऽ गेल। जखन भुरुकबा उगि गेलैक तखन बड़कागामवाली चुप्पहि उठि बुच्चीदाइक कोनट लागय ऐलथिन्ह। केवाड़ मे कान सटौलो उत्तर जखन किछु सुनाइ नहि पड़लैन्ह, तखन नहूँ-नहूँ केवाड़ ठोकैत कहलथिन्ह, "की ऐ! अहाँ दूनू गोटा कैं एखन धरि मन नहि भरल अछि की?"

ई कहि बड़कागामवाली जिंजीर फोलि घर मे पैर देलन्हि। कोबरक दृश्य देखितहिं हुनक जी सन्न द' उड़ि गेलैन्ह। कोबर घर में वरक कत्तहु पता नहि। बुच्चीदाइ कोन मे दबकलि अनवरत अश्रुधारा बहा रहल छथि। हुनक आँखिक काजर नोर-घोर भय गाल पर टघरि रहल छैन्ह।

बड़कागामवालीक तीक्ष्ण दृष्टि सहसा सीरमा महँक पत्र पर गेलैन्ह। ओ चट दऽ ओकरा उठा एके साँस मे पढ़ि गेलीह। पत्र पढ़ैत देरी हुनका सभटा घटनावली फरिच्छ भऽ कऽ बुझा गेलैन्ह। ओ एक बेरि टूटल जंगला दिसि दृष्टिपात कैलन्हि और दौड़लि पति के जगाबय गेलीह।

भोर होइतहिं सौंसे गाम मे घोल भऽ गेल जे बुचियाक वर रातिए मे पड़ा गेलैक। ठाम-ठाम तरह-तरहक टीका-टिप्पणी ओ शंका-समाधान होमय लागल। सभ केओ अपना बुद्धिक अनुसार अपन-अपन अनुमान लगाबय लागल। जे लोकनि प्रमादवश कहियो लालकाकीक आङन नहि अबै छलथिन्ह सेहो लोकनि आइ स्नेहाभिभूत भय जिज्ञासार्थ पहुँचैत गेलथिन्ह। एतेक गोटे कन्यादानक राति हँकारो पुरय नहि आएल रहथिन्ह।

लालकका दरवाजा पर बैसल विषण्ण चित्त सँ दातमनि करैत छलाह। बुचकुन चौधरि हुनका देखि दूरहि सँ टोकलथिन्ह, "की औ लाल? सुनबा मे आएल अछि

जे मिसर पड़ा गेलाह। हमरा तऽ पहिनहि हुनक लक्षण देखि माथ ठनकल जे ई किछु ने किछु बखेड़ा करबे करताह। कन्या रत्न होइत अछि। ओकरा बहुत विचारि कय सुपात्रक हाथें दान करबाक चाही। तैं लिखलकैक अछि जे ऐं ऐं ऐं अथी... देखू, एखन स्मरणे नहि होइत अछि। हमरा जमाय कैं लाख लोक कहौन्ह, किन्तु ओ एहि तरहें नहि पड़ाएल छलाह। अहाँक जमाय त अगड़जित्त भऽ गेलाह।"

ई कहैत बुचकुन चौधरि अपन आनन्द कैं छुपा नहि सकलाह और भभा कऽ हँसि पड़लाह।

और लालकका जिभिया फेंकैत कहलथिन्ह, "नहि। हुनका कालेज सँ एक बहुत जरूरी चिट्ठी आबि गेलैन्ह जे पत्र देखैत प्रिन्सिपल सँ जा कऽ भेंट करू। तैं हड़बड़ाएल रातिएं बिदा भऽ कऽ चल गेलाह। हमरो लोकनि आवश्यक कार्य देखि बाधा देब उचित नहि बुझलिऐन्ह। और कोनो बात नहि छैक।"

ता आङन मे दुलारमनि पिउसिक शब्द सुनि पड़ल, "की ऐ मधुरानी! अहाँक जमाय पड़ा कऽ चल गेल?"

ई सुनितहिं लालकाकी तमकि कय बजलीह, "हमरा जमाय सन ककर जमाय हैतैक? हुनका तऽ चारिए दिनक छुट्टी छलैन्ह। बेचारे दौड़ले बनारस गेलाह अछि। वस्तु-जात पर्यन्त एत्तहि छोड़ने गेल छथि। मुद्दइ सभ बलहुँ फाल रचने अछि।"

जखन आङन खाली भेलैन्ह तऽ लालकाकी बेटी लग ऐलीह और घराजोड़ी कय कानय लगलीह। बुच्चीदाइक आँखि सावनक मेघ बनि गेलैन्ह। हुनक कमल सन कोमल नेत्र सँ घघा-घघा कय नोर बहय लागल। एकर उत्तरदायी के?

द्विरागमन

निवेदन

'कन्यादान'क अनन्तर हमरा ई अनुमान नहि छल जे पुनः 'द्विरागमन'क संघटन करय पड़त। किन्तु 'कन्यादान' एतेक व्यापक भऽ उठल जे विश्वविद्यालयक परीक्षार्थीक अध्ययनागार सँ लय, द्विरागमनीय कन्याक पौती पर्यन्त मे सँठाय लागि गेल। 'कन्यादान'क जे विरोधी लोकनि 'कन्यादान' लिखबाक हेतु हमर कपार फोड़बा पर उद्यत छलाह, से लोकनि आब 'कन्यादान'क द्वितीय भाग नहि लिखबाक कारण हमर कपार फोड़य पर वृत्त भऽ गेलाह। एक महानुभाव तऽ एतेक अधीर भऽ उठलाह जे हमरा स्थानापन्न स्वयं उत्तरार्द्ध लिखि कऽ छपाबय लगलाह। किछु अंश 'मिथिला-मिहिर' मे प्रकाशितो भऽ गेलैक। सम्पादकजी कहलन्हि जे "आब अपनहि लिखू, नहि तऽ 'कपालकुण्डला' क 'मृन्मयी' बला परि भऽ जायत।"

मित्रमण्डली मे सर्वत्र यै प्रश्न जे "बुच्चीदाइक पुनर्मिलन कहिया करैबैन्ह?" बनैलीक राजकुमार लोकनिक तऽ एतेक आवेश देखना गेल जे एक अध्याय समाप्त होइतहि घेरि कऽ बैसि जाथि और यावत सभटा सुनल नहि होइन्ह तावत छोड़थि नहि। श्री रघुनाथ बाबू वकीलो ओहि विनोद-गोष्ठी मे सम्मिलित भऽ अपन तुमुल हास्यध्वनि तथा मनोरंजक टीका-टिप्पणी सँ रसोद्रेक मे सहयोग प्रदान कैल करथि।

आचार्य श्रीरामलोचनशरणजी (मास्टर साहब) कैं हम शब्द द्वारा धन्यवाद नहि दऽ सकै छिऐन्ह। ई हुनके अपूर्व मैथिली-प्रेमक फल थिक जे कागजक एहन महार्घताक समय मे ई उपन्यास प्रकाशित भऽ सकल।

" 'कन्यादान' तथा 'द्विरागमन'क सम्बन्ध मे किछु बात स्पष्ट कऽ देब उचित बुझना जाइछ। एकर सभ पात्र तथा वर्णित घटना काल्पनिक अछि। पृष्ठिभूमि मिथिलाक ग्राम्य-जीवन सँ लेल गेल अछि, किन्तु एकर कथानक प्रायः कोनो प्रान्त पर घटित भऽ सकैछ। प्राचीन परम्परागत रूढ़ि तथा नवीन अङ्‌रेजी विचार, एहि दूनूक संघर्ष सँ उत्पन्न प्रतिक्रिया कैं विनोदात्मक रूप मे उपस्थित करब लेखकक प्रधान उद्देश्य बूझक चाही। अपन अन्धपरम्परा हो वा अङ्‌रेजी सभ्यताक कुरीति हो, दूनू सँ रङ्ग-मसाला लय व्यंग्यात्मक चित्र खींचल गेल अछि। भिन्न-भिन्न पात्रक मुँह सँ जे विचार प्रकट भेल अछि, ताहि हेतु लेखक उत्तरदायी नहि। व्यंग्य-

विनोदक पुट दैत एहन-एहन दृश्यक फोटो उतारल गेल अछि, जाहि सँ यथेच्छ हँसि चुकलाक अनन्तर मननशील पाठकक ध्यान गम्भीर सँ गम्भीर सामाजिक प्रश्नक दिसि आकर्षित होइत जैतैन्ह। सुधारक वा उपदेशक होएबाक दावा करब बड्ड कठिन कार्य। तैं हम अपन कोनो आदर्श वा उपदेश पाठकक समक्ष रखबाक चेष्टा नहि कैल अछि। यदि एहि कृति सँ निर्दोष मनोरञ्जनक संग-संग समाजक किछु टा उपकार सिद्ध हो, तऽ हम अपना परिश्रम कैं सफल बूझब।

—लेखक

१

मिस बिजलीक भाषण

विश्वविद्यालयक सभा-भवन आइ बिजलीक प्रकाश सँ जगमगा रहल अछि। कारण जे भिन्न-भिन्न विद्यालयक छात्र-छात्रागण विवाद-प्रतियोगिता मे भाग लेबाक हेतु उपस्थित भेल छथि। एक प्रतिष्ठित विद्वान सभापतिक उच्च स्थान पर आसीन छथि। विवादक विषय थिक—'नारीक कार्यक्षेत्र पुरुष सँ भिन्न होबक चाही अथवा एक समान?'

सभा-भवनक एक प्रमुख अंश महिलावृन्दक हेतु सुरक्षित अछि। ओहि मे रंग-बिरंगक फैशन सँ सुसज्जित युवतीगण वातावरण मे रंगीन मादकता भरि रहल छथि। तितलीक पाँखि मे जतेक प्रकारक रंग होइ छैक से सभ एहि ठाम सुकुमार नवयौवनाक परिधान बनि अपन-अपन शोभा कैं धन्य कय रहल अछि। अज्ञातयौवना, ज्ञातयौवना, मुग्धा, मध्या, प्रौढ़ा प्रभृति नायिकाभेदक लक्षण रटनिहार विद्यार्थी कैं एतय एक्के ठाम प्राय: समस्त उदाहरण साकार रूप मे भेटि जइतैन्ह।

निर्दिष्ट समय पर विवाद प्रारम्भ भेल। सर्वप्रथम एक क्षीणकाय चश्माधारी नवयुवक मंच पर आबि भाषण करय लगलाह। हुनका वक्तव्यक आशय नीचा देल जाइछ—

"पुरुष और नारीक कार्यक्षेत्र एक नहि भऽ सकैछ। दूनू मे प्रकृतिगत विभिन्नता अछि। पुरुषक रचना कठोर तत्त्व सँ भेल छैन्ह; नारीक रचना कोमल उपादान सँ। पुरुष मे बल और साहसक अधिकता होइ छैन्ह, तऽ नारी मे प्रेम तथा त्यागक अधिकता होइ छैन्ह। पुरुष मे मस्तिष्क प्रधान होइ छैन्ह; नारी मे हृदय। एक उद्यमक अवतार होइ छथि तऽ दोसर सहनशीलताक मूर्ति। एक जीवन-युद्धक सैनिक छथि, दोसर शान्तिक अधिष्ठात्री देवी।

"पुरुष तथा नारीक एहि नैसर्गिक विभिन्नताक कारण अनादि काल सँ यैह व्यवस्था आबि रहल अछि जे पुरुष पराक्रम द्वारा बाहर सँ प्राप्त कय आनथि; नारी घर मे यत्नपूर्वक ओकर संरक्षण करथि। पुरुषक शोभा छैन्ह बलिष्ठ भुजा, नारीक

शोभा छैन्ह स्नेहपूर्ण हृदय। पुरुष सबल वृक्ष जकाँ स्वतंत्र रूपें अपना पैर पर ठाढ़ रहै छथि; नारी लताक समान अबला तथा आश्रयापेक्षिणी होइ छथि।

"नारी गृहक लक्ष्मी थिकीह। हुनक कार्यक्षेत्र छैन्ह अपन घर। अपना घरक भीतर ओ सोनक गृहस्थी बसबै छथि। सरसता और माधुर्यक वर्षण कय ओ गृहक अभ्यंतर आनन्द-मन्दाकिनी प्रवाहित करैत रहैत छथि। जीवन-संग्रामक विकट संघर्ष सँ श्रान्त पुरुष ओहि मे अवगाहन कय शीतल तथा सन्तापरहित भय जाइत छथि।

"नारी समग्र जीवन परिवार कैं स्नेहसूत्र मे आबद्ध कैनै रहै छथि। एही मे हुनक चित्त केन्द्रीभूत भेल रहै छैन्ह। यदि नारी घर सँ बाहर भय पुरुष जकाँ सार्वजनिक कार्यक्षेत्र मे अवतीर्ण होइतीह तऽ आश्रमक शृंखला नष्ट भऽ जाएत। पारिवारिक जीवन छिन्न-भिन्न भऽ जाएत। सम्प्रति नारी भार्या तथा माता रूप मे घरक भीतर रहि गृह-प्रबन्ध ओ शिशु-पालन मे निरत रहै छथि। यदि ओ लोकनि घर छोड़ि जीविकोपार्जनक हेतु बहराथि वा अपन बच्चा कैं छोड़ि सार्वजनिक कार्य मे संलग्न रहथि तऽ परिवार नष्ट भऽ जाएत। तखन स्त्री-पुरुष कैं भोजनक हेतु होटलक शरण लेबय पड़तैन्ह और राष्ट्रक सुकुमार सन्तान कैं बोतलक दूध पर सन्तोष करय पड़तैन्ह। ई व्यवस्था समाजक हेतु कल्याणकर नहि।

"एहि विषय मे पाश्चात्य आदर्श हमरा लोकनिक हेतु अनुकरणीय नहि। यूरोप-अमेरिका मे जहिया सँ स्त्रीगण पुरुष जकाँ प्रत्येक क्षेत्र मे भाग लेबय लगलीह अछि तहिया सँ पारिवारिक जीवन उच्छृङ्खल होबय लागि गेल छैन्ह। साहेब लंकाक कारखाना मे मैनेजर छथि; मेम साहिबा बनारसक आफिस मे टाइपिस्टक काज करै छथि। दूनूक ड्यूटी तऽ बाहरे रहै छैन्ह। घरक कार्यभार के उठाबौ? परिणामत: आश्रमक भार खानसामा ओ बाबर्ची पर पड़ै छैन्ह। साहेब जखन ड्यूटी पर सँ अबैत छथि तऽ घर मे मुस्कुराइत गृहिणीक स्थान पर एक डेराएल खानसामा भेटै छैन्ह। गृहस्थाश्रमक स्वच्छ शीतल वारिक अभाव मे ओ क्लबक मदिरा सँ अपन तृषा शान्त करै छथि। ओम्हर मेम साहिबा जखन अपना आफिस सँ अबैत छथि तऽ बच्चाक स्थान मे कुकुर कैं कोड़ लय ओहि भाग्यवान चतुष्पद कैं अपन सरस स्नेहप्रसाद सँ अभिषिक्त करैत नाश्तापानी करबैत छथिन्ह। 'घरक रानी' क स्थान मे ओ 'क्लबक परी' बनै छथि।

"जाहि समय लंकामे साहेबक माथ दुखाइत रहतैन्ह ताहि समय बनारस मे मेम पियानो पर बॉल डांस करैत रहतीह। एहन दाम्पत्य सम्बन्ध सँ कोन फल? परिणामत: स्नेहसूत्र दिनानुदिन शिथिल पड़ैत-पड़ैत अन्त मे प्राय: सम्बन्ध विच्छेदो भऽ जाइत छैन्ह। पाश्चात्यो देशक अनुभवी विद्वान लोकनिक ध्यान आब एहि दिसि आकृष्ट भऽ रहल छैन्ह।

"एहि विषय मे हमरा लोकनिक भारतीय आदर्श सर्वश्रेष्ठ थिक। एतय गृहिणी पद कैं जे मर्यादा देल गेल छैक से प्राय: कोनो देश मे नहि। भारतीय नारी यथार्थत: 'गृहिणी' नाम कैं सार्थक करै छथि। हुनक आफिस, क्लब, सभटा अपना घरक

अन्तर्गते अबस्थित रहै छैन्ह। गृहक सम्पूर्ण दायित्व अपना ऊपर लय ओ पुरुष कैं गैहिक चिन्ता सँ उन्मुक्त कय जीवन संग्रामक हेतु स्वतंत्र छोड़ि दैत छथिन्ह।

"ई कहब भ्रम थिक जे भारतीय नारी परतंत्र दासी जकाँ जीवन व्यतीत करै छथि। जे अपना स्वामी कैं 'पर' कऽ कऽ बुझत से ने अपना कैं पराधीन कहत। भारतीय नारी तऽ अपना पति कैं प्राणो सँ बढ़ि बुझैत छथि। तखन ओ अपना कैं पराधीन किऐक कहतीह? यूरोपक नारी अधिकारक हेतु लड़ै छथि। किन्तु भारतीय नारी कैं केवल अपना धर्म-पालन टा सँ प्रयोजन रहै छैन्ह। आधुनिक शिक्षा सँ प्रभावित महिला 'लेबाक' हेतु लालायित रहै छथि: प्राचीन आदर्शक अनुयायिनी गृहिणी केवल 'देबाक' हाल जनै छथि। एक स्वार्थ ओ तृष्णाक मूर्ति थिकीह; दोसर त्याग ओ बलिदानक। सीता सावित्री सदृश पत्नी सेवा तथा प्रेमक बलें ओ उच्चतम अधिकार प्राप्त कऽ चुकल छथि जे कोनो स्त्री कैं लड़ला सँ नहि भेटि सकै छैन्ह।

"भारतीय नारी कैं दासी बूझब मूर्खता थिक। ओ दासी, मंत्री, रानी सभ एके संग होइ छथि।

कार्येषु दासी, करणेषु मंत्री, भोज्येषु माता, शयनेषु रम्भा।

"ओ यथार्थतः गृह-स्वामिनी होइ छथि। अपन त्याग और प्रेमक बलें स्वामीक हृदय पर हुनक एकछत्र साम्राज्य रहैत छैन्ह। व्यक्तिगत स्वार्थक भावना हुनका मन मे एको क्षण उदित नहि होइ छैन्ह। बिनु मङने हुनका जे महत्त्वपूर्ण गृहिणीपद प्राप्त भऽ जाइ छैन्ह से समानाधिकारक आन्दोलन ठानयवाली महिला कैं अलभ्य छैन्ह।

"नारीक मर्यादा गृहाभ्यन्तरे छैन्ह। पुरुषक प्रतियोगिता सँ बहरैने हुनक अपने प्रतिष्ठा-हानि हैतैन्ह। कारण जे स्त्री स्वभावतः अबला होइ छथि। जतय शारीरिक बलक कार्य छैक ततय कोनो क्षेत्र मे ओ पुरुषक समकक्ष ठाढ़ि नहि भऽ सकै छथि। बल्कि पुरुषक सहायता बिना ओ अपनो आत्मरक्षा करबा मे प्रायः असमर्थ रहतीह। ओ सर्वदा सँ पुरुष पर आश्रित रहैत आइलि छथि और प्रायः सदैव रहतीह। एही मे हुनक कल्याणो छैन्ह। यदि कोमल मृणाल-नलिका लोहक देखाउस कय हथौड़ाक चोट पर जाय तऽ की परिणाम हैतैक? ओकर पत्तर तऽ नहि बनतैक प्रत्युत सभटा लुगदी बाहर भऽ जैतैक। लाखो फूलक माला मिलि कय एक मजबूत सिक्कड़क काज नहि कऽ सकै अछि। धेनु सँ बड़दक काज नहिं लेल जा सकै छैक। दूनूक कार्य भिन्न-भिन्न छैक। अपना-अपना स्थान मे दूनू उपयुक्त अछि। स्थानभ्रष्ट भेने दूनूक उपयोगिता नष्ट।

"यदि नारी कैं पुरुषोचित अधिकार प्रदानो कैल जाइन्ह तऽ प्रकृतिक नियम नहि बदलि सकैत छैन्ह। नारी-शरीरक रचना गर्भाधान, सन्तानोत्पादन तथा स्तन्यपानक अभिप्राय सँ कैल गेल छैन्ह। लाखो प्रयत्न कैने स्त्री एहि भार सँ निस्तार नहि पाबि सकैत छथि। ई सृष्टिकर्ताक विधान बूझू-अथवा प्रकृतिक पक्षपात, नारी घरेक हेतु

निर्मित भेल छथि। कार्यक्षेत्रक ई सनातन विभाग जे अटल प्रकृति द्वारा निर्धारित भेल अछि से मनुष्यक हस्तक्षेप सँ परिवर्तित नहि भऽ सकैत अछि। प्रकृतिक अनुकूले चलबा मे बुद्धिमत्ता छैक। प्रतिकूल चलने लोक नष्ट भऽ जाइत अछि।

"अतएव शिक्षित भारतीय महिला-समाज कैं पाश्चात्य देशक अन्धानुकरण नहि कय अपन वास्तविक कार्यक्षेत्र कैं अपनाबक चाहिऐन्ह। पफ पाउडर, लिपिस्टिक और ऊँच एँड़ीक शू, स्वच्छन्द-विहारिणी अप्सराक हेतु अमोघ शस्त्र भऽ सकैत छैन्ह, किन्तु आश्रम सञ्चालिका गृहिणीक हेतु ओ आवश्यक उपकरण नहि।

"हमरा लोकनिक स्त्रीगण रंभा-उर्वशी बनय चाहैत छथि वा सीता-सावित्री? 'भोग्या' नारीक मार्ग भिन्न छैन्ह; 'पूज्या' नारीक मार्ग भिन्न। शारीरिक सुख मे बाधा होयबाक कारणे तलाक देमयवाली मेम ओहि स्वर्गीय देवीक आत्मा कैं नहि पाबि सकै छथि जे अपना जीवनसङ्गीक चिता पर चढ़ि सती भऽ जाइ छथि।

सा भार्या या गृहे दक्षा सा भार्या या प्रजावती।
सा भार्या या पतिप्राणा, सा भार्या या पतिव्रता॥

"जाहि दिन भारतीय गृहिणीक ई उज्ज्वल आदर्श सम्पूर्ण संसार मे प्रचलित भऽ जाएत ताहि दिन पृथ्वी स्वर्ग बनि जाएत।"

एहि प्रकारें पूर्वपक्ष समाप्त भेल। तदनन्तर एम. ए. क्लासक एक तेजस्विनी छात्रा मिस बिजली बोस उत्तरपक्ष करक हेतु ठाढ़ि भेलीह। हुनका उठितहिं सम्पूर्ण सभा-भवन करतल-ध्वनि सँ गूँजि उठल। मिस बिजली प्रतिपक्षीक एक-एक तर्क कैं युक्ति द्वारा खण्डन करैत अपना पक्षक मण्डन करय लगलीह। हुनक ओजस्वी भाषण, धाराप्रवाह वाक्यावली तथा निर्भीक विचार शैली सँ समस्त सभा चकित रहि गेल।

मिस बिजलीक भाषणक सारांश नीचा देल जाइछ—

"पूर्ववक्ता महोदय नारीत्वक संकुचित व्याख्या द्वारा समस्त नारी जातिक जे अपमान कैलन्हि अछि ताहि सँ प्रत्येक शिक्षित महिलाक मर्मस्थल पर चोट पड़ब स्वाभाविक थिक। हुनक विचार-सरणी परम्परागत मानसिक संकीर्णता सँ ओतप्रोत छैन्ह। हुनका बूझक चाहिऐन्ह जे नवीन युगक नारी 'दासी' शब्द कैं घोर कलंक कऽ कऽ बुझैत छथि। हुनक एहि सँ अधिक अपमान दोसर कोनो शब्द सँ नहि भऽ सकै छैन्ह। जाहि युग मे स्त्री पुरुष कैं 'नाथ' और अपना कैं 'दासी' कहबा मे गौरव बोध करै छलीह से अन्धकार-युग मानव सभ्यताक विकास होइतहिं विलीन भऽ गेल। बीसम शताब्दीक सभ्य महिलाक सामने ओहि बर्बर युगक गुलामी-स्तव पाठ कैनाइ अक्षम्य धृष्टता थिक।

"आधुनिक जागृत नारी अपन जन्मसिद्ध स्वतंत्रताक अधिकार प्राप्त करक हेतु कटिबद्ध छथि। पुरुष-निर्मित शृंखला कैं कड़ाकड़ तोड़ि कय दूर फेंकक हेतु ओ हुंकार कऽ रहल छथि। एहि निमित्त ओ भीषण सँ भीषण क्रान्ति करक हेतु तैयार छथि।

"अनेकानेक शताब्दी सँ स्वार्थी पुरुष-समाज स्त्री-समाजक शारीरिक निर्बलता तथा मानसिक अन्धकार कैं अनुचित लाभ उठबैत अपना आरामक हेतु हुनका दासी बना कऽ रखने अछि। हजारों वर्ष सँ मूर्ख स्त्रीजाति पुरुषक चेरी बनि गुलामक जीवन व्यतीत करैत रहलीह।

"स्वार्थी पुरुष-समाज नाना प्रकारक छल-बल सँ स्त्री कैं नथने रहल। सभ कानून, वेद, पुराण, स्मृति, धर्मशास्त्र-पुरुषेक हाथ मे। जेहन-जेहन नियम मन भेलैक बनबैत गेल। मूर्खा स्त्री भेंड़ी-बकरी जकाँ ओहि कानून कैं अपन धर्म मानय लगलीह।

"स्मृतिकार कहलथिन्ह, 'न स्त्रीशूद्रौ वेदमधीयाताम्।' अर्थात स्त्री और शूद्र विद्या नहि पढ़य। कोना कहितथिन्ह जे पढ़ौ? तखन शूद्र खबासी कोना करितैन्ह? स्त्री भरि जन्म चूल्हि कोना फुकितैन्ह? मूर्खा स्त्री बुझलन्हि जे हम तऽ शूद्रक समान छी, विद्या पढ़बाक हमरा कोन अधिकार? बस, समस्त स्त्री-जातिक माथ पर सर्वदाक हेतु मूर्खताक ठप्पा ठोका गेलैन्ह। ओ भरिजन्म अज्ञानक अन्धकार मे टोइया मारैत रहि गेलीह। पुरुषक जिबैत भरि ओकर दासी और ओकरा मुइला पर ओकरे संग चिता मे भस्म। जन्म सँ मृत्यु पर्यन्त कहियो हुनका गुलामीक पट्टा सँ छुटकारा नहि। हाय रे स्वार्थी और निष्ठुर पुरुष-समाज!

"यदि स्त्री मरि जाथि तऽ पुरुष पुनर्विवाह कय पुनः ओहिना रंग-रभस करथु। किन्तु यदि पुरुष मरि जाय तऽ स्त्री आमरण वैधव्यक दण्ड भोगौ। जीवनक समस्त आमोद-प्रमोदक द्वार ओकरा हेतु बन्द। ओ पान नहि खाय, रंगीन साड़ी नहि पहिरय। ओकरा माछ खैबाक अधिकार नहि। तेल-फुलेल लगैबाक आज्ञा नहि। पुरुषक जीवितो मे दुःख, पुरुषक मुइलो मे दुःख। स्त्री कैं कहियो उद्धार नहि!

"स्त्री कैं जन्महिं सँ सिखाओल गेलैन्ह जे अहाँ लोकनि आँखि मूनि कय पुरुषक सेवा करू। यह टा एक मात्र धर्म थिक। एही मे जीवनक चरम सार्थकता बूझू।

एकै धर्म एक व्रत नेमा।
काय वचन मन पतिपद प्रेमा॥

"कर्ता, हर्ता, विधाता सभ टा पुरुष कैं बूझू। किऐक जे 'पतिरेको गुरुः स्त्रीणाम्।' यदि पुरुष कैं सन्तुष्ट राखि सकलहुँ तखन तऽ अहाँ सन उत्तम केओ नहि और यदि से नहि तऽ अहाँ सन अधम केओ नहि॥

न सा भार्येति वक्तव्या यस्या भर्ता न तुष्यति।
तुष्टे भर्तरि नारीणां सन्तुष्टाः सर्वदेवताः।

"पुरुष पाप करौ वा पुण्य-घर रहौ वा बाहर-अहाँ आँखि मूनि कय ओकर पूजा करू, ताही सँ सभ जग जीति लेब।

नगरस्थो वनस्थो वा पापो वा यदि वा शुचिः।
वा यासां स्त्रीणां प्रियो भर्ता तासां लोका महोदयाः।

"से यदि करब तऽ लाठीक हाथ सँ स्वर्ग पहुँच जाएब। बल्कि अहींक धर्मे स्वामीओ पार उतरि जैताह।

व्यालग्राही यथा व्यालं बलादुद्धरते बिलात्।
तद्वद्भरिमादाय स्वर्गलोके महीयते।

"स्वर्गक फाटके टा नहि फुजत, बल्कि देह मे जतेक करोड़ रोआँ अछि ततेक करोड़ वर्ष धरि स्वर्गक सुखो लुटैत रहब॥

तिस्रः कोट्योऽर्धकोटी च यानि लोमानि मानवे।
तावत्कालं वसेत् स्वर्गे भर्तारि यानुगच्छति॥

"अतएव पुरुषक जीवने जीबू, पुरुषक मुइने मरू। पुरुषक संग जरि कय सती होएब तऽ सैकड़ों पाप कैने रहलो पर सद्यः सुरेलोकक पासपोर्ट भेटि जाएत।

चितौ परिष्वज्य विचेतनं पतिं
प्रिया हि या मुञ्चति देहमात्मनः।
कृत्वापि पापं शतसंख्यमप्यसौ
पतिं गृहीत्वा सुरलोकमाप्नुयात्।

"और कोनो तरहें अहाँक गति नहि।

सहज अपावनि नारि, पति सेवत सुभ गति लहइ।

"तैं जागल मे अपना पुरुषक सेवा करू, सुनलो मे अपने पुरुषक स्वप्न देखू। यदि से नहि करब तऽ—

रौरव नरक कल्प सत परई।

"तुलसीदासक कथनानुसार करोड़ो वर्ष धरि रौरव नरक मे पड़ल कष्ट भोगैत रहब।

"पुरुष केहनो आन्हर, बहीर, बूढ़, बकलेल हो, कतबो दुःख अहाँ कैं देबय तथापि अहाँ एक शब्द नहि बाजू, नहि तऽ मुइलो पर यमदूत घिसिया कऽ मारत!

वृद्ध रोगवस जड़ धनहीना।
अन्ध वधिर क्रोधी अति दीना॥

ऐसेहु पति कर किय अपमाना।
नारि पाव यमपुर दुख नाना॥

"पुरुष कतबो डाँटय, मारय, लाल-लाल आँखि करय, तथापि अहाँ कान नहि, बल्कि पुरुषक प्रसन्नतार्थ हँसिते रहू-यैह अहाँक धर्म थिक। तखन स्वर्ग भेटत।

परुषाण्यपि या प्रोक्त दृष्टा च क्रोधचक्षुषा
सुप्रसन्नमुखी भर्तुः सा नारी धर्मभागिनी।

"एतबे नहि। पुरुष हुनका एना कऽ परतारय लगलैन्ह जे 'तों स्वाधीन रहऽ योग्य नहि छह। तोहर जन्म एही हेतु भेल छौह जे बाल्यावस्था सँ लऽ कऽ वृद्धावस्था पर्यन्त पराधीन भेल रहह। तो कहियो बालिग नहि भय सकै छह।'

पिता रक्षति कौमारे, भर्ता रक्षति यौवने।
रक्षति स्थविरे पुत्रः, न स्त्री स्वातंत्र्यमर्हति॥

"धर्मक नाम पर तेहन-तहन अत्याचार स्त्री पर कैल गेल छैन्ह जकर वर्णन कैने पोथा तैयार भऽ जाएत। स्त्री कैं 'सोमवारी व्रत' कहि कऽ गाछक चारू कात एक सै आठ बेरि कोल्हुआपेरान कराओल गेलैन्ह। 'मधुश्रावणी' कहि कऽ दीपक टेमी सँ हाथ-पैर दागल गेलैन्ह। 'निर्जला एकादशी' कहि कऽ प्रचण्ड गर्मी मे कण्ठ सुखाओल गेलैन्ह। 'हरितालिका व्रत कहि कऽ भूख, पियास, निन्द, सभ सँ हड़ताल कराओल गैलेन्ह। ताहि पर पोङापन्थी पुराणक परतारनाइ तऽ देखू!

अन्नाहारात् शूकरी स्यात् फलभक्षेण मर्कटी।
जलौका जलपानेन क्षीराहारेण सर्पिणी।
मांसाहाराद्भवेत् व्याघ्री, मार्जारी दधिभक्षणात्।
पिपीलिका तु मिष्टान्नात्, मक्षिका सर्वभक्षणात्।
निद्रावशेनाजगरी कुक्कुटी पतिवञ्चनात्।

"अर्थात् जौं स्त्री (तीज मे) अन्न खा लेथि तऽ सुगरिनी भऽ कऽ जन्म होइन्ह और फल खा लेथि त बनरिनी भऽ कऽ। पानि पीबथि तऽ जोंक होथि और दूध पीबथि तऽ साँपिन! मिठाइ खाथि तऽ चुट्टी-पिपरी होथि और किछु मुँह मे देथि तऽ माछी होथि! जौं सूति रहतीह तऽ जन्मान्तर मे अजगर होइतीह और अपना स्वामी सँ फूसि बजतीह तऽ जन्मान्तर मे मुर्गी होइतीह!

"एहि तरहें स्वर्गक लोभ तथा नरकक भय देखा कय पुरुष स्त्री कैं कोन-कोन नाच नहि नचौलक! बुद्धिविहीना नारी पुरुषक प्रतारण-वाक्य मे आबि कठपुतरी जकाँ नाचय लगलीह। ओ अपना कैं पुरुषक हाथे बेचि देलन्हि। पुरुष हुनका माँङ

मे गुलामीक टीका लगा देलकैन्ह और कहलकैन्ह जे यैह तोहर सौभाग्यसिंदूर छह। अज्ञानी नारी ई नहि बुझलन्हि जे ई लाल सिंदूर नहि प्रत्युत स्वाधीनताक हत्याजनित लाल रक्त थिक। ओ अफ्रिकाक हबशी गुलाम जकाँ गुलामीक चिह्न कैं गर्व सँ मस्तक पर धारण करय लगलीह।

"स्त्रीक हेतु तऽ एहन फाँस रचल गेल और पुरुषक हेतु कोन नीति गढ़ल गेल से देखू। 'देखब यदि कदाचित काल-क्रमें स्त्री विद्या-बुद्धि मे बढ़ि जाएत तऽ अपना हाथ सँ निकसि जाएत। तैं एहन उपाय करू जे स्त्री विद्या पढ़बे नहि करय। न रहय बाँस न बाजय बाँसुरी।' बस, फतबा दऽ देल गेल। 'न स्त्रीशूद्रौं वेदमधीयाताम्!' एहि तरहक अन्यायपूर्ण नियम बना पुरुष-समाज स्त्री-जातिक मानसिक नेत्र पर सर्वदाक हेतु टप्पर बान्हि देलकैन्ह।

"पुरुष कैं प्रारम्भहि सँ शिक्षा देल गेलैक—'छल-बल सँ जेना हो, तेना स्त्री कैं अपना अधीन रखने रहब। विद्या पढ़ने ई होशियार भऽ जायत, तैं एकरा पढ़ऽ नहि देब। संसार देखने एकरा अनुभव भऽ जैतैक, तैं एकरा पर्दाक चहारदीवारी मे बन्द कैने रहब। देखब, एकरा बाहरी हवा नहि लागय पबैक, स्वतंत्र भऽ कऽ ई कहियो घूमय नहि पाबय। और एहन करू जे अपना पैर पर ई ठाढ़ नहि भऽ सकय। उर्पाजन करबाक शक्ति एकरा मे आबि जैतैक तऽ अपना मुट्ठी मे नहि रहत। तैं एहन करू जे घरक काज सँ एकरा कौखन छुट्टीए नहि होइक। हम जे आनि कय दिऐक सैह खाय, हम जे कीनि कय आनि दिऐक सैह पहिरय; हम जतय लऽ जैयैक तत्तहि जाय। बस, किछु दिन मे ई स्वयं पंगु बनि जाएत। और एहि तरहें अकर्मण्य भय ई सर्वदा पुरुषक मुखापेक्षिणी बनल रहत। फेर ई जा कतय सकति?'

"पुरुष-रचित एहि षड्यंत्र मे फँसि बेचारी स्त्री शारीरिक, मानसिक और आर्थिक दासताक जिंजिर में बन्हा गेलीह। हुनक स्वतंत्र व्यक्तित्व तथा आत्मगौरव नष्ट भऽ गेलैन्ह।

"स्त्री-जाति पर एतेक अत्याचार कैलो पर जखन धृष्ट पुरुष-समाज कैं सन्तोष नहि भेलैक तखन ओ लागल नारी-निन्दापुराण गढ़य। स्त्री-जाति कैं नीच, कलंकित और निन्दनीय सिद्ध करबाक हेतु एहन-एहन वाक्य गढ़ल गेल जे घृणित प्रचारक निकृष्टतम उदाहरण कहल जा सकै अछि। किछु बानगी लियऽ—

असत्यं साहसं माया, मात्सर्य चातिलुब्धता।
निर्गुणत्वमशौचत्वं स्त्रीणां दोषा: स्वभावजा:।

नारि स्वभाव सत्य कवि कहही।
अवगुण आठ सदा उर रहहीं।

"अर्थात स्त्री सकल अवगुणक खानि थिक।

"एहन-एहन नीतिकार सँ केओ पुछितैन्ह जे अहाँ अपने कोन खानि सँ बहरैल छी?

"जे स्त्री जन्महि सँ सन्ताप, सहनशीलता, संयम एवं आत्मदमनक पाठ पढ़थि तनिका चरित्रक सम्बन्ध मे पुरुषक धारणा देखू! बच्चे सँ पुरुष कैं चाणक्यक एहन-एहन श्लोक रटाओल जाइ छैक—

त्रिया चरित्रं, पुरुषस्य भाग्यं; देवो न जानाति कुतो मनुष्यः।

"अर्थात स्त्री-चरित्रक अन्त केओ नहि पाबि सकैत अछि। तैं नारीक विश्वास कथमपि नहि करी।

नदीनां शस्त्रपाणीनां, नखिनां शृङ्गिणां तथा।
विश्वासां नैव कर्त्तव्यः स्त्रीषु राजकुलेषु च।

"जहिना गाय-महिष सँ सशंकित रही तहिना स्त्रीओ सँ।

न दानेन न मानेन नार्जवेन न सेवया।
न शस्त्रेण न शास्त्रेण सर्वथा विषमाः स्त्रियः।

"कतबो मानने, दानने, सेवने, परबोधने वा कोनो तरहें डेबने स्त्री कैं सोझ नहि कैल जा सकैत अछि।

"तैं अपना मे तऽ निश्छल व्यवहार रखै जाउ, किन्तु स्त्रीगण सँ बराबरि ठकि-फुसिया कऽ काज लियऽ।

द्यक्षिण्यं स्वजने दया परजने नारीजने धूर्तता।

"जे स्त्री आजीवन पुरुषक स्वार्थवेदी पर अपना कैं आहुति करैत-करैत मरि जाथि, तनिका प्रति केहन उदार व्यवहार नीतिकार लोकनि सिखबै छथिन्ह! यदि यैह नीतिशास्त्र, त अनीति ककरा कहबैक?

"जे स्त्री कोमलता और स्नेहक मूर्ति भय पुरुषक छायानुवर्तिनी बनल रहथि तनिका प्रति एहन घोर विश्वासघात! हाय रे प्रपंची पुरुष-समाज!

"गोस्वामी तुलसीदास कैं अहू सँ सन्तोष नहि भेलैन्ह तऽ आखिरी दर्जा पर स्त्रीक इज्जत कैं पहुँचा देलथिन्ह।

ढोल गँवार शूद्र पशु नारी।
ये सब ताड़न के अधिकारी।

"'गोस्वामी' रहथि तें एहन चौपाइ बनैबाक साहस भेलैन्ह। जौं आधुनिक सिंहिनी सँ पाला पड़ितैन्ह तऽ तुरन्त काटि कय ई पाठान्तर करय पड़ितैन्ह जे—

नारीनिन्दक निपट अनाड़ी।
ते जन ताड़न के अधिकारी।

"नारी-चरित्र पर तेहन-तेहन घृणित आक्षेप पुरुष द्वारा भेल अछि जे सुनि प्रत्येक स्वाभिमानिनी युवतीक शोणित खौलि उठतैन्ह।

आहारो द्विगुणः स्त्रीणां, भयं चापि चतुर्गुणम्।
साहसं षड्गुणं चैव, कामश्चाष्टगुणः स्मृतः।

नाग्निस्तृप्यति काष्ठानां न पुंसां वामलोचना।

स्थानं नास्ति क्षणं नास्ति नास्ति प्रार्थयिता नरः।
तेन नारद नारीणां सतीत्वमुपजायते।

न लज्जा न विनीतत्वं न दाक्षिण्यं न भीरुता।
प्रार्थनाभाव एवैकं सतीत्वे कारणं स्त्रियाः।

न स्त्रीणामप्रियः कश्चित् प्रियो वापि न विद्यते।
गावस्तुणमिवारण्ये प्रार्थयन्ति नवं नवम्।

न तादृशीं प्रीतिमुपैति नारी,
विचित्रशय्यां शयितापि कामम्
यथा हि दूर्वादिविकीर्णभूमौ,
प्रयाति सौख्यं परकान्तसङ्गात्।

"एहन-एहन लज्जाजनक अपशब्दक व्याख्या वा आलोचना सँ हम अपना वाणी कैं अपवित्र नहि करय चाहै छी।

"अफसोस! जे हमरा हाथ मे कलम नहि रहल। नहि तऽ हमहूँ पुरुषक विषय मे एहन-एहन श्लोकक रचना करितहुँ जे—

कामो दशगुणः पुंसां, क्रोधः शतगुणस्तथा।
स्वार्थः सहस्त्रधा प्रोक्तो नीचता लक्षधा स्मृता।

नाग्निस्तृप्यति काष्ठानां न स्त्रीणां पुरुषस्तथा।

स्थानं नास्ति क्षणं नास्ति, सुलभा नास्ति कामिनी।
तेन संन्यासिना—मूर्वरता योगः प्रजायते।

न लज्जा न विनीतत्वं न दाक्षिणयं न भीरुता।
अस्वीकृतिः स्त्रियः पुंसां ब्रह्मचर्यस्य कारणम्।

न पुंसामप्रिया काचित् प्रिया वापि न विद्यते।
अलयः कलिकामध्ये प्रार्थयन्ति नवां नवाम्।

न तादृशीं प्रीतिमुपैति कामी,
पत्न्यां निजायां पदसेविकायाम,
यथाहि पद्भयामवताडितोऽपि,
प्रयाति सौख्यं पन्दारसङ्गात्।

"यदि धर्मशास्त्रक निर्माण स्त्रीक हाथ मे देल जइतैन्ह तऽ ओहो एहन कानून बनबितथि जे पुरुष आजन्म स्त्रीक तरवा रगड़ैत रहय और जौं स्त्री मरि जाथि तऽ पुरुष ओही चिता पर जरि कय भस्म भऽ जाय। से नहि कैने जतेक रोम नारीक शरीर मे होइ छैक ततेक करोड़ वर्ष धरि पुरुष कुम्भीपाक नरक मे छटपटाइत रहि जाय। जखन स्त्री-विरचित पत्नीव्रत-पुराणक पालन पुरुष-समाज कैं करय पड़ितैन्ह तखन बूझि पड़ितैन्ह जे जबर्दस्तक ठेंगा केहन होइ छैक। किन्तु पुरुष जबर्दस्त छल, स्त्री कमजोर छलीह। तैं अभाग्यवश ई ठेंगा हुनके माथ बजरलैन्ह।

"परन्तु आब पुरुषक अत्याचार बहुत दिन धरि नहि चलि सकै छैन्ह। आधुनिक महिला इतिहास, भूगोल, समाजशास्त्र, मनोविज्ञान तथा राजनीति-विज्ञानक अध्ययन कय अपन न्यायोचित अधिकार बूझय लागि गेल छथि। हुनका आब अपन यथार्थ आत्म-परिचय भेल जाइ छैन्ह। जीवन मे स्वतंत्रता सब सँ अधिक मूल्यवान वस्तु होइ छैक। प्रत्येक स्त्री-पुरुषक ई जन्मसिद्ध अधिकार छैक। ताहि स्वतंत्रता सँ आबक शिक्षित नारी-समुदाय वञ्चित नहि राखल जा सकै छथि।

"आँखि पर सँ अज्ञानक पर्दा हटने टर्कीक महिला युगयुगान्तरीण पर्दा कैं फाड़ि कय गर्दा मे मिला देलन्हि। आब स्त्री घर मे कैद नहि रहि सकै छथि। ओ पिपरमिन्टक सत्त नहि छथि जे बाहरी हवा लगने गलि जैतीह। संसारक सभ वस्तु घूमि फिरि कय देखबाक जतबे अधिकार पुरुष कैं छैन्ह ततबे स्त्रीओ कैं। पुरुषे जकाँ स्त्रीओ कैं अपन बल, विद्या, बुद्धि और योग्यता बढ़ैबाक अधिकार छैन्ह। आत्मनिर्भरता और स्वावलम्बनक महत्त्व आब ओहो बुझय लगलीह अछि। अन्न वस्त्रक हेतु आब ओ पुरुष पर निर्भर रहब अपन अपमान बुझैत छथि। आधुनिक स्त्री पुरुषक 'सङ्गिनी' बनि कय रहि सकै छथि, 'दासी' बनि कय नहि।

“नवयुगक जे निर्माण हैत ताहि मे स्त्री-पुरुषक समान हाथ रहत। यदि पुरुषक क्षेत्र सम्पूर्ण संसार छैन्ह तऽ नारी केवल घरक भीतर किऐक सीमित रहतीह? जे स्त्री कैं अबला और आत्मरक्षा मे असमर्थ कहै छथि तनिका लक्ष्मीबाई तथा अहल्याबाई सन वीराङ्गनाक नाम नहि बिसरक चाहिऐन्ह। आत्मरक्षा शक्ति और साहस सँ होइ छैक और से जीवन-संघर्ष मे पड़ने बढ़ै छैक। परिस्थिति मनुष्य कैं बनबैत वा बिगाड़ैत अछि। यदि मर्दो कैं आजीवन एक घरक अन्दर बन्द कऽ देल जाइन्हि और चूल्हि फूँकय पड़ैन्हि तऽ ओहो निस्तेज और शक्तिहीन भय आन कार्यक हेतु अयोग्य भऽ जैताह। आइयो हिन्दुस्तान मे कतेको मर्द एहन भेटताह जे स्वतंत्र विचरण करयवाली तातारी स्त्रीक हाथ सँ अपन गट्टा नहि छोड़ा सकताह!

“रहल सन्तानोत्पादनक विषय। एहू सँ मातृजातिक श्रेष्ठते सिद्ध होइ अछि। स्त्री मे असीम धैर्य ओ सहन-शक्ति होएबाक कारण सन्तति-प्रजनन तथा संवर्द्धनक भार प्रकृति हुनका पर छोड़ने छैन्ह। किन्तु एकर अर्थ ई नहि जे ओ सन्तान बढ़ि कय भस्मासुर जकाँ स्त्रीएक माथ पर हाथ देबय और जाहि खानि सँ बहराय तकरे सकल अवगुणक खानि कहय!

“ई बात सत्य जे बिना स्त्री और पुरुषक संयोग सँ सृष्टि नहि चलि सकैत अछि। पारिवारिक जीवनक हेतु दूनूक प्रयोजन समान रूप मे पड़ैत छैक! गृहस्थीक गाड़ी चलैबाक हेतु दूनू पहिया आवश्यक होइत छैक। किन्तु तकर अर्थ ई नहि जे एक पहिया दोसरा कैं दबौने रहय।

“यदि पुरुष नारीक हार्दिक सहयोग चाहै छथि तऽ हुनका अपना स्वामित्व छोड़य पड़तैन्ह और नारीक सखा बनय पड़तैन्ह। आधुनिक स्त्री ‘सहचरी’ भय रहि सकै छथि, ‘अनुचरी’ बनि कय नहि। सीता-सावित्रीक आदर्श आब पुरान पड़ि गेलैन्ह। आधुनिक नारी कैं केहनो प्रतापी रावण हरण नहि कऽ सकै छैन्ह। जे हुनका पर आक्रमण करतैन्ह से एक सेकेण्ड मे रिवाल्वर द्वारा जवाब पाबि जाएत। आबक द्रौपदी चीर-हरण काल कृष्णक गोहारि नहि करय लगतीह; दन दऽ पिस्तौल फायर कऽ देतीह। एहि वैज्ञानिक युग मे जखन यंत्र-बलक आगाँ शारीरिक बलक किछु नहि चलि सकै छैक, तखन पुरुष कैं पशुबलक घमंड करब तथा नारी कैं आत्मरक्षा मे असमर्थ बुझब मुर्खता थिकैन्ह।

“हमर ई कथ्य नहि जे हम पुरुष सँ युद्ध करी वा अकारण विरोध ठानी। किन्तु हमर मन्तव्य जे पुरुष हमरा उन्नतिक मार्ग मे—हमरा व्यक्तित्वक विकास मे बाधक नहि होथि। यदि स्वतंत्र घुमने ओ अपना चरित्र कैं शुद्ध राखि सकै छथि तऽ हमहूँ अपना कैं निष्कलंक राखि सकैत छी। सन्दूक मे ताला बन्द कय जकर रखवारी कैल जाय तेहन पातिव्रत्यक एको कौड़ी मोल नहि। जीवन-संघर्षक बीच जे चरित्र-बल असली सान जकाँ चमकैत रहय सैह अमूल्य वस्तु थिक।

“पुरुष स्वभावत: स्वार्थी, सन्देही तथा ईर्ष्यालु प्रकृतिक होइ छथि; तैं ओ स्त्री

कैं अपन व्यक्तिगत सम्पत्ति जकाँ ताला-कुंजी मे जकड़ि कऽ बन्द रखैत ऐलाह अछि। स्पष्टवक्ता चार्वाक तऽ साफ शब्दें कहने छथिन्ह

पातिव्रत्यादि संकेतो बुद्धिमद्दुर्बलैः कृतः।
रूपवीर्यवता सार्द्ध स्त्रीकेलिसहिष्णुभिः।

"चारित्रिक गुणक मूल्य हम बुझैत छी, किन्तु जे चरित्र भयक भित्ति पर निर्मित हो तकर किछु महत्त्व नहि। चतुर्दिश प्रलोभन रहलो उत्तर जे अविचलित रहय तकरे असली चरित्र-बल बुझक चाही।

विकारहेतौ सति विक्रियन्ते येषां न चेतांसि त एव धीराः।
'गृहक देवी' कहि पुरुष स्त्री कैं बहुत दिन धरि परतारलथिन्ह।
यत्र नार्यस्तु पूज्यन्ते रमन्ते तत्र देवताः

"एहन-एहन वाक्य सुनि स्त्री फुच्च भऽ गेलीह। किन्तु आबक नारी 'देवी' नहि, 'मानवी' बनि कय रहऽ चाहै छथि। ओ आब मानवोचित अधिकार ग्रहण करतीह। साहसपूर्वक जीवन-युद्धक प्रत्येक क्षेत्र मे आगाँ बढ़तीह और सामाजिक तथा राजनीतिक कार्य मे समान भाग लेतीह। ओ 'अर्द्धाङ्गिनी' क बदला मे 'पूर्णाङ्गिनी' बनतीह। तखन समाजक जे अर्धाङ्ग पक्षाघात-पीड़ित अछि ताहि मे नवशोणितक सञ्चार होएत और मानव समाज पूर्ण रूप सँ विकसित भऽ जायत। जाहि दिन नारी नरक भय सँ मुक्त भऽ जैतीह ताहि दिन सँ मानव सभ्यता द्विगुण वेग सँ बढ़य लागत।

"पुरुष-समाज एतेक दिन धरि जे पाप कैने छथि तकर प्रायश्चित्त करबाक समय आब आबि गेल छैन्ह। यदि ओ सोझ तरहें नारी कैं स्वाधीन नहि करथिन्ह तऽ समुन्नत महिला-समाज पुरुषक विरुद्ध विद्रोहक झंडा उठा लड़ि कय अपन अधिकार हासिल करतैन्ह। नारी आब गृहलक्ष्मी सँ रणचण्डीक स्वरूप धारण करतीह। ओ आब पुरुषक हाथ मे कठपुतरी भेल अपन आत्माक हनन नहि होमय दऽ सकै छथि। आदिम समय सँ पुरुषक अत्याचार सँ पीड़ित, प्रवञ्चित तथा शोषित स्त्री-जाति मे आब भीषण प्रतिक्रियाक भाव उत्पन्न भेल छैन्ह। शक्तिस्वरूपा नारी ज्वालामुखी जकाँ भभकि रहल छथि। जे एहि ज्वालामुखीक मार्ग मे पड़त से भस्मीभूत भऽ जाएत।"

अन्तिम वाक्य बजैत-बजैत भावावेश मे मिस बिजली बोसक दूनू गाल लाल भऽ उठलैन्ह। बिजली देवीक भाषण समाप्त होइतहिं सम्पूर्ण सभा-भवन करतलध्वनिक तुमुल नाद सँ गूँज उठल। तेजस्विनी बिजली बिजलीक प्रकाश मे बिजली जकाँ चमकैत छलीह। प्रखरप्रतिभाशालिनी श्वेतवस्त्रावृता बिजली साक्षात सरस्वतीक मूर्त्तिवत प्रतिभासित होइ छलीह। हुनक दिव्य कान्ति ओ अपूर्व संस्कार देखि समस्त सभासद मंत्रमुग्ध रहि गेलाह।

सभ सँ अधिक प्रभावित भेलाह एक नवयुवक जे एकाग्रचित्त सँ तन्मय भेल बिजलीक एक-एक छटा कैं नेत्र-पथ सँ अपना हृदय मे उतारने जाइत छलाह। ई छलाह पाठक लोकनिक सुपरिचित सी.सी. मिश्रा।

बिजली देवीक बाद पक्ष-विपक्ष में कतिपय भाषण भेल। किन्तु जे रंग बिजलीक जमलैन्ह से किनको नहि। अन्त मे विचारकगणक सर्वसम्मति सँ बिजली प्रथम घोषित भेलीह। जखन सभापति महोदय मिस बिजलीक पशमदार कोट मे सोनक मेडल खोंसय लगलथिन्ह तखन सभा हर्षध्वनि सँ गूँजय लागल।

बिजली देवी नम्रतापूर्वक सभा कैं अभिवादन कय मुस्कुराइत मंच सँ नीचा उतरलीह। विजय-गर्वक उल्लास सँ हुनका विकसित बदन पर जे गुलाबी आभा प्रकट भैलेन्ह से भक दऽ सी.सी. मिश्राक हत्पिण्ड मे प्रवेश कऽ गेलैन्ह। बिजलीक वक्षःस्थल पर ईषत् कम्पायमान स्वर्णपदकक स्पन्दन सँ हुनको हृदय मे स्पन्दन होबय लगलैन्ह। ओ किछु क्षण धरि आत्मविस्मृत भेल रहलाह। हुनक मोहतन्द्रा तखन भंग भेलैन्ह जखन एक मित्र हुनका पकड़ि कय डोलाबय लगलथिन्ह। ताबत सभा-भवन रिक्तप्राय भऽ चुकल छल।

सी.सी. मिश्रा विषण्ण चित्त सँ अपना होस्टल मे ऐलाह। मेसक भनसिया आबि कय कहलकैन्ह, “बाबू! खाना बड़ी देर सँ राखल अछि।” मिश्राजी कहलथिन्ह, “छोड़ दो, अभी तबीयत ठीक नहीं है।”

तदनन्तर ओ केवाड़ बन्द कय बड़ी राति धरि एक टा चिट्ठी लिखैत रहलाह।

२

अकाण्डताण्डव

लालकाकी अमौटक हेतु आमक गाड़ा बनबैत छलीह कि आवेशरानी पहुँच गेलथिन्ह। लालकाकी उल्लसित स्वर सँ बजलीह, "आबथु ऐ बहिना! आइ तऽ बिढ़नीक द्वारे जाने बाँचब कठिन अछि। फुचुकरानी कैं बिच्चे लुल्हुआ पर काटि लेलकैन्ह अछि। ओल लगौने बैसल छथि। आब हमरो पर बघुआइत अछि।" आवेशरानी आवेश जनबैत बजलीह, "अहा हा! कनैलक फूल किऐक ने रगड़ि देलिऐन्ह!"

तदनन्तर बिढ़नीक समालोचना सँ प्रारम्भ भय जे गप्प उठल से नहि जानि कोना कऽ घुमैत-फिरैत अन्त मे आधुनिक फैशन पर आबि खसल!

आवेशरानी बजलीह, "ह: ह:। आइ-काल्हिक छौंड़ी सभ जे ने करय। हमरो लोकनि एक दिन नव रही। बूढ पुरनियाक एतेक धाख रहय जे आँचर कैं दोबर कऽ कऽ ओढ़ी। मुदा आबक छौंड़ी सभ तऽ मकुना माधव जकाँ सोझहिं ठाढ़ि। की तऽ लोक शोभा देखौ!"

लालकाकी समर्थन करैत कहलथिन्ह, "हँ, ऐ बहिना! आब तऽ एहन फैशन चललैक अछि जे आँचर कैं घुमा कऽ पीठ पर फेंकि दैत छैक। देखलथिन्ह ने बैद्यनाथधाम मे?"

आवेशरानी : "गे दाइ गे दाइ! ओ छौंड़ी सभ तऽ और अकरहर करैत रहय। सभक सभ केश उघाड़ने। एहन सन क्रम जे केओ आबि कऽ सिन्दूर धऽ देओ।"

लालकाकी : "ऐ बहिना! आब सिउंथि मे सिन्दूरो कहाँ दैत छैक? हमरा लोकनिक अमल मे पटमासी सिन्दूर चलै छलैक। आबक छौंड़ी तऽ सुइक नोक सँ माङक बीच मे लकीर करैत अछि। ताहू मे जकरा कनेक अङ्रेजी पढ़ल वर भेलैक से तऽ कनपट्टीए लग सँ टेढ़ी माङ फारय लागत।"

आवेशरानी : "ऐ बहिना! टेढ़ी माङ देखि कऽ तऽ हमर सौंस देह जरि जाइत अछि।"

ला. का. : "हँ ऐ बहिना! से तऽ सरिपों कहै छथि। हमरो बड़ तामस होइ अछि। मुदा जे कहथुन्ह, लगै छैक धरि बेस शनगर।"

आ. रा. : "दुर् जो! हिनको बुढ़ारी मे सौख सुझै छैन्ह। उघार केश देखि कऽ हमरा तऽ एहन पित्त उठै अछि जे पाछाँ सँ चोटी पकड़ि खींचि ली।"

लाल का. : "ऐ बहिना! आइ-काल्हि पढ़लि-लिखलि लड़की सभ देहाती माउगी जकाँ माथ नहि झपै छैक। किएक तऽ माथ मे ठंढा हवा लगला सँ ओकर सभक दिमाग तेज रहै छैक। आब तऽ देह मे हवा लगबाक खातिर एहन—एहन गंजी चललैक अछि जे सौंसे बाँहिक संग-संग काँखो उघार रहै छैक।"

आ. रा. : "हँ, झाँपल रहने लोक गोर बाँहि कोना देखतैन्ह? चिक्कन काँख कोना देखतैन्ह? काँखक दोग सँ झलकैत देह कोना देखतैन्ह? एहन-एहन छौंड़ी कैं तऽ लोह धिपा कऽ दागी।"

ला. का. : "ऐ बहिना! तऽ हिनका डाह किऐक होइ छैन्ह? नवलोक जे करय से सब छजै छैक। हमरो लोकनि नव मे चोली पहिरिऐक तऽ सासु कैं अहिना लगैन्ह।"

आ. रा. : "कहू तऽ भला! हमरा लोकनिक आँखि मे लाज रहय। निहुड़ि कय चली। कनेक आँचर उघार भऽ जाय तऽ चेहा कऽ ताकी जे केओ देखलक तऽ नहि। आबक छौंड़ी सभ तऽ उत्ताने भऽ कऽ चलत। बरौनी जंकशन मे देखलथिन्ह नहि? चोटी उघारने, हाथ मे घड़ी, आँखि मे चश्मा, चट्टी पहिरने, छम छम करैत पुरुष जकाँ हाथ मे बेग नेने गाड़ी मे चढ़ि गेल। हमरा लोकनि सँ एहि धुआ मे ई होइत?"

लालकाकी आवेशरानी कैं कुढ़ैबाक अभिप्राय सँ बजलीह, "ओ कोन बेजाय कैलक? ओहन धिपल पलस्टर पर हमरा सभ कैं पैर नहि रोपल जाय। बुझाय जे आब औंठा मे फोंका पड़त। तेहना हालति मे जौं हमरो सभक पैर मे चट्टी रहैत तऽ कोन पाप होइत?"

आवेशरानी उत्तेजित भऽ कऽ बजलीह, "मारी बाढ़नि धऽ कऽ! जुत्ता-चट्टी तऽ ओ पहिरय जकरा पुरुषक माथ पर नाचक होइ। देखै छथिन्ह नै तारा कैं?"

एतबहि में चट्टीक चटर-चटर शब्द सुनि दूनू बहिना साकांक्ष भऽ गेलीह। देखै छथि त सद्यः तारा देवी आबि रहल छथि।

एहि ठाम तारा देवीक किछु परिचय देब आवश्यक। ताराक वयस अट्ठारह। क्रीमक सुगन्ध सँ गमगम करैत गोल मुँह। केश टेढ़ कऽ फारल। ताहि सँ पोमेडक खुशबू बहराइत। बङला स्टाइल सँ पहिरल नारंगी रंगक जार्जेट साड़ी। झिलमिल जार्जेटक पारदर्शी जाल सँ रेशमी ब्लाउजक गुलाबी रंग झलकैत तथा पृष्ठ-प्रदेश पर नागिन सन लहराइत चोटी झकझक सुझैत। अर्द्धचन्द्राकार केश विन्यास सँ आच्छादित ईयररिंगक केवल गोल मटरदाना टा बिजलीक बल्ब जकाँ चमकैत। दूनू बाँहि निरावरण तथा निराभरण। हाथ मे केवल एक-एकटा फीरोजा रंगक चूड़ी। चेहरा पर कखनो मुस्कुराहट कखनौ शान। जेना वर्षा बरसि कय तुरन्त तीक्ष्ण रौद प्रकट भऽ जाय।

फैशनेबुल युवतीक ई रोब देखितहि दूनू बहिनाक आँखि चौन्हिया गेलैन्ह। तथापि लालकाकी सम्हरि कय बजलीह, "गै बुचिया! कहाँ गेलैं? झट दऽ नवका शतरंजी नेने आ। देख तारादाइ ऐलथुन्ह अछि।" पुनः तारादेवीक स्वागत करैत कहलथिन्ह, "आवह तारा दाइ! बहुत दिन पर सासुर सँ ऐलीह। आब कि ई लोक सभ मन हैतौह?"

तारा दाइ ऐंचैत-मैचैत आगाँ बढ़ि अत्यन्त कष्टपूर्वक दूनू प्रौढ़ाक कनगुरिया छुबैत अपन आलता-रंजित चरण सँ शतरंजी कैं सुशोभित कैलन्हि।

लालकाकी पुछलथिन्ह, "तों तऽ, सुनै छी, पटनो गेल छलीहय? कतेक दिन ओतय छलीह?"

तारा दाइ गम्भीरतापूर्वक आँखि नीचा कय बजलीह, "ओतय तीन मास छलिऐक।"

ला. का. : "कथिक इलाज होइ छलौह?"

तारा. : "कहियोकाल करेज मे कनेक दर्द भऽ जाइ छल।"

एहि पर दूनू बहिना मे व्यंग्यपूर्ण कटाक्षक विनिमय भेलैन्हि।

एतबहि मे अत्यन्त चिक्कणताक कारण तारा दाइक माथ सँ साड़ी ससरि गेलैन्ह जाहि में दूनू कनपट्टी मे खोंसल फुलदार काँटा उघार भऽ गेलैन्ह। ई काँटा दूनू प्रौढ़ाक आँखि मे गड़य लगलैन्ह।

आब आवेशरानी कैं नहि रहि भेलैन्ह। बजलीह, "ईह! कोन-कोन फैशन आब परचरलैक अछि से नहि जानि!"

लालकाकी कैं बूझि पड़लैन्ह जे आब ई कोनो व्यंग्य करथिन्ह, तैं झट दऽ बात लोकि बजलीह, "ऐ बहिना! ताहि दिन ककरो सासुर सँ एकरंगा अबैक तऽ सौंसे गामक लोक तमाशा देखऽ लेल जमा भऽ जाइ। आब तऽ कोन-कोन कपड़ा बहरैलैक अछि तकर नामो नहि जनै छिऐक। ऐं हे तारा! ई कोन साड़ी कहबै छैक?"

तारा देवी गर्वमिश्रित मुस्कान सँ बजलीह, "आइ-काल्हि एकरे फैशन छैक। विलायत सँ अबै छैक। मुदा बड़ रुपया लगै छैक।"

लालकाकी पुराइ करैत कहलथिन्ह, "हे दाइ! एहि मे खोंइछो कोना कऽ देबौह? एहन सुन्दर साड़ी मे धान कौना कऽ बन्हबह?"

तारा देवी एहि प्रथा पर बिहुँसैत बजलीह, "काकी, आशीर्वाद दियऽ। धान लऽ कऽ की हैतैक?"

ला. : "आशीर्वाद तऽ भगवतीए देने छथुन्ह। तोरा सन भाग्य ककरा हैतैक?"

ई कहैत लालकाकी कैं अपन बुचिया मन पड़ि गेलैन्ह। आँखि सँ टप-टप नोर चुबय लगलैन्ह।

ई असमय रोदन देखि बड़कागामवाली झट भीतर सँ आबि तारादेवी कैं अपना कोठरी मे लऽ गेलथिन्ह।

लालकाकी आँखि पौछैत बजलीह, "दुर् जो। आँखियो अपन सक नै अछि। ओकरा खोमो लागल हैतैक। अभगली बुचियाक कपार केहन भेलैक से नहि जानि।"

आवेशरानी कहलथिन्ह, "भगवान पर भरोस राखथु बहिना! आइ नहि तऽ काल्हि ओहो रानी बनबे करति। और तारा ओकर परतर की करतैक? बुच्चीदाइ जे पैर धो कऽ फेंकि देत से ओकरा हेबे ने करतैक। फैशन कैने की हैतैक?"

एतबहि मे दुलारमनि पिउसिक स्वर कर्णगोचर भेल, "की ऐ मधुरानी! जमायक कत्तहु पता लागल?"

लालकाकी पित्त घोंटि कय बजलीह, "आबथु बड़की दाइ! बहुत दिन पर ऐलीह। मिसरक कहाँ कोनो चिट्‌ठी-पत्री आएल छैन्ह। बुच्ची दाइक भाग्ये जरल छैन्ह तऽ हमरा सभ की कऽ सकै छिऐन्ह?"

दुलारमनि पिउसी गरज़ि कय बजलीह, "हम तऽ पहिनहिं कहै छलहुँ जे कुलमर्यादा देखि कय वर करब। छोटबभना दछिनाही कैं उठा अनने तऽ यैह सभ हैत कि ने!"

बुच्चीदाइ ढुनमुनकाकीक नेना कैं कोड़ मे नेने खेलबै छलथिन्ह। अपना भाग्यक एहि तरहे अलोचना होइत देखि नेना कैं पटकि आङन सँ बाहर निकसि गेलीह। नेनाक क्रन्दनध्वनि सुनि ढुनमुनकाकी ओल कटनाइ छोड़ि दौड़लि ऐलीह। नेना कैं हँसोथि कय आँखि पोछैत बजलीह, "हः, आङनक सभ काज हम करी। केओ नेनो कैं राखत से नहि!" किन्तु ओलक कबकबी आँखि मे लगने नेना और जोर सँ चिचियाय लगलैन्ह। तखन लालकाकीक ध्यान आकृष्ट भेलैन्ह। कहलथिन्ह, "ऐ फुचुकरानी! जाउ, कनेक पिया दिऔ गऽ।"

दुलारमनि पिउसी अपना बात कैं पाछाँ पड़ैत देखि और जोर सँ बाजय लगलीह, "हुनका गामो पर केओ लोकवेद छैन्ह की नहि? की देखि कऽ एहन जमाय कैलहुँ? एहि सँ तऽ हे..."

एतबहि मे भोलानाथ झा खुशी होइत आङन ऐलाह। बजलाह, "भौजी! रेवतीक चिट्‌ठी आएल अछि। ओ आइ जे घड़ी गाम नहि पहुँचलाह अछि। मिसर हुनका पटनाक पता सँ चिट्‌ठी लिखने छथिन्ह से नेने अबै छथि।"

ई समाचार सुनितहि लालकाकी आनन्द सँ गदगद भय दुलारमनि पिउसिक दूनू पैर पकड़ि कहय लगलथिन्ह, "बड़की दाइ, ऐ बड़की दाइ! हिनकर पैर लछमिनिया भेल ऐ दाइ! कहाँ गेलौं ऐ कनियाँ? पूजाक सामग्री ओरियाउ। सत्यनारायण महाराजक कबुला मानल अछि।" देओर दिस ताकि कय बजलीह, "ऐ बाबू! हमरा मधुर मँगा दियऽ। भरोस नहि छल जे भगवान एहन समाचार सुनौताह।"

भोलानाथक गेला पर बड़कागामबाली तारा दाइक संग बहरैलीह। तारा बिहुँसैत कहलथिन्ह, "काकी, हमरो हिस्सा भेटक चाही। सकड़ीक लड्डू सँ काज नहि चलत। पटनाक पिंटूक रसगुल्ला खोआबऽ पड़त।"

दुलारमनि पिउसी जाहि उद्देश्य सँ आइलि छलीह से तऽ पूर्ण नहि भेलैन्ह, प्रत्युत उनटे भऽ गेलैन्ह। मन मे सोचय लगलीह, "दुर् जो! केहन कुयात्रा मे चलल छलहूँ!"

तावत तारा दाइ टोकलथिन्ह, "पिउसी! गुम्मसुम्म किएक छिऐ? मिठाइ खैबैक तऽ पहिने गीत गबियउ।"

ई कहब की छल-बिढ़नीक छत्ता खोंचारब! दुलारमनि पिउसी अपन सभटा खीस आब तारा पर उतारय लगलीह, "ऐ गे तारा! तोरा एक्को रत्ती धाख नहि छौक? तोहर बाप हमरा सोझा एना बजिते नहि छथुन्ह। तों हमरा सँ चौल करै छैं! बड़ चकमक्की छौ तऽ अपना वर कैं देखो गऽ। चट्टी पहिरि कऽ चलइ छैं, कनेक बाँहि उघारि लइ छैं, तऽ बुझइ छैं जे और केओ लोक नहि। गोरि माउगि गर्वहि आन्हरि! हमरो लोकनि एक दिन नव रही। एना अतत्तह नहि करी। आबक छौंड़ी तऽ विषे मातल रहै अछि। जकरा बड़ खाँत फुकैक से जाठि मे...।"

लालकाकी देखलन्हि जे आब अनर्थ भेल जा रहल अछि। झट्ट दऽ बीच मे पड़ि बजलीह, "बड़की दाइ! एहन शुभ अवसर पर ई बिगड़ै छथि! तारा दाइ कहाँ किछु अनर्गल कहलथिन्ह अछि?"

ताराक गंजन देखि आवेशरानीक रोआँ-रोआँ जुड़ाइत छलैन्ह। तथापि ऊपर सँ बजलीह, "एतेक दिन पर भगवान सहाय भेलथिन्ह अछि। आइ कत्तहु कर्र-कर्र होए?"

'कर्र-कर्र' शब्द बहराएब छल कि दुलारमनि पिउसी हुनके पर उनटि गेलथिन्ह, "अयँ ऐ! हम कार-कौआ छी जे कर्र-कर्र करब? कोन छुच्छी एहन कहयवाली अछि? जे कहत तकर जीभ सट्ट दऽ खींचि लेबैक। मधुरानी हमरा जे नहि कराबथि। आइ दिन सँ फेरि एहि आङन मे पैर दी तऽ ब्राह्मणक बेटी नहि।"

ई कहैत दुलारमनि पिउसी जहिना तमकि कय ठाढ़ि भेलीह तहिना पैर तर एकटा ललका बिढ़नी पड़ि गेलैन्ह। ओ और जोर-जोर सँ चिचिया कय लालक सातो पुरुखाक उद्धार करैत अपना घर दिस बिदा भेलीह।

हुनका गेला पर तारा दाइ अपन ओटो दिलबहारक खुशबू सँ तर रुमाल सँ आँखि पोछैत बजलीह, "काकी, हमरो हुकुम दियऽ। खोंइछ मे आशीर्वाद भेटिये गेल से नेने जाइ छी।"

लालकाकी हपसि कय कहलथिन्ह, "दाइ! अहाँ कैं हमरे शपथ अछि। एकोरत्ती क्षोभ नहि राखब। ओ तऽ जेहन छथि से सभ गोटा कैं जनले अछि।"

आवेशरानी कहलथिन्ह, "देखलिऐन्ह नै? तुरन्त हमरे पर कोना उनटि गेलीह।"

एतबहि मे टमटमक रुनझुन शब्द श्रुतिगोचर भेल। बड़कागामावाली चेहा कय दुरुखा सँ हुलकी मारलन्हि और दौड़ले अपना घर मे जा कऽ साड़ी बदलय लगलीह।

रेवतीरमण माय तथा पितिआइन कैं प्रणाम कय आङन मे बैसलाह। पुनः एकान्त देखि नहूँ-नहूँ कहय लगलथिन्ह, "मिसर तऽ बड़का टा ढड्ढर लिखि पठौने छथि। तकर सारांश ई जे हुनका कालेज मे बिजली नामक एक लड़की छैन्ह। से व्याख्यान

मे सभसँ फर्स्ट भेल छैन्ह। ओकरा देखि हुनका ई सिहन्ता होइ छैन्ह जे ओहने स्त्री सँ विवाह होइत।"

लालकाकी बीचहि मे बजलीह, "हम तऽ पहिनहि सँ जनै छलहुँ जे कोनो निरासी हमरा बेटीक सौतिन बनल अछि। आब बुझा ने गेल। हे भगवान, ओ छौंड़ी केहन निर्लज्ज अछि जे छौंड़ा सभक बीचे मे जा कऽ छमकैत अछि। नाम की छैक तऽ बिजली! जरलाही बिजली पर वज्र खसौ।"

ई कहि लालकाकी आँचर सँ आँखि पोछय लगलीह। रेवतीरमण बजलाह, "मिसर लिखैत छथि जे अपना गाम मे महिला क्लब कायम करू। स्त्रीगण कैं शिक्षित तथा जागरित करू। हमरा सासुरक लोक योग्य बनि जायत तैखन हम अहाँक ओतय आबि सकै छी।"

लालकाकी माथ पर हाथ दय बजलीह, "आब ई लोक एहि जन्म मे 'योग्य' कोना कऽ बनि जाएत? जौं 'योग्ये सोति' मे करक छलैन्ह त जयवारक ओहि ठाम ऐलाह किएक? और हुनकर अपने बाप कोन 'योग्य सोति' छथिन्ह जे सासुर मे 'योग्य' खोजै छथि?"

रेवतीरमण कहलथिन्ह, "नहि-नहि। से 'योग्य' नहि। हुनक आशय छैन्ह जे बुच्चीदाइ कैं शिक्षा देल जाइक..."

लालकाकी बात काटि कहलथिन्ह, "बड्ड बापक बेटा बनलाह अछि जे एखने सँ हमरा बेटी कैं 'शिक्षा' देमय लगलाह अछि। कोन अनुचित हमर बेटी कैलक अछि जे ओ 'शिक्षा' देथिन्ह? एक टूक कपड़ा, एकटा गहना कहियो पठबितथिन्ह से तऽ भेवे ने कैलेन अछि और चललथिन्ह ओत्तहि सँ शिक्षा देमय!"

रेवतीरमण बुझाबय लगलथिन्ह, "से नहि। हुनक मतलब छैन्ह जे बुच्चीदाइ लिखि-पढ़ि कऽ ज्ञान प्राप्त कऽ सकय ..."

ला. का. : "पहिने हुनका अपना ज्ञान भेलैन्ह अछि? ओ एतेक दिन लिखि-पढ़ि कऽ नेहाल कैलन्हि जे आब बुच्चीदाइ सनाथ करतीह। और बिनु पढ़ने बुचिया कैं जतेक ज्ञान छैक ततेक हुनका भरि जन्म पढ़ला उत्तर नहि हैतैन्ह।"

रे. र. : "से हुनक तात्पर्य नहि छैन्ह। ओ चाहै छथि जे ई ताहि योग्य भऽ जाय जे हुनका बातक उत्तर दऽ सकैन्ह।"

ला.का. : "एहन सनकाहो नहि देखल। सभ लोक तऽ एहने स्त्री चाहैत अछि जे कहियो एकोटा बातक उत्तर नहि दैक। 'गोरकट खटिया बतकट जोय'—ई भला कैं चाहत! और हुनका एही बातक सिहन्ता होइ छैन्ह? सैह छलैन्ह तऽ कोनो कर्कशा सँ विवाह करितथि। हमरा बेटी सँ तऽ ई नहि हैतैन्ह जे ओ कोनो बातक उत्तर देतैन्ह। और हँ! जखन उत्तर देमय लगतैन्ह तखन अपने पड़ा जैताह।"

आब रेवतीरमण मुश्किल मे पड़ि गेलाह। समझाबय लगलथिन्ह, "तों हुनक अभिप्राय नहि बुझलहुन! ओ ई चाहै छथि जे स्त्रीगणक मन मे जे कुसंस्कार जमल

छैक से हटाओल जाय। जेना...जेना...तोरा लोकनि देवता-पितरक कबुला मानै जाइ छैं...।"

लालकाकी तमकि कय बजलीह, "तऽ की लोक देवता पितर नहि मानौ? हुनक जकाँ सभ क्रिस्तान भऽ जाओ? हम तऽ कबुला कैने छी जे जाहि दिन हुनकर मति फिरतैन्ह ताही दिन हुनमानजी कैं रोट चढ़ा देबैन्ह। हमर बेटी तुसारी पुजैत अछि सेहो हुनका मने छोड़ि देओ? वैह बड़ काबिलक नाती बनलाह अछि।"

आब रेवतीरमण हिम्मत हारय लगलाह। तथापि साहस कय पुनवरि चेष्टा कैलन्हि, "तोरा सभ बुझितहि ने छही तऽ हम कोना कऽ कहिऔक! मिसर चाहै छथुन जे तोरा सभक अन्ध-विश्वास दूर कैल जाउक..."

ला. का. : "हौ! अन्ध-विश्वास ककरा कहै छैक? बूढ़ भऽ गेलहुँ, आइ धरि नहि सुनने छलिऐक!"

आब रेवतीरमण गोड़ियाय लगलाह, "अन्ध-विश्वास ई जेना...जेना...जेना... तोरा लोकनि डाइन-योगिन मानइ जाइ छैं...।"

ला. का. : "तऽ कि हुनका देश मे डाइन-योगिन नहि होइ छैन्ह? डाइन—योगिन कतय नहि रहै छै?"

ई कहि लालकाकी अपना बातक पुष्टिक हेतु देयादिनी दिस ताकय लगलीह। ढुनमुनकाकी कैं बूझि पड़लैन्ह जे ई हमरे पर आक्षेप करै छथि। बाजय लगलीह, "हँ हम तऽ नैहरे मे डाइनपन सिखने छी! हमहीं जमाय कैं नोन चटा देने छिऐन्ह कि ने! हमरा सन हाँकल डाइन के हैत?"

ई कहैत ढुनमुनकाकी कैं घबर-घबर नोर खसय लगलैन्ह। लालकाकी छितनी लऽ कऽ फटाफट अपन कपार पीटय लगलीह।

ई अकाण्डताण्डव देखि रेवतीरमण माथ हँसोथैत आङन सँ उठि दालान दिसि बिदा भेलाह।

३

'रोमांस'क उदय

सी.सी. मिश्रा कैं ओहि राति बड़ी काल धरि नीन्द नहि पड़लैन्ह! मिस बिजलीक दमक सँ निद्रोक आँखि मे चकाचौन्ह लागि गेलैन्ह। हुनक मस्तिष्क तेना विक्षोभित भऽ उठलैन्ह जे घंटो विचार-तरंग मे ऊब-डूब होइत भसियाइत रहलाह।

सी.सी. मिश्रा मनहिमन बिजली और बुचियाक मिलान करय लगलाह। एक उन्मुक्त स्वच्छन्द विहारिणी परी, तऽ दोसर छान्ह-पगहा सँ बान्हल पडरू। एक स्वच्छन्द मानसरोवर मे विचरण करयवाली राजहंसी, तऽ दोसर भरि जन्म घोंघा-सेमारक बीच अन्हार मे रहयवाली कूपमण्डूकी। एक नारी जागरणक संदेशवाहिनी आधुनिक युगक अग्रदूतिका; तऽ दोसर अज्ञान और कुसंस्कार सँ आच्छन्न परम्परागत रूढ़ि शृंखलाक बन्दिनी। एक आकाश मे उड़निहार एरोप्लेन, तऽ दोसर लीके-लीके ससरयवाली बैलगाड़ी!

ई बिजली जकरा प्राप्त भऽ जैथिन्ह, तकरा फेरि बाँकी की रहतैक? ओहि कल्पित भाग्यवान पुरुष सँ सी.सी. मिश्रा कैं ईर्ष्या होबय लगलैन्ह, और अपना भाग्य पर क्रोध। एक आधुनिक शिक्षित युवक कैं बिजली सन प्रगतिशील पत्नी भेटक चाही, से भेटल की तऽ बुचिया! छिः!

शनैः शनैः सी.सी. मिश्रा स्वप्नलोक मे विहार करय लगलाह। एक अत्यन्त रमणीय पार्वत्य प्रदेश मे गिरि निर्झरिणीक समीप श्वेत शिला-खण्ड पर आसीन भय ओ प्राकृतिक शोभा निरीक्षण कऽ रहल छथि। नीचा लाल-लाल कमल-पुंज सँ सुशोभित पुष्करिणी मे एक नौकारोहिणी युवती जल-विहार कय रहल छथि। ओ सुन्दरी अपना करकमल सँ कमल तोड़य लगलीह। कोमल आँगुर कठिन मृणालसँ खड़राय लगलैन्ह। युवती उत्तेजित भय मृणालदण्ड कैं मूलसहित उखाड़ि लेलन्हि। बल प्रयोग सँ कमलनाल तऽ टुटि गेल, किन्तु संगहिसंग नाव उलंग भऽ गेलैन्ह और तरणि समेत तरुणी जलमग्न होमय लगलीह।

ई दृश्य देखि मिश्रा जी सरोवर मे कूदि पड़लाह। पौरैत-पौरैत यावत ओहि स्थान

पर पहुँचथि-पहुँचथि तावत नाव मँझधार मे डूबि गेलैक। डुब्बी लगौला पर तरेतर दहाइत कामिनीक कोनो गुलगुल अंग हुनका हाथ मे ठेकि गेलैन्ह। ओ कोनो तरहें लटपटाइत-सटपटाइत शिथिलवसना सुन्दरी कैं दृढ़तापूर्वक अपना भुपाश मे आवेष्टित कैने बहरायलाह। मूर्च्छिता तरुणी कैं चैतन्य लाभ करैबाक हेतु प्राथमिक उपचार करब आवश्यक छलैन्ह। अतएव मिश्राजी परोपकार भावना सँ युवतीक आर्द्रवस्त्र हटा कय शरीर कैं नीक जकाँ पोछय लगलथिन्ह। युवतीक हृदय-परीक्षा कैला पर ज्ञात भेलैन्ह जे अत्यन्त सूक्ष्म स्पन्दन भऽ रहल छैन्ह। चिकित्साक दृष्टि सँ हिमवत शीतल शरीर मे कृत्रिम उष्णताक संचार करब आवश्यक बुझि पड़लैन्ह। अग्निक अभाव मे एकमात्र उपाय छलैन्ह निरन्तर करमुख-व्यापार। अन्ततोगत्वा प्रयत्न सफल भैलैन्ह।

मूर्च्छिता तरुणी कनेक आँखि खोलि कय पुछलथिन्ह, "अहाँ के थिकहुँ? ई कोन स्थान छैक? एतय कोन घटना घटल छैक?"

ई सुपरिचित कण्ठस्वर सुनितहिं सी.सी. मिश्रा मिस बिजली कैं चीन्हि गेलथिन्ह। कहलथिन्ह, "हमर परिचय यैह जे हम एक देवीक अनन्य उपासक थिकहुँ। एहि स्थान कैं अहाँ हमर आराध्य देवीक क्रीड़ास्थल बूझि सकै छी और एतय घटना ई घटित भेल छैक जे एक नाव मँझधार मे डूबि गेने दोसर नाव मँझधार मे डुबैत-डुबैत बाँचि गेल अछि।"

एतबहि मे दृश्य पलटि गेल। बिजली देवी खिलखिला कय हँस उठलीह। विहुँसि कय बजलीह, "अहाँ काव्य करय लागि गेलहुँ, किन्तु हमरा चिन्हलौं तऽ नहिए। हम अहाँक बिधिकरी थिकहुँ। आबो सरिया कऽ चीन्हि लियऽ।"

सी.सी. मिश्रा विस्फारित नेत्र सँ देखय लगलाह। आब हुनका मायामयी नारीक अंग-प्रत्यंग मे बिधिकरीक भान होबय लगलैन्ह। ओ आश्चर्य-चकित भय हुनका दिस हाथ बढ़ौलन्हि।

किन्तु पुनः दृश्य-परिवर्तन भेल। ओ नारी-शरीर अकस्मात अश्रुपूर्ण बुच्चीदाइक स्वरूप ग्रहण करैत कातर स्वर में बाजल, "अहाँ हमरा परित्याग कऽ देलहुँ। देखू, अहाँ कैं सन्तुष्ट करबाक हेतु हमरा कोन-कोन नाच नाचय पड़ल अछि!" ई कहि ओ मिश्राजीक पैर धऽ लेलकैन्ह।

आब मिश्राजी अपना हृदयक आवेग कैं नहि रोकि सकलाह। चट दऽ लपकि कय हाथ पकड़ि लेलथिन्ह। ततेक जोर सँ बकबका कऽ धैलथिन्ह जे ओ मायाकल्पित मूर्ति चीत्कार करय लागल।

ओहि चीत्कार-ध्वनि सँ सी.सी. मिश्राक सुखस्वप्न भंग भऽ गेलैन्ह। देखै छथि तऽ होस्टलक नौकर कोठरी बाढ़क हेतु आएल अछि, तकर हाथ ओ जोर सँ कसि कय पकड़ने छथिन्ह, और ओ जोर सँ चिचिया कय कहि रहल छैन्ह, "बाबू, छोड़ि दियऽ। हम झाड़ू देबऽ आयल छी। अहाँक चादर नीचा खसि पड़ल छल से पैर पर ओढ़बैत छलहुँ। अहाँ बड़ी काल सँ कीदन सभ बिसुनाइत छी।"

मिश्राजी लज्जित भय ओकर हाथ छोड़ि देलथिन्ह।

थोड़ेक कालक उपरान्त सी.सी. मिश्रा कैं होस्टल सुपरिटेंडेंटक चपरासी बजाबय ऐलैन्ह। ओ सशंकित चित्त सँ हुनका आफिस रूम मे गेलाह। ओहि ठाम एक और सम्भ्रान्त सज्जन बैसल छलाह। हुनका दिस संकेत कय सुपरिटेंडेंट कहलथिन्ह, “बैरिस्टर योगेशचन्द्र बोसक नाम तऽ अहाँ सुननहि हैबैन्ह।”

मि. मिश्रा नम्रतापूर्वक अभिवादन कैलथिन्ह।

सुप. : “अपना कालेजक छात्रा मिस बिजली हिनके सुयोग्य पुत्री थिकथिन्ह।” मि. मिश्राक छाती और जोर सँ धक्-धक् करय लगलैन्ह।

सुप. : “हम जनै छी जे अहाँ विश्वविद्यालय मे महत्त्वपूर्ण गवेषणा-कार्य कय रहल छी, ताहि सँ अवकाश कम रहैत होएत। तथापि किछु दिनक हेतु थोड़ेक समय अहाँ कैं देबय पड़त। हिनक छोटि कन्या वीणा एहि बेर बी.ए. क परीक्षा मे बैसथिन्ह। तनिका कनेक सहायता कऽ दिऔन्ह।”

मि. बोस बजलाह, “इंगलिश तऽ ओकर बहुत बढ़िया छैक। सिर्फ साइकोलोजी (मनोविज्ञान) और पौलिटिक्स (राजनीतिशास्त्र) मे मदद कें दरकार छैक। यदि अहाँ कैं कष्ट नहि होइत तऽ एखने हमरा संग चलितहुँ। परीक्षा लगियाचल छैक तैं ओ बहुत व्यग्र भऽ रहल अछि।”

मिश्रा जी मंत्रमुग्ध जकाँ हुनका पाछाँ-पाछाँ चललाह। मि. बोस हुनका कार मे बैसा स्वयं ड्राइव करैत कहय लगलथिन्ह, “हम अपने हाथ सँ गाड़ी चलाएब पसन्द करै छी। हमर दूनू बेटी तऽ ड्राइविंग (मोटर हाँकय) मे हमरो सँ बेसी ‘एक्सपर्ट’ (निपुण) अछि। बिजली तऽ बारहे वर्षक अवस्था सँ हमारा सभक संग यूरोप घूमय लागल। विलायत मे जैह देखय सैह सीखऽ लागय। जर्मनी मे मोटर चलाएब सिखलक। फ्रान्स मे पियानो बजौनाइ सिखलक। स्विट्जरलैंड मे ‘स्केटिङ’ (बर्फ पर ससरनाइ) करय लागलि। ब्रिटिश चैनेल मे हेलय लागलि। हमर तऽ इच्छा छल जे ओत्तहि लंडन यूनिवर्सिटी सँ बैरिस्टरी पास करा दिऐक। किन्तु जहिया सँ ओकर माय मरि गेलथिन्ह तहिया सँ हम दूनू बहिन कैं अपना आँखिक ओझर नहि करैत छिऐक। बेटाक सिहन्ता यैह दूनू पूर्ति करै अछि। सात वर्ष सँ माय-बाप जे बूझी हमहीं बनल छिऐक।”

ई कहैत-कहैत सहृदय बैरिस्टरक आँखि मे नोर ढबढबा ऐलैन्ह। करीब दस मिनट मे मोटर एक सुसज्जित बङलाक बरामदाक सामने आबि कऽ लागल। मि. बोस सी.सी. मिश्रा कैं ड्राइंग रूम मे लऽ जा कऽ बैसौलथिन्ह। भीत परक हस्त निर्मित पर्वत-झरना आदिक रंगीन चित्र, खिड़की परक बारीक जाली काढ़ल झिलमिल पर्दा तथा टेबुल परक सुन्दर फूल काढ़ल झालरदार रेशम देखि, हुनका ई बुझबा मे भाङठ नहि रहलैन्ह जे ई सभ वसुकन्याक सुकुमार हस्तकौशल थिकैन्ह।

मि. मिश्रा कलाकौशलक चमत्कार सँ मुग्धे होइत छलाह, कि कापी, पुस्तक तथा यौवनक भार सँ सहमलि मिस वीणा मधुर मुस्कान सँ हुनक अभिवादन कैलथिन्ह। कोसाक दल सन हल्लुक चप्पल पर उड़ैत ओ मिश्राजी कैं अपना स्टडी-रूम (अध्ययनागार) मे लऽ गेलथिन्ह। मिश्राजी देखलन्हि जे कमराक प्रत्येक वस्तु सुरुचिपूर्ण ढंग सँ सजाओल छैक। संगमर्मरक फर्श निर्मल दूध जकाँ झलकैत। श्वेत-स्फटिक-निर्मित टेबुल पर लिखा-पढ़ीक सुन्दर सामान। चारू कात मखमली गद्दीदार मुलायम सोफा। सीसाक आलमारीक प्रत्येक खल मे सोनहुला जिल्द मे मढ़ल साहित्य, दर्शन, तथा इतिहासक मोट-मोट अङ्‌रेजी ग्रन्थ यथास्थान राखल।

एक कोन मे पियानोक टेबुल। दोसरा कोन मे रैकेट टाङल। कमरा मे एकोटा वस्तु फालतू नहि। 'भी' कट ब्लाउजक मध्यमाग मे खोंसल फाउन्टेनपून बाहर कय, आगाँ मे कापी खोलि, मिस वीणा तैयार भऽ गेलीह। मि. मिश्रा अपना कैं कठिन परिस्थिति मे बोध करय लगलाह। हुनका संकट मे पड़ल देखि वीणा देवी वीणा-विनिन्दक स्वर मे बजलीह, "हम एक टा 'एसे' (लेख) लिखने छी; तावत सैह देखि दियऽ।"

मि. मिश्रा कापी लऽ कऽ मोती सन-सन गोल अक्षर सँ सुशोभित पृष्ठ पर पृष्ठ उनटाबय लगलाह। सुन्दर अङ्‌रेजी मे गम्भीर विचारपूर्ण निबन्ध! निबन्धक विषय— क्रिटिसिज्म ऑफ मैरैज (वैवाहिक प्रथाक समालोचना)। वीणा देवी वेद-पुराण तथा स्मृति सँ लय कऽ फ्रायड, बर्नार्ड शा, बर्टेंड रशेल प्रभृति आधुनिक समाजशास्त्रीक समीक्षा करैत, प्राच्य तथा पाश्चात्य विचार-धाराक तुलनात्मक विवेचना कैने छलीह।

रेशमी वीणाक भीतर एहन ठोस फौलादी शक्ति देखि सी.सी. मिश्रा मनहि मन विधाताक पक्षपात पर कूही होबय लगलाह। 'वीणाक रचना मे तऽ सृष्टिकर्ता सीटि-सीटि कय अपन कलाक सभटा चमत्कार भरि देलथिन्ह और बुच्चीदाइ कैं गढ़बाक काल मे जेना कुच्ची हेरा गेल रहैन्ह तेना थोपी लऽ कऽ थोपि देलथिन्ह।'

एहि तरहें मिश्राजी वीणाक लेखक स्थानमे अपने कर्मलेखक विवेचना करय लगलाह।

एतबहि मे प्रफुल्ल कमल समान विकसित बदनक छटा सँ हास्य-विकिरण करैत बिजली देवी कोइली जकाँ कुहुकैत ऐलीह "वीणा!" तावत सी.सी. मिश्रा पर दृष्टि पड़ने चकित हरिणी जकाँ सहमि गेलीह। "माफ करब, हमरा नहि जानल छल।" ई कहैत बिजली जहिना बिजली जकाँ आइलि छलीह तहिना जाय लगलीह।

किन्तु वीणा देवीक सोर पाड़ने ओ पुनः थमि गेलीह। सी.सी. मिश्राक दोसरा दिस एक सोफा पर ओठङि कऽ बैसि गेलीह। दूनू कात सँ तीव्र विद्युद्धाराक सम्पात मे पड़ि मिश्राजी हठयोग साधि देलन्हि। वीरतापूर्वक त्राटक मुद्रा लगा जमि कऽ बैसि गेलाह और कुम्भक द्वारा प्राणवायु कैं रोकने ध्यान, धारणा, ओ समाधिक अभ्यास करय लगलाह।

किन्तु योग-मार्ग मे विघ्नस्वरूप नवयुवती हिनक समाधि भंग करऽ पर जेना तुलल होथिन्ह।

वीणा परिचय दैत कहलथिन्ह, "यैह थिकाह हमर नव शिक्षक मि. मिश्रा।" बिजली दूनू हाथ जोड़ि हिनका दिस ताकि देलथिन्ह।

एतबहि सँ मिश्राजीक समस्त प्रत्याहार ओ प्राणायाम-पूर्वक जमाओल आसन उखड़ि गेलैन्ह।

ओ लड़खड़ाइत स्वर मे बाजि उठलाह, "ओहि दिन अहाँक भाषण बहुत सुन्दर भेल रहय।"

बिजली कनेक अंठा कऽ पुछलथिन्ह, "से कथी सँ?"

मिश्राजी अपना स्वर कैं स्वाभाविक बनैबाक असफल चेष्टा करैत बजलाह, "सभ अंशे सुन्दर। जेहने भाषा, तेहने भाव, तेहने बजबाक चमत्कार।"

अन्तिम शब्द मुँह सँ बहराइत मिश्राजी लाजे कठुआ गेलाह। पुनः सम्हरि कय बजलाह, "ओहि भाषण कैं तऽ छपा कय अशिक्षित स्त्री-समाज मे वितरण करक चाही। अहाँ देश-विदेश घुमने छी, तैं एहन व्यापक दृष्टिकोण अछि। किन्तु 'बाबा वाक्यं प्रमाणम्' मानयवाली देहातक स्त्री-वर्ग कैं तऽ ई सभ आइडिया (विचार) नवे बुझि पड़तैन्ह।"

बिजली अपना मुस्कुराहट सँ बिजली चमकबैत बजलीह, "ओहि मे कतेक तऽ हमरा गरियैबो करतीह। स्त्रीक बात जाय दियऽ, देहाती पंडितो 'अग्निश्च वायुश्च' भऽ जैताह। जवाब नहि फुरतैन्ह तऽ लगताह हमरा गारि पढ़य। किऐक जे प्राचीन विचारक पंडित जौं नवीन विचारक पुरुष वा स्त्री सँ परास्त भऽ जाथु तऽ खिसिया कऽ ओहि पुरुष कैं 'नास्तिक' और स्त्री कैं 'कुलटा' कहय लगै छथिन्ह।"

तदनन्तर एहि प्रसंग मे बड़ी काल धरि मनोरंजक गप्पशप्प होइत रहल।

जखन सी.सी. मिश्रा चलक हेतु उद्यत भेलाह तँ वीणा कहलथिन्ह, "(बाबूजी) चाय पीबक हेतु बजबै छथि।"

मिश्राजी सिटपिटाइत बजलाह, "हम तऽ एहि बेरि कऽ चाय नहि पिबैत छी।"

वीणा, "तखन बैसि कऽ गप्पे करब। हुनका तऽ केओ बतियाय लेल भेटि जैबाक चाहिऐन्ह।"

सभ गोटे बोस साहेबक कमरा मे अबैत गेलाह, जहाँ ओ चायक टेबुल पर कन्या सभक प्रतीक्षा मे बैसल छलाह।

वीणा कप मे चाय परसय लगलीह और बिजली 'प्लेट' मे 'टोस्ट' सजाबय लगलीह। मि. बोस सी.सी. मिश्राक सामने छुरी, काँटा ओ चम्मच बढ़ा देलथिन्ह। किन्तु मिश्राजी कैं छुरी-काँटा सँ खैबाक पूरा अभ्यास नहि रहैन्ह तैं धन्यवाद-पूर्वक हाथ बारने बैसल रहलाह। दूनू बहिन बापक संग पुरैत गिलहरी जकाँ कुतरय लगलीह। मिश्राजी कैं टुक्कुर-टुक्कुर तकैत देखि बोस साहेब कहलथिन्ह, "कम

सँ कम फलो तऽ खाउ।" मिस बिजली अपना हाथ सँ फलक प्लेट मिश्राजीक आगाँ बढ़ा देलथिन्ह।

ओ ओहि मे सँ एक टा नारंगी उठा कऽ सोहय लगलाह। हुनका बूझि पड़लैन्ह जेना सम्पूर्ण ब्रह्माण्डक रस आबि कय ओही नारंगी मे केन्द्रीभूत भऽ गेल होइक।

नाश्ता-पानीक बाद बिजली एकाएक अपना रिस्टवाच दिस ताकि बजलीह, "पापा! दू-एक मिनट मे लण्डनक प्रोग्राम शुरू हैतैक। सुनब?"

बिजली उठि कय रेडियोक सेट ठीक करय लगलीह। बोस साहेब चुरुटक धुआँ छौड़ैत तन्मय भऽ अङ्‌रेजी गाना सुनय लगलाह। सी.सी. मिश्रा कैं अगुताइत देखि कहलथिन्ह, "बेस, ई गाना खतम होमय दिऔक, तखन जाएब।"

आध घंटाक बाद जखन मिश्राजी अपना होस्टल मे पहुँचलाह तऽ बूझि पड़लैन्ह जेना ओ कोनो वस्तु बोस साहेबक कोठी मे छोड़ने आएल होथि।

ताहि दिन सँ सी.सी. मिश्रा नित्य-प्रति बोस महोदयक ओहि ठाम जाय लगलाह! क्रमशः धाख छुटैत-छुटैत ओ बोस परिवार मे नीक जकाँ घुलि-मिलि गेलाह। रेडियो, सिनेमा, चाय, पिकनिक पार्टी, आदि मे आब ओहो सहयोग देबय लगलथिन्ह।

बोस परिवार सँ घनिष्ठ सम्पर्क भेने सी.सी. मिश्रा मे एक विलक्षण परिवर्तन भेलैन्ह जे हुनक कवित्व शक्ति जागि उठलैन्ह। ओ छायावादी कविता बनाबय लगलाह। हुनक भावुकतापूर्ण उद्‌गार सँ एक कापी भरि गेलैन्ह।

एक कविताक शीर्षक रहैन्ह, 'वीणा वादिनी'। तकर भाव ई जे, "अहाँ जखन वीणा बजाबय लगै छी, तखन अहाँक अधरपान सँ मत्त भऽ ओ मूक काष्ठ मुखर भय अपन अपूर्व स्वर-लहरी सँ चारू दिशा कैं गुंजायमान करऽ लगै अछि। जखन जड़ पदार्थ मे अहाँ एहन प्राण फूँकि दैत छी, तखन चेतनक कोन कथा?"

एक कविता छलैन्ह 'कन्दुक-क्रीड़ा' पर। भाव ई जे, "जखन अहाँ अपन रैकेट लऽ कऽ टेनिसक मैदान मे उतरै छी तऽ विश्वविजयिनी शक्तिक साकार मूर्ति बनि जाइ छी। अहाँक रैकेट-प्रहार सँ अनेक 'बौल' उछिलि जाइत अछि और तकर उछिलनाइ देखि हजारो हृदय उछिलय लगैत अछि, विश्व थिरकय लगैत अछि और प्रकृति नाचय लगैत अछि।"

एक कविता छलैन्ह, 'रसवर्षिणी'। भाव ई जे, "अहाँ जेम्हरे ताकि दैत छी तेम्हरे रसक वर्षा भऽ जाइत अछि। सम्पूर्ण चराचर कैं अहाँ माधुर्य-रस सँ ओतप्रोत कऽ दैत छी। अहाँक कोमल आङ्गुर मे केहन चमत्कार भरल अछि जे ओ सितारक तार संग-संग हृत्तंत्रीओक तार झंकृत कऽ दैत अछि। ओहि आङ्गुरक मधुर स्पर्श सँ ऊनक लच्छा मनोहर फूल बनि जाइत अछि और दूधक फटौन अमृतमय रसमाधुरी।"

एक कविता छलैन्ह, "जल-विहारिणी।" भाव जे, "अहाँ जखन आकण्ठ जल मे मग्न रहै छी तऽ जलक ऊपर एक श्वेत कमल फुला जाइत अछि। जखन अहाँ जल सँ बहराय लगै छी तखन झुंडक झुंड लहराइत कृष्ण सर्पिणी बहराय लगै अछि। जहाँ कनेक और ऊपर होइ छी कि एक जोड़ मनोहर चक्रवाक पानिक ऊपर प्रकट भऽ जाइत अछि।" इत्यादि इत्यादि।

कापीक आदि मे एक पृष्ठ पर लिखल रहैन्ह, "जाहि देवीक मूर्ति कैं अपना हृदय-मन्दिर मे अहर्निश पूजन करैत रहलो उत्तर, प्रत्यक्षतः फूल-अक्षत नहि चढ़ा सकै छिऐन्ह, तनिका सुकुमार हाथ मे ई कवितावली हम अपना समेत समर्पित करैत छिऐन्ह।"

एक दिन संयोगवश ई गुप्त कापी बिजली देवी कैं कोनो तरहें परि लागि गेलैन्ह। चतुर रमणी कैं ई बुझबा मे भाङठ नहि रहलैन्ह जे सी.सी. मिश्रोक अज्ञातनाम्नी प्रेयसी के थिकथिन्ह।

४

गामक महिला-क्लब

सी.सी. मिश्राक आदेशानुसार महिला-क्लब स्थापित करबाक उद्‌देश्य सँ रेवतीरमण अपना गामक स्त्रीगण कैं सूचना देबक हेतु बिदा भेलाह।

पहिने ज्योतिषिआइनक घर सँ श्रीगणेश कैलन्हि। कहलथिन्ह, "बाबी, आइ हम अपना ओहिठाम सभा करक चाहै छी।"

ज्योतिषिआइन विस्मित मुद्रा सँ मुँह बाबि बजलीह, "ऐं! सभा? एतेक दिन सँ सौराठ मे सभा लगै छलैक। आब सँ तोहरा आङन में 'सभा' लगतौह?"

रेवतीरमण कहलथिन्ह, "नहि, नहि। से सभा नहि। हम चाहै छी जे स्त्रीगण लोकनि एकत्र भय विचार करथि जे देश की थिक...।"

ज्यातिषिआइन बीचहि मे लोकैत बजलीह, "देश थिक राँटी, मङरौनी, पिलखवाड़, जतय हमर नैहर अछि। तोहर मातृक भदेश मे छौह। तों देशक हाल की बुझबहक?"

रेवतीरमण कठिनता मे पड़ि गेलाह। बाजय लगलाह, "देशक अर्थ सम्पूर्ण भारत...।"

बूढ़ी टोकलथिन्ह, "सम्पूर्ण महाभारत तऽ हमरा अपने आङन मे अछि। अर्थो कइएक बेरि सुनने छिऐक। भारत मे भरदूलक अंडा लै गजघंट छिपायो।"

एकरा आगाँक पद बूढ़ी मन पाड़य लगलीह।

ई देखि रेवतीरमण आगाँ बढ़लाह। बुचकुन चौधरिक ओतय पहुँचलाह। हुनका घरक स्त्रीगण आङन मे बैसि अदौरी खोंटैत छलथिन्ह। रेवतीरमण कैं देखितहिं सभक सभ लत्ते-पत्ते घठियाहे हाथे पड़ा कोनियाँ घर मे नुकैलीह।

रेवतीरमण किंकर्तव्यविमूढ भऽ किछु काल ठाढ़ रहलाह। कनेक कालक उपरान्त एक अस्सी वर्षक बूढी जनिक गर्दनि लबि कऽ ठेहुनक समीप पहुँचि गेल रहैन्ह कोनहुना लाठी टेकैत बहरैलीह। पुछलथिन्ह, "हौ बाबू, हमरा सुझै अछि नहि। तों के थिकाह?"

रेवती पैर छूबि कऽ प्रणाम कैलथिन्ह और अपन परिचय देलथिन्ह। बूढी आशीर्वाद दैत कहलथिन्ह, "तों? मैंयाक पोता! तोरा छठिहारे मे जे हम देखने रहियौ से फेर आइये देखै छिऔह। आब तऽ बड़का टा भऽ गेलाह अछि। ऐं! तोरा देखि कऽ पितिआइन सभ किएक पड़ैलथुन्ह? कहाँ गेलौं ऐ बुच्चुन माय? आउ, जाउत कैं बैसक दियऽ।"

किन्तु बूढ़ीक बारंबार उकसैलो पर कोना बहुआसिन घर सँ टकसबाक नाम नहि लेलथिन्ह। अन्त मे हारि-दारि कय बूढ़ी अपने कहलथिन्ह, "कतेक काल ठाढ़ रहबह? खाट पर बैसि जाह।"

किन्तु खाट पर अदौरी पाड़ल रहैक। तैं रेवती ठाढ़े-ठाढ़े कहलथिन्ह, "हम एक विशेष प्रयोजन सँ आएल छी।"

बूढ़ी कहलथिन्ह, "हौ बाबू, तऽ बुचकुन कैं आबय दहुन। बाध गेल छथि।"

रेवती कहलथिन्ह, "नहि, नहि। हमरा अहीं लोकनि सँ काज अछि।"

बूढ़ी आश्चर्यित भऽ बजलीह, "हमारा लोकनि सँ? एहन कोन बात छैक?"

रेवती कहलथिन्ह, "हम गामक स्त्रीगण कैं आइ सायंकाल अपना ओहिठाम एकट्ठा करक चाहै छिऐन्ह।"

किछु काल धरि बूढ़ी बकर-बकर मुँह तकैत रहि गेलीह। पुनः रोषा कय बजलीह, "अयँ हौ! बाप बङौरा, पूत चौतार! बड़ सौख तोहर भेलौह अछि जे गामक सभ स्त्री तोरा ओहिठाम जा कऽ एकट्ठा हेतौह! से की छैक? कोनो नाच छै कि तमाशा छै, जे तोरा आङन मे लोक जा कऽ जमा हेतौह? 'भोज ने भात ने हरहर गीत!' देखू तऽ भला! लालक बेटाक ई सधोरि! जाह, जाह। हमरा ओहिठाम ई सभ नहि चलतौह। नव-नौतार कैं फुसियबहौ गऽ।"

रेवतीरमण मुट्ठाह भऽ गेलाह। किछु बजबाक साहस नहि पड़लैन्ह। चुपचाप ओहिठाम सँ घसकहिं मे अपन कल्याण बुझलन्हि। अतएव बिनु सुपारिये नेने बिदा भऽ गेलाह। आब ओहन जोश नहि रहलैन्ह।

बाट मे भखराइनवालीक आङन पड़लैन्ह। ओ नूड़ लऽ कऽ चिनवार निपैत छलीह। जाउत कैं देखि बजलीह, "आउ ऐ बाबू! आइ कोना मन पड़ि गेल? कतहु बाट तऽ ने बिसरि गेल?"

रेवतीरमण कहलथिन्ह, "घर सँ तऽ यैह सपरि कय बिदा भेल छी जे आइ अहाँ लोकनि कैं बजा कऽ अपना ओहिठाम लऽ चली।"

भखराइनवाली परिहासपूर्वक बजलीह, "आइ! तखन तऽ बलहुँ चिनवार निपै छलहुँ। गै सूर्यमुखी! आइ भानस बन्द। कंटीर बाबू नेओत देमय ऐलथुन्ह अछि।"

रेतवीरमण कहलथिन्ह, "बेस, ताहू हेतु कोनो क्षति नहि। किन्तु एखन तऽ दोसर काजक हेतु आएल छी। हमर विचार अछि जे गामक स्त्री-वर्गक एक समिति कायम करी।"

भखराइनवाली : "ताहि मे की सभ हैतैक?"

रे. : "यैह जे स्त्रीगण सम्मिलित भय इतिहास-भूगोलक ज्ञान प्राप्त करथि, अखबार पढ़ि देशक हाल बूझथि, कला-कौशल सीखथि, स्वास्थ्य-सुधारक हेतु खेलकूद ओ कसरत करै जाथि।"

कसरतक नाम सुनितहिं सूर्यमुखी खी-खी-खी-खी कय हँसय लागलि। भखराइनवाली बिहुँसैत बजलीह, "ऐ बाबू! त पहिने अपने घर सँ किऐक ने शुरू करै छिऐक? हमरो लोकनि देखबैक तखन ने सिखबैक।"

रे. : "ई सभ एक गोटाक कैने नहि होइ छैक। जौं सभ केओ मिलि कय चाहै जाएब तखने भऽ सकै अछि। तैं अहूँक ओहिठाम आएल छी।"

भ. : "अहूँ तमाशा करै छी। चारि नेनाक माय भऽ कऽ आब हम दण्ड करब गऽ? नव-नव कनेयाँ सभ कैं कहिऔन्ह जे घोघ हटा कऽ अखाड़ा पर ताल ठोकतीह गऽ। अहाँ कैं हम की जवाब दियऽ? एखन नेना छी।"

रे. : "अहाँ लोकनि कैं तऽ सभ बात मे हँसिए रहै अछि। व्यायाम प्रत्येक अवस्था मे हितकर होइ छैक। और स्त्रीगण कतेको तरहक खेल खेलि सकै छथि।"

भ. : "कोन-कोन खेल अहाँ स्त्रीगण कैं खेलाबक चाहै छिऐन्ह? कनेक हमहूँ तऽ सुनियैक।"

रे. : "खेल तऽ बहुत प्रकारक छैक-जना टेनिस, बैडमिंटन, पिंगपौंग।"

भ. : "ऐ बाबू। ई सब तऽ किछु नै बुझलिऐक। 'टेनिस' की कहबै छैक?"

आब रेवतीरमण मुश्किल मे पड़ि गेलाह। बजलाह, "कोना कऽ बुझाउ? रैकेट लऽ कऽ गेन कैं मारल जाइ छैक।"

भ. : "ओ कोन अपराध कैने रहै छैक जे ओकरा मारल जाइ छैक?"

रे. : "अहाँ तऽ सभ बात हँसिए मे उड़ा दैत छी। लकड़ीक बेंत मे ताँतिक मजबूत तार कसल रहै छैक। ताही पर गेन रोकि कऽ मारय पड़ैत छैक।"

भ. : "ताँतिक तार पर गेन रोकि कऽ मारने कोन परगन्ना भेटि जाइ छैक?"

रे. : "एहि सँ बाँहि और कलाइ मजबूत होइ छै।"

भ. : "जाँत मूसरवाली सँ कि टेनिसवालीक पहुँचा बेसी सक्कत होइ छैक?"

रे. : "गेन मारबा मे बहुत चुमकीक काज पड़ै छैक। ताहि सँ शरीर मे फुर्ती बढ़ै छैक। सन्ध्या-समय मैदानक खुलता हवा देह मे लगै छैक।"

भ. : "ऐ बाबू! 'मन उद्गार तऽ गाबी गीत!' निश्चिन्त रहने सब किछु नीक लगै छैक। हमरा सभ कैं तऽ एक पहर दिने सँ रतुका चिन्ता व्याप्त भऽ जाइ अछि। जारन-काठी सुखाएल अछि कि नहि? अन्न-तीमनक ओरिआओन अछि कि नहि? पेटक धन्धा मे जे लगै छी से आधा राति तक जोताएल रहै छी। साँझ कऽ चाउर छाँटय सँ, दालि दरड़य सँ, चिनवार नीपय सँ, चूल्हि फूँकय सँ, जौं छुट्टी होय

तखन ने हमहूँ मैदानक हवा खाइ गऽ। हमर सभक जन्म तऽ एही-आइ पाइ मे बीति जाइत अछि। जे भागवन्त अछि-टहलुआ-भनसीया रखने अछि, तकरा हेतु ई सभ खेल छैक। हमरा सभ कैं ओहन तपस्या कहाँ?"

रेवतीरमण मन मे कहय लगलाह, "ई तऽ नीक जकाँ बना कऽ धुसलक। वास्तव मे एतय टेनिसक प्रस्ताव करब भारी बुड़ित्व भेल। आब जतेक ई सभ बाजब ततेक अधिक हुथाइ मे पड़ब।"

ई विचारि रेवतीरमण ओहिठाम सँ सोझे अपना घर ऐलाह। बड़कागामवाली कैं सभ समाचार कहि सुनौलथिन्ह। ओ कहलथिन्ह, "अहाँ विद्या मे तऽ हमरा सँ बेसी छी, किन्तु बुद्धि हमरा सँ सीखल करू। स्त्रीगणक सभा देखबाक हो तऽ एक दिन और थम्हि जाउ। काल्हि अपना आङन मे पूजा हैत, सभ कैं हँकार पड़तैक। तखन देखबैक जे 'झोंटहा पञ्च' क 'मीटिङ' मे की सभ होइ छैक!"

आइ लालकाकीक आङन मे बेस छहर-महर भऽ रहल छैन्ह। झुनिया माय गोबर लऽ कऽ आङन-ओसारा निपने अछि। लालकाकी पूजाक चौकी धो कऽ ओहि पर पिठार सँ ऐपन दऽ रहल छथि। ढुनमुनकाकी बाती बाँटि रहल छथि। बड़कागामवाली पान लगा रहल छथि। बुच्चीदाइ हुच्ची मे छथि।

लालकका सहल छथि। क्षुधाविस्मरणार्थ कदलीमंडप कैं कमलक फूल सँ सजैबा मे चित्त बहटौने छथि। पुरोहित नमोनाथ झा जनउ गेठिया रहल छथि। कंटीर लाइट लेसबा मे लागल छथि। भोलानाथ शीतलप्रसादक हेतु गुड़ घोरि रहल छथि। बटुकजी केरा सोहै छथि।

ढोल-पिपहीक ध्वनि कर्णगोचर होइत झुंडक झुंड गीतगाइन हँकार पूरक हेतु लालकाकीक आङन मे जुटय लगलीह। देखैत-देखैत कच्चे बच्चे ओ जनीजातक जमात सँ सौंसे ओसारा भरि गेल। एहि दल मे युवती, प्रौढ़ा, वृद्धा, बालिका, सभ सम्मिलित छलीह। युवती-यूथ मे मुख्यतः गामक ससुरवास बेटी यथा सरयूदाइ, कामेश्वरी दाइ, तारा दाइ आदि। प्रौढ़ा वर्ग मे आवेशरानी, पुहुपरानी, परिहारपुरवाली, भखराइनवाली प्रभृति। वृद्धाक कोटि मे ज्योतिषिआइन, दुलारमनि पिउसी, रामवतीदाइ आदि। बालिकावृन्द मे सूर्यमुखी, फुलमतिया, पलटी इत्यादि। लालकाकी यथायोग्य आगत-स्वागत करबा मे लगलीह। सम्पूर्ण समाज जुटि गेला पर लालकाकी बजलीह, "ऐ दाइ सभ! हिनके लोकनिक पुण्य-प्रताप सँ आइ एहन दिन भेल अछि। कबुला छल जे जमायक समाचार पौला पर भगवानक पूजा करबैन्ह। से मनोरथ तऽ पूर भेल। आब आशीर्वाद देथुन्ह जे बुच्चीदाइ कैं सोहाग-भाग होइन्ह।"

रामवतीदाइ पुछलथिन्ह, "जमाय कतय छथिन्ह?"

लालकाकी : "एखन काशी मे छथि।"

पुहुपरानी : "की सभ लिखलथिन्ह अछि?"

लाल. : "सार कैं लिखलन्हि अछि जे अपना बहिन कैं खूब लिखाउ-पढ़ाउ तखन हम आयब।"

परिहारपुरवाली : "धन्य भाग! एतबा दिन पर जा कऽ भला सासुरक छोह तऽ भेलैन्ह। आखिर अपना लोकक ममता कतहु नहि होइक!"

एक जमीदारनी टिहुकि कय बजलीह, "हून जैतन कहाँ? 'रूसल जमैया करतन की? धीया छोड़ कऽ लेतन की?"

लालकाकी बजलीह, "ऐ दाइ! आब हुनका मन योग्य लिखनाइ-पढ़नाइ छौंड़ी कैं आबि जाइक तखन ने देवता सन्तुष्ट होथि। हमरो लोकनि तऽ लिखलि-पढ़लि नहिए छी। फेर एतेक दिन वास भेल कि नहि?"

रामवती : "हँ ए! बेसी लिखि-पढ़ि कऽ कि बुचिया कैं कतहु नौकरी करबाक छैक?"

पुहुपरानी : "से ई की कहै छथिन्ह? हमरा नैहर मे तऽ आब सभ छौंड़ी स्कूल जाय लगलैक अछि। जे पढ़ैत अछि से कि नौकरीएक द्वारे?"

रामवती : "ऐ पुहुपरानी! अपना नैहरक बेसी जमौड़ा नहि करू। 'देखल हे गौरा नैहर तोर!' अहाँक गामक छौंड़ी सभ कैं देखने छी सिमरियाघाट मे। सोलह-सोलह वर्षक पकठोसल कुमारि सभ जुआएल पोठा माछ जकाँ वेश चाकर-चौरस, भरल-पूरल। गट्टा सन माउगि और कान्हे पर सँ आँचर देने! ओ छौंड़ी सभ जे नै करय से आश्चर्य!"

पुहुपरानी : "से कि हिनका गाम मे तेहन कुमारि नहि छथिन्ह? कतेक तऽ तेहन छथिन्ह जनिका गुड़ खैबाक वयस बीति कऽ आद-गुड़ खैबाक वयस भेल जाइ छैन्ह।"

कामेश्वरी दाइक छोट बहिन राजेश्वरी चौदह वर्षक कुमारि छलथिन्ह। हृष्टपुष्ट शरीर मे भादवक नदी जकाँ यौवन उमड़ल छलैन्ह। कामेश्वरी दाइ टिरुसि कय बजलीह, "हँ, राजेश्वरी तऽ एखन नेना खेलबैत रहैत! और ओकरा सँ छौ-छौ मास जेठ जे खियाएल छौंड़ी सभ छैक तकरा सभ कैं एखन घँघरीए पहिरबाक वयस छैक!"

परिहारपुरवालीक जैधी बिलटी सनटिटही सन सुखाएल छलैन्ह। वयस मे राजेश्वरी सँ जेठ भेलो पर देखबा मे दसे वर्षक लगै छलि। ओ व्यंग्यक आशय बूझि बजलीह, "ऐ दाइ! नीक घर-वर नहि भेटैत छैक तऽ कतय कऽ फेंकि दिऔक? देखऽ मे खियौटी लागौ, किन्तु वयस तऽ अवश्य भेलैक अछि। नहि तऽ एकरा सँ तीन वर्ष छोटि जगदम्बा कैं द्विरागमनक दिन कोना मनाओल गेलैक?"

रामवती दाइ कैं जगदम्बाक माय सँ काट छलैन्ह। एम्हर-ओम्हर ताकि कय बजलीह, "ओहि छौंडीक नाम नहि लियऽ। अरे बाप रे बाप! एहन कलियुगाहि छौंड़ी!

सासुर सँ दही-माछक भार लऽ कऽ जे भरिया आएल रहैक तकरा लेल अपने हाथ सँ तरकारी तरैत देखलिऐक! आइ-काल्हुक दुरगमनियाँ छौंड़ी सभ तऽ ससुरवासो बेटीक कान कटै अछि। 'ऊपरक मने दाइ गे दाइ। तरक मन जे सासुर जाइ!"

सरयू दाइ कोनो अज्ञात कारणे अपना सासुर सँ बिरुझल छलीह। बजलीह, "हम तऽ दू वर्ष ओतय (सासुर) बसि आएल छी। तैयो कि एना करबैक? कोनो कोढ़िया ने आबौ! हम कि अपना हाथ सँ भानस कऽ कऽ खोएबैक गऽ? जरलाहा कैं खोरनाठ ने लगा देबैक!

विवाहिता स्त्रीक मुँह सँ सासुरक विषय मे एहन शब्द सुनि प्रेमगर्विता तारा दाइ कनेक छवि कऽ कऽ सिहरि उठलीह। ताहि सँ हुनक ईयर-रिंग चमकि गेलैन्ह।"

तारा दाइक ईयररिंग देखि भखराइनवाली बजलीह, "बड़ बढ़िया गढ़नि छैक। कतक बनल थिक ऐ दाइ!"

तारा दाइ कनेक अगराइत उत्तर देलथिन्ह, "ई तऽ ओतुक्के (सासुरक) गढ़ल छैक। मुदा बड़ भारी छैक। आब तोड़ा कऽ दोसर बनबैबैक। आब कि भारी पहिरक फैशन छैक?"

परिहारपुरवालीक गर मे बेस मोट सूति रहैन्ह, प्राय: बीस भरि सँ कम नहि। हुनका अपने पर आक्षेप बूझि पड़लैन्ह। ओहो कटाक्ष करैत बजलीह, "हँ, आब तऽ सभ वस्तु हल्लुके नीक लगै छैक। भारी कि केओ चाहैत अछि?"

भखराइनवाली मखौलिया छलीह। बजलीह, "ऐ दाइ! तखन तऽ कोनो-कोनो लोक कैं भारी कठिन।"

पुहुपरानीक स्वामी बेस मोट-डाँट भारी-भरकम छलथिन्ह। तिनुकि कय बजलीह, "जकरा देह में मांस नहि, सेहो कोनो लोक थिक? (तारा दिस तकैत)खाली हड्डीए-हड्डी-हाथ पैरक सीर बहार-आँखि धँसल, गाल पचकल-करांकुल सन बगय-एक बेरि फूँकि दैक तऽ खसि पड़य-एहन पुरुष कोन काजक?"

भखराइनवाली बिहुँसि कय बजलीह, "ऐ बहुरिया! अहाँ कनेक्के मे देखार भऽ गेलहुँ। बात चललैक गहना पर, अहाँ लऽ ऐलहुँ पुरुष पर!"

तारादाइक स्वामी कालेज मे पढ़ै छलथिन्ह। अत्यन्त दुब्बर-पातर। पुहुपरानीक सभटा विशेषण हिनका पर चरितार्थ होइत छलैन्ह। अतएव तारादाइ मनहिमन कटि कऽ रहि गेलीह। हुनक मनोभाव बुझि आवेशरानी पक्ष लैत बजलथिन्ह, "से जे किछु कहथु, लेकिन मोट लोक कोनो लोक होइ अछि? लदगोबर जकाँ थुलथुल करैत-पातिल सन धोधि बाहर कैने-फों फों करैत-मोटाइ सँ फटैत-चारि धूर मे पसरि कऽ बैसल-एहन भुसखाड़ सन देह भेनाइ भारी पापक फल!"

अन्तिम वाक्य दुलारमनि पिउसिक कान मे पड़लैन्ह। स्थूल काय भेलाक कारण सभ सँ पसरि कऽ वैह बैसलि छलीह। उपर्युक्त शब्द सुनैत देरी ओ फुफकार छौड़ैत आवेशरानी पर छुटलीह, "अयँ ऐ! हमरा धोधि अछि तँ अहाँक आँखि मे किएक

गड़ैए? गहकी कैं घेघ सौदागर कैं बेत्था? हम मोटाइ सँ फाटल जाइ छी तऽ अहाँक की फटै अछि? की दऽ कहै छैक जे तेल जरै तेली कैं...!"

दुलारमनि पिउसिक गर्जन-तर्जन सुनि लालकाकी दौड़ल ऐलीह, "ऐं! की भेलैन्ह अछि बड़की दाइ?"

दुलारमनि पिउसी ठोहरा कऽ बजलीह, "हैत की? अहाँ बजा कऽ हमरा गंजन करबैत छी। हम पसरि कऽ चारि गोटाक जगह छेकि कऽ बैसै छी, तऽ हमरा हँकार किऐक देल? एक तऽ हमरा आबक मन नहि छल, जबर्दस्ती पलटीक माय धैने ऐलीह। और एतय अबितहि बैसनाइक थुक्कम-फज्जति होमय लागल। की दऽ कहै छैक जे नरको मे ठेलमठेला!"

एतबहि मे बड़ टहंकार सँ पूजाक गीत शुरू भऽ गेल—

नाचौंगी, मैं नाचौंगी।
रघुनन्दन के आगे नाचौंगी॥

पूजा आरती समाप्त भेला पर जखन स्त्रीगण गिलास मे प्रसाद लऽ कऽ जाय पर उद्यत भेलीह, तखन रेवतीरमण आबि कऽ कहलथिन्ह, "यदि दस मिनट समय भेटय तऽ हम किछु निवेदन करी।" तदुपरान्त ओ स्त्री-शिक्षा पर एक छोट-मोट लेक्चर देमय लगलाह। इतिहास भूगोलक उपयोगिता बुझाबय लगलथिन्ह, "कतेको एहन छथि जनिका दिशाक ठेकान नहि, नदीक ज्ञान नहि, जंगल पहाड़क बोध नहि। जिनका शौक होइन्ह, से हमरा पास अबिहथि—हम नक्शा देखा देबैन्ह।" इत्यादि इत्यादि।

यावत धरि रेवतीरमण बजैत रहलाह तावत धरि स्त्रीगण अनासक्त योगीक समान सुनैत रहलीह। हुनका चुप्प होइतहि सभ केओ अपन-अपन गिलास लय उठि बिदा भेलीह। रेवतीरमण उत्तरक प्रत्याशा मे ठाढ़े रहलाह, तावत सभा उठि गेल।

देहरि लग पहुँचैत-पहुँचैत एक बूढ़ी बजलीह, "सत्यनारायणक पूजा मे तऽ ई बिधि ककरो आङन होइत नहि देखने छलिऐक। तेल-सुपारीक बदला मे आब यैह सभ चललैक अछि। जीबी तऽ की की ने देखी!"

दोसर बूढ़ी बजलीह, "हः हः! हमरा तऽ अकछा कऽ छोड़ि देलक। होइ छल जे कखन चुप्प होएत। मारि अल्लबल्ल हँकने जाइ छल। हम तऽ किच्छु नहि बुझलिऐक।"

एक प्रौढ़ा बजलीह, "ई नहि बुझलथिन्ह। हम तऽ बुझलिऐक। हमरा लोकनि दिसा-नदीक ठेकान नहि अछि से ओ सिखा देताह! एहि सँ भारी बात आब केहन हैतैक? हम तऽ काल्हि आबि कऽ माय कैं उपराग देबैन्ह।"

दोसर युवती बजलीह, "ताहि पर सधोरि केहन जे जकरा सीखक शौक होइक से हुनके पास जाओ। माये-बहिन सँ मसखरी!"

एहि तरहें, भरि बाट रेवतीरमणक समालोचना होइत गेलैन्ह।

घर मे बड़कागामवाली कहलथिन्ह, "की? गमैया गोष्ठी केहन होइ छैक से आब बुझलिऐक? अहाँ चलल छलहुँ हिनका सभक क्लब खोलय! दूनू सार-बहनोइक बुद्धि एके रंग भेल? यदि बुच्चीदाइ कैं नचैबाक इच्छा हो, तऽ बनारसे लऽ जैयौन्ह। एहिठाम ई सभ नहि चलत।"

महिला सभाक प्रथम अधिवेशनक रंग देखि रेवतीरमण कैं पुनः द्वितीय अधिवेशन करबाक साहस नहि पड़लैन्ह।

अन्ततः सर्वसम्मति सँ ई प्रस्ताव पास भेल जे रेवतीरमण बहिनोइक मन टोबऽक हेतु काशी जाथि।

५

'रोमांस'क अन्त

बिजली देखलन्हि जे 'एक अनाड़ी फतिङ्ग मँडरा कऽ जान देबा पर वृत्त अछि। दया कऽ कऽ एकरा निर्दयतापूर्वक झाड़ि देबक चाही, नहि तऽ ई झरकि कय जरि जाएत।'

एक दिन बिजली सी.सी. मिश्रा कैं अपना गाड़ी मे हवा खोआबक हेतु बहुत दूर लऽ गेलथिन्ह। मिश्रा जी हवागाड़ी मे बैसल मनोरथक हवाइ जहाज पर उड़य लगलाह।

एकाएक बिजली कहलथिन्ह, "अहाँक कविताक कापी हमरा हाथ लागि गेल अछि। यदि ओकर यथार्थ अधिकारिणी केओ दोसरि हो, त हम तकरे सौंपि दिऐक।"

सी.सी. मिश्रा एके संग भय, लज्जा, विस्मय ओ आनन्द सँ अवाक रहि गेलाह। मन मे ऐलैन्ह जे, 'ओहन-ओहन असंख्य कापी अहाँक चरणरेणु पर निछाउर अछि। अहाँक समक्ष हमर प्रेम-कविताक नायिका दोसर के भऽ सकै अछि?'

किन्तु एतेक कहबाक साहस नहि भेलैन। किछु लजायल सन भऽ कऽ बजलाह, "ओ अहीं कैं सादर समर्पित अछि।"

बिजली बजलीह, "हम बुझै छी जे ओ कविता सभ अहाँ हमरे लक्ष्य कऽ कऽ लिखने छी।"

सी.सी. मिश्रा कैं अपना सफाइक अपेक्षा अभियोगे मे अधिक रस भेटय लगलैन्ह। ओ 'मौन स्वीकार लक्षणम्' सँ अपन दोष कबूल करय लगलाह।

बिजली हुनका मुँह दिस तकैत पुछलथिन्ह, "हम ई जानक चाहै छी जे अहाँक प्रेमोद्गार केवल सोडावाटरक फेन थिक अथवा ओहि मे किछु ठोस सत्यो अछि?"

सी.सी. मिश्रा घिघिआइत बाजय लगलाह, "एकर साक्षी तऽ अन्तर्यामी परमेश्वरे छथि। यदि हृदय चीरि कऽ देखाओल जा सकितैक तऽ सत्यासत्यक प्रमाण भेटि जाइत।"

बिजली पूछि बैसलथिन्ह, "अहाँ कैं हमरा प्रति प्रेम अछि कि वासना?"

युवतीक एहन अद्‌भुत स्पष्टवादिता देखि सी.सी. मिश्रा स्तम्भित रहि गेलाह। सिद्धान्तवादीक सुर मे बजलाह, "हम तऽ अहाँक प्रति ओहने शुद्ध आध्यात्मिक प्रेम रखै छी जेहन आराध्य देवताक पवित्र मूर्ति पर पूजक कैं श्रद्धा रहैत छैक। यदि हमर भावना मे भौतिक विषय-वासनाक लेशोमात्र रहैत तऽ अहाँक समीप अपन कलुषित छाया नहि पड़य दितौंह।"

युवती नारी हिनका गर्वोक्ति पर मुस्कुराइत एक तीक्ष्ण कटाक्ष फेंकि कऽ पुछलथिन्ह, "अहाँ सरिपों-सरिपों फरिछा कऽ कहू तऽ जे अहाँ केवल हमरा गुणे पर मुग्ध छी कि हमरा रूपो यौवन पर लुब्ध छी?"

सी.सी. मिश्रा कैं एहन कठिन रमणा सँ भेट नहि छलैन्ह। ओ अपन आदर्शवादक रक्षा करैत बजलाह, "आध्यात्मिक प्रेम में तऽ शारीरिक रूप-तृष्णा नहि रहैत छैक। यथार्थ सौन्दर्योपासक गुणक सौन्दर्य देखैत अछि, शरीरक नहि।"

बिजली चमकि कऽ पुछलथिन्ह, "हमरा मे एहन कोण गुण भरल अछि जे उपासना करऽ योग्य हो?"

सी.सी. मिश्रा : "सभटा तऽ तेहने गुण भरल अछि-विद्या, बुद्धि, संस्कार, उच्च विचार, सभ्यता, कला-कौशल, सरसता, मधुरता, कोमलता, शालीनता...!"

बिजली देवी हठात मोटर रोकि कय कहलथिन्ह, "चलू, सामने गंगातट पर बैसि कय बतियाइ जाएब।"

घाट पर बैसि कय बिजली कहय लगलथिन्ह, "हँ, तऽ आब एक-एक गुणक परीक्षा होबक चाही।"

"हम एम. ए. मे पढ़ैत छी; धाराप्रवाह अङ्‌रेजी बाजि लैत छी। किन्तु ई... त कोनो अलौकिक गुण नहि। हजारो पुरुष धुरझाड़ अङ्‌रेजी मे लेक्चर दैत अछि। एहि बेरि कालेजक डिबेट मे हम फर्स्ट भेलहुँ अछि। यदि एही कारणे अहाँ हमरा फोटो मे फ्रेम लगा कऽ राखै चाहै छी, तऽ संगहि संग ओकर सभक फोटो किऐक नहि संग्रह करैत छी, जे सभ आन-आन साल डिबेट मे फर्स्ट भेल छल?

"यदि अहाँ संस्कृति तथा समुन्नत विचारक पूजा करैत होइ, तऽ एक सँ एक महानुभाव दार्शनिक विद्वान अपने विश्वविद्यालय मे भेटि जैताह जनिका चरण पर अहाँ अपना भक्तिक अर्घ्य समर्पित कऽ सकैत छिऐन्ह।

"हमर शिल्पकला देखि कय अहाँ हमर प्रशंसक भेल छी। किन्तु यदि अहाँ कला-पारखी छी तऽ ओहि बूढ़ कारीगरक लग किऐक नहि जाइ छी जे दीप लेसि कय आधा राति धरि सलमा-सितारा और कसीदाक काज मे अपन आँखि फोड़ैत रहै अछि? एही शहर मे सैकड़ो एहन दर्जी भेटत जे कटाइ-सिलाइ मे हमरा सँ कत्तहु बेसी सिद्धहस्त हैत। किन्तु अहाँ ओकरा तारीफ मे एकोटा गजल कहियो बनौलिऐक अछि?

"हमर बनाओल रसगुल्ला पर अहाँ कविता रचने छी। 'जनिका मृदुल करस्पर्श सँ छेना मे एतक रस-माधुर्य आबि जाइत अछि से स्वयं केहन मधुर ओ रसमयी

होइतीह!' किन्तु एही नुक्कड़ पर दमड़ी साहु हलुआइ सभ दिन कऽ भरि-भरि कठौत रसगुल्ला तैयार करै अछि। अहाँ ओकरा हाथक प्रशंसा मे तेहने कविता किऐक नहि बनौने छिऐक?

"हमर विनोद-प्रियता तथा क्रीड़ा-कौतुक देखि तऽ अहाँ कैं निर्झरिणी, सरिता, बुलबुल, 'स्काइ लार्क' (एक पक्षी) प्रभृति मोन पड़य लगैत अछि। किन्तु सामने जे मलाहक धिया-पुता सभ ओतीकाल सँ पानि मे छपछप करैत चुभुकि रहल अछि तकरा दिस अहाँ कनडेरियो नहि तकैत छिऐक, से किऐक?

"हमरा साइकिल पर अहाँ कविता बनौने छी जे 'ओहि पहिया सँ पिचाइयो गने लोक कैं सायुज्य मुक्ति प्राप्त भऽ जैतैक।' किन्तु जे साइकिल-रिक्शावाला दू-दू गोटा कैं खिंचैत दिन-राति साइकिल चलबैत अछि, तकरा सँ कनेक धक्का लगैत देरी अहाँक भौंह तनि जाइत अछि। तकर की कारण?

"हमरा मोटर चलबैत देखि अहाँ 'विद्युद्गामिनी' कविता बनौने छी। किन्तु ओम्हर देखू। एक बड़का दाढ़ीवाला ड्राइवर ओहन ऊभड़-खाभड़ सड़क पर भूत जकाँ बेतहाशा हकने जा रहल अछि। ओकरा पर अहाँ 'झंझावातगामी' कविता किऐक नहि बनबैत छिऐक?

"हम टेनिस खेलैबा-काल अहाँक दृष्टि मे 'विश्वविजयिनी' प्रतीत होइ छी। किन्तु अहाँक अपने क्लब मे एक सँ एक धुरन्धर खेलाड़ी अछि, जकरा आगाँ हम नवसिखुआ जकाँ लागब। ओकरा सभक बाँहि अहाँ किऐक ने पुजैत छिऐक?

"हमर 'हारमोनियम' अहाँक मन हरि लैत अछि, 'जलतरंग' हृदय मे तरंग उठा दैत अछि, और 'बेहाला' बेहाल कऽ दैत अछि। किन्तु एही महल्ला मे उस्ताद बशीर खाँ हरएक बाजा बजैबा मे प्रवीण अछि। ओ हमरा भरि जन्म सिखा सकत। किन्तु ओकर वाद्यकला अहाँक हृत्तन्त्रीक तार कैं कहियो तेना भऽ कऽ झंकृत नहि कऽ सकल जे अहाँ ओकरा पर 'वीणावादक' कविता बनबितिऐक! से किऐक?

"हमर नृत्यकला देखि अहाँक मन—मयूर नाचय लगैत अछि। किन्तु चौक पर एक अस्सी वर्षक कत्थक अछि जे एही कलाक उपासना मे अपन जन्म व्यतीत कैने अछि। ओकर दाढ़ी-मोछ पाकि कय सऽन सन उज्जर भऽ गेलैक अछि। तथापि नाचय काल ओ जे चुमकी देखबैत अछि से नवयुवकक कान कटैत अछि। ओहि बूढ़ाक अङ्ग सञ्चालन देखिकऽ अहाँक तेहने भावोद्दीपन किऐक नहि होइत अछि?

"क्षमा करब! असल बात ई छैक जे अहाँ लोकनि केवल गुण पर नहि लोभाइत छी, लोभाइत छी नारीक सेक्स अपील (यौन आकर्षण) पर! युवती अभिनेत्री कैं थिरकैत देखि अहाँ कैं होइ अछि जे तकिते रही। किन्तु एक बूढ़ नर्तक जौं ओहिना थिरकऽ लागय तऽ अहाँ कैं हैत जे ई कखन सामने सँ हटत! हमरा हाथ मे रैकेट देखि अहाँ लूट्टू भऽ जाइ छी, किन्तु वैह रैकेट कोनो पुरुषक हाथ मे देखि धन

सन! असल मे टेनिसक बॉल अहाँक मन कैं नहि नचबै अछि, नचबै अछि कोनो दोसर वस्तु!

"जाहि-जाहि गुणक अहाँ ओतेक बखानि कैने छी, से सभ गुण अछैत यदि हम दाढ़ी-मोछवाला पुरुष बनि जाइ तऽ अहाँक सभटा रोमांस (रसिकता) तहिना विलीन भऽ जाएत जेना मोहिनीक लीला पर मोहित महादेव कैं विष्णुक असली परिचय भेटि गेने सकल शृङ्गार-भावना तिरोहित भऽ गेलैन्ह।

"अहाँक ई 'रोमांस' ताबते धरि अछि यावत धरि हमर रूप-यौवन देखि-देखि अहाँ सिहाइत छी। हमर जे-जे गुण अहाँ कैं रिझा रहल अछि सैह सभ गुण युवावस्था ढरि गेने अहाँ कैं खिझाबय लागत। तखन ने हमर नाच अहाँ कैं सोहाएत, ने टेनिस। यदि काल्हिए कोनो दैवी दुर्घटना वा भयङ्कर रोग सँ हमर शरीर विकृत और अपरूप भऽ जाय, तऽ फेरि हमर कतबो बीन बजौने अहाँ कैं हमरा मे 'वीणा-पाणि सरस्वती' क भान नहि हैत और हमर कतबो नचने-कछने अहाँ कैं 'शेली' तथा 'कीट्स' क पंक्ति नहि मन पड़त।

"अहाँ लोकनिक आकर्षणक केन्द्र-बिन्दु रहै अछि नारीक यौवन। ओ चुम्बक जकाँ अहाँ लोकनिक हृदय कैं खींचि लैत अछि। युवतीक समक्ष होइतहि अहाँ लोकनिक आँखि पर रंगीन चश्मा लागि जाइत अछि, जाहि मे हरियरे हरियर सुझैत अछि। षोडशीक प्रत्येक कार्य अहाँ लोकनि कैं 'पद्यमय' बूझि पडैत अछि। ओ जैह करैत अछि से अहाँ लोकनिक दृष्टि में कला बनि जाइत अछि!

"तरुणी जौं झटकि कय चलति तऽ अहाँ लोकनि कहबैक, 'अहा! केहन चंचला! जौं नहूँ-नहूँ चलति तऽ अहा! की राजहंसीक समान मन्थर गति!' जौं मुसुकाइलि तऽ 'बिजली चमकि गेल!' जौं खिलखिला उठलि तऽ 'अमृत झहरि गेल!' जौं कानलि तऽ 'मोती झड़य लागल!' जौं बाजलि तऽ 'मिश्री घोराय लागल!' ओ गँओ-गँओ सँ बाजति तऽ अहाँ ओकर 'कोमलता' पर मुग्ध होएब। ओ जोर-जोर सँ बाजति तऽ अहाँ ओकर 'शोखी' पर फिदा भऽ जाएब। यदि ओ बनलि-ठनलि रहति तऽ अहाँ ओकर 'फैशन' पर लट्टू होएब; यदि मामूली तरहें रहति तऽ अहाँ ओकर 'सरलता' पर बिका जाएब! यदि ओ सोझ भऽ कऽ अँगैठी करति तऽ अहाँ ओकर 'अल्हड़ता' पर मरब; यदि कनेक टेढ़ भऽ कऽ अँगैठी करति तऽ अहाँ ओकर 'पोज' पर जान देब! यदि लाज कैलक तऽ 'नाजवाली' कहाओति; लाज नहि कैलक तऽ 'स्मार्ट' कहाओति! सहमलि रहलि तऽ 'सुशीला' भेलि; निडर रहलि तऽ 'वीराङ्गना' भेलि।

"नवयौवना कड़ा नजरि सँ तकै अछि तऽ 'शान' कहबैत छैक; तिनुकि कय बजैत अछि तऽ 'स्पिरिट' कहबैत छैक! जौं घाटक सीढ़ी पर खटाखट उतरि गेल तऽ 'तेजी' भेलैक, जौं बिलमि-बिलमि उतरलि तऽ 'नजाकत' भेलैक! जौं निहुरि कऽ चलति तऽ 'अदा' कहौतैक; जौं सोझ भऽ कऽ चलति त 'बोल्डनेस' कहौतैक!

'गर्ल' क पाछाँ हजारो युवक 'गरल' पीबक हेतु तैयार रहै छथि। हिनके लोकनि पर बङ्ला में एक पैरोडी बनल छैन्ह—

आमार मृत्यू हय यदि गर्ल स्कूलेर मोटर तलाय।

"षोडशी पानियो भरैत रहति तऽ कवि कैं कविताक मसाला भेटि जैतैन्ह। ओ स्नान कऽ कऽ बहराइति तऽ चित्रकार कैं तूलिकाक सामग्री भेटि जैतैन्ह। ओ रेल मे सफर करति तऽ पुरुष यात्री कैं नेत्र-रंजनक साधन भेटि जाइ छैन्ह। ओ जौं कनितो रहै अछि तऽ रसिक पुरुष कैं ओहि मे करुण रागिणीक रस भेटि जाइ छैन्ह। ओकर पसेनो मे हुनका कस्तूरीक गन्ध भेटै छैन्ह। यदि ओ माथक दर्द सँ बेचैनो रहति तैयो विज्ञापनदाता कैं चित्रक 'मोडेल' भेटि जैतैन्ह। युवती की भेलि, पुरुषक खेलौन्ना भेलि!

"युवती जे किछु करै अछि से ओकरा छजै छैक। यौवन काल मे सभ बात कटगर लगै छैक। किन्तु वयस ढरने सैह सभ अनकच्छल बूझि पड़ै छैक। यौवनवती कैं सौ खून-माफ; वृद्धा कैं एकोटा नहि। रसलोलुप पुरुष कैं गतयौवना पत्नीक 'शरबत' सँ बेसी नवयौवना प्रेमिकाक 'शरवत् वचन' मे रस भेटैत छैन्ह।

"सुन्दरी गुवतीक पैर सँ पैर पिचा गेने कतेको पुरुष ओहि अल्हड़ता कैं अपन भाग्य कऽ कऽ बुझताह, किन्तु वैह अल्हड़पना वृद्धा स्त्री सँ भेने तुरंत उपदेश देबय लगथिन्ह 'बूढ़ी! केहन अबढङाहि छह! सुझै छौह नहि?' युवती उघार-पुघार भऽ कऽ सुतल रहतीह तऽ 'निर्विकार' कहौतीह और वृद्धा ओना रहतीह तऽ 'अपचेष्ट' कहौतीह! यदि वृद्धा खिसिया कऽ बजलीह त 'खबीसनी' कहौतीह लेकिन तरुणी तमसा कऽ बजतीह त 'तेजस्विनी' कहौतीह; जे युवावस्थाक 'मस्ती' से वृद्धावस्थाक 'पागलपन'! जे तरुणीक 'भोलापन' से वृद्धाक 'बुड़िबकई'! जे युवतीक 'विलाप' से बुढ़ियाक 'भभटपन'!

"साधारण सँ साधारण लूरि युवती मे देखि कऽ पुरुष-वर्ग कैं अमूल्य 'कला' बूझि पड़ैत छैन्ह। राड़-रोहिया सभ दिन राति भादवक भरल गंगा हेलि कऽ पार करैत रहै अछि तकर तऽ मोजर नहि, किन्तु जौं एकटा तरुणी हेलि कऽ कनेक दूर गेलीह तऽ हुनकर फोटो अखबार मे छपि जाइ छैन्ह। मलाह सभ बड़का-बड़का टा महाजाल बुनैत अछि तकर तऽ कोनो चर्चा नहि, किन्तु युवती एक बीतक डोराक जाली बुनलिन्ह तऽ प्रदर्शनी मे राखल जाइत छैन्ह!

"पुरुष बुझै छथि जे ओ कोनो तरुणी पर एहि द्वारे मुग्ध छथि जे ओकरा मे गुण छैक। किन्तु हम बुझैत जी जे पुरुष ओहि गुण पर एहि द्वारे मुग्ध छथि जे ओ गुण तरुणीक देह मे छैक।

"हमर ई कथ्य नहि जे पुरुष खाली गुणक आदर नहि करै छथि। किन्तु हमर कथ्य ई जे छुच्छ गुण पर ओ नहि मरै छथि। पुरुषक गुण कैं ओ दाम दऽ कऽ किनै छथि, किन्तु तरुणीक गुण पर ओ बिनु दामे बिका जाइत छथि। पुरुषक कलाक

मूल्य होइ छैन्ह 'प्रशंसा', नारीक कलाक मूल्य 'आत्म-समर्पण!' पुरुष कलाकार कैं जाहि कलाक पुरस्कार मे सर्टिफिकेट मात्र भेटतैन्ह, नारी कैं ताहि कलाक पुरस्कार में 'नवधा भक्ति' भेटि जैतैन्ह।

"नारी-यौवनक सहयोग पाबि तुच्छो गुणक मूल्य तहिना बढ़ि जाइ छैक जेना अंकक सहयोग सँ शून्यक मूल्य बढ़ि जाइत छैक। और जहिना ओ तुच्छ शून्य ओहि अंकक मूल्य दस गुना बढ़ा दैत छैक, तहिना ओ तुच्छ गुण युवतीक आकर्षण कइक बेर चमका दैत छैक। जेना शून्यक समूह 'वामाङ्क' पर पड़ने लाख बनि जाइत अछि, तहिना साधारणो गुणक समुदाय 'वामाङ्क' मे गेने लाख भऽ जाइत अछि।

"ई सभ सेक्स इन्स्टिक्ट (काम-प्रवृत्ति) क लीला थिक। पुरुष यर्थाथ मे मोहित तऽ होइ छथि स्वयं युवती पर, किन्तु से स्पष्ट कहबाक साहस नहि होइ छैन्ह। तखन प्रशंसा करऽ लगै छथिन्ह ओकर और-और गुणक। 'वाह! सिलाइ केहन सुन्दर!' 'रुमालक फूल केहन चिक्कन!' 'सूत केहन मेंही!' 'बुनिया केहन विलक्षण!' 'बाजा की मधुर!' 'चाय की अपूर्व!'

"ई सभ प्रवंचना थिक। जखने पुरुष युवती मे गुण देखि कऽ प्रशंसा करऽ लागय तखने बूझक चाही जे ओ 'आधेय गुण' सँ अधिक 'आधार द्रव्य' पर लट्टू अछि। यदि केओ पुरुष शपथ खा कऽ हमरा कहय जे ओ केवल हमरा गुणे टा पर मोहित अछि, तऽ हम बूझब जे या तऽ ओ सरासर फूसि बजै अछि अथवा नपुंसक थिक। 'महात्मा' क नाम हम एहि द्वारे छोड़ि देल अछि जे आइ धरि केओ एहन महात्मा हमरा नहि भेटल छथि।

"माफ करब। हम अहाँ पर व्यक्तिगत आक्षेप नहि करैत छी। पुरुष मात्रक ई स्वभाव होइत छन्हि।"

मिस बिजलीक प्रगल्भतापूर्ण यथार्थवाद सँ सी.सी. मिश्राक गम्भीर 'आदर्शवाद' क धज्जी उड़ि गेलैन्ह। हुनक आध्यात्मिक प्रेमक पताका नीचा खसि पड़लैन्ह। ओ आब अपन ढहैत-ढनमनाइत सिद्धान्तवादक भीत में सोङ्गर लगाएब व्यर्थ बुझलन्हि।

किन्तु सायंकालीन सरिता-तट पर एकान्त स्थान मे युवतीक संग विश्रम्भालाप सँ हुनका भावुकता उद्दीप्त भऽ उठलैन्ह। मुक्तहृदया युवती सँ घनिष्ठता-पूर्ण गप्प कैं एक अलभ्य लाभ बूझि, ओ एहि नारी मित्रक आगाँ अपन हृदय खोलि कऽ 'आत्मनिवेदन' करय लगलाह। आद्योपान्त अपना विवाहक उपाख्यान कहिसुनौलथिन्ह।

सम्पूर्ण वृत्तान्त कहि गेला पर सी.सी. मिश्रा बिजलीक सहानुभूति प्राप्त करबाक उद्‌देश्य सँ पुछलथिन्ह, "कहू! केहन दु:खान्त नाटक! एहि मे ककर दोष अहाँ दैत छिऐक?"

बिजली कहलथिन्ह, "ओहि गमार लड़कीक।"

मिश्राजी फक दऽ निसास छोड़ैत बजलाह, "अहाँ जौं ओहि लड़कीक स्थान मे रहितहुँ तऽ एहना परिस्थिति में की करितहुँ?"

बिजली तड़ दऽ जवाब देलथिन्ह, "हम ओहन स्वार्थी पुरुष कैं 'शूट' कय दितिऐक।

सी.सी. मिश्रा जे पासा फेकने छलाह से उनटे पड़ि गेलैन्ह! ओ झमा कऽ आकाश पर सँ खसि पड़लाह। बूझि पड़लैन्ह जेना कौशलमयी रमणीक पेच मे पड़ि कऽ ओ अचानक पटका गेल होथि!"

बिजली तमकि कऽ बजलीह, "विवाहक बाद लड़की कैं नापसन्द करबाक अहाँ कैं कोनो हक नहि। ई हक पाणि-ग्रहण सँ पहिने छल। बिनु जँचने-बुझने हाथ धऽ लेलिऐक से अहाँक अपन बेवकूफी भेल। एहि मे लड़कीक कोन कसूर? अपना गलतीक खातिर अहाँ ओहि लड़की कैं दण्ड नहि दऽ सकै छिऐक। यदि हम ओहि लड़कीक स्थान मे रहितहुँ तऽ अहाँ कैं नाके सूत पानि पिया कऽ छोड़ि दितहुँ। तखन अहाँ कैं स्त्रीक प्रति अभद्रतापूर्ण व्यवहार करबाक साहस नहि होइत।"

सी.सी. मिश्रा सिटपिटाइत बाजय लगलाह, "हम आजीवन स्त्री-समाज मे शिक्षाक ज्योति जगैबाक हेतु संन्यास ग्रहण करबाक संकल्प कैने छी और..."

बिजली बात कटैत कहलथिन्ह, "अहाँ अपने घर मे शिक्षाक ज्योति नहि जगा सकब तऽ अनका घर मे की जगैबैक? और हमरा सामने संन्यासीक ढोङ नहि रचू। अहाँ सन-सन सैकड़ो युवक संन्यासी कैं हम अपना कनगुरिया आङुरक इशारा पर नचा सकैत छी। मानि लियऽ एखने जौं हम अहाँक संकल्प तोड़बाक संकल्प करी, तऽ के जीतत? अहाँ कि हम? अहाँ हमरा लऽ कऽ रहब कि अपन ब्रह्मचर्य लऽ कऽ?"

सी.सी. मिश्रा एहन मधुर प्रश्नक हेतु तैयार नहि छलाह। प्रश्नक सरसता सँ हुनका सौंसे देह मे गुदगुदी लागऽ लगलैन्ह। मन मे बजलाह, 'अहाँक आगाँ तऽ स्वर्ग, मोक्ष और त्रैलोक्यक सम्पदा तुच्छ थिक। एहि क्षुद्र संन्यासक कोन कथा!' किन्तु युवती सरिपों पुछै छथि वा हँसी करै छथि से निश्चय नहि कऽ सकलाक कारण ओ चुप्पे रहलाह।

बिजली एकाएक गम्भीर बनि कहय लगलथिन्ह, "हमर तऽ ई सिद्धान्त अछि, जे कोनो पुरुष कैं अपन 'स्वामी' नहि बनाबी। हँ, योग्य पुरुष कैं देखि जीवन-सङ्गी बना सकैत छी। किन्तु ओ कोनो बात मे हमरा उपर हुकुम नहि चला सकत और ने हमरा व्यक्तिगत विषय में बिनु पुछने दखल दऽ सकत।"

सी.सी. मिश्राक मन मे तऽ ऐलैन्ह जे, 'अहाँक तरबो रगड़बाक सौभाग्य प्राप्त भेने लोक जिबैते तरि जायत!' प्रकाश्यत: बजलाह, "अशिक्षिता स्त्रीक 'स्वामी' भेलाक अपेक्षे तऽ अहाँ सन सुशिक्षिता महिलाक 'सेवक' बननाइ लाख कच्छे नीक।"

बिजली देवीक ठोर पर कनेक कठोर मुस्कुराहट दौड़ि गेलैन्ह। बजलीह, "थम्हू, हमर औरो सब शर्त तऽ पहिने सुनि लियऽ।"

सी.सी. मिश्रा मन मे कहलन्हि, 'अहाँक सभटा शर्त बिनु सुनिनहि हमरा मंजूर अछि। दुधार गायक लथारो नीक लगै छैक।'

बिजली बजलीह, "पहिने हम जे-जे गुण पुरुष मे जोहैत छी से सभटा अहाँ मे अछि कि नहि? ई तऽ बूझी! अच्छा, अहाँ बौक्सिंग (मुष्टिप्रहार कला) मे तऽ निपुण होएब?"

सी.सी. मिश्रा अफसोस करैत बजलाह, "हि, घुस्साक प्रैक्टिस तऽ हम नहि कैने छी।"

बिजली कठोर स्वर मे बजलीह, "हम तऽ एहन पुरुष कैं चाहैत छी जे स्त्री पर जोर-जुलुम करयवाला गुंडा कैं एके वज्रमुष्टिक प्रहार सँ धराशायी कऽ सकय। अच्छा, अहाँ राइडिङ (अश्वारोहण) मे तऽ प्रवीण होएब?"

सी.सी. मिश्रा विषण्ण स्वरसँ बजलाह, "नहि घोड़ा पर चढ़बाक मौका तऽ हमरा नहि भेटल अछि।"

बिजली तिरस्कारपूर्वक बजलीह, "हम तऽ एहन पुरुष कैं पसन्द करै छी जे बदमाश सँ बदमाश अरबी घोड़ा कैं सरि कऽ कऽ घंटा मे दस माइलक चालि सँ सरपट दौड़ा सकय। अच्छा, शूटिंग (बन्दूक चलाबय) मे तऽ अहाँ सिद्धहस्त हैब?"

सी.सी. मिश्रा अप्रतिम होइत बजलाह, "नहि, बन्दूक चलैबाक अभ्यास तऽ हमरा नहि अछि।"

ई सुनि बिजली देवी अत्यन्त भर्त्सनापूर्ण स्वर मे बजलीह, "छि: छि:! एहन मर्द की जे बन्दूक नहि चला सकय! हम तऽ ओहने मर्द कैं मर्द बुझैत छी जे बाघक मुँह मे फायर करयवाला हो। जे एकटा गोली नहि चला सकय, तेहन नामर्द कैं तऽ गोली मारि देबक चाही!"

ई कहि बिजली सी.सी. मिश्राक कवितावली कैं हुनका आगाँ फेंकैत चमकि कऽ बिदा भेलीह और फुर्र दऽ अपन मोटर उड़बैत चलि जाइत रहलीह। एको बेर पाछाँ घुरि कय तकबो नहि कैलथिन्ह!

बेचारे सी.सी. मिश्रा पराजित सैनिक जकाँ अपन उपेक्षित 'प्रेमकाव्य' उठौलन्हि और अछितबैत-पछितबैत, अप्पन सन मुँह कैने चारि कोस दूर डेराक बाट धैलन्हि।

चंचला युवतीक संग हवाखोरीक मजा आब बहराय लगलैन्ह। जहिना आनन्द सँ आएल छलाह तहिना घिसिऔर कटैत फिरय लगलाह। हुनक सरस छायावाद रौद देखैत बिला गेलैन्ह और रसिकता सिकता मे मिलि गेलैन्ह।

बिजलीक निष्ठुर वज्राघात सँ सी.सी. मिश्राक कल्पना-महल चूर-चूर भऽ गेलैन्ह।

६

शिक्षाक 'प्रोग्राम'

मिस बिजली कैं छकैबाक हेतु सी.सी. मिश्राक पेट मे हर बहय लगलैन्ह। कखनो होइन्ह जे व्यायामशाला मे जा कऽ बौक्सिंग प्रैक्टिस करी। कखनो होइन्ह जे एक बढ़ियाँ घोड़ा लऽ कऽ मैदान मे सवारीक अभ्यास करी। कखनो होइन्ह जे गंगाक ओहि पार जा बन्दूक चलैबाक रेयाज करी। ई सभ तऽ नहि भेलैन्ह, लेकिन घुड़सवारी, घूसेबाजी और शिकार पर जतेक किताब यूनिवर्सिटी लाइब्रेरी मे भैटलैन्ह से सभटा एक दिस सँ पढ़ि गेलाह। एहि विषयक सूचीपत्र पर्यन्त नहि छोड़लन्हि।

बिजलीक एक-एक मर्मभेदी वाक्य हुनका सालय लगलैन्ह। सभ सँ बेसी ई बात लगलैन्ह जे "अहाँ पहिने अपना घर मे तऽ शिक्षाक ज्योति जगाउ!" मिश्राजी अपना मन मे कहलन्हि, 'बिजली आखिर अपना कैं बूझै छथि की? ई बड़े करै छथि तऽ हमहूँ देखा दैत छिऐन्ह!'

मिश्राजी एही संकल्प-विकल्प मे पड़ल छलाह कि हठात रेवतीरमण आबि पहुँचलथिन्ह। रेवतीरमण किछु सिहरल सन भऽ कऽ कहय लगलथिन्ह, "गाम मे महिला-क्लब वा बुच्चीदाइक समुचित शिक्षाक आयोजन हैब तऽ असंभवे जकाँ बुझना जाइछ। तैं हम एतय आयल छी। आब जे अहाँक आदेश हो से हमरा लोकनि करक हेतु तैयार छी।"

सी.सी. मिश्राक जतेक खीस बिजली पर छलैन्ह से सभटा रेवती पर उतारय लगलथिन्ह। रेवती तऽ विषक घोंट पीबक हेतु जी-जान अरोपिए कऽ आयल छलाह। अपन सभटा दोष सकारैत, दण्डक हेतु माथ ओरि देलथिन्ह। एहि सँ मिश्राजीक अत्यन्त तप्पत पारा सेराइत-सेराइत किछु ठंढा भेलैन्ह।

तदनन्तर गम्भीर भाव सँ विचार-विमर्श होमय लागल। मुख्यत: तीन टा प्रश्न उठल—(१) बुच्चीदाइ कैं कतेक दूर धरि शिक्षा देल जाइन्ह? (२) कतय राखि कऽ शिक्षा देल जाइन्ह? (३) कोन रूपें शिक्षा देल जाइन्ह?

प्रथम प्रश्नक सम्बन्ध मे एक वृहत् योजना तैयार भेल।

बुच्चीदाइ कैं योग्य बनैबाक हेतु निम्नलिखित विषय निर्वाचित भेल :

(१) हिन्दी, (२) अङ्‌रेजी, (३) संस्कृत, (४) गणित, (५) इतिहास, (६) भूगोल, (७) हाइजिन (स्वास्थ्य-विज्ञान), (८) पाक-शास्त्र, (९) शिल्पकला, (१०) संगीत, (११) फिजिकल कल्चर (खेलकूद ओ व्यायाम), (१२) एटिकेट (शिष्टाचार)।

हिन्दीक हेतु निम्नोक्त 'सिलेबस' (पाठ्यक्रम) निर्धारित भेल—

(१) व्याकरण और रचना—(क) शब्द विवरण, (ख) लिंग, वचन और कारक, (ग) वाक्य-रचना, (घ) क्रियापद (विशेषत: 'ने' चिह्नक प्रयोग), (ङ) अनुवाद (मैथिली सँ हिन्दी), (च) पत्र-लेखन, (छ) निबन्ध-रचना, (ज) अन्वय-व्याख्या-भावार्थ-लेखन, (झ) शब्द-संग्रह, (ब) मुहाविरा और लोकोक्ति, (ट) संस्कृत गर्भित वाक्यांश, (ठ) उर्दू अल्फाज।

(२) गद्य साहित्य—(क) उपन्यास, (ख) कहानी, (ग) नाटक, (घ) प्रहसन, (ङ) गद्य काव्य, (च) जीवन-चरित, (छ) समालोचना, (ज) विविध विषयक लेख (भ्रमण-वृत्तान्त आदि)।

(३) पद्य-साहित्य—(क) प्राचीन कविता

[तुलसी, सूर, कबीर, विद्यापति, मीराबाई, वृन्द, रहीम, रसखान, देव, केशव, मतिराम, पद्‌माकर, बिहारी, भूषण, गिरिधरराय, भारतेन्दु इत्यादि।

(ख) अर्वाचीन कविता—

['हरिऔध', मैथिलीशरण, 'सनेही', 'त्रिशूल', रामचरित उपाध्याय, माखन लाल चतुर्वेदी, सुभद्रा कुमारी चौहान, महादेवी वर्मा, पन्त, 'निराला', 'बच्चन', 'वियोगी', 'द्विज', 'दिनकर', 'आरसी', इत्यादि।]

(ग) उर्दू कविता

[मीर, दाग, आतिश, गालिब, नासिख, अकबर, बिस्मिल इत्यादि।]

(४) विविध साहित्याङ्ग—(क) रस, (ख) पिंगल, (ग) अलंकार, (घ) साहित्य-विवेचन, (ङ) हिन्दी साहित्यिक इतिहास।

एकरा अतिरिक्त सामयिक साहित्यक प्रगति सँ परिचित होएबाक हेतु 'सरस्वती', 'माधुरी', 'सुधा', 'चाँद', विशालभारत', 'विश्वमित्र', 'हंस' प्रभृति मासिक पत्रक सम्पूर्ण फाइल।

केवल एके सबजेक्ट (विषय) क तालिका देखि रेवतीरमणक पिलही चौंकय लगलैन्ह। मिश्राजी एतबा दया कैलथिन्ह जे 'पृथ्वीराजरासो', 'सूरसागर', 'कबीरक साखी', 'जयशंकर प्रसादक नाटक', तथा 'पन्त', 'निराला' और महादेवीक छायावाद रूपी आदिक रसास्वाद बुच्चीदाइ कैं करैबाक हेतु बेसी वाद-विवाद नहि कैलथिन्ह।

हिन्दीक अध्याय समाप्त भेला पर अङ्‌रेजीक काण्ड शुरू भेल। एतीकाल धरि रेवतीरमण साहस केने छलाह, किन्तु जखन सी.सी. मिश्रा धड़ाधड़ शेक्सपियर,

मिल्टन, वड्र्सवर्थ, शेली, कीट्स, ब्राउनिंग, टेनीसन, हार्डी, डिकेन्स, थेकरे, बर्नार्ड शा, इबसेनक नाम लेबय लगलथिन्ह, तखन धैर्यक बान्ह टूटि गेलैन्ह। ओ मन मे विचारने छलाह जे बुच्चीदाइ कैं अङ्‌रेजी मे मामूली बातचीत तथा चिट्‌ठी-पत्री करबाक हेतु थोड़ेक 'ग्रामर', 'कम्पोजिशन' और 'ट्रान्सलेशन' सिखा देने काज चलि जैतैक। किन्तु सी.सी. मिश्रा कहलथिन्ह जे अङ्‌रेजीक 'जर्नल-मैगजीन' पढ़ि कऽ बुझबाक योग्यता होयब जरूरी छैन्ह। रेवतीक बहुत जोर लगौला पर सी.सी. मिश्रा एतेक रेयायत कैलथिन्ह जे चौसर (प्राचीन अंग्रेजी कवि) क कविता ओमिट कऽ (हटा) देलथिन्ह और इंगलिश प्रोसोडी (अंग्रेजी पिंगल) बुच्चीदाइक हेतु ओप्शनल कऽ (अपना इच्छा पर छोड़ि) देलथिन्ह।

आब संस्कृतक पारी आयल। रेवतीरमण कैं पहिनहि सँ छाती धड़कय लगलैन्ह जे कतहु बुच्चीदाइ कैं पाणिनीय व्याकरणक सूत्र नहि रटय पड़ैन्ह।

सी.सी. मिश्रा कैं अपनहि 'सिद्धान्त कौमुदी' नहि पढ़ल छलैन्ह। अतएव ईश्वरचन्द्र विद्यासागरकृत 'सरल व्याकरण' पर्याप्त बूझल गेल। ताहू मे उणादि धातु, अणादि प्रत्यय, जुहोत्यादि गण, यङ्‌लुङन्त क्रिया, लिट् लकार और निपातन समासक फाँस सँ बुच्चीदाइक गरदनि छोड़ा देल गेलैन्ह। मिश्राजी एतेक उदारता देखौलथिन्ह जे 'रघुवंश', 'कुमारसंभव', 'किरातार्जुनीय', 'शिशुपालवध', 'नैषधचरित', 'शकुन्तला', 'उत्तर-रामचरित', 'स्वप्नवासवदत्ता', 'मृच्छकटिक', 'कादम्बरी' ओ 'दशकुमारचरितक' स्थान मे केवल 'हितोपदेश', 'पञ्चतंत्र', 'चाणक्यनीति', 'अमरकोश' और 'दुर्गाशप्तशती' पर 'स्वच्छन्न' दऽ देलथिन्ह। कालिदास, भारवि, भवभूति, माघ, दण्डी, श्रीहर्ष, भास तथा बाणभट्ट सँ बुच्चीदाइक पिंड छूटि गेलैन्ह।

आब गणितक झमेला उठल। रेवतीक मन रहैन्ह जे चारू सरल नियम, ऐकिक नियम, त्रैराशिक और व्यवहारगणित सिखा कऽ बुच्चीदाइक जान बकसि देल जाइन्ह। किन्तु सी.सी. मिश्रा 'अर्थमेटिक'क संग-संग 'ज्यूमेट्री' और 'अलजेब्रा' पर अड़ि गेलाह। रेवतीक बहुत घिघिऐला पर अंकगणित मे आवर्त दशमलव तथा चक्रवृद्धि ब्याजक हिसाब छोड़ि देलथिन्ह; रेखागणित मे २९ म साध्य सँ आगाँ, और बीजगणित मे सर्ड ओ ग्राफ माफ कऽ देलथिन्ह।

भारतवर्षक इतिहास वैदिक युग सँ लऽ कऽ ब्रिटिश शासन पर्यन्त सम्पूर्ण। इंगलैण्डक इतिहास मे प्रथम जार्ज सँ पूर्वक अंश 'छूट' देल गेलैन्ह। किन्तु तकरा बदला मे बुच्चीदाइ के फ्रान्स, जर्मनी, रूस ओ अमरिकाक क्रान्ति पढ़य पड़तैन्ह। संगहि-संग आधुनिक अन्तर्राष्ट्रीय राजनीति फाव मे!

भूगोल मे एशिया-यूरोप सांगोपांग। अफ्रीका, अमेरिका और आस्ट्रेलियाक नकशा मोटा-मोटी। भिन्न-भिन्न देशक रहन-सहन, रीति-रिवाजक ज्ञान प्राप्त करैबाक हेतु मिश्राजी कैं 'लैंड्स ऐण्ड पिपुल्स सीरीज' बहुत उपयुक्त बूझि पड़लैन्ह।

'हाइजिन' (स्वास्थ्य-विज्ञान) मे बेसी तूल फजूल नहि भेलैन्ह। केवल निम्नलिखित विषयक तालिका बनल—

स्वास्थ्य-रक्षा—दिनचर्या, रात्रिचर्या, ऋतुचर्या, दाँत और कानक सफाई, वासस्थानक विचार, दूषित जलवायुक परिष्कार, कीटाणु सँ रक्षा-संक्रामक रोगक प्रतीकार।

आहार-विज्ञान—भोजन-तत्त्व-मीमांसा, पौष्टिक खाद्य ओ विटैमिनक वर्णन, दूध और फलक महत्त्व, खोइया ओ भुस्सा-चोकरक गुण।

शरीर-विज्ञान—अस्थिपिंजर, मस्तिष्क ओ स्नायुजाल, हृदय ओ श्वासयंत्र, नाड़ी ओ रक्त-संचालन क्रिया; अंतड़ीक कार्य तथा मल-नि:सरण।

प्रारम्भिक उपचार तथा शुश्रूषा—मलहमपट्टी, सेंक, पुलटिस, मालिश, फुचकारी, रोगी कैं ठीक ढंग सँ लघी-नदी ओ स्नान कराएब, सुताएब तथा खोआएब, टेम्परेचरक चार्ट बनाएब, भिन्न-भिन्न प्रकारक पथ्य तैयार करब, अकस्मात चोट लगला, छिलैला, कटैला वा पकला पर तात्कालिक चिकित्सा।

धात्री-विद्या—गर्भविज्ञान, प्रसवक वैज्ञानिक तरीका, प्रसूतिकाक रक्षा, स्त्री-रोगक लक्षण तथा चिकित्सा, सन्तानक रक्षा, शिशु-पालन, बाल रोगक निदान तथा उपचार।

पाक-कलाक हेतु सी.सी. मिश्रा अङ्‌रेजी खानाक 'कैटलग' (सूची) जोहय लगलाह। किन्तु रेवतीरमण कैं आब नहि रहल गेलैन्ह। कहलथिन्ह, "अङ्‌रेजी खाना खैबाक हो तऽ कोनो बावर्ची राखि लेब। आब ई तऽ नहि होयत जे हमर बहिन 'अंडाक पुडिंग' तैयार करति।" हारि दारि कऽ हिन्दुस्तानीए खाना पर बुच्चीदाइ कैं 'फारखती' भटि गेलैन्ह। किन्तु सी.सी. मिश्रा 'बङला स्टाइल'क खाना पसन्द करैत छलाह। तैं 'डालना', 'चर्चरी भाजा', 'इलिश माछेर टक', 'चिङरी माछेर कटलेट'. 'हाँसेर डिमेर चॉप' तथा 'रसोगोल्ला' बुच्चीदाइक कोर्स मे सम्मिलित भऽ गेलैन्ह।

शिल्प-कला में 'रुमाल', पर्दा, 'टेबुल क्लाथ', 'ब्लाउज', 'शेमीज', 'फ्रौक', 'अंडरवियर', 'मोजा', 'गुलबंद', 'स्वेटर'—एतेक तऽ अनिवार्य बुझल गेल। 'पशु-पक्षी' तथा 'फूल-पत्ती' काढ़ब बुच्चीदाइ कैं अपना शौक पर छोड़ि देल गेलैन्ह। आब 'संगीत'क चलल। सी.सी. मिश्रा बुच्चीदाइ कैं सिखैबाक हेतु निम्नलिखित रागिणीक नाम संकलित केने छलाह—भैरव, मालकोश, असावरी, टोरी, कलिंगड़ा, जोगिआ, खम्माच, पुरिया, बिलावल, पीलू, ईमन कल्याण, भीमपलासी, तिलक कामोद, दरबारी कान्हड़ा इत्यादि।

एहि मे प्रत्येकक सरगम, आरोह-अवरोह, वादी, संवादी, अनुवादी, विवादी, मात्रा, लय, ताल आलाप, तान, पकड़, ध्रुपद, ख्याल, टप्पा ओ ठुमरी समेत।

एतेक सुनि रेवतीक तेहन अवस्था भऽ गेलैन्ह जाहि में 'मलार' गायब कठिन बूझि पड़ैत छैक।

अन्ततोगत्वा बहुत महाजरो कैला पर केवल 'भैरवी', 'विहाग', 'वागेश्वरी', 'देश' ओ 'काफी' पर मामिला फरिछा गेल। बाजा मे केवल 'हारमोनियम' और 'बेहला'। तबलाक 'ताधिन धिन्ना' ओ सितारक 'तूम तन नन' सँ बुच्चीदाइक पिंड छूटि गेलैन्ह।

'ऐडिशनल सब्जेक्ट' (अतिरिक्त विषय) मे निम्नलिखित वस्तु बुच्चीदाइक हेतु आवश्यक बुझल गेलैन्ह—स्वास्थ्य-सौन्दर्यक हेतु कइएक तरहक 'एक्सरसाइज' (व्यायाम) तथा 'स्विमिंग' (हेलनाइ); फुर्ती ओ तेजीक हेतु 'टेनिस' तथा 'रोपडान्स' (पैर तर रस्सी नचौनाइ); 'स्मार्ट' बनक हेतु 'साइकिल' और 'मोटर' हकनाइ; 'अप-टु-डेट' बनबाक खातिर 'स्टाइल' सँ साड़ी पहिरनाइ और 'भद्रमहिला' बनक हेतु सभ्य-समाजक 'एटिकेट' (शिष्टाचार)।

एवं प्रकार बुच्चीदाइ कैं 'योग्य' बनैबाक हेतु विस्तृत योजनाक निर्माण भेल।

आब दोसर-तेसर प्रश्न पर विचार होमय लागल। बहुत तर्क-वितर्कक अनन्तर निश्चय भेल जे काशिए में मकान भाड़ा लऽ कऽ बुच्चीदाइ कैं पढ़ाओल जाइन्ह। किन्तु स्कूलक निम्न कक्षा मे नाम लिखौने छोट-छोट बच्चीक संग बैसि कऽ पढ़य पड़तैन्ह, ताहि सँ लज्जा बोध करतीह। तैं डेरे पर पढ़ेबाक प्रबन्ध होइन्ह।

ततः पर प्रश्न उठल जे पढ़ौतेन्ह के? सी. मी. मिश्रा कहलथिन्ह जे "और सब विषय तऽ हम अपने पढ़ा देबैन्ह। किन्तु संगीत, शिल्पकला, पाकशास्त्र तथा धात्री-विद्याक हेतु शिक्षिका राखय पड़त।"

आब ई 'बजट' बनय लागल जे बुच्चीदाइ कैं एतय रखना मे खर्च कतेक पड़त। बुच्चीदाइ एकसरि तऽ रहतीह नहि। संग मे एक और स्त्री रहब आवश्यक छैन्ह। एक टहलनी वा नोकर रहबे करतैन्ह। भानस-भात मे लगतीह तऽ पढ़बाक बहुमूल्य समय ओही सँ नष्ट भऽ जैतैन्ह। अतएव भनसीओ जरूरिए छैन्ह। परिवारक रहबा योग्य मकानक भाड़ा तीस-चालिस टका सँ कम नहि। मोटा-मोटी हिसाब कैला पर देखलन्हि जे डेढ़ सै टका मास सँ कम मे गुजारा नहि। तत्काल मे प्रयोजनीय पाठ्य-पुस्तक तथा बाजा आदि किनबा मे चारि पाँच सै टकाक खर्च अलावे।

ई आर्थिक समस्याक हल कोना होऐ? एहि विषय मे सी.सी. मिश्रा उदारता क परिचय देलन्हि। सार कैं कहलन्हि, "अहाँक भार एतबे जे ओतय सँ मंङा लिऔन्ह। एतऽ ऐला पर जे खर्च पड़त से हमर। हँ, डेरा-डंडाक सलतनत अहाँ कैं लगा देबऽ पड़त।" मिश्राजी मनहि मन हिसाब कऽ देखलन्हि जे 'टाइम्स' मे लेख देने और 'ट्यूशन' द्वारा एतबा रुपयाक ब्यौंत होएब कठिन नहि।

आब ई प्रश्न उठल जे बुच्चीदाइ औतीह कोना? और हुनका संग रहतैन्ह के? बहुत तारतम्यक उपरान्त ई निश्चय भेल जे भाद्र पूर्णिमा मे चन्द्रग्रहण लगैत छैक; ताही लाथें लालकाकी बेटी कैं नेने काशी आबथि। तावत एहि ठाम डेरा ठीक भेल रहय। और लोक सभ ग्रहण-स्नानक बाद घर जाथि; किन्तु लालकाकी बेटीक संग मास करक ब्याज सँ एत्तहि रहि जाथि। तदनन्तर पाछाँ बूझल जैतैक।

रेवतीरमण अपना माय कैं पत्र पठौलन्हि, जाहि मे सी.सी. मिश्राक आशय जनबैत लिखलथिन्ह जे चिट्ठी देखैत ग्रहण-स्नानक हेतु काशी अबैत जाउ।

आब विचार कैं कार्यान्वित करबाक यत्न होबय लागल। दूनू सार—बहिनोय मकानक तलाश मे बिदा भेलाह। सी.सी. मिश्राक आन्तरिक अभिप्राय रहैन्ह जे गंगाकात मे डेरा लेल जाय, जाहि सँ बुच्चीदाइ कैं हेलनाइ सीखऽ मे सुभीता होइन्ह। अतएव असी घाटक समीप एकटा छोटछीन मकान चुनलन्हि। ओहि मे और बात सभ तऽ मन मोताबिक भेटलैन्ह, किन्तु आङन बैडमिंटन खेलयबा योग्य नहि। तथापि दस टका अगाउ दऽ कऽ डेरा लेल गेल।

सी.सी. मिश्रा कैं आब भनसीयाक फिकिर भेलैन्ह। यदि बंङला खाना बनाबऽवला रसोइया भेटि जाय त 'एक पंथ दुइ काज'। संयोगवश मालदह जिलाक एक 'ठाकुर' भेटि गेलैन्ह जे बीस वर्ष धरि ढाका, मुर्शिदाबाद ओ मैमनसिंह जिला मे पाककलाक 'ट्रेनिंग' पौने छल। मिश्राजी बीस टकाक मास पर तकरो नियुक्त कैलन्हि।

एक दिन दशाश्वमेध घाट पर सी.सी. मिश्रा कैं एक मधुर स्वर-लहरी सुनाइ पड़लैन्ह। पुछारी कैला पर ज्ञात भेलैन्ह जे एक भगतिनी दाइजी नित्य एहिठाम आबि कऽ गंगा-पूजन ओ भजन करै छथि। भगतिनीजीक अपूर्व शोभा ओ ठाट-बाट देखि मिश्राजी चकित रहि गेलाह। भगतिनीजीक स्वरूप अत्यन्त भव्य; मुखमण्डलक दिव्य कान्ति। गोर दगदग शरीर पर लाल रेशमी साड़ी खिलैत। भरल-पूरल अंग देखि ई अन्दाज करब कठिन जे ओ बाइस वर्षक थिकीह वा बत्तीस वर्षक वा बेयालिस वर्षक। भगतिनीजी मस्त भऽ कऽ बैसलि तानपूरा पर एक भजन गबैत छलीह—

जखन चरण गंगाजीक धैलहुँ आनक की दरबार!

दर्शकवृन्द मंत्रमुग्ध जकाँ ठाढ़ भय भगतिनीजीक संगीत-सौन्दर्य-रस पान करैत छलाह। ओहि मे कतेक एहनो श्रद्धालु भक्त छलाह जे भगतिनीजी कैं साक्षात भगवतीक अवतार बुझैत छलथिन्ह।

भगतिनीजीक चन्दन-चर्चित चन्द्रमा सन चमकैत ललाट, पृष्ठदेश मे भूमि पर छितराएल एक पाँज कारी केश, मांसल वक्षःस्थल पर सोनक तार मे गाँथल रुद्राक्ष-माला; सभ मिलि एक तेहन अद्‌भुत रसक सृष्टि करैत छल जाहि मे शान्त और शृंगार गंगा-यमुना जकाँ मिलि एकाकार भऽ जाइत छल।

भजन समाप्त भेला पर भगतिनीजी लट छिटकौने अपन चाँदीक गंगाजली ओ फुलडाली उठौलन्हि और खसक खुशबू सँ घाट-बाट कैं मह-मह करैत विश्वनाथजी पर बेलाक गजरा चढ़ाबक हेतु चललीह।

सी.सी. मिश्राक हृदय भक्ति और श्रद्धा सँ परिपूर्ण भऽ उठलैन्हि। ओहो विश्वनाथजीक मन्दिर धरि गेलाह। ओतय भगतिनीजीक पूजनक ठाट-बाट देखि

मिश्राजी और चकित रहि गेलाह। विचारलन्हि जे जौं ई भगतिनीजी कतहु बुच्चीदाइ कैं गायन-वादन सिखाएब गछि लेथि तऽ घीवो सँ बेसी चिक्कन!

एक घंटाक बाद भगतिनीजी मन्दिर सँ बाहर भेलीह और डेरा दिस चललीह। मिश्राजी हुनक पजोहि धैने कचौड़ी गली मे एक मकानक सामने ऐलाह। भगतिनीजी भीतर पैसि गेलीह; मिश्राजी बाहर थकमकाय लगलाह।

दस मिनटक भीतर एक खबास आबि कहलकैन्ह जे माइजी अन्दर बजा रहल छथि। मिश्राजी पनही उतारि किछु धखाइत भीतर गेलाह।

आब देखै छथि तऽ दोसरे ठाठ-बाट। बेशकीमती ईरानी कालीन पर कामदार मखमली मसनद सँ ओङठलि भगतिनीजी गोमुखी मे हाथ देने जप कऽ रहल छथि!

पेयाजी सिल्कक खुलता जम्पर सँ रुद्राक्षक दाना झलकैत छलैन्ह। तरकुन जकाँ डगडग करैत गुदगर देहक चमकैत अङोट पर गंगौटक छाप बिहारीलालक शब्द में 'दृगपग पायन्दाज' बनल छलैन्ह। सिंदूर-आभूषण वेत्रेक ओ सोलहो शृंगारवाली सोहागिन कैं मातु करै छलीह।

भगतिनीजी मिश्राजी कैं किछु संकुचित जकाँ देखि सहज वात्सल्य स्नेह सँ अपना लग बैसा, परिचय पूछय लगलथिन्ह। मिश्राजीक अभिप्राय सुनि ओ बजलीह, "बच्चा, हम तऽ केवल गंगाजी और विश्वनाथजी कैं छोड़ि ककरो ओहिठाम जाइ छी नहि। हरिर्विष्णु हरिर्विष्णुः। यदि अहाँक स्त्री कैं हमरा सँ किछु सिखबाक होइन्ह तऽ एत्तहि कहियो काल कऽ आबि जैहथि। हरिर्विष्णु हरिर्विष्णुः।"

भगतिनीजीक सामने योगवासिष्ठ और पानदान दूनू राखल छलैन्ह। भगवद्गीताक पुस्तक पर बनारसी जर्दाक डिबिया तथा कान मे तुलसीदलक संग-संग मोतियाक फाहा देखि ई अनुमान करब कठिन नहि जे भगतिनीजी योग तथा भोग मार्गक गठ-बन्धन कय विलक्षण संयोग केने छथि।

भगतिनीजी प्रसाद-स्वरूप चाँदीक वर्क मे लपेटल गंगाजल सँ सिक्त पानक खिल्ली सी.सी. मिश्राक आगाँ बढ़ा देलथिन्ह। मिश्राजी भक्तिपूर्वक माइजीक प्रसाद ग्रहण करैत उठि बिदा भेलाह। नीचा ऐला पर देखैत छथि जे जूता गायब। किन्तु पुछारी करबाक साहस नहि भेलैन्ह। खालीए पैताबा पहिरने गलीक मोड़ पर ऐलाह और ताङा कऽ कऽ डेरा पहुँचलाह।

संगीत-शिक्षिकाक जोह करबाक खुशी मे मिश्राजी कैं नव 'फ्लेक्स शू' हेरैबाक मोह नहि रहलैन्ह। आब ओ एक होशियार 'मिडवाइफ' (धात्री) क टोह मे बौआय लगलाह। एक ठाम पता लगलैन्ह जे कबीरचौरा गलीक मोड़ पर एक मेम रहै अछि जे लंडन सँ 'मिडवाइफरी' (धात्री-विद्या) पास कैने अछि।

मेम एक अङ्रेजी होटलक ऊपर मे रहैत छलि। सी.सी. मिश्रा एक बेहराक हाथें अपन 'कार्ड' पठा देलथिन्ह। कनेक काल मे बजाहटि भेलैन्ह। सी.सी. मिश्रा ऊपर गेलाह। 'परमिशन' (अनुमति) लऽ, चिक हटा कऽ भीतर गेलाह। मेम सोफा पर

बैसलि मोजा बुनैत छलि। हिनका देखि कुर्सी पर बैसबाक इशारा करैत पुछलकैन्ह, "गुडमौर्निङ, क्या कहना माङटा है, बाबू?"

सी.सी. मिश्रा तेहन लटपटाइत जकाँ अपन उद्‌देश्य कहलथिन्ह जे ओकरा दोसरे अर्थ लगलैक। कहलकैन्ह, "तुम्हारा 'वाइफ' का पास जाना होगा। हमारा फीस एक टाइम का बीस रूपी।" सी.सी. मिश्रा सलाम कऽ कऽ जहिना नीचा उतरक हेतु बिदा भेलाह कि मेम बाट छेकि कऽ ठाढ़ भऽ गेलैन्हि, "सुनो बाबू! हमारा कन्सल्टेशन फी पाँच रूपी है सो डेटा जाव।"

आब मिश्राजी के ऊपर टाङल साइनबोर्ड पर नजर पड़लैन्ह, 'कन्सल्टेशन फी रुपीज फाइव।'

मेमक 'बुलडौग' कैं अपना दिस तकैत देखि सी.सी. मिश्रा मनीबैग सँ एकटा पँचटकही नोट बाहर कैलन्हि और जान छोड़ा कऽ नीचा सड़क पर ऐलाह।

डेरा पर पहुँच रेवतीरमण के कहलथिन्ह, "आब अहाँक बहिन एतय पहुँचतीह, तखने सभटा प्रबन्ध लगतैन्ह। एखन 'गाछे कटहर ओठे तेल' कैने कोन फल?"

७

तीर्थयात्रा

भादवक पूर्णिमा कैं चन्द्रग्रहण थिकैक। लालकाकी ऐहि बेरि सदलबल काशी जैबाक न्यार कैने छथि। दल मे रहथिन्ह ढुनमुनकाकी, बुच्चीदाइ, आवेशरानी, भखराइनवाली तथा ज्योतिषिआइन। बल मे रहथिन्ह—भोलानाथ झा, बटुकजी तथा पं. नमोनाथ झा।

दशमीक रात्रिशेष मे भुरुकवा उगला पर लालकाकी प्रभृति गोसाउनिक सीर मे गोर लागि, पूर्णकलश तथा दही देखि, 'जय गणेश'- 'जय गणेश' करैत, घर सँ बहराइत गेलीह। जहिना देहरि नँधै छथि कि ढुनमुनकाकीक नेना छीकि देलकैन्ह। लगले सभ गोटा पाछाँ फिरैत गेलीह और भोलानाथ शान्तिपाठ करय लगलाह।

पं. नमोनाथ झा पत्रा में सिद्धियोग ताकि, एक दिन पहिनहि यात्रा कऽ एक जोड़ जनउ ज्योतिषिआइनक चार मे खोंसि आएल रहथि। किन्तु एखन चलय काल कतबो टोइया मारला पर नहि भेटलैन्ह। अन्त मे हारि-दारि कय "गणानां त्वा गणपतिग्वं हवामहे" करैत बिदा भेलाह।

गामक लोक केओ टोकय नहि, ताहि द्वारे सड़क छोड़ि एकपैरियाक बाट धैल गेल। झोल्हफल्ह मे नीक जकाँ नहि सुझबाक कारण ज्योतिषिआइनक पैर एक बेर थाल मे पड़ि गेलैन्ह। ओ ठेहुन धरि पाँक में धँसि गेलीह। ढुनमुनकाकी नव रेशमी साड़ी पहिरि कऽ चलल रहथि। ओ थाल-कीचक डरें खेतक आड़ि पर दऽ कऽ चलय लगलीह। किन्तु एक ठाम तेहन पिच्छर रहैक जे हुनक पैर छहिलि कऽ आगाँ चलि गेलैन्ह और ओ चितङ्गे खसि पड़लीह। आड़िक कँगनी पर सँ ओ नीचा खत्ता मे ओंघड़ा गेलीह। चोट तऽ बेसी नहि लगलैन्ह, किन्तु साड़ी कादो मे लेढ़ा गेलैन्ह।

एकठाम माछ बझैबाक हेतु अरसी-टभका लागल रहैक। बटुकजी कैं फुरलैन्ह जे यात्रा पहर माछ देखि लेबाक चाही। ओ ओहिठाम जा जहिना पानि मे पैसय

लगलाह कि एकटा ढोंढ़ साँप कैं बहराइत देखि 'बाप-बाप' कय पड़ैलाह। रास्ता मे एक नढ़ेआ बाट काटि देलकैन्ह ताहि सँ ओ और भयभीत भऽ उठलाह।

एवं प्रकारे भिन्सर होइत-होइत यात्रीक दल सकुशल सकरी स्टेशन पर पहुँचि गेल। भोलानाथ झा कहलथिन्ह, "एखन गाड़ी आबऽ मे बहुत देरी छैक। तावत सभ गोटे पोखरि सँ भऽ अबै जाउ। एतहि मुँह-हाथ धो नहा-सोना कऽ बखेड़ा छोड़ौने रहब से नीक हैत। तावत हम और पं. जी एहिठाम बैसि कय अगोरैत छी।"

बटुकजी सभ स्त्रीगण कैं लऽ कऽ पोखरि दिस बिदा भेलाह। ओतय सभ गोटा कैं बेराबेरी कुड़र-आचमन करैत, नहाइत-धोइत सूर्योदय भऽ गेलैन्ह। लालकाकीक विचार भेलैन्ह जे नूआ सुखौनहि चली। ढुनमुनकाकी अपन रेशमी साड़ी पखारय गेलीह, लेकिन कदवाह पानि मे धखोरने और भटरङ्ग भऽ गेलैन्ह। तखन खिसिया कऽ भीड़ पर पसारि देलथिन्ह। जा नूआ सभ सुखाइ छलैन्ह, ता लालकाकी, आवेशरानी ओ भखराइनवाली आनन्दक उमङ्ग मे गीत उठा देलथिन्ह, "बाबा विश्वनाथ दर्शन पर नैना लागि रही हमरी।"

एम्हर गीत प्रारम्भे भेल छल कि तावत ओम्हर स्टेशन पर घंटी टनटनाएल। भोलानाथ झा हड़बड़ा कऽ बजलाह, "जाह! गाड़ी चलि अबै अछि। पं. जी, अहाँ दौड़ू! झटकि कऽ सभ कैं नेने अबियौक। तावत हम टिकट कटबै छी।"

पं. नमोनाथ झाक पैर मे बेमाय फाटल रहैन्ह। तैं इँकड़ी बचबैत-बचबैत बड़ी काले पोखरिक घाट पर पहुँचलाह। ओतय देखै छथि तऽ बड़ टहंकार सँ गीत चलि रहल अछि। पं. जी चिचिया कऽ बजलाह, "ब ब ब बटुकजी!"

किन्तु बटुकजी भरि डाँड़ पानि में "अघमर्षण सूक्तस्याघमर्षण ऋषि" क टाङ तोड़ैत छलाह।

पं. जी पुनः जोर सँ चिचिया कऽ बजलाह, "च च च चलै चलू। घ घ घ घंटी पड़ि गेलैक।"

किन्तु गीतगाइन सभ अपना-अपना सुर मे मस्त छलीह। केओ हिनका दिस ध्यान नहि देलेकैन्ह।

भखराइनवाली पं. जीक स्त्री रहथिन्ह और फुचुकरानी भाभहु। अतएव पं. जी ओहिठाम जैतथि कोना? फेर फराके सँ बाजय लगलाह, "अहाँ लोकनि एतय क क कजरी गबै छी, ओम्हर ग ग गाड़ी छोड़ने अछि।"

लालकाकी गबैत-गबैत, हाथक इशारा सँ हुनका रोकि, गीतक अन्तिम पद पुरौलन्हि, तखन पुछलथिन्ह, "आब की कहै छी से कहू।"

पं. जी बजलाह, "ग ग ग ग गाड़ी च च च च चल..."

तावत तुमुल ध्वनि सँ सभ कैं हड़हड़बैत सद्यः रेलगाड़ी अपना आगमनक सूचना दऽ देलकैन्ह!

आब तऽ हूलिमालि उठि गेल। लालकाकी माथ पिटैत बजलीह, "दैव रे दैव!

आब कोन उपाय हैतैक? बात-बात मे गाड़ी छूटि गेल। आब फुचुकरानी नीक जकाँ अपन पंटोर सुखबैत रहथु।"

अपने पटोर पर सभटा दोष थोपाइत देखि ढुनमुनकाकी एक आँजुर थाल लऽ कऽ ओहि मे लपेटय गेलीह। किन्तु आवेशरानी बिच्चहिं मे थाम्ह-थैया कऽ लेलथिन्ह।

बटुकजी अङपोछा गारैत बजलाह, "मङनी मे देखैत-देखैत टैन छूट गेल। आब दिन भर हिंए वैट कऽ तानारीरी करैत रहू।"

ई लोकनि जा स्टेशन पहुँचथि-पहुँचथि ता गाड़ी फुजि गेल। भोलानाथ झा बटुकजी दिस तकैत बजलाह, "तों एहन भारी पिंडश्लोकी छह से हमरा नहि जानल छल! खाली सानिमाठ मे गाड़ी छूटि गेलौह। बाट मे कतहु एतेक टीङठोप भेलय!"

बटुकजी अपन सफाइ दैत बजलाह, "हम तऽ पहिले ही कहलिऐन जे गाड़ी के टैम लगिचाएल है; फुर्ती करै जाउ। लेकिन हिनका सबके तऽ भासे चढ़ाबे से न फुरसत रहैन। हमर बात के सुनैअऽ?"

पं. नमोनाथ झा कहलथिन्ह, "हम तऽ जखने स स सिगनल खसल देखलिऐक तखने बुझलौं जे आइ स स सोड़हो दण्ड एकादशी स स सकुड़ीए मे करय पड़त।"

भोलानाथ झा अफसोस करैत बजलाह, "हमरो सँ एकटा बुड़ित्व भऽ गेल जे हड़बड़ी मे दस टा टिकट कटा लेलिऐक। आब जोड़ि कऽ देखैत छी तऽ नौए टा लोक अछि।"

लालकाकी बजलीह, "हमरा लोकनिक संग-संग कर्मो ने लागल छथि। तिनको एकटा टिकट कटा गेलैन्ह। नहि तऽ एहन कत्तहु भेलय जे पाछाँ सँ आबयवला लोक सब चढ़ि कऽ चलि जाय और हमरा लोकनि जे अन्हरौखे सँ अगोरने छी से मुँह तकैत रहि जाइ! सभ धर्मात्मा पार उतरि गेल, पापी रहल किनारे।"

पं. नमोनाथ झा बजलाह, "फ फ फेर गीतक मद होमय लागल। कतहु द द दोसरो गाड़ी ने छूटि जाय!"

भोलानाथ सब कैं लऽ जा कऽ एक मोदियाइनक दोकान मे बसौलन्हि। पं. जी और ज्योतिषिआइन के तऽ एकादशीए रहैन्ह। औरो लोक सभ अफसोसक मारे नहि खैलक। गामक तमहा चूड़ा, टटका दही और भेली गुड़ केवल बटुकेजी कैं पैठ भेलैन्ह।

दू घंटा पहिनहिं सँ सभ गोटे प्लेटफार्म पर बैसि दुबज्जी गाड़ीक प्रतीक्षा करय लगलाह। भोलानाथ झा बारम्बार बटुकजी कैं बुझाबय लगलथिन्ह, "जहिना गाड़ी लगैक तहिना तों छड़पि कऽ जनानी डब्बा फोलिहऽ और हिनका लोकनि कैं ओहि मे बैसा दिअहुन। तावत हम और पं. जी दोसरा कोठरी मे सभटा वस्तु चढ़ौने रहब। पाछाँ तोहूँ आबि कऽ ओहि मे चढ़ि लिहऽ।"

बटुकजी कहलथिन्ह, "अहाँ मड़ुआ भर फिकिर न करू। हम एसगरे कुल असबाबो चढ़ा लेब और हिनका सबके बैठाइयो देबैन। अहाँ दूनू गोटे जौन जगह खुशफैल बुझाय तौन जगह बैठ जायब।"

निर्दिष्ट समय सँ पौन घंटा लेट कऽ कऽ गाड़ी अबैत दृष्टिगोचर भेल। यात्री दल सुगबुगाय लगलाह। किन्तु अभाग्यवश ई लोकनि जाहि सामने बैसल रहथि ताहि सँ चारि लग्गा आगाँ बढ़ि कय गाड़ी लागल। आब त हड़बिड़रौ उठि गेल। पहिलुक सभटा प्रोग्राम गड़बड़ा गेलैन्ह।

बटुकजी भरकछ भीड़ि कय पेटी उठौलन्हि और दुलकी लगबैत बजलाह, "सभ कोने एक-एक ठो चीज लेके हमरा पीछे दौड़ल आउ।"

आब जकरा आगाँ मे जे पड़लैक से उठा कऽ दौड़ऽ लागल।

बटुकजी ओ भोलानाथ सभ सँ आगाँ बढ़ि गेलाह। लालकाकी और बुच्चीदाइ हुनका पैरें लागल गेलथिन्ह।

ढुनमुनकाकी दहीक कोहा लऽ कऽ दौड़य लगलीह! किन्तु गोझनौट मे दूनू पैर फँसि गेने कोहा नेने देने मुँहे भरें खसि पड़लीह। अड़ाँचीक बुकनी छोटल छल्हिगर दही प्लेटफार्म पर किचकाहिन भऽ गेलैन्ह। हुनका उठाबक हेतु आवेशरानी ठाढ़ि भऽ गेलीह।

ज्योतिषिआइन तथा भखराइनवाली आगाँ बढ़ि गेलीह कि पाछाँ रहलीह से पता नहि। पं. नमोनाथ झा फिफहिया भऽ हुनका खोजय लगलथिन्ह।

तावत एंजिन सीटि दऽ देलकैक। आब के कत्तह चढ़ल तकर कानो ठेकान नहि रहल! गाड़ी चलय लागि गेल।

बटुकजी अपना डब्बा मे तजबीज करैत बजलाह, "ले बलैया! देखू धन्धा! चार गो मेहरारू एह मे चढ़बे न कैलन! पंडितोजी बुझाइअऽ छूट गेलन।"

ई सुनितहिं छिछरी-पटिया उठि गेल। "देबा रे दैबा! केहन कुयात्रा मे चलल छलहुँ से नहि जानि! आब कोन उपाय हैतैक?" ई कहि लालकाकी घेओना पसारबाक सूर-सार करय लगलीह।

भोलानाथ धड़फड़ा कऽ जंजीर खिचबाक हेतु सुरफुरैलाह। किन्तु बटुकजी कहलथिन्ह, "अहाँ सब नाहक घबराएल हती। हम सौंसे मूड़ी बाहर कऽ कऽ देखलीहऽ। लाटफारम पर कोनो न छूटल है। ऊ सब पं. जी के जौरे दोसरा कोठरी मे चहर गेल होएतन।"

ई सुनि सभ गोटा कैं किछु धैर्य भेलैन्ह। लालकाकी मनहि मन कुलदेवता कैं गोहरबैत कबुला करय लगलीह जे "एहि संकट सँ उबरला पर कुमारि कैं 'मधुराएन' भोजन करायब।"

भोलानाथ बजलाह, "चलैत काल एकटा टिटही बाजि देने रहय। हम तऽ तखने कहलहुँ 'बिनु कारण टिटही नहि बाज!' आब देखा चाह की-की होइ अछि!"

लालकाकी सभ सँ बेसी अपना देयादिनीक हेतु अपस्याँत होइत अहुरिया काटय लगलीह। बजलीह, "सभ गोटाक आँखि पर पाथर पड़ि गेल। गैं बुचिया! तोंहू तऽ देखितहुन?"

बुच्चीदाइ कहलथिन्ह, "हमरा तऽ हुनके नेना कैं कोरवाही करैत-करैत विपत्ति! ताहि पर तोहरवला साजी और गंगाजली हमरे हाथ मे। लद्दफद्द होइत कोनो तरहें तोरा सभक पाछू धैने ऐलियौ। बटुक भैयाक पैर मे जुमनाइ मुश्किल! पाछाँ फिरि कऽ देखक की होश रहय?"

यावत धरि गाड़ी चलैत रहल तावत धरि लालकाकीक प्राण अवग्रह मे पड़ल रहलैन्ह। 'दड़िभङ्गा' पहुँचैत देरी बटुकजी और भोलानाथ कूदि कऽ बहरैलाह।

बगलवला कोठरी मे फुचुकरानी और आवेशरानी पुक्की फाड़ि कऽ कनैत छलीह। अपना पुरुष-पात कैं देखि कत्तहु सँ प्राण ऐलैन्ह। दूनू लालकाकीक लग आबि नोर पोंटा चुआबऽ लगलीह। लालकाकी भरि पाँज धऽ कऽ कहलथिन्ह "हे दाइ सभ हे दाइ सभ! तोरा बिनु आँखि हेराएल छल हे दाइ सभ! ओइल-पाइल मे मन छल जे की करू। भरि बाट लाबा-फरभी होइत ऐलहुँ अछि।" ई कहि लालकाकी आँचर सँ आँखि पोछय लगलीह।

भोलानाथ झा बजलाह, "आब एहि कन्ना-रोहट सँ कोन फल? और-और लोकक पता लगाबक चाही।"

तावत पं. नमोनाथ झाक स्वर कर्णगोचर भेल, "औ कत्तहु भ भ भोला बाबू..."

भोलानाथ बजलाह, "हँ, हँ, यैह, यैह।"

पं. जी भखराइनवाली तथा ज्योतिषिआइन कैं नेने पहुँचि गेलाह। हतासें सभक प्राण सुखाएल छलैन्ह।

अपना संग-समाज कैं पुनः जुटल देखि लालकाकी बजलीह, "धन्य भगवान! बड़ रक्ष रखलन्हि। नहि तऽ आइ कोन दशा मे रहितहुँ?"

जखन सभ बैसैत गेलीह, तखन मोटरी-चोटरीक हिसाब होबय लागल।

ढुनमुनकाकी डेराइत-डेराइत कहलथिन्ह "दहीक बासन तऽ हमरा बुतें फूटि गेलैन्ह।"

बटुकजी कैं सकरी मे दुइये छौ दही भेटल छलैन्ह, ताहि सँ कनेक छुछुआएले जकाँ उठल रहथि। बजलाह, "ओह! जनिती त हुँअई खूब ठेल कऽ खा लीती। छुच्छे चिउड़ा से गड़ा लगैत रहे से और लेबे न कैली, और मङनी मे सब दही टीसने पर जियान हो गेल।"

ओ दही लालकाकी बड़ यत्न सँ पौरने रहथि। कनक अभिरोष करैत बजलीह, "हम अपने हाथ मे नहि लेलहुँ तकर फल थिक।"

ढुनमुनकाकी ठोर बिजुका कऽ बाजऽ लगलीह, "हे दिनकर! जौं हम जानि-बुझि कऽ फोड़ने होइऐन्ह तऽ हमरा काया मे घून लागय, हमर समाङ नहि काज आबय...।"

आवेशरानी हुनका मुँह पर हाथ धरैत कहलथिन्ह, "हाँ! हाँ! शपथ केओ खाय? दही कोन वस्तु छैक? लोक रहल चाहय।"

लालकाकी ठकुआ कऽ बजलीह, "सैह कहथु बहिना! हम की कहने छलिऐन्ह जे एतेक लगलैन्ह? हम तऽ यैह बजलहुँ जे अपने हाथ कऽ किऐक ने लेलहुँ। ई कि कोनो गारि भेलैक?"

एकाएक भोलानाथ कैं अपन छाता मन पड़लैन्ह। बजलाह, "जाह! हमर छत्ता की भेल? हौ बटुकजी! हम तोरे हाथ मे देखने रहियौह।"

बटुकजी कहलथिन्ह, "हम तऽ पेटी उठाबेके बखत छत्ता हुँअइ रख देने रही। आब हुँआँ से कोन सार उठैलक से न मालूम।"

पं. नमोनाथ झा बाजय लगलाह, "हाँ हाँ हाँ हाँ हाँ! ग ग ग ग गारि नहि दिऔक। ह ह हमहीं उठा कऽ रखने छी।"

एवं प्रकारें खोज-पुछारी होइत-होइत अन्ततोगत्वा पता लगलैन्ह जे और सभ वस्तु तऽ सकरी मे चढ़ि गेल, लेकिन एकटा मोटरी ओत्तहि छूटि गेल जाहि मे सभ गोटाक भीजल नूआ लपेटि-सपेटि कऽ बान्हल रहैन्ह; फुचकरानीक पटोरो ओहि मे रहैन्ह। ओ ठोर पटपटबैत बजलीह, "ततेक ने 'पटोर', 'पटोर' भेल जे पटोर जाइते रहल! नीक भेलैक।"

भखराइनवाली रसगुल्ला कोरक तिनपढ़िया साड़ी कैं लाल रंग मे कुंडाबोर कऽ रङने रहथि। से दुइयो दिन नहि पहिरि सकलीह। शाप दैत बजलीह, "ओ मोटरी जे नेने होय तकरा भगवान भोग नहि दिहऽथिन्ह।"

ज्योतिषिआइनक फेरल साड़ी फाटल-पुरान जकाँ रहैन्ह। कहलथिन्ह, "जाय दियऽ। तीर्थ-यात्रा में जे वस्तु हेरा जाय, तकर बेसी सोच नहि करक चाही।"

पं. नमोनाथ झा बजलाह, "प प प प 'प्रथमग्रासे मक्षिका पात:' भऽ गेल। आबा च च च च चेति कऽ चलक चाही।" समस्तीपुर पहुँचला पर सभ गोटे उतरैत गेलाह। मालूम भेलैन्ह जे दस बजे राति कऽ गाड़ी भेटत। बटुकजी कहलथिन्ह "अभी तऽ पाँचे बाजल है। इतना देर लाटफारम पर बैठ कऽ की करब? मुसाफिरखाना मे चलै चलू।"

किन्तु भोलानाथ झा कहलथिन्ह, "एक वस्तु-जात लऽ कऽ मुसाफिरखाना जाएब और फेरि ढो कऽ आनब ताहि मे तऽ बड़ भीड़ पड़ै जाएत। जतय गाड़ी लगतैक तत्तहि चलि कऽ सभ गोटे बैसइ जाह। ओहि बेरक हड़बड़-दड़बड़ नहि ठीक।"

पुल पार कय निर्दिष्ट स्थान पर बटुकजी बड़का सतरंजी खोलि बिछौलन्हि। लालकाकी प्रभृति बैसैत गेलीह। तीनू पुरुष किछु फराक हटि कम्बल पर बैसलाह।

भोलानाथ बटुकजी कैं कहलथिन्ह, "हौ! आइ तोरा छोड़ि कऽ सभ निराहारे छथुन्ह। आबहु तऽ उपवास-भंग करबहुन।"

ज्योतिषिआइन बजलीह, "हम आइ एकादशी कैं कऽलक पानि की पिउब? अहाँ लोकनि खाइ-पिबै जाउ।"

पं. नमोनाथ झा बजलाह, "हँ, से तऽ हमरो एहिठाम फ...फ... फलाहार करबाक प्रपन्नता नहि होइत अछि, तथापि क...कनेक किछु लऽ कऽ 'उपवास-खण्डन' कऽ लेब।"

लालकाकी चङेरी खोलि कऽ साँच, पिडुकिया, टिकरी और भुसबा बाहर करय लगलीह। बटुकजी एक तमघैल पानि कल सँ लय ऐलाह। स्त्रीगण कैं तऽ सहल पेट मे अधिक नहि खा भेलैन्हि। किन्तु बटुकजी बड़ी काल सँ सोन्हाएल छलाह। चङेरा मे जतेक साँच और भुसबा बाँकी बचलैक से चूरमूर समेत अपना आगाँ मे उझीलि, डाला झाड़ि कय ब्रह्मक पूजा करय लगलाह।

भोजन सँ करीब डेढ़ घंटा बाद बटुकजीक पेट मे दर्द उठलैन्ह। टटाएल ठकुआ और सुखाएल आमक फाँड़ा अंतड़ी के ऐंड़य लगलैन्ह। ओ कच्छ-मच्छ करय लगलाह।

भोलानाथ कहलथिन्ह, "जा, एक बेर नदी दिस सँ भऽ आबह। पेट खुलासा भेने मन हल्लुक हैतौह।"

बटुकजी एक लोटा पानि लऽ अन्हार माथे बिदा भेलाह।

थोड़ेक काल मे बटुकजी आबि कोइलाक छाउर सँ हाथ मटियबैत बजलाह, "हमरा तऽ कुत्था शुरू हो गेल है। निछक्के पानी झरल है। हे लिउ, फेर खोंच मारे लागल।"

ई कहैत बटुकजी पुनः कान पर जनउ चढ़बैत जेम्हरे सँ आएल रहथि ताही दिस फेरि झटकैत बिदा भेलाह।

दुइये मिनट बाद एक रेलवे कर्मचारीक शब्द सुनाइ पडल, "कौन है?" तदनन्तर किछु हल्ला गुल्ला ओ धड़पकड़ जकाँ बूझि पड़ल। बटुकजी खाली हाथ डोलबैत पहुँचलाह। अपन बुधियारी देखबैत बजलाह, "लोटा तऽ सार छीन लेलक, लेकिन हम अपने केङतो कऽ निकस ऐली।"

भोलानाथ खिन्न भऽ बजलाह, "विघ्न पर विघ्न उपस्थित भेल जा रहल अछि। भगवतीक की इच्छा छैन्ह से नहि जानि!"

पं. नमोनाथ झा हुनक समर्थन करैत श्लोक पढ़य लगलाह—

एकस्य दुःखस्य न या या या या...

हुनक कष्ट देखि भोलानाथ झा पूर्ति कऽ देलथिन्ह—

...यावदन्तम्,
गच्छाम्यहं पारनिर्वाणवस्य

तावद्द्वितीयं समुपस्थितं मे,
छिद्रेष्वनेर्था बहुली भवन्ति॥

ताबत टप-टप बून्द पड़य लागल। गाड़ी ऐबाक घंटी पड़ि गेल रहैक तैं ओहिठाम सँ हटबोक उपाय नहि! अगत्या स्त्रीगण भीजय लगलीह। तीन पुरुष मे एकेटा छाता रहैन्ह; अतएव ओ लोकनि और बेसी भिजैत गेलाह। दस मिनटक भीतर सभक कपड़ा भीजि कऽ शरीर मे सटि गेलैन्ह। ज्योतिषिआइनक सौंसे देह जाड़ सँ भुलकय लगलैन्ह।

तावत कटिहारक एक्सप्रेस ट्रेन प्लैटफार्म कैं दलमलित करैत धड़धड़ाइत आबि पहुँचल। ग्रहणक कारण ओहि मे ठसाठस भीड़। भीतर तिल रखबाक जगह नहि, और बाहर दूनू कात लोक बादुर जकाँ लटकल!

गाड़ीक तऽ ई हाल और प्रत्येक डब्बाक सामने हाँजक हाँज मुसाफिर चढ़क लेल सतुआ-सम्मर बन्हने, फाँड़ कसने तैयार! ई 'रेड़ बहेड़' देखि भोलानाथक होश गुम भऽ गेलैन्ह। हताश भऽ बजलाह, "बटुकजी! आब की होबक चाही?"

बटुकजी कहलथिन्ह, "हमरा पेट मे तऽ विपता सन्हियाएल छथ। एखनीओ हर मारैअऽ। न तऽ कोनो अक्किल हम जरूर लगैती।"

पं. नमोनाथ कहलथिन्ह, "नइँ होए तऽ ई ट्रेन छोड़ि कऽ दोसरा ट ट ट ट्रेन सँ चलै चली।"

भोलानाथ म्लान भऽ बजलाह, "दोसरा ट्रेन मे तऽ अहू सँ बेसी रेड़ा पड़ैत रहत। जौं एहि गाड़ी सँ नहि जा सकलहुँ तऽ बूझ जे काशी नहिए पहुँचि सकब।"

ई सुनितहि स्त्री-वर्ग मे घोर निराशा व्याप्त भऽ गेल। ज्योतिषिआइन जोर सँ निसास छोड़ैत टेर लगौलन्हि, "हे बाबा, कोनो तरहें डोरी खींचह; पार घाट लगाबह।"

लालकाकी बजलीह, "अही द्वारे हम भुकै छलहुँ जे दू दिन और पहिनहिं बिदा होइ जाउ। आब केहन बुझि पड़े छैन्ह?"

पुरुष-वर्ग कोनो तरहें नेहोरा कय एक चकैठ सन कुली कैं राजी केलन्हि। ओ एक आना फी आदमी पर सभ गोटा कैं चढ़ाएब गछि लेलकैन्ह। भोलानाथ एक टा दुअन्नी अगाउ दैत कहलथिन्ह, "ले, एखन तोरे कौंति चमकल छौ। आब लऽ चल, जहाँ लऽ चलबैं।"

कुली दुअन्नी कैं तजवीज कय गैठी मै खोंसैत बाजल, "रौआ सभ नाहक घबराइत बानी। एकठो माल कैं डब्बा एह मे जोड़ाइ। ओही मे सब जना कैं चढ़ा देहब न?"

मालक डब्बा जोड़ाइत देरी दू-अढ़ाइ सै यात्रीक झुंड एक्के बेरि रेड़ि कऽ देलक। एक्के टा मुँह, ताहि मे सभ समाएल चाहय! केओ मुड़िया मारैत सन्हियाएल, केओ घुसकुनिया कटैत पैसल। केओ ककरो देह पिचैत चढ़ल; केओ ककरो मोटा पर

लात दऽ छड़पल। तेहन अन्धा-धुन्ध भेड़िया-धसान मचल जे ककरो धड़-मुड़ीक ठेकान नहि रहल! धक्कमधुक्की मे ककरो पैर पिचाएल, ककरो हाथ थुराएल। ककरो आँखि मे एक केहुनाठी लागल; ककरो नाक पर एक हुथुक्का लागल। तथापि खसैत-पड़ैत सभ उपरा-उपरी करैत कोनहुना मालक पेट मे सन्हियाय लागल।

धक्का मे पं. नमोनाथ झाक पाग कतय जा कऽ खसलैन्ह तकर पता नहि। भोलानाथक छाता तिरा गेलैन्ह; केवल डंटी मात्र हाथ मे रहि गेलैन्ह! बटुकजी एगोटाक कैं माथ पर दऽ छड़पऽ लगलथिन्ह। किन्तु तावत ओ उचङि गेल, जाहि सँ बटुकजी भट्ट दऽ औन्हें मुँह खसि पड़लाह। ओहि वेग मे पड़ि दोसरो गोटा पेटी नेने देने हुनकहि पीठ पर खसल। बटुकजी तर सँ किकिया उठलाह।

देखैत-देखैत पाँच मिनट मे सम्पूर्ण डब्बा खचाखच भरि गेल। लालकाकीक कुली पहिने मोटरी-चोटरी सब भीतर कऽ फेकि देलकैन्ह। तदनन्तर जनी-जात कैं धऽ धऽ कऽ भेड़ी-बकरी जकाँ रुण्ड-मुण्डक झुंड मे कोंचय लगलैन्ह। अन्हार कुप्प मे जनसंकुलक बीच, के कतऽ ठुसाएल तकर ठेकान नहि।

लालकाकी बुच्चीदाइ कैं छापि कऽ बैसलीह। ढुनमुनकाकी नेना कैं गहियौने पिचैबाक डरें एक कोन मे ठाढ़ि रहलीह। किन्तु बेचारीक आँखि मे कोइलाक बुकनी पड़ि गेलैन्ह जाहि सँ आँखि मिड़ैत-मिड़ैत प्रलय भऽ गेलैन्ह। ज्योतिषिआइन कैं घुरमी लागऽ लगलैन्ह। ओ दम्म साधि कय, मोटाक ढेरी पर सुटुकि, अपनो मोटरी बनि गेलीह। भखराइनवालीक नुआ मे अलकतरा पोता गलैन्ह। आवेशरानी कैं पियासे कण्ठ सुखाय लगलैन्ह।

एवं प्रकारें 'त्राहि कृष्ण! त्राहि कृष्ण!' करैत ई लोकनि भोर होइत-होइत छपरा पहुँचैत गेलीह। आब उतरबाक रेड़ि मचल! ठेलम-ठेला में स्त्री बच्चाक प्राणरक्षा हेतु भोलानाथ दुर्गाक 'कीलमंत्र' पाठ करय लगलाह थोड़बेक काल मे डब्बा खाली भेला पर बटुकजी अपन बहादुरी देखबैत बजलाह, "आब सब कोनो उतरबो करब कि एही मे बैठल रहब? हियाँ गाड़ी बदली होयत।"

आब गेठरी-मोटरीक जोह होमय लागल। भीजल मोटा सभ असंख्य लतखुर्दनक प्रसादात् मोक्षावस्था प्राप्त कऽ गेल छल। लालकाकीक साजो थकुचा कऽ सरि बराबर भऽ गेल छलैन्ह। ढुनमुनकाकीक पेटी पचकि कऽ निमकीक आकार ग्रहण कैने छलैन्ह। वस्तुजातक ई वेत्राचार देखि लालकाकी हकन्न कानय लगलीह।

ता ज्योतिषिआइन कैं चाउन्हि आबि गेलैन्ह। हुनका सभ केओ हाथे-पाथे उठा कऽ बाहर लऽ ऐलैन्ह। आवेशरानी आँचर सँ बसात करय लगलथिन्ह। पं. नमोनाथ झा एक चूरू पानि लऽ कऽ मुँह मे देबय लगलथिन्ह। किन्तु बूढ़ी हाथक इशारा सँ मनः कऽ देलथिन्ह। कुहरैत-कुहरैत कहलथिन्ह, "पहिने कुम्हड़क खण्ड सँ हमरा पारण कराबह, तखन कोनो वस्तु मुँह मे देबौह।"

भोलानाथ बटुकजी कैं पोल्हबैत बजलाह, “हौ बटुकजी! एहि ठाम तोंही सभ सँ बेसी चड़-फड़ छह। कत्तहु सँ कुम्हड़ ऊपर करह।”

बटुकजी अपना चातुर्यक दाबी करैत बजलाह, “ई कोन भारी बात है? सजकोहड़ो के कानो अकाल है? और सजकोहड़ा तऽ आइ हमरो फैदा करत।”

ई कहि बटुकजी बिदा भेलाह। तावत सभ केओं कल पर मुँह हाथ धोइत गेल। दातमनिक अभाव मे छाउर सँ दाँत रगड़ि टुटलाही साजीक कमची लऽ कऽ जिभिया भेल। स्त्रीगण अपन-अपन समसल नूआ फेरय लगलीह।

बटुकजी हलुआइक दोकान सँ एक दोना कुम्हड़क मोरब्बा नेने पहुँचलाह। से देखि बूढ़ी फुड़फुड़ा कऽ उठलीह। और-और लोक केरा तथा रामदानाक लड्डू खा कऽ पानि पिबैत गेल।

तावत गर्द उठल जे काशीक गाड़ी आबि रहल अछि। ई सुनितहिं यात्री-दल मे नव जोश भरि गेलैक। हाथें-पाथें गठरी-मोटरी नेने सभ लपकि कऽ बिदा भेल।

भाग्यवश जनानी गाड़ी मे किछु जगह खाली रहैक। लालकाकी अपना सम्पूर्ण दलक सहित ओहि मे प्रवेश कैलन्हि। कोनो-कोनो तरहें समावेश भेलैन्ह। किन्तु हाथाबाँहि मे एकटा माउगिक हुक्का मे धक्का लगलैक। तकर पानिक छिटका ज्योतिषिआइनक मुँह पर पड़ि गेलैन्ह। हुक्काक अशुद्ध पानि पड़ने ज्योतिषिआइन माहुरक घोंट पीबि कऽ रहि गलीह। किछु बजने मुँहक भीतर पानि पहुँच जइतैन्हि ताहि डरें ओ अपन घोंकचल मुँह कैं और घोंकचा कऽ ठोर मुनने रहलीह।

ढुनमुनकाकीक नेना ठाढ़े-ठाढ़े एगोटाक सातुक मोटा पर लघी कऽ देलकैन्ह। ओ माउगि जबर्दस्त रहय। ढुनमुनकाकीक पहुँचा पकड़ि सातुक दाम वसूल करय लगलैन्ह। आवेशरानी हुनकर हाथ छोड़ाबक हेतु उठलीह। तावत गाड़ी मे एंजिनक धक्का लगलैक। ओ तलमलाइत-तलमलाइत बेसम्हारि भऽ एक लहठीक चङेरा पर जा खसलीह। कइएक जोड़ लाल-पीयर लहठी भुरकुस भऽ गेलैक। आब लहेरिन हुनकर कोंचा धैलक। एहि तरहें जनानी-गाड़ी मे महाभारत मचि गेल।

ओम्हर मर्दानी गाड़ी मे कत्तहु जगह नहि। भोलानाथ प्रभृति सूपक भाँटा जकाँ एम्हर सँ ओम्हर ढ़ोङराय लगलाह। तावत एंजिन सीटी दऽ देलकैक। बटुकजी छड़पि कऽ हैंडिल पकड़लन्हि और पावदान पर चढ़ि गेलाह। भोलोनाथ तहिना कैलन्हि।

पं. नमोनाथ झा तहिना फानऽ लगलाह, किन्तु हैंडिल नहि धराइ देलकैन्ह। दोबारा चेष्टा करय चाहलन्हि, तावत गार्ड पकड़ि कऽ हटा देलकैन्ह। पं. जी चिचिया कऽ भोलानाथ कैं कहय लगलथिन्ह, “अहाँ अपने त...ल...ल...ल...ल...लटकल चलि जाइ छी, और हम एत्तहि छूटि गेलहुँ। आब हम क...क...की करू?”

ता गाड़ी धड़धड़ाइत बहुत आगाँ बढ़ि गेल जाहि सँ पं. जीक अरण्य-रोदन भोलानाथक कान मे नहि पड़लैन्ह।

क्रमशः बलिया, गाजीपुर होइत गाड़ी दू बजेक करीब सारनाथ पहुँचि गेल। आब अगिला स्टेशन काशीए भेटत, ई बुझितहि यात्री-दल बाबा विश्वनाथक जयघोष करय लागल। लालकाकीक दल आनन्दक उमङ्ग मे टहंकार सँ गीत उठा देलक,

बाबा विश्वनाथ मन्दिर मे सोनमा चमचम चमकै ना।

८

ग्रहण-स्नान

काशी स्टेशन पर उतरितहिं यात्री-दल कैं चारू कात सँ पंडाक झुंड घेरि कऽ चरो-बरो कऽ लेलकैन्ह। बाप-पितामहक नाम बूझि एक पंडा भोलानाथक आगाँ लगलैन्ह, दोसर पाछाँ। फाटक सँ बहराइतहिं भीम पंडा कुली कैं ललकारि एक ताङा पर पेटी लदबाबय लागल! ई देखि हनुमान पंडा लपकि कऽ अपने हाथ सँ मोटरी सभ उचडि कऽ दोसर ताङा पर राखय लागल। छीनाछोरी मे आधा-छीधा सामान कत्तहु गेल; आधा-छीधा कत्तहु। भोलानाथ कैं कोनो अक्क-बक्क नहि फुरलैन्ह। भीम पंडा हुनकर गट्टा पकड़ि कऽ एक दिस लऽ चललैन्ह। ई देखैत हनुमान पंडा बटुकजी कैं कोर मे उठा कऽ चाँपि लेलकैन्ह। बटुकजी ओकरा काँख तर सँ गारि पढ़य लगलथिन्ह। किन्तु ओ एकोरत्ती सुनबाहि नहि कैलकैन्ह। तखन बटुकजी किटकिटा कऽ दाँत सँ भम्होरय लगलथिन्ह। तावत दूनू ताङावाला अपन-अपन घोड़ा कैं टिटकारी दैत ओहिठाम पहुँचि गेल। आब ओहू दूनू कैं आपस मे बाझि गेलैक। स्त्री लोकनि 'शैलाधिराजतनया न ययौ न तस्थौ' जकाँ थकमकाइत रहि गेलीह।

एतबहि मे रेवतीरमण पालकी गाड़ी नेने पहुँचि गेलाह। पित्तीक पैर छुबैत बजलाह, "हमरा तऽ जानल छल जे आइ भोरक ट्रेन सँ उतरै जाएब तें भिन्सरे पहुँचल छलहुँ।"

भोलानाथ कहलथिन्ह, "हँ, सकुड़ी मे ओ गाड़ी छूटि गेल, ताहि सँ आबऽ मे देरी भऽ गेल।"

रेवती एम्हर-ओम्हर ताकि बजलाह, "पं. जी कैं नहि देखैत छिऐन्ह?"

भोलानाथ बजलाह, "हँ, ओ छपरा मे छूटि गेलाह। अगिला ट्रेन कय बजे अबै छैक?"

रेवती कहलथिन्ह, "एक गाड़ी दस बजे राति कऽ औतैक। ताहि सँ ओ पहुँचताह। आब हमरा फेरि स्टेशन पर आबय पड़त!"

ई रंग-ढंग देखि दूनू पंडा घसकि गेल। दूनू ताङा सँ पालकी गाड़ी पर सामान लदाय लागल। तखन पता लगलैन्ह जे बटुकक तसला वला बोरा गायब अछि।

बटुकजी कहलथिन्ह, "ई जरूर ओही पंडा के काम है। हम तऽ निम्मन जगती ओकरा बदमाशी के मजा चखा देती, लेकिन ऊ हमर हाथे सकपंज कैने रहे तऽ हम करै छी की?"

भोलानाथ अफसोस करैत बजलाह, "देख, एतेक गोटा छलहुँ। ककरो दृष्टि नहि पड़ल। और देखैत-देखैत द्रव्यजात लऽ कऽ पार भऽ गेल। भारी चाङला छल! यावत हमरा लोकनि गप्प मे बाझल छलहुँ तावत 'यैह ले वैह ले' पार भऽ गेल!"

रेवती कहलथिन्ह, "तखन ओ दूनू काशीक गुंडा छल। ई सभ 'गाँगो स्वाइत' जकाँ पहिनहि सँ सीखा-बुद्धी कैने रहै अछि। आब कि ओकर पता भेटत?"

'बोरा लऽ गेल' ई सुनैत लालकाकी माथ पीटय लगलीह। थारी-बाटी, लोटा-गिलास, तमघैल, बहुगुना-सभक गुन मन पड़य लगलैन्ह। बजलीह, "गैंटक गैंट बासन साँठि कऽ लाएल छलहुँ! से सभटा उचङि लेलक! कोढ़िया लाहेब कैलक।"

लालकाकी ओकर 'सराध-विट्टारि' करय लगलीह और भोलानाथ बर्तन-वासनक दाम जोड़य लगलाह। रेवती कहलथिन्ह, "आब एहि सभ सँ कोन फल? जकरा अंश मे छलैक से लऽ गेल। आब डेरा पर चलै चलू।"

पालकी गाड़ी ढकर-ढकर करैत असीघाट दिस चलल। बाट मे एक 'स्कुलिया लड़की' कैं साइकिल पर चढ़लि देखि बुच्चीदाइ कहलथिन्ह, "देखही गे माय! कोना हँकने जाइ छैक?"

लालकाकी कैं बासनक सोच रहि-रहि कऽ हूर मारै छलैन्ह। बजलीह, "गै छौंड़ी! बेसी लुचलुच नहि कर। तोहूँ ओहिना चढ़ि कऽ चलिहैं। हम सोचे मरल जाइ छी, एकरा धन सन!"

आवेशरानी कहलथिन्ह, "तऽ! कतेक रासे 'पात्र' छलैक। हमरो जी कचरैत अछि।"

तावत ढुनमुनकाकीक नेना भूपाली राग पसारि देलकैन्ह। लालकाकी लोहछि कऽ बजलीह, "ई छौंड़ा तऽ और उकछा कऽ छोड़ि देलक। कौखन संचमंच नहि रहत। एहन कनना नेना ने देखलहुँ। एकोबेर मुँह मे सपटीओ तऽ ने लगैत छैक।"

किन्तु नेना और जोर सँ चिचियाय और खुरछाड़ी काटय लगलैन्ह। तखन लालकाकी ओकरा झमोरि कऽ ढुनमुनकाकीक कोर मे पटकि देलथिन्ह, "राखू अपन बेटा कैं। लंगो चंगो कऽकऽ छोड़ि देलक! तखन सँ उछन्नर कैने अछि!"

ढुनमुनकाकी खिचले चाट ओकरा गाल पर लगबैत बजलीह, "धमधुसरा मरबो तऽ ने करै छै! कहाँ सँ ऐबो कैल!"

डेरा पर पहुँचि रेवती कहलथिन्ह, "यैह मकान भाड़ा लेल गेल अछि। अहाँ लोकनि सुचित्त होइ जाउ। तावत हमरा सब बाजार जाइत छी। बटुकजी! जौं तेल भरबाक हो तऽ लालटेन लऽ लेब।"

भोलानाथ बजलाह, "जाह! लालटेन तऽ गाम पर बिसरि गेल। चलय काल ककरो सोहे नहि रहलैक।"

बटुकजी कहलथिन्ह, "हमरा याद तऽ पड़ल रहे, लेकिन जतरा के बखत लालटेन के नाम केङ्गत कऽ लीती? सब हमरे पर मार-मार कऽ छुटैत!"

लालकाकी 'लाल'क नाम द्वारें लालटेन के 'रामटेन' कहैत रहथिन्ह। बजलीह, "यात्रा पहर 'तेल' क नाम नहि लऽकऽ 'चिकनइ' बाजक चाही। किन्तु 'रामटेन' कहने कोन दोष?"

पुरुषवर्ग डेराक सलतनत कय आवश्यक वस्तु किनय-बेसाहय बाजार चललाह।

स्त्रीगण ओसारा पर सतरंजी बिछा सुस्ताय लगलीह। ज्योतिषिआइन पेटुकुनियाँ दऽ कऽ कुहरय लगलीह, "आहि, आहि, आहि! गत्तर-गत्तर टूटल जा रहल अछि।"

भखराइनवाली हुनक तात्पर्य बूझि पैर जाँतय लगलथिन्ह। ज्योतिषिआइन कहलथिन्ह, "हँ ओहिना कऽ घुट्टी दबा दियऽ। भगवान बेटा देथु।...कनेक और जोर सँ...हाँ, हाँ...ओतेक जोर सँ नहि। जाउ, लोहछा देलहुँ।"

ज्योतिषिआइन कैं जँतबैत देखि लालकाकी अपना देयादनी पर अनुरोध करैत बजलीह, "गै बुचिया! पितियाइनक पैर टटाइत हेतौक कनेक ससारि दहुन!"

ढुनमुनकाकी कैं एहि कथाक गूढ मर्म नहि बूझि पड़लैन्ह। ओ पैर पसारि कऽ बुच्चीदाइ सँ मुक्की लगबाबऽ लगलीह। और ई देखि लालकाकी कैं विवेक छुटलैन्ह। अभिरोष करैत बाजऽ लगलीह, "संसार मे ककरो केओ नहि! जखन अपना कोखिक धी-बेटी अपन नहि होइत छैक, तखन अनकर बाढ़लि देयादनी-गोतनी की काज औतैक? हम तऽ अन्तकाल धरि मैंयाक अप्पन भरि सेवा करैत गेलिऐन्हि। मुइतो काल आशीर्वाद देलन्हि—'ऐ मधुरानी! अहाँ बड़ सेवा कैल। भगवान हमरा सन मौगति सभ कैं देथुन्ह।' मुदा आबक बहुरिया ककरो गोदानैत छैक? जेठ जेठानुस कैं देखि कऽ जाँतक डरें छीह कटैत अछि। कनिया-बहुआसिन अपने फुरने तेल-कूर लगाओति से तऽ आब सिहन्ते रहत। कनेक आङुर फोड़य कहबैक तऽ आङुरे तोड़ि कऽ धऽ देति। आब अपने समाङ पर भरोस राखक चाही।"

किन्तु लालकाकीक तीर खाली गेलैन्ह। किऐक तऽ ढुनमुनकाकी एतेक ठेहियाइलि छलीह जे थकनी उतरबैत-उतरबैत हुनका झक लागि गेलैन्ह।

अपना बातक सुनबाहि नहि होइत देखि लालकाकी कैं और बेसी पित्त उठलैन्ह। ढुनमुनकाकी कैं देखि कऽ हुनका ढीठ, थेथर, अलच्छ ओ कर्कशा स्त्रीक सभटा उपलक्षण मन पड़य लगलैन्ह। ओ दयादिनी कैं वेधक हेतु चुनि-चुनिकऽ अन्योक्ति, वक्रोक्ति, ओ व्यंग्योक्तिक विषाह बाण छोड़य लगलीह। आवेशरानी कैं संबोधन कय कहऽ लगलथिन्ह, "मैंया कतेक फकरा जनैत रहथि तकर ठेकान नहि! एकटा 'ढीठ माउगि' पर कहथिन्ह,

आहि! आहि। आहि! बड़ मथवाहि!
धान कुट रे मनुसा! हम दुख मरै छी!
आहि! आहि! आहि! बड़ सुलवाहि!
घूरि बैस रे मनुसा! हम सुरपेटै छी।

एकटा 'अलच्छ' पर कहथिन्ह—

लछमिनि दैया।
तों कोना बुझलैं रे भैया।
ओलतीक खढ़ चढल गऽ टोइया।
तैं हम बुझलौं लछमिनि दैया!

एकटा 'छुद्रघंटी' पर कहथिन्ह—

डोली सँ बहु लऽबऽली
ऐपन देखि विधुअइली।
कोन धी-डाही ऐपन देल?
सेर भर चाउर मोर ऐपनहिं गेल!
तेहन बनाएब घर तेहन बनाएब।
ऐपन पोछि कऽ लिट्टी लगाएब।

एकटा 'भरछुलाहि' पर कहथिन्ह—

ओ धीजरुआ तीन तिमन संग,
नोन तेल मिरचाई!
हम कुलवन्ती छुच्छे खाइ छी,
दही दूध मिठाई!

एकटा 'कर्कशा' पर कहथिन्ह—

सुतल-पड़ल हम सब देखै छी,
कनखी ककरा दै छी?
मारि लाठिए हम घूठ तोड़ै छी,
तरकी बेचि कऽ बरद किनै छी।
ईह! सुतल पड़ल जे यैह अरजै छथि।
आनक तरकी बलहुँ बेचै छथि।
कहथि 'घुटर कवि' सुनऽ हो कका!
आबक बहुआसिनक की करै छऽ लेखा!"

किन्तु एतेक कहलो पर ढुनमुनकाकीक ध्यान आकृष्ट नहि भेलैन्ह। ओ पूर्ववत औंघी मे भेर भेलि शान्तिपूर्वक अपन पैर जँतबैत रहलीह। ई देखि लालकाकीक ज्वालामुखी भभकि उठलैन्ह। ओ एकेबेरि बुमकार छौड़ैत दैयादिनी पर छुटलीह, "अयँ ऐ! बड़ सधोरि अहाँक जे पुरुषाइन बनि कऽ हमरा सोझा टाङ पसारने छी!"

आब जा कऽ ढुनमुनकाकी कैं होश भेलैन्ह जे एतीकाल सँ हुनके पर फुलझड़ी छुटैत छलैन्ह। ओ बुच्चीदाइ कैं झटकारि कऽ कहलथिन्ह, "कोन पाप लागल जे हम हिनका बेटी कैं अपन पैरो छूबय देलिऐन्ह! बुच्चीदाइ हमरा दूरि करबैत छथि। जौं हमरा लग नहि अबितथि तऽ एतेक फज्झति-गंजन किऐक होइत? हम तऽ सोझिया लोक! एतेक राग-स्याख की जानऽ गेलिऐ?"

ई कहैत-कहैत ढुनमुनकाकी कैं घघा कऽ नोर बहय लगलैन्ह।

बुच्चीदाइ पितियाइनक पक्ष लैत बजलीह, "ऐं गै! तों अपने जताबहू कहलहुन और आब उनटे बिगड़बो करै छहुन!"

लालकाकी लोहछि कऽ बजलीह, "गै धोंछी! तो बीच मे लुब-लुब नहि कर। तोरो बुझलिऔक। एतेक तऽ नहि भेलौक जे माय थाकलि अछि।"

बुच्चीदाइ अपना माइक पैर जाँतऽ गेलीह, किन्तु ओ जोर सँ हाथ झटकि कऽ कहलथिन्ह, "आब जे हमर पैर छुबय से हमरे माथ लात देबय। जौं भक्ति रहितौक तऽ पहिनहि ने अबितैं! हम एहन खङएटल नहि छी जे रकटल जकाँ अपने मने पैर पसारि देबौक।"

तावत आवेशरानी आबि कऽ गोबर-माटि लगाबय लगलीह, "जाय दियऽ। जे भेलैक से भऽ गेलैक। तीर्थ स्थान मे आबि कऽ केओ झगड़ा-दन्न करय?" ज्योतिषिआइन कहलथिन्ह, "जाउ ऐ भखरावाली! अहाँ फुचुकरानी कैं चुप्प कऽ दिऔन गऽ। रूसल कैं बौंसी नहि, फाटल कैं सीबी नहि, तऽ बढ़ले ने जाय!"

लालकाकी सरदारक टोन मे बजलीह, "ऐ फुचुकरानी! आबो अपन भाभट समटू। नहि त हमहीं कतहु पड़ा कऽ चलि जाइ छी।"

ढुनमुनकाकी गर घिंचैत अपना कर्मदोषक घमर्थनि करय लगलीह।

तावत ओम्हर सँ रेवतीरमण, भोलानाथ और बटुकजी बासन, घैल, बाढ़नि, डिबिया, जारन ओ सीधा-सामग्री नेने पहुँचि गेलाह। रेवतीरमण कनेक क्षुब्ध होइत कहलथिन्ह, "एहिठाम कथीक घाँउ-माँउ होइत छल? अबतहिं एना घोंघाउज होमय लागल! 'मिसर' औताह तऽ ई सभ देखि कऽ की कहताह?"

आब शान्त भेला पर स्त्रीगणक विचार भेलैन्ह जे सभ सँ पहिने गंगास्नान होएबाक चाही। बटुकजी और भोलानाथ कैं डेरा अगोरऽ लेल छोड़ि रेवतीरमण सभ स्त्री कैं लऽ कऽ घाटक बाट धैलन्हि। असीघाट पर पहुँचि लालकाकी बजलीह, "धन्य भाग जे आइ एहन दिन भेल! काशीक गंगा भेटलीह। देखिते सभ पाप कटित भऽ गेल।"

ई कहि ओ उमकि कऽ गीत उठा देलन्हि—

गंगा माइक लहरी।
देखैत सकल पाप गेल बहरी।

स्त्रीगण पहिने एक चूड़ गंगाजल माथ पर सिक्त कय गंगाजी मे पैसलीह। लालकाकी घुमि-घुमि कय अपना घर भरिक साँती डूब देमय लगलीह।

ऊपर भेला पर सभक विचार भेलैन्ह जे आइ गंगाजले मे भानस होऐ। आवेशरानी घैल में गंगाजल भरि लेलन्हि। थोड़ेक दूर ऐला पर सब्जी-मण्डी भेटलैन्हि। रेवती कहलथिन्ह, "जौं कोनो तरकारी पसन्द पड़य तऽ किनने चलू।"

बुच्चीदाइ बजलीह, "गे दाइ! ई कोन कदीमा छैक? एहि रंगक कदीमा नै कहियो देखने छलिऐक!"

लालकाकी कहलथिन्ह, "तों देखलैं कहिया? सावन जनमला गीदड़; भादव आएल बाढ़ि। कहलन्हि जे एहन बाढ़ि कहियो ने देखल!"

रेवतीरमण कहलथिन्ह, "नहि नहि! तोरा सभ नहि चिन्हलही। ई बनारसी भाँटा थिकैक।"

लालकाकी बजलीह, "ऐं! भाँटा छैक? तखन तऽ यैह नेने चली। आइ राति एकर साना होऐ।"

ज्योतिषिआइन कहलथिन्ह, "हम तऽ द्वादशी कैं भाँटा खाएब नहि। भेटैत तऽ किछु फल-फलहरी एम्हरे से किनने चलितहुँ।"

तावत आवेशरानी चमकि कऽ बाजि उठलीह, "देखथुन्ह ऐ बहिना! बनारसी बैर जे सुनै छलिऐक से देखथुन्ह तऽ कतेक-कतेक टा होइ छैक! और केहन उज्जर!"

भखराइनवाली आश्चर्यित भय बजलीह, "ऐं! आइ-काल्हि भादव मास बैर कतय सँ ऐलैक?" ई कहि ओ एकटा उठा कऽ ज्योतिषिआइनक हाथ मे देबय लगलथिन्ह।

तावत रेवतीरमण लग मे पहुँचि कहलथिन्ह, "हाँ, हाँ! छोड़ू छोड़ू! ई अंडा छैक।"

ई सुनैत देरी ज्योतिषिआइन कैं काठ मारि देलकैन्ह। अंडा हाथ सँ छूटि कऽ नीचा खसि पड़लैन्ह और फच दऽ फूटि गेलैन्ह। अंडावाली दाम वसूल कऽ लेलकैन्ह। ज्योतिषिआइन आ भखराइनवाली पुनः स्नान करय गेलीह।

तावत लालकाकीक नजरि एक चुड़िहारिन पर पड़ैलैन्ह। ओ बुच्चीदाइक फानक चूड़ी मोलाबय लगलीह। जखन ओ लवादुआ नहि गछलकैन्ह, तखन बेटी कैं कहलथिन्ह, "चल, ई भारी महघोरनी अछि; एकरा सँ नहि पटतौक। एखन गंगोस्नान कैनेछैं। की एकरा सँ छूति करबैं?"

डेरा पहुँचला पर लालकाकी बजलीह, "एक मनोरथ तऽ पूर भेल। आब बाबाक दर्शन भऽ जाइत तँ जन्म सफल होइत।"

भोलानाथ कहलथिन्ह, "बेस, हर्ज की? अहाँ लोकनि 'कंटीर'क संग दर्शन कऽ आबै जाउ। तावत हमरा लोकनि भानस-भातक उद्योग मे लगै छी। जखन अहाँ लोकनि आएब तऽ हम और बटुकजी दर्शन कऽ अबै जाएब। की हौ बटुकजी?"

बटुकजी चूल्हि पजारैत बजलाह, "और न की? बाबा की कहीं भागल जाइ छथ! जब ऐलीहऽ तब देखबे करबैन कि बाँकी रहतन?"

लालकाकी आदि समस्त स्त्रीगण हुलसि कऽ बाबाक दर्शन करक हेतु बिदा भेलीह। कइएक गली पार कय मन्दिरक द्वार पर पहुँचलीह। मन्दिर मे बाबाक शृंगारक उपरान्त आरती भऽ रहल छलैन्ह। घंटाध्वनिक संग संग 'बम बाबा विश्वनाथ'क पवित्र नाद सुनि तथा दिव्य धूप-कर्पूर ओ बेलपत्रक सुगन्ध सँ गमगम करैत प्रांगण मे आबि, लालकाकी कैं बूझि पड़लैन्ह जे सद्यः बैकुण्ठ धाम मे पहुँचि गेलहुँ। ओ आनन्द मे विभोर भऽ बारम्बार 'साष्टाङ्ग' करय लगलीह।

हिनका लोकनिक भक्तिभाव सँ आकृष्ट भय एक ब्राह्मण देवता आबि कऽ संग लागि गेलथिन्ह। कहलथिन्ह जे "केवल पाँचे मुद्रा मे विधिवत दर्शन-पूजा करा देब।" रेवती किछु बाजक चाहलन्हि, किन्तु माइक मुख-मुद्रा देखि साहस नहि पड़लैन्ह। ब्राह्मण झट दऽ धतूर-बेलपात आनि कऽ लालकाकीक हाथ मे देलथिन्ह और संकल्पक मंत्र पढ़ाबय लगलथिन्ह।

मन्दिर मे रेड़ि पड़ैत छल। ई लोकनि कोनहुना भीतर प्रविष्ट भेलीह, किन्तु ओहि अगणित नरसमुदाय मे पड़ि कऽ पिसीमाल होमय लगलीह। ब्राह्मण देवता धकियबैत-फकियबैत कोनो-कोनो तरहें हिनका लोकनि कैं जलढ़री लग लऽ ऐलथिन्ह और बाबाक दर्शन करा देलथिन्ह। सभ आनन्द सँ गद-गद भय निर्माल्य लैत गेलीह। केवल एकटा दुर्घटना ई भेल जे ज्योतिषिआइन निहुरि कय जल ढारैत रहथि, तावत पाछाँ सँ तेहन धक्का लगलैन्ह जे लोटा नेने देने महादेव पर खसि पड़लीह। कपार फूटि गेलैन्ह। सभ लोक हुनका झटपट उठा कऽ बाहर लऽ अनलकैन्ह। स्वस्थ भेला पर गीत उठि गेल—

हरह सकल दुख मोर, हो भोला बाबा!
हरह सकल दुख मोर!

पं. नमोनाथ झा कैं जखन दस बजे राति कऽ काशी स्टेशन पर पकड़लकैन्ह तखन टिकटक हेतु "भ भ भ भोलानाथ" क गोहरि करय लगलाह। किन्तु भोलानाथ ओहिठाम रहथि तखन ने! टी. टी. सी. हुनका धऽ कऽ स्टेशन मे लऽ गेलैन्ह। तोतराइत-तोतराइत कहलथिन्ह—"छ छ छ छ छपड़ा मे छ छ छ छ छ बजी गाड़ी छ छ छ छ छ छड़पऽ मे छ छ छ छ छूटि गेल।"

किन्तु एतेक छ छ छ छ क छेकानुप्रासक छटा सँ छानि कऽ छिट्ट-पुट्ट शब्दक अभिप्राय बुझबा मे स्टेशन मास्टरक छक्का छूटय लागल।

तावत रेवतीरमण पं. जीक टिकट नेने पहुँचि गेलथिन्ह। पं. जी बिगड़ि कऽ कहलथिन्ह, "तों कनेक और पहिने अबितह तऽ हमरा ट ट ट ट टी टी टी टी टी टी.सी. किऐक धरैत?"

डेरा पहुँचला पर पं. जी कैं देखितहि सभ लोक हाल-चाल पूछऽ लगलैन्ह। पं. जी खिसिया कऽ भोलानाथ कैं बड्ड बात कहलथिन्ह। तकर सारांश ई जे "हम ओतेक चिचिऐलहुँ और अहाँ एको बेर टेरबो नहि कैलहुँ। हमरा बाट मे जे जे पराभव भेल अछि से हमहीं जनै छी।"

पं. जी कैं सभ सँ बेसी खीस भेलैन्ह भखराइनवाली पर जे "ओ जौं यथार्थ अर्धांगिनी रहितथि तऽ स्वामी कैं छपरा मे छुटैत देखि आगाँ नहि बढ़ितथि।" एहि पित्ते ओ अपना स्त्री सँ मुँहाबज्जी बन्द कऽ लेलन्हि।

देखैत-सुनैत दू दिन बीति गेल। एहि बीच मे लालकाकी सांग-सायुध-सवाहन काशी विश्वनाथक परिक्रमा करैत ज्ञानवापी, ढुंढ़िराज, साक्षीविनायक, अन्नपूर्णा, दशाश्वमेध, मणिकर्णिका, सभ सँ परिचित भऽ गेलीह। एक दिन 'माधोरावक धरहरा' पर चढ़ैत गेलीह। दोसरा दिन 'भारतमन्दिर' देखि ऐलीह। बीच-बीच मे कतेक छोट-मोट मनोरंजक अनुभव प्राप्त भेलैन्ह से विस्तार-भय सँ नहि देल जाइत अछि।

आइ पूर्णिमा थिकैक। राति मे ग्रहण लगतैक। नौ बाजि कऽ चालिस मिनट पर स्पर्श और बारह बाजि कऽ दस मिनट पर मोक्ष। ई अढ़ाइयो घंटा लालकाकी लोकनि गंगाजले मे ठाढ़ि रहतीह।

साँझे सँ हड़बिड़रौ उठय लागल जे "सबेरे-सकाल भोजन-छाजनक काण्ड समाप्त भऽ जाय। नहि तऽ कनेको ग्रहणक स्पर्श भऽ गेने सभटा भानस-भात दूरि जाएत।"

आइ काशीक प्रत्येक घाट पर जनताक बाढ़ि उमड़ल अछि। असंख्य नरमुण्डक तरंग लहरा रहल अछि। नीचा गंगाजीक हिलकोर, ऊपर जनसमुद्रक लहरि! दूनू एक दोसर सँ मिलक हेतु व्यग्र भऽ रहल छथि।

एतबहि मे गर्द उठल, "ग्रहण लागि गेल। ग्रहण लागि गेल!"

आब तऽ धमगज्जर मचय लागल। हाँजक हाँज लोक अबल-दुबल कैं पिचैत धड़ैत, आगाँ बला कैं ठेलैत, आड़िक रस्सा फनैत और स्वयंसेवक दल कैं रेड़ैत, गंगाजी मे भेड़ियाधसान करय लागल।

भीड़-भड़क्का मे कतहु नेना भुटका पिचाएल, कतहु वृद्ध पछड़ि कऽ खसलाह; कतहु वृद्धा पिछड़ि कऽ खसलीह। कतहु मारि बजरि गेल। तथापि पुण्य लूटक लोभ मे केओ पाछाँ पैर नहि कैलक।

देखैत-देखैत सम्पूर्ण स्थल-सेना जल-सेना मे परिणत भऽ गेल। सहस्त्रो नर-नारी आकण्ठ जल मे ठाढ़ भय ऊपर टकटकी लगौलन्हि। कतेको पंडित राहुरूपी दैत्य कैं चन्द्र देवताक उद्धारक हेतु नाना प्रकारक श्लोक-मंत्र पाठ करय लगलाह। घाट पर चाण्डालक झुंड 'ग्रहणदान! ग्रहणदान!' करैत घुमय लागल। ओकर छायाक छूति सँ नैष्ठिक कर्मकांडी पड़ाय लगलाह! किन्तु द्विज देवता कैं डोमरूपी राहुक ग्रास सँ बाँचब कठिन भऽ गेलैन्ह।

लालकाकीक दल दशाश्वमेध घाट पर एक बड़का धक्काक लहरि मे पड़ि अनायासे भरि ठेहुन पानि धरि पहुँचि गेल। ककरो चलबाक कष्ट नहि उठाबय पड़लैक। किन्तु एहि लहरि मे पड़ने ढुनमुनकाकीक नेना पिचा कऽ अधमरू भऽ गेलैन्ह। ओ चिचिऐलीह, "दैव रे दैव! देखथुन्ह, कीदन भऽ गेलैक।" लालकाकी कहलथिन्ह, "दाँती लागि गेलैक अछि, औना कऽ बेदम भेल अछि। बसात दिऔक।" भोलानाथ बालग्रहक मंत्र पढ़ि-पढ़ि आँखि पर पानि छिटय लगलथिन्ह।

ज्योतिषिआइनक मुँह मे केवल एकेटा दाँत छलैन्ह जे भात खैबा काल मिझरा जाइत छलैन्ह। बहुत दिन सँ उखड़बाबक हेतु सपरै छलीह। आइ ई काज अनायासे सम्पन्न भऽ गेलैन्ह। भीड़ मे ककर हुथुक्का कल्ला मे लगलैन्ह से तऽ नहि बूझि पड़लैन्ह, किन्तु मसकूर छनछनैला पर जखन जीभ सँ टोएलन्हि तखन पता लगलैन्ह जे दाँत नहि अछि। ओ ई बुझि सन्तोष करय लगलीह जे दुर्गतियो सहने दाँत कैं तऽ सद्गति भेल। किन्तु एक बातक असौकर्य ई भेलैन्ह जे अढ़ाइ घंटा धरि कुङ्कर करबाक उपाय नहि। कारण जे ग्रहणक मध्य मुँह मे जल देने कण्ठ मे घोटैबाक भय छलैन्ह।

भखराइनवाली गंगाजल सिक्त करक हेतु आँखि-कान पर हाथ देलन्हि तऽ विदित भेलैन्हि जे एकटा बीरझुम्मक वीरगति कैं प्राप्त कैलक। किन्तु ओ कानक जड़ि कैं चँछैत अपन स्मारक चिह्न छोड़ने गेल छलैन्ह। हुनका ज्योतिषक हिसाबें एहि ग्रहणक फल 'मृत्यु' होइत छलैन्ह, ताहि डरें ओ एको बेरि ऊपर आँखि उठा कऽ तकबो नहि कैलन्हि।

एवं प्रकारे सभ कैं किछु ने किछु ग्रहणक फल भेटि गेलैन्ह। चन्द्र देवता कैं राहुक ग्रास मे पड़ल देखि जनता त्रास सँ हाहाकार करय लागल। लगातार दू घंटा धरि भरि छाती जल मे रहने चन्द्राभिमुखी कोमलांगीगण हिमवत शीतल भऽ गेलीह।

ठाढ़ेठाढ़ किनको पैर मे बघा लागि गेलैन्ह। किनको झुनझुनी भरि गेलैन्ह। किन्तु बिनु उग्रास भेने एहि सँ उद्धार कोना होय?

राहुक पंजा सँ चन्द्रदेवक छुटैत देरी जयजयकार होमय लागल। दैत्यदलनकारी भगवानक स्तुति चतुर्दिक्षु प्रतिध्वनित भऽ उठल। आनन्द-बधाबा बाजय लागल।

अर्द्धरात्रिक उपरान्त लालकाकी लोकनि इष्टदेवताक मंत्र जपैत डेरा पर अबैत गेलीह। पं. नमोनाथ झा प्रभृति यज्ञोपवीत बदलऽ लगलाह। घैल मे कुश गंगाजल देल गेल। माटिक बासन-पातिल फेका गेल।

ग्रहणक दोसरे दिन मोटरी-चोटरी बन्हाय लागल। यात्रीदल कैं घरक उचाट लेलकैन्ह। किन्तु लालकाकी बेटीक संग मास करक लाथे रहि गेलीह। और सभ केओ तैयार भऽ कऽ बिदा भेल।

चलैत काल सभक आँखि मे पानि भरि ऐलैन्ह। आवेशरानी नोर पोछैत बजलीह, "बहिना, 'संगक सुख बनारस जाइत' त भऽ गेल। किन्तु फिरती बेरि संग फुटुकि गेल।"

लालकाकी कहलथिन्ह, "की कहिऔन्ह बहिना! हमरो प्राण तऽ घरे पर टाङल अछि। कार्तिक-स्नानक बाद लगले बिदा भऽ जाएब।"

ढुनमुनकाकी देयादिनी कैं प्रणाम करैत कनैत-कनैत कहलथिन्ह, "हमरा सँ बहुत अपराध भेलैन्ह, कहल-सुनल माफ करिहथि।"

लालकाकी हुनका भरिपाँज धऽ कऽ उठबैत कहलथिन्ह, "आब घरक सभटा भार अहीं पर। जाइते चिट्ठी देब। जनै छी भगवान कहिया घरक मुँह देखौताह!"

तावत घोड़ागाड़ी आबि गेलैन्ह। पं. नमोनाथ झा चिचिया कऽ भोलानाथ कैं कहलथिन्ह, "आब सभ कैं च च च च चढ़ऽ कहिऔन्ह; नहि त च च च चरिबज्जी ट्रेन छूटि जाएत।"

९

बुच्चीदाइक 'एडुकेशन'

प्रोग्रामक अनुसार सी.सी. मिश्रा सासुरक डेरा मे आबि गेलाह और रेवतीरमण हुनक निर्देशानुसार बुच्चीदाइ कैं पढ़ाबय लगलथिन्ह। चिट्ठी-पत्री तऽ बुच्चीदाइ पहिनहि सँ जनैत छलीह। आब व्याकरण, साहित्य, गणित, इतिहास और भूगोलक श्रीगणेश भेलैन्ह।

प्रथम दिन, 'कर्ता' 'कर्म' 'क्रिया' सँ प्रारम्भ भेल। लालकाकी कुतूहलवश कोनटा लागि, कान पथने सुनैत रहलीह जे ओ की सभ पढ़ैत अछि। किन्तु बेसीकाल धरि नहि सुनि भलैन्ह। हतोत्साह भऽ बजलीह, "ऐं हौ। और कोनो नीक बात सभ नहि भेटैत छौह जे अलच्छे बात सभ बुझबैत छहौक। क्रिया कर्म मुइला पर होइत छैक, कर्ता मुँह मे ऊक दैत छैक। ई सभ तऽ कंटाह पुरोहितक धिया-पुता सिखय जकरा यजमनिका पुजाबक होइ। हमर बेटी ई सभ जानि कऽ की करति? अशुभ बात केओ भाखय! हमरा मुइला पर एकर सभक विचार करिहऽ।"

राति मे 'ठाकुर'क चीनी देल दालि तथा छेनाक 'डालना' मुँह मे दैत लालकाकीक जी ओकाय लगलैन्ह। ओ प्राते भेने अपन भानस फुटका लेलन्हि।

दोसर दिन रेवतीरमण बुच्चीदाइ कैं 'एकवचन' 'बहुवचन' बुझाबय लगलथिन्ह। लालकाकी आँच पजारैत छलीह। काँच जारनक धुआँ सँ आँखि-नाक भरल छलैन्ह। बारम्बार 'बहुवचन' 'बहुवचन' सुनैत-सुनैत लालकाकी कैं काष्ठाग्निक स्थान मे क्रोधाग्नि प्रज्वलित भऽ उठलैन्ह। बजलीह, "ऐं हौ! एक पहर सँ हाय 'बहुवचन' कि हाय 'बहुवचन'! दोसर कोनो बचने नहि सुनैत छिऔह। माय भकसी झोंकाइत छौ और तोरा बहुवचन मोन पड़ैत छौह! एकोबेरि मायवचन मुँह सँ बाहर होइतौह तखन ने बुझितिऔह जे सपूत भेलाह!"

राति मे जखन लालकाकी 'कार्तिक चौरान् नाशय' जपैत सुतय गेलीह तऽ बुच्चीदाइ कैं चिन्तित देखि पुछलथिन्ह, "तोरा की होइ छौक जे कच्छमच्छ करै छैं? निन्द किऐक नहि पड़ैत छौक?"

बुच्चीदाइ उदास भऽ कहलथिन्ह, "भैया कहने छथिन्ह जे छौ टा कोन-कोन भूत होइ छैक तकर सभक नाम और कोन-कोन भूत मे 'न' लगै छैक से सभ ठेकान राखक लेल। सैह सभ मन पाड़ै छिऐक।"

ई सुनितहि लालकाकी क्रोध और भय सँ थरथर काँपय लगलीह। बेटा कैं सोर पारि कय बजलीह, "महावीर जी तोरा कहिया सुमति देथुन्ह? काल्हि राति क्रिया-कर्म, तऽ आइ राति भूत! यैह सब बात तोरा पढ़ाइ मे लिखैत छौह? हम कहैत छलौंह जे रामायण-महाभारतक नीक-नीक बात सिखौथिन्ह तऽ हमहूँ सुनब। से सिखबैत छथिन्ह की तऽ भूत-प्रेत-बैताल! कोन-कोन भूतक की नाम होइ छैक? कोन-कोन भूत नकियाइत अछि? बाप रे बाप! आइ भरि राति हम घिघियाइत रहब। खबरदार जे आइ दिन सँ फेरि कहियो राति कऽ भूतक नाम लैत गेलाह!"

ई कहि लालकाकी भयक मारे 'हनुमान चालीसा' पाठ करय लागि गेलीह।

तेसर दिन बुच्चीदाइ हिसाब शुरू कैलन्हि। साधारण जोड़-घटाव तऽ जनिते छलीह। आब 'भिन्न' सँ प्रारम्भ कैलन्हि। रेवतीरमण 'हर' 'अंश' बुझबितहि छलथिन्ह कि लालकाकी आबि पहुँचलथिन्ह। एहि बेर सन्तुष्ट होइत कहलथिन्ह, "हँ, ई सभ बात पहिने जानि लेत से नीक। 'भिन्न' तऽ सासुर मे कहियो ने कहियो होमहि पड़तैक। तखन कतेक 'अंश' भेटतैक, कैं टा 'हर' अपन हैतैक, से सभ नीक जकाँ बुझा दहौक। मिसरक देयाद-गोतिया तऽ पहिनहि सँ सभ हड़पने छैन्ह। इहो जौं होशियार भऽ कऽ जाइति तखन ने बाँट बखरा करा कऽ अपन हिस्सा लेति।"

एक दिन रेवतीरमण छन्दक पुस्तक खोलि बुच्चीदाइ कैं 'सवैया' क मात्रा बुझबैत रहथिन्ह। लालकाकी बजलीह, "ई त हमहूँ बुझा देबैक। एक सवें सवाइ, दू सवें अढ़ाइ, तीन सवें...जरलाहा मने नहि पड़ैत अछि।"

रेवतीरमण कहलथिन्ह, "पहाड़ा वाला सवैया नहि। ई पिंगल पढ़ैत अछि।"

लालकाकी उत्तेजित भऽ कऽ बजलीह, "बापक गर मुङरी पूतक गर रुद्राक्ष! तोहर बाप हमरा सामने कहियो 'पिंगल' छँटबे नहि कैलथुन्ह और तोरा सभ एखने सँ 'कठपिंगल' बनै जाइ छह। ई बैसलि-बैसलि पिंगल छाँटति तऽ आश्रमक काज कोना चलतैक?"

बुच्चीदाइ 'पिंगल' छोड़ि 'गज: गजौ गजा:' घोखय लगलीह।

लालकाकी आँटा सनैत बजलीह, "हम मरै छी, तों गजै छैं। ई कोन पढ़नाइ कहबैत छैक? हम चीकस गीजी और तों हमरा कचकचाबैं-गजं गजौ गजान्। आबि कऽ सोहारी बेल, नहि तऽ सभ पंडितारै बहार कऽ देबौक।"

एक दिन रेवतीरमण पठान और मुगल बादशाहक वंशावली बुच्चीदाइ कैं बुझबैत रहथिन्ह। ई देखि लालकाकी पुछलथिन्ह, "मियाँक वंशावली सँ एहि लोक कैं कोन प्रयोजन?"

रेवती : "मिसर कहने छथिन्ह जे..."

लालकाकी : "हुनका वंश मे मोगल पठान सँ विवाह-दान चलैत हैतैन्ह, तैं चौदहो पीढ़ीक नाम अभ्यास छैन्ह। हमरा सभ कैं ओकर उतेढ़ि जनने कोन फल? एहि गोत्राध्याय सँ तऽ विष्णुसहस्रनाम पाठ करति तऽ धर्मो होएतैक।"

एक राति बुच्चीदाइ कैं ध्यानमग्न देखि लालकाकी पुछलथिन्ह, "की सोचैत छैं?"

बुच्चीदाइ कहलथिन्ह, "बिलायतक पहिल 'जार्ज' बादशाह कहिया मुइलैक से मन पाड़ै छिऐक।"

लालकाकी मुँह गोंहछा कऽ बजलीह, "अनकच्छल बात सुनि कऽ देहो जरैये! बिलायतक बादशाह सँ तोरा कोन काज? ओ तोरा तीन मे कि तेरह मे? कहियो मरौ? तौरा की एकोद्दिष्ट करबाक छौक जे ओहि पाछाँ बेहाल छैं? धोबी खातिर कुम्हैन सती! आ, पैर दबो हन।"

दोसर दिन प्रातः काल लालकाकी सराइ मे नैवेद्य काढ़ने पूजा करैत छलीह ताबत बुच्चीदाइ अपन अङ्ग्रेजीक 'रीडर' रटब शुरू कैलन्हि—

"दि एग इज इन दैट डिस—उस तश्तरी में अंडा है।"

बारम्बार तश्तरी-अंडाक नाम सुनि लालकाकी खौंझा उठलीह। जप समाप्त होइतहिं बेटी पर फुफुआ कऽ छुटलीह, "ऐ गे! दुइए अक्षर अङ्ग्रेजी पढ़ि कऽ नैवेद्य कैं अंडा बना देलैं। कनेक और पढ़ि जैबें तखन हमरो मुर्गी बनबिहैं।"

ई कहैत लालकाकी तमसा कऽ सराइ माँजय चललीह। ओही दिन बुच्चीदाइक हेतु हारमोनियम किना कऽ ऐलैन्ह। किन्तु सिखाबौ के? तखन ई विचार भेल जे रेवतीरमण पहिने अपने माइजी सँ सीखि आबथि और तखन बहिन कैं सिखाबथि। तदनुसार रेवतीरमण माइजीक ओतय जा 'सरगम' सीखि ऐलाह और बुच्चीदाइ कैं सातो पटरी चिन्हा देलथिन्ह।

सन्ध्याकाल बुच्चीदाइ रेयाज करय बैसलीह। लालकाकीक कान टनकैत रहैन्ह। जेना-जेना 'आरोह' क स्वर तीव्र भेल जाइक तेना-तेना हुनक टनक बढ़ल जाइन्ह। आखिर हुनका नहि रहि भेलैन्ह। बुच्चीदाइ 'सा नि ध प' क आलापे लैत छलीह कि धप्प दऽ एक धमाका पीठ मे लगलैन्ह। लालकाकी लोहछैत बजलीह, "बड़ शौख! हमर पुटपुरी फाटल जाइ अछि और ई फटियाय बैसली हय! तखन सँ पधनी-पधनी सुनैत-सुनैत कान बहीर भऽ गेल। बड़ पद्मिनी बनलीह अछि! चल, पहिने तुलसीक रस बरका कऽ हमरा कान मे ढार, तखन अपन गिरगिरी भरैत रहिहैं।"

एक दिन बुच्चीदाइ 'लैंडस ऐण्ड पिपुल्स' पुस्तक लऽ कऽ चित्र सभ देखैत रहथि। एक जावा द्वीपक युवती कैं देखि बजलीह, "देखही गे माय! केहन छैक!"

लालकाकी सिहरि कऽ बजलीह, "गे दाइ गे दाइ! गट्टा सन माउगि और आँचर नदारद! देखियौ तऽ कोना उत्तान भेलि ठाढ़ि अछि? एकोरत्ती धाखो-संकोच नहि! हमरा लोकनि कैं एना उघार भऽ कऽ आँखि ताकि होइत! और एकरा लेखे धन सन!। हमरा सभक बेटी-पुतोहु एना करैत तऽ..." तावत रेवतीरमण एकटा

रबड़क स्विमिङ्ग सूट नेने पहुँचि गेलाह। किछु संकुचित भऽ बजलाह, "मिसरक इच्छा होइ छैन्ह जे ई (बुच्चीदाइ) हेलनाइ सीखि जाय। तैं ई हल्लुक पोशाक किनलथिन्ह अछि।"

लालकाकी जमाय कैं नाना उपाधि सँ विभूषित करैत बजलीह, "बड़ सधोरि! हमर बेटी मेम ने अछि जे जँघिया पहिरति? हम अपना सोझाँ मे एहन निर्लज्ज नहि बनऽ देबैक।"

ई कहि लालकाकी रबड़क पोशाक कैं नूडी गूड़ी कय मोड़ी मे फेकलन्हि। आब हुनक जी उचटि गेलैन्ह।

जाहि दिन बुच्चीदाइक हेतु बैडमिंटनक सेट किना कऽ ऐलैन्ह, ताही दिन लालकाकी गामक हेतु अपन मोटा-चोटा सरियाबय लागि गेलीह। बेटा कैं कहलन्हि "बाजि ऐलहुँ एहन बेटी जमाय सँ! आब हमरा नहि देखल जाइत अछि। देशी कुत्ती बिलायती चालि! खंजन चललीह बगराक चालि तऽ अपनो चालि बिसरि गेलीह! देखैत-देखैत आँखि पाथर भऽ गेल। हमरा आब गाम लऽ चलह। तखन जे-जे मन अबैक से-से करै जाओ।"

बेटीक कतबो कनने-खिजने तथा जमायक बुझौने लालकाकी नहि रुकलीह। ओ बेटाक संग गामक हेतु बिदा भऽ गेलीह।

लालकाकीक जैतहिं एक नवीन समस्या उपस्थित भय गेल। बुच्चीदाइ एखन धरि स्वामी सँ बाजलि नहि छलीह। ओ स्वामी कैं देखि लाज करैत छलीह। आब बाजाभुक्की शुरू हो तऽ कोना?

संयोगवश ई समस्या स्वयं हल भऽ गेल। एक दिन मिश्राजी कैं दुलकी लागि ऐलैन्ह। ओ पियासे बारम्बार 'ठाकुर' कैं सोर पारय लगलथिन्ह। किन्तु दुर्भाग्यवश वा सौभाग्यवश 'ठाकुर' डेरा मे नहि रहय। दू-एक बेरि धरि त संकोचें बुच्चीदाइक कंठ नहि फुजलैन्ह। अन्ततः हृदय मे निहित गृहिणीक संस्कार लज्जा पर विजय प्राप्त कैलकैन्ह। ओ मुँह झपने एक गिलास पानि लऽ कऽ देबय गेलथिन्ह।

ई अभूतपूर्व घटना देखि मिश्राजी कैं एक विलक्षण रसक अनुभूति भेलैन्ह। मुग्धा स्त्रीक हाथ सँ पानि पिउबा मे जे माधुर्य छैक तकर प्रथम अनुभव हुनका जीवन मे आइ भेलैन्ह। बालिका पत्नीक कंठस्वर सुनबाक अभिप्राय सँ ओ पुछलथिन्ह, "ठाकुर कतय गेल?"

बुच्चीदाइ आँखि निहुरौने नहूँ-नहूँ उत्तर देलथिन्ह, "गंगास्नान करय गेल छैक।"

मिश्राजी पत्नीक हाथ धऽ पुछलैन्ह, "अहाँ हमरा दिस तकैत छी कियैक नहि?"

बुच्चीदाइ लजा कऽ ओहिठाम सँ जाय लगलीह। मिश्राजी कहलथिन्ह, "सुनू! हमरा माथ मे बड्ड जोर धाह फुकने अछि। टो कऽ देखू तऽ!"

आब बुच्चीदाइ नहि जा सकलीह। लजाइत-लजाइत कपार पर आङुर दऽ कऽ देखलथिन्ह तऽ काठ फुटैत।

मिश्राजी कहलथिन्ह, "ठंढा पानिक पट्टी दऽ सकैत छी?"

बुच्चीदाइ अत्यन्त फुर्ती सँ जा अपना पेटी सँ एक साफ लत्ता बाहर कैलन्हि और भानस घर सँ एक बाटी पानि नेने पहुंचि गेलीह। सीरम मे ठाढ़ि भय लत्ता भिजा-भिजा पट्टी देबय लगलथिन्ह। मिश्राजी अपूर्व शीतलताक अनुभव करय लगलाह।

ठंढैला उत्तर मिश्राजी कहलथिन्ह, "आब अहाँ जा सकै छी।"

किन्तु बुच्चीदाइ नहि गेलीह। मिश्राजी कैं ओढ़ना तर सँ ज्ञात भेलैन्ह जे केओ पौथान मे बैसलि पैर दबा रहल अछि। ओ मन मे विचारय लगलाह, "हम तऽ एहि बालिकाक प्रति घोर निष्ठुर व्यवहार कैने छिऐक। एकरा हृदय मे स्नेहक अंकुर कोना उत्पन्न भय गेलैक?"

ओहिदिन 'ठाकुर' कैं ऐबा मे बेसी विलम्ब भऽ गेलैक। किन्तु ई अपराध तेहन मधुरफलयुक्त भेलैक जे मिश्राजी कैं दण्डक बदला पुरस्कारे देबाक इच्छा भेलैन्ह।

शनैः शनैः संकोचक व्यवधान अन्तर्धान भेल। किन्तु जेना-जेना पति-पत्नीक भाव जाग्रत भेल गेलैन्ह तेना-तेना गुरु-शिष्यक सम्बन्ध क्षीण होमय लगलैन्ह।

एकान्त मे युवती पत्नी कैं निर्लिप्त भाव सँ पढ़ा सकनिहार स्वामी संसार मे बहुत कम भेटताह। शिष्या पत्नीक शासनातीत यौवन सँ जनिक गाम्भीर्ययुक्त गुरुत्वक गद्दी नहि डगमगाइन्ह से निश्चय महात्मा थिकाह। किन्तु एहन असिधारा व्रतक पालन करक हेतु जीवन्मुक्त विदेह सन ब्रह्मज्ञान ओ योगबल चाही।

सामान्य पति मे तऽ पुरुषक पशुत्व 'गुरु' पदक मर्यादा कैं अत्यन्त लघु कऽ दैत छैन्ह। प्रमदा पत्नीक एक भ्रू-विलास सँ 'भूगोल'क पढाइ मे भूडोल आबि जाइछ और इतिहास परिहास मे परिणत भऽ जाइछ। हुनक एक लहराइत अलकक झलक सँ पलक मात्र मे अध्यापकक चित्त विषय-विचार सँ विषय-विलास पर जा खसैत छैन्ह। भालक एक गोलबिन्दी क्षण भरिक हेतु समस्त अंकगणित कैं शून्य मे तथा रेखागणित कैं बिन्दु में परिणत कय दऽ सकैछ। एहन परिस्थिति मे कतौक स्वामी पत्नीक भाषा सँवारैत-सँवारैत भूषा सँवारय लागि जाइ छथि और साहित्यरचनाक संग संग केश-रचना मे प्रवृत्त भऽ जाइ छथि। शब्दालंकारक अध्ययन स्वर्णालंकारक झनझनाहट मे विलीन भऽ जाइछ। वर्णसन्धिक विचार ओष्ठसन्धि पर जा कऽ समाप्त होइछ और समासक वर्णन एकशेष पर। अद्वैतवादक मीमांसा होइत-होइत दू हृदयक द्वैतभाव तिरोहित भऽ जाइछ।

मिश्राजी देखलन्हि जे अपना बुतें पत्नीक हेतु शिक्षा-सरणि प्रस्तुत करब तहिना कठिन जेना कौशिकीक धार मे बालुक पुल बनाएब। अगत्या ओ एक 'मास्टरनी'क खोज मे बहरेलाह। संयोगवश एक क्रिश्चन लेडी भेटि गेलथिन्ह जे जन्मना भारतीय महिला भेनहु कर्मणा बिलायती मेमक कान कटैत छलीह। हुनक 'बूट', 'गाउन'

तथा 'हैट' देखि केओ हुनका 'हिन्दुस्तानी स्त्री' कहबाक साहस नहि कय सकै छलैन्ह। ओ अपनहुँ 'मिस साहिबा' वा 'मेम साहिबा' कहाएब पसन्द करैत छलीह।

मिस साहिबाक वास्तविक क्वैलिफिकेशन (योग्यता) की छलैन्ह से तऽ ज्ञात नहि। किन्तु ओ पहिने एक मिशनरी गर्लस्कूल मे 'मिस्ट्रेस' छलीह। कोनो अज्ञात कारण सँ 'रिटायर' कय, आब 'ट्यूशन' आदि द्वारा स्वच्छन्द जीवन व्यतीत करैत छलीह। मिस साहिबा अनुभवी और अनेक कला मे प्रवीण छलीह। पाउडर, ब्रेसरी तथा खिजाबक कौशलपूर्ण प्रयोग सँ ओ अपन असली वयसक अँटकर ककरो नहि लागय दैत छलथिन्ह। अस्तु। ओ एक सै टका मासिक पर बुच्चीदाइ कैं पढ़ाएब गछि लेलथिन्ह।

जखन मिस साहिबा काँख तर 'फैंसी अम्ब्रेला' (जनानी छतरी) और हाथ मे 'लेडीज बैग' नेने बुच्चीदाइ कैं दीक्षित करबाक हेतु पहुँचि गैलथिन्ह तऽ मिश्राजीक एक भारी चिन्ता दूर भेलैन्ह।

मिस साहिबा अबितहिं बुच्चीदाइक।'पिछुआ' हटा 'पारसी स्टाइल' कऽ देलथिन्ह और हुनक नाम 'मिसैज बूची डाइ' राखि देलथिन्ह। दुइए एक दिन मे बुच्चीदाइक काया कल्प भऽ गेलन्हि। स्पिरिटक प्रयोग सँ गोदनाक रंग उड़ि गेलैन्ह। कँगनाक स्थान में 'रिस्टवाच' सुशोभित भऽ गेलैन्ह। दुइए मासक अभ्यन्तर बुच्चीदाइ आश्चर्यजनक उन्नति कऽ गेलीह। जहाँ केवल सकड़ी ओ हड़ाहीक हाल जनै छलीह, तहाँ आब लंदन और पेरिसक हाल बूझय लागि गेलीह। जहाँ हिन्दुस्तानोक शहर सभक नाम नहि जनै छलीह, तहाँ आब इङ्गलैंडक नकशा बनाबय लगलीह। जहाँ पहाड़ा पहाड़ बूझि पड़ैत छलैन्ह, तहाँ आब पाउण्ड शिलिंग पेंसक हिसाब जोड़य लगलीह।

किन्तु एहूसँ बेसी आश्चर्यजनक परिवर्तन भेलैन्ह बुच्चीदाइक आचार-व्यवहार मे। ओ आब माटिक स्थान मे साबुन तथा दातमनिक स्थान मे टूथब्रशक व्यवहार सीखि गेलीह। जहाँ सराइ-अरघी माँजि कऽ पूजा-घर मे रखैत छलीह, तहाँ आब चिनिया प्लेट और सीसाक गिलास धो कऽ टेबुल पर सजाबय लगलीह। बुच्चीदाइ जहाँ चूल्हि पर पटुआक झोर बरकबैत छलीह, तहाँ डेकची पर चाय खदकबय लगलीह।

बुच्चीदाइ आब काशी कैं 'बेनारेस' और गंगाजी के 'गैंगेज' कहब सीखि गेलीह। ओ पान कैं असभ्यतासूचक बूझि 'लिपस्टिक' कैं महत्त्व देबय लगलीह। अमौटक स्थान मे आमक 'जेली' व्यवहार करय लगलीह। जहाँ गाम पर माटिक महादेव बनबैत छलीह, तहाँ आब महादेव कैं माटि बनाबय लगलीह।

सी.सी. मिश्रा उत्साहित भय पत्नी कैं और द्विगुण वेग सँ प्रगतिशीलताक पथ पर अग्रसर कैलन्हि। हुनक इच्छानुसार मिस साहिबा बुच्चीदाइ कैं 'लेडीज क्लब' मे लऽ जाय लगलथिन्ह। ओतय ओ नित्य दू एक गेम टेनिस, दू-एक कप चाय, दू-एक गत पियानो वा 'डांस'क आनन्द लेबय लगलीह। प्रारम्भ मे तऽ किछु दिन धखाइत रहलीह, किन्तु पाछाँ कऽ 'सोसाइटी' मे एतेक मन लागि गेलैन्ह जे घर

सँ बेसी ओत्तहि नीक लगैन्ह। चारि बजे जे जाथि से आठ बजे सँ पहिने डेरा पर नहि आबथि।

'ठाकुर' कैं ताकीद रहैक जे क्लब सँ अबैत देरी 'मिसेज बी. डाइ' क हेतु टेबुल पर खाना सजाओल जाइन्ह। जहिया ओ दु:खित पड़ि जाय तहिया ई सौभाग्य मिश्राजी स्वत: लूटथि।

एक दिन बुच्चीदाइ एकान्त मे 'डांस' क प्रैक्टिस करैत छलीह। कोनो कार्यवश मिश्राजी छत पर गेलाह। किन्तु ओ अपन नृत्य-कलाक अभ्यास मे तन्मय छलीह। ई तन्मयता देखि मिश्राजी तन्मय भऽ गेलाह। ओही ताल पर हुनक मनमयूर नृत्य करय लगलैन्ह।

दू एक सप्ताहक प्रयत्न सँ बुच्चीदाइ कैं हेलनाइयो आबि गेलैन्ह। जाहि दिन सी.सी. मिश्रा हुनक हेलैत कालक 'स्नैपशौट' लऽ कऽ 'प्रिंट' कैलन्हि, ताहि दिन आनन्द-समुद्र मे डूबि गेलाह।

आब एकटा कसरि 'मिसेज डाइ' मे रहि गेलैन्ह जे धुड़झाड़ अङ्रेजी बाजऽ आबि जाइन्ह। तदर्थ सी.सी. मिश्रा हिन्दी, संस्कृत आदिक बखेड़ा छोड़ा, हुनका एकमात्र अङ्रेजी पर भर देबय कहलथिन्ह। 'बी. डाइ' रात्रि-दिवा अङ्रेजीक अभ्यास करय लगलीह। मिस साहिबाक संसर्ग सँ ओ किछुए मासक भीतर गिटपिट करय लागि गेलीह।

जखन गुरुआइन अङ्रेजी सभ्यताक एकरंगा रंग मे कुंडाबोर रँगलि छलथिन्ह, तखन शिष्या पर कमलपत्रीओ रंग कोना ने चढ़ौन्ह! बुच्चीदाइ आब बूचीडाइ बनि गेलीह।

जहाँ ओ पहिने महेशवाणी गबैत छलीह, तहाँ आब अङ्रेजी ताल पर गुनगुनाय लगलीह—

ओ गॉड! दाउ आर्ट ग्रे...ट!

आब एकेटा बातक कमी छलैन्ह सेहो मेम साहिबाक प्रसादात् पूर्ति भऽ गेलैन्ह। एकमासक अनवरत अभ्यास सँ क्लबक मैदान मे खसैत-पड़ैत बुच्चीदाइ साइकिल सीखि गेलीह। पहिने सार्वजनिक स्थान मे साइकिल चलबैत लाज होइन्ह। परन्तु स्वामीक बहुत हठ कैला पर जखन मेम साहिबाक संग पहिले-पहिल साइकिल पर चढ़ि कऽ क्लब सँ भऽ एलीह तखन धाख छूटि गेलैन्ह; प्रत्युत एक गर्वक अनुभव मन मे करय लगलीह। ओहि दिन सी.सी. मिश्राक एक बड़का मनोरथ पूर्ण भऽ गलैन्ह।

आब नित्यप्रति सी.सी. मिश्रा अपने हाथ सँ साइकिल मे पम्प कय पहिनहि सँ तैयार रखथिन्ह। जखन 'मिसेज डाइ' चुमकी सँ साइकिल पर चढ़ि 'टेनिस शू' सँ 'पैडल' चलबैत, रैकेट युक्त हाथ सँ हैंडल घुमा, क्लब दिस बिदा होथि तऽ मिश्राजी कैं तहिना गर्व होन्हि जेना वीरांगना कैं अपना स्वामीक विजययात्रा से होइ छैक।

एक दिन बुच्चीदाइ कैं क्लब जैबा मे देरी होइत देखि सी.सी. मिश्रा पुछलथिन्ह, "आर यू नॉट गोइंग टु योर क्लब टुडे?" (कि आइ अहाँ अपना क्लब मे नहि जायब?)

बुच्चीदाइ तड़ दऽ जवाब देलथिन्ह, "श्योरली आइ विल बी गोइंग। बट आर माइ किट्स रेडी?" (जाएब त निश्चय। लेकिन हमर टेनिस खेलैबाक जूती तैयार अछि? अर्थात् अहाँ पालिश कऽ रखने छी?)

ई सुनि सी.सी. मिश्रा कैं बूझि पड़लैन्ह जे जीवनक सभ सँ पैघ महत्त्वाकांक्षा आइ पूर्ण भऽ गेल। पत्नी मे एहन प्रबल व्यक्तित्वक विकास देखि ओ भगवान कैं अनेकानेक धन्यवाद देलन्हि और ओही खुशी मे मिस साहिबा कैं एक डिनर (भोज) दऽ देलथिन्ह।

एही बीच मे सी.सी. मिश्रा कैं एक सर्विस भेटि गेलैन्हि। ओ 'आर्यन कल्चर' (आर्य सभ्यता) नामक अङ्रेजी मासिक पत्रक एडिटर (सम्पादक) नियुक्त भेलाह।

किन्तु आब एक कठिनाइ ई उत्पन्न भेल जे बुच्चीदाइ बिनु द्विरागमने हाउस वाइफ (गृहिणी) बनि कऽ रहब अस्वीकार कऽ देलथिन्ह।

सी.सी. मिश्राक संकेतानुसार मिस साहिबा बहुत बुझौलथिन्ह जे, "ह्वाइ शुड यू फॉलो दि रस्टिक कस्टम्स ऑफ योर सोसाइटी? डोन्ट ओब्जर्ब दि सिली सेरेमनी" (अर्थात् समाजक देहाती प्रथा अहाँ किऐक मानब? एहि गवारू बिधि-बाध कैं छोड़ू)।

किन्तु लालकाकीक बेटी कैं मातृ-संस्कार जोर कैलकैन्ह। ओ अपना बात पर अड़ि गेलीह। हारि दारि कऽ मिश्रा जी पुछलथिन्ह, "अच्छा, कोन कोन बिधि होइ छैक से अहाँ हमरा नोट करा दियऽ। आब बेसी टाइम नहि अछि। एक हफ्ताक अन्दर द्विरागमन भऽ जैबाक चाही।"

बुच्चीदाइ कहलथिन, "दिन मनाबक हेतु पहिने दही माछक भार जाइ छैक। तखन वर जा कऽ कनेयाँ कैं बापक घर सँ लऽ अबै छैक।"

सी.सी. मिश्रा बजलाह, "माइ गॉड! तखन तऽ हमर और अहाँ दूनू गोटाक गेनाइ कम्पलसरी भऽ गेल! की खाली फिश (माछ) और कर्ड (दही) पठा देने काज नहि चलि सकै छैक?"

बुच्चीदाइ कहलथिन्ह, "वाह! जौं हमहीं नहि रहबैक तऽ द्विरागमन हैतैक ककर? और जौं अहीं नहि जैबैक तऽ द्विरागमन हैतैक कोना?"

मिश्राजी बजलाह, "'फिश' 'कर्ड' पहुँचलाक बाद हम सभ जायब ततेक टाइम आब कहाँ अछि? है, ई भऽ सकै अछि जे 'फिश' 'कर्ड' अपना संगहि नेने चली। लेकिन ओतय पहुँचैत-पहुँचैत 'फिश' सड़ि जाएत और 'कर्ड' खराब भ' जाएत।"

बारम्बार 'फिश' और 'कर्ड' क नाम सुनि मिस साहिबाक मुँह मे पानि भरि ऐलैन्ह। सभ बात बुझि ओ अपन विचार ई देलथिन्ह जे टिनक डब्बा मे

बन्द कैल जे फिश अबैत छैक से खराब नहिं होएत और दहीक बदला 'चीज' (पनीर) लऽ चलू।

बुच्चीदाइ कहलथिन्ह, "हमर गाम पैघ अछि। सौंसे गाम बाँटक लेल कम सँ कम एक बक्स चाही। हँ, तखन एकटा बिधि और होइत छैक। वरक संग बरियातो जाइ छैक।"

सी.सी. मिश्रा चिन्तित भऽ बजलाह, "आब तऽ एतेक टाइम नहि अछि जे इनभिटेशन कार्ड (निमंत्रण पत्र) छपाबी। अच्छा, तऽ बरियात मे मिस साहिबा चलतीह।"

मिस साहिबा थोड़ेक नाकर-नुकूर करैत अन्त मे राजी भऽ गेलीह।

सभ ठीक-ठाक कय सी.सी. मिश्रा सासुरक पता सँ तार देलन्हि जे, "हफ्ताक भीतर द्विरागमनक प्रबन्ध करू। हमरा लोकनि बरियातक संग आबि रहल छी।"

१०

वर-बरियातक विधि

तार पहुँचैत देरी खढ़भढ़ मचि गेल। लालकाकी बजलीह, "कहू तऽ भला! एना कतहु द्विरागमन भेलैक अछि!"

भोलानाथ अनुमोदन करैत कहलथिन्ह, "तऽ! द्विरागमन मे कतेक ओरिआओन करय पड़ै छैक। कन्याक हेतु कपड़ा-लत्ता गहना-गुरिया..."

ला. : "बाजू-बिजौंठ, बड़हरी, नकमुन्नी, मङटीका, हैंकल, पहुँची, पाजेब...।"

भोला. : "तखन बर्तन-बासन चाही।"

ला. : "थारी, बाटी, लोटा, गिलास, बटुक, तसला, कड़ाही, करछु, तमघैल अढ़िया..."

भोला. : "तखन मेवा-मसाला साँठल जाइ छैक।"

ला. : "सुपाड़ी, लौंग, अड़ाँची, दालचीनी, शीतलचीनी, जाफर, ज़ावित्री..."

भोला. : "पौती-पटारक काज होइ छैक।"

ला. : "पहिनहि सँ सीकीक डाली-मौनी बनै छैक। सरकंडाक पौती बनै छैक। जनउ तैयार होइ छैक। डाला बनैत छैक। पीढ़ी लिखल जाइ छैक।"

भोला. : "कहार-महफा कैं साइ देल जाइ छैक।"

ला. : "सोआसिनक संग खवासिन जाइ छैक।"

भोला. : "तखन वरक विधि सेहो होबक चाही।"

ला. : "चुमानक ओरिआओन होबक चाही। डाला परक मधुर होबक चाही। दही, अक्षत, पान, मधुर, धोती, तौनी, पाग, डोपटा, चानन, काजर..."

भोला. : "तखन बरियात कैं सौजन्य कराबऽ पड़ै छैक!"

ला. : "तऽ! सँचारक हेतु पूरा बनाबऽ पड़ैत छैक। बड़, बड़ी, अदौरी, दनौरी, तिलौरी, पापड़...बाप रे बाप! एतबे दिन मे ई सभ कोना कऽ पार लगतैक? कनेयाँ नैहरे छथि। फुचुकरानी चिल्काउरे छथि। के की करतैक?"

भोला. : "ताही हेतु तऽ दू मास पहिनहि दिन मनाओल जाइ छैक।"

ला. : "तऽ! दही माछक भार अबै छैक। कन्याक हेतु कहौतिया नूआ अबै छैक। से पहिरि कऽ बेटी कनै छैक। देह मे तेल-उकटन लगै छैक। आङने आङन सँ खायक अब छैक। द्विरागमन कि कनेंया-पुतराक खेल छैक जे चट मङनी पट विवाह!"

भोला. : "मानि लियऽ और सभ वस्तु समतूलो भऽ जाय; किन्तु मुहूर्त तऽ अपना हाथक बात नहि। द्विरागमन मे वार, नक्षत्र, तिथि, योग, चन्द्रमा आदि बहुतो विषयक विचार कैल जाइ छैक। लग्न कि ककरो असामी छैक जे तार पाबि कऽ हाजिर भऽ जैतैक? तखन ई अलग्न कथा कोन फुरलैन्ह?"

ला. : "हुनकर सुलग्ने कथा आइ धरि कोन भेलैन्ह अछि? ऊँटक कोन अंग सोझ जे गरदनिए टा टेढ़ कहबैक! गौंआँ सभ हँसितहिं अछि, आब और थपड़ी पारत।"

भोला. : "हँ, से तऽ जहाँ दस लोक जमा होइ अछि तहाँ अपने घरक खिधाँस करऽ लगै अछि जे द्विरागमन सँ पहिनहि बेटी कैं..."

ला. : "बेसी झरकी नहि उठाउ। ई सभ अगराही बुचकुन चौधरीक लेसल छैन्ह। और दुलारमनिए दाइ कि कम लुतरी लगाबऽ बाली छथि? हमरा बेटी-जमाय दऽ सभ कैं कहने भेल फिरै छथिन्ह जे क्रिस्तान भऽ गेलैन्ह।"

भोला. : "सत्यदेव चौधरी काशी सँ ऐलाह तऽ गाम मे एकटा नवे फाल उड़ौलन्हि जे मिसर मेम रखने छथि।"

ला. : "एहन एहन बात सुनि कऽ देहो ज़रै अछि। कनेक हमरा सोझाँ बजितथि तऽ मखानक पात सँ मुँह पोछि दितिऐन्ह।"

भोला. : "एतबे नहि। इहो बजै छथि जे बुच्चीदाइ बाइसिकिल पर चढ़ि कऽ घुमैत अछि।"

ला. : "यैह सभ सुनि कऽ तऽ बाप-भाइ पुछारियो करय नहि जाइत छथिन्ह, जहिया सँ हम ऐलिऐक तहिया सँ केओ खोज खबरि लेलकैक?"

भोला. : "कंटीर कैं तऽ कानूनक पढ़ाइए सँ नै फुरसत छैन्ह। और भाइ साहेब बोधगया मे एक सेठक कन्याक वर्षफल गुनबा मे लागल छथि।"

ला. : "हँ, अनकर कन्याक तऽ जन्मकुण्डली गुनैत छथि। और अपन कन्याक टीपनि हेराएल छैन्ह।"

भोला. : "परन्तु आब तऽ बिनु गाम ऐने उपाये नहि छैन्ह। आब चिट्ठियो देबाक समय नहि रहल। कही तऽ तार दऽ दिऐन्ह।"

ला. : "हँ, हँ, भला ओहू मे पुछबाक काज! दूनू बापपूत कैं आबक हेतु तार दऽ दिऔन्ह।"

भोलानाथ तार दऽ कऽ ऐलाह तऽ बजलाह, "आब बरियातक इन्तिजाम होबक चाही। के जाने कहिया कतेक गोटा सँ पहुँचि जाथि! तँ पहिनहिं सँ सभ समतूल कऽ कऽ राखक चाही।"

लालकाकी कहलथिन्ह, "तरकारी मे कदीमा और सजमनि तऽ चारे पर अछि। भाँटा सेहो बाड़ी सँ बहराएत। तखन आलू, परोर हाट सँ आनि दियऽ। घाठि घरे मे छैक। तरुआ-फरुआ लगा कऽ अठारह टा पुरा देबैक।"

भोलानाथ कहलथिन्ह, "दालान मे ठकबा कुट्टी कटैत अछि से भरि ठेहुन जंगल लगौने अछि। काल्हि भोरे बहरबा-सोहरबा कऽ साफ करा देबैक। एक टा सौंफ तऽ दालान मे छैहे। दू-एक टा बड़का सतरंजी, जांजिम और मसनद मङनी करऽ पड़त।"

लालकाकी कहलथिन्ह, "सुतरी वला बड़का खाट झोलँगा भऽ गेलैक अछि! ओड़ाँच कसाबक हैतैक।"

भोलानाथ ठकबा कैं लऽ बजार दिस बिदा भेलाह। लालकाकी आङन मे आबि देयादनी कैं कहलन्हि, "ऐ फुचुकरानी! जमायक ऐला पर परिछन हैतैन्ह, चुमाओन हैतैन्ह। बिधिकरी तऽ छथिन्ह नहि। चानन-काजर अहीं कैं करय पड़त।"

तावत आवेशरानी कैं अबैत देखि कहलथिन्ह, "आबथु ए बहिना! ई नहि लागि-भीड़ि देथिन्ह तऽ कोना कऽ सम्हरतैक?"

आवेशरानी पुछलथिन्ह, "कहिया अबै जैथिन्ह?"

लाल. : "दिन तऽ नहि लिखलथिन्ह अछि। तखन एक सप्ताहक भीतरे मे सभ टा ओरिआओन भऽ जैबाक चाहिऐक।"

आवेश. : "तावत तऽ ओहो (लाल) आबि जैथिन्ह।"

लाल. : "जनै छी? तार तऽ गेलैन्ह अछि। नहि औथिन्ह तऽ बनतैन्ह कोना? (चिन्तित भऽ कऽ) हमरा तऽ डर होइत अछि जे हुनका आबऽ सँ पहिनहि ने कतहु बरियात पहुँचि जाइक।"

आवेश. : "एहन कतहु भेलैक अछि? मिसर पहिने हिनका बेटी कै एतय धऽ जैथिन्ह। तखन पाछाँ सँ बरियातक संग औताह।"

लाल. : "नहि ए बहिना। आइ-काल्हि अङ्रेजियाक कोन ठेकान! वरे कन्याक संग-संग बरिआतो चलि अबैक सेहो आश्चर्य नहि।"

आ. : "तखन तऽ लगले बिदा कऽ देब पड़तैन्ह?"

ला. : "से नहि हैतैन्ह। बरियातक बापो उठिकऽ औथिन्ह तैयो बुचियाक बापक बिनु ऐने द्विरागमन नहि हैतेन्ह। हमर बेटी कि फकिरनी जकाँ बिदा हैत?"

आ. : "नहि। से कोन दुखें हैतैक? गहना-कपड़ा सभ तऽ एक दिन मे दडिभंगा सँ आबि जैतैक।"

ला. : "लेकिन एतुक्का ओरिआओन-परिआओन सभ कोना हैतैक? हम तऽ आब अथबल भऽ गेलहुँ। संचारक भार हिनके पर रहतैन्ह।"

आ. : “बेस, जखन ओ समय औतैक तऽ बुझल जैतैक।”

ला : “तिलकोरक पात ओ भँटवर जेहन ई तरैत छथि तेहन ककरो नहि होइ छैक। और बड़, बड़ी, दनौरी, तिलौरी...”

ई वाक्यो ने समाप्त भेल छलैन्ह कि एक मोटर हड़हड़ाइत टटौ दालानक सोंझा आबि कऽ ठाढ़ भऽ गेलैन्ह। ढुनमुनकाकी साँझ-देखाबक हेतु दुरुखा मे गेल छलीह। मोटर देखितहि पड़ैलीह और आङन आबि बजलीह, “वर बरियात आबि गेलैन्ह।”

लालकाकी माथ पिटैत बजलीह, “दैव रे दैव! आब कोन उपाय हैतैक? केओ पुरुषो-पात दरवाजा पर नहि छैक।”

तावत पारसी स्टाइलक साड़ी सँ परिवेष्टित ऊँच एँडीक नोकदार शू पर अपन शोभाक भार धरैत बुच्चीदाइ आङन मे आबि सभ कैं प्रणाम कैलथिन्ह।

बुच्चीदाइक ठाठ-बाट देखि सभ केओ गुम्म रहि गेलीह। किन्तु एहन बेटी कैं पुष्पाञ्जलि देबक चाही अथवा तिलाञ्जलि? एकर मीमांसा करबाक समय नहि रहैन्ह।

झारखंडीनाथ कैं अबैत देखि लालकाकी कहलथिन्ह, “आउ ऐ बाउ! बड़ बेरि पर ऐलहुँ। वर-बरियात दरवाजा लागल अछि। जा कऽ सम्भाषण करिऔक गऽ! ऐ फुचुकरानी, बड़का सतरंजी, छोटकी चौकी, कलशी, खड़ाम ई सभ झट दऽ दिऔन्ह तऽ”

झारखंडीनाथ सभ किछु लऽ कऽ बहरैलाह। किन्तु दालान पर आबि देखै छथि जे बगल मे छतरी और हाथ मे चमड़ाक बेग नेने एक मेम ठाढ़ि अछि और एक टोपबला साहेब मोटर सँ सामान उतरबा रहल अछि। टोप देखि हुनका सकुरीक डाक्टर स्मरण भऽ ऐलैन्ह जाहि सँ ओ सशंकित भऽ उठलाह।

दू एक मिनट झारखंडीनाथ किंकर्तव्यविमूढ़ जकाँ ठाढ़ रहलाह। ता मोटर विदा भऽ गेलैक। तखन हुनका चेत भेलैन्ह। झट दऽ सतरंजी ओछा, छोटकी चौकी पर एक गगरा पानि राखि, हाथ मे खड़ाम नेने उचितीक ढंग सँ कहलथिन्ह, “आएल होऔ। बैसल होऔ। पैर धोएल होऔ।”

मेम साहिबा हुनक आशय बुझि पुछलथिन्ह, “बाथ (स्नानागार) किधर है?”

झारखंडीनाथ माथ कुड़ियबैत बजलाह, “बाथ तऽ एहिठाम सौं बहुत दूर है। कोस छबेक-सातेक सौं कम नहीं पड़ेगा। ‘बाथ’ (गाँव) में आपका के रहता है?”

मेम साहिबा कनेक मुस्कुराइत बङलामिश्रित उर्दू मे बजलीह, “बाड़ी (घर) मे गोसुलखाना है?”

झारखंडी कहलथिन्ह, “बाड़ी में तऽ भाँटाक गाछ रोपा हुआ है और गोस-ऊस का खाना हमरा सभक घर मे नहीं होता है।”

बाहर तऽ ई सभ होइ छल, और भीतर ऐपन पड़य लागल। लालकाकी बजलीह, “ऐ बहिना, परिछन हैतन्ह तखन ने जमाय आँगन औताह। आब सभ सँ पहिने हँकार पड़क चाही। ककरा पठबियौक?”

आवेश. : "फुलमतिया और सूर्यमुखी जा कऽ हँकार दऽ औतैक। दूनू जतय जाइत अछि ततय जोड़े भऽ कऽ। यैह, नाम लैत दूनू पहुँचि गेल। बहुत दिन जिबै जैबैं।"

फुल. : "हम दूनू तऽ पोखरि सँ दौड़ले चलि अबै छी। जखने हावागाड़ी रुकलैक। तखने बुझलिऐक जे 'सरौता' आबि गेल।"

लाल. : "गे बौआ, 'सरौता' सँ पाछाँ कऽ भेट करिहैं। पहिने जा कऽ सभतरि हँकार दऽ अबहीक। भऽ सकौक तऽ गीतगाइन सभ कैं अपना संगहिं बजौने अबहुन।"

ढुनमुनकाकी कैं बैसलि देखि लालकाकी कहलथिन्ह, "ऐ फुचुकरानी! ऐपन दऽ कऽ निश्चिन्त भय गेलिऐक? चानन चन्द्रौटा लबियौक। कजरौटा बाहर करिऔक। बाती बटियौक। काछुक लखरोइया तकियौक।"

ता झारखंडी कैं अबैत देखि पुछलथिन्ह, "की औ बाबू? कतेक गोटे सँ छथि? ताहि मे सौजन्य कैं गोटाक हैतैन्ह?"

झारखंडी कहलथिन्ह, "असौजनिया केओ नहि छथि।"

लालकाकी भयभीत भऽ बजलीह, "बाप रे बाप! सभ केओ सौजनिये छैक? तखन कतेक रासे सँचार लगाबक पड़तैक! एखन धरि धोतियो नहि किनैलैक अछि।"

झार. : "धोतीक काज नहि पड़त। वर सँ बरियात धरि धोती बला केओ नहि अछि। जमाय पतलून कसने छथि और बरियात मे जे आयल छथि से घँघरा फलकौने छथि।"

ला. : "दुरजो! अहाँ तऽ हँसी करै छी।"

झा. : "नहि, नहि, सरिपों कहै छी। बरियात मे खाली एकटा मेम आएल छथि।"

ई सुनितहिं आवेशरानी और ढुनमुनकाकी भभा कऽ हँसि उठलीह और लालकाकी अवाक रहि गेलीह।

देखैत-देखैत समस्त टोल मे घोल भऽ गेल। 'एतेक दिन पर बुचियाक वर आयल छैक' यैह कम कुतूहलक बात नहि। ताहि पर मेमक नाम सुनि विनोदक बाढ़ि आबि गेल। मेमक सम्बन्ध मे नाना प्रकारक कल्पना होमय लागल। उत्सुकतावश झुंडक झुंड आइ-माइ पहुँचय लागि गेलीह। मेमक झाँकी-दर्शन करक हेतु दुरुखाक मुँह पर मेला लागि गेल।

आब टीका-टिप्पणी चलय लागल।

आवेशरानी बजलीह, "तऽ! सरिपों स्त्रीए छैक। हमरा होइ छल जे कोनो बहुरुपिया बरियात मे आयल हैतैक।"

परिहारपुरवाली : "तऽ ऐ! हमहूँ नहि पतियाइ छलिऐक। से आब आँखि सँ देखलिऐक।"

पुहुपरानी : "देखियौ ने, केहन शान सँ बैसलि सिगरेट पिबै अछि!"

पलटीमाय : "पुरुषे जकाँ झुलफीओ रखने अछि। हाथ मे अखबारो छैक।"

भखराइनवाली : “पुरुष सँ कम्मे कोन बात मे अछि? एक हमरा लोकनि छी!”

सरयू. : “लेकिन कोनो तेहन सुन्दरि कहब से नहि अछि। फैशन जे कैने रहौ!”

पलटी : “बिज्जी सन-सन आँखि छैक। नाक केहन ठाढ़!”

परिहारपुरवाली : “ठोर कथू लऽ कऽ रङने अछि।”

पुहुपरानी : “हाथ-पैर सुकठी छैक।”

भखराइनवाली : “लेकिन मुँह पर पानि छैक।”

आवेश. : “किछु किछु मुँहठान तारा सन लगै छैक।”

पलटीमाय : “नहि। ताराक मुँह गोल छैक। एकर मुँह नमौन पर छैक।”

कामेश्वरी : “देखऽ मे त बीसे वर्षक सन लगै अछि, लेकिन वयस तीस सँ कम नहि हैतैक।”

सरयू. : “कोन आँखि सँ सुझै छौह? चालिस सँ कम नहि हैतैक। देखै छही नै जे...।”

एहि प्रकारें मेमक सम्बन्ध मे तर्क-वितर्क होइत छल कि लालकाकी आबि कऽ कहलथिन्ह, “आब जमाय कैं परिछि कऽ आङन मे लऽ अबै जाथुन्ह।”

लगले गीत उठि गेल और गाइन लोकनि गबैत-गबैत बाहर ऐलीह। सी.सी. मिश्रा कैं ओहि सेनाक बीच मे आत्मसमर्पण करय पड़लैन्ह। परिछन तथा चुमाओनक ‘पैरेड’ करैत-करैत कोबर पहुँचऽ मे एक घंटा सँ ऊपर लागि गेलैन्ह।

आब तरह-तरहक व्यंग्यवाण छूटय लागल। एक पछमीनी शह चलौलथिन्ह— “हीन चोर जगती भागल रहथ। एतना रोज पर धराइ देलन है। हिनकर निम्मन तरह से सजाय होवे के चाही।”

पुहुपरानी पुछलथिन्ह, “की सजाय करबैन्ह?”

सरयू. : “सजाय यै जे आब फेरि एहिठाम सँ जा नहि सकताह। एत्तहि घरजमैया बनि कऽ रहय पड़तैन्ह।”

भखराइनवाली : “तखन तऽ जङला मे लोहक छड़ लगाबऽ पड़त।”

सरयू. : “और लंगाझोरी कऽ देखि लेबैन्ह जे रेती ने चोरा कऽ रखने होथि।”

कामेश्वरी : “ककरो एना भऽ कऽ उछन्नर करी से उचित नहि। दोसर-दोसर बात पुछिऔन्ह।”

आब आवेशरानी चिकना-चिकना कऽ कहय लगलथिन्ह, “अयँ ए मिसर! हिनका की भऽ गेलैन्ह? चतुर्थीएक राति मे चुपचाप चलि गेलाह। विवाहक यात्रा मे जे गेलाह से फेरि कहियो घुरि कऽ खोजो ने कैलन्हि। मधुश्रावणी, नागपंचमी, जितिया, सभ पावनि मे लोक बाटे तकैत रहि गेल। हिनको जे पुछारी-कोजागरा जइतैन्ह से कतऽ जइतैन्ह? गाम पर अपन लोकवेद केओ छैन्हे नहि। सभ मनोरथ लोक कैं लगले रहि गेलैक।”

तावत सूर्यमुखी पूछि देलकैन्ह, “बाहर मे जे बैसलि छथि से अहाँ कैं के होइतीह?”

फूलमती : "पिउसि होइथिन्ह नहि तऽ पितियाइन।"

कामेश्वरी : "हिनक सासुर कतय छैन्ह?"

आब मिश्रजी कैं उत्तर देब उचित बूझि पड़लैन्ह। गम्भीरतापूर्वक बजलाह, "हिनी कुमारिए छथि।"

ई सुनितहि ठहाका पड़ि गेल।

पलटी माय बजलीह, "गे दाइ गे दाइ! सभ परियोग भऽ गेल, बहुरिया पद धैले अछि! एहन बुढ़कनियाँ सँ कैं विवाह करतैन्ह?"

भखराइनवाली : "झारखंडीक भाग जगलैन्ह। बेचारे दू बेर सभा सँ फिरि आएल छथि।"

कोबर में एहि तरहें हास-परिहास चलैत छल ता भोलानाथ ठकबाक माथ पर एकटा मोटा लदने आङन पहुँचलाह। लालकाकी कैं डाला दैत कहलथिन्ह, "एकरे अन्वेषण मे बहुत राति बीति गेल। कि जाने कखन काज भऽ पड़य! दस जोड़ धोतियो नेने एलहुँ अछि। ऐं! ओम्हर घर मे एतेक लोक किऐक जमा अछि? जमाय आबि गेलाह की?"

लालकाकीक मुँह सँ सभटा समाचार सुनि कऽ भोलानाथ बजलाह, "नहि नहि। एहि खातिर अहाँ खिन्न किऐक होइ छी? साहेब-मेम तऽ बड़का-बड़का व्यक्तिक ओहिठाम नेओत पूरऽ जाइ छैक और जेहन ओकर सत्कार होइ छैक तेहन वरक बापो कैं नहि होइ छैन्ह! हमरा सभक अहोभाग्य जे बङला मे रहयवाली मेम एहि मड़ैया मे ऐलीह। हिनका रहबा मे, भोजन-छाजन मे कनेको कोनो बातक वित्थुति नहि होमय पबैन्ह।"

आब मेम साहिबाक भोजनक प्रबन्ध होमय लगलैन्ह। दुरुखा मे ठाँव-बाट भेलैन्ह। हरद्वारी कंबल चौपेति कऽ ओछाओल गेलैन्ह। बड़का थार मे एक अढ़ैया मेंही भात जांति कऽ परसल गेलैन्ह। अठारह टा बाटी मे सँचार लगलैन्ह। लोटा-गिलास माँजि कऽ पानि धैल गेलैन्ह। पैर धोबक हेतु चिलमची-पीढ़ी राखल गेलैन्ह।

लालकाकी एक बेरि आपत्ति कैलथिन्ह, किन्तु भोलानाथ बजलाह, "नहि। ओ राड़-रोहियाक श्रेणी मे नहि छथि जे अछोप जकाँ बाहर पात पर खोआ देबैन्ह। पाछाँ आगि मे झरका कऽ अपन सभ द्रव्य शुद्ध कऽ लेब और जखन धोती आबिए गेल अछि तखन सौजन्यक व्यवहार किऐक ने करबैन्ह? ओ पहिरथु वा नहि पहिरथु। हम अपना घरक मर्यादा किऐक छोड़ब?"

सभ किछु ठीक भऽ गेला पर भोलानाथ मिस साहिबा कैं बजाबय गेलथिन्ह। ओ एतीकाल एकसरि बैसलि-बैसलि औंघा गेल छलीह। थोड़ेक काल मे मिस साहिबा चेहा कऽ उठलीह और भोलानाथ कैं ठाढ़ देखि 'सौरी' (अर्थात् खेद प्रकाश) कहि हुनक पाछाँ चललीह।

'सौरी' शब्द सुनि भोलानाथ भ्रम मे पड़ि गेलाह। मिस साहिबा के 'सौरी माछ' क अपेक्षा छैन्ह वा 'सौरी घर' क? एहि संशयक निर्णय ओ नहि कऽ सकलाह।

किन्तु हुनका ई भासित भऽ गेलैन्ह जे मिम साहिबा कैं खोऐबा-पिऐबा आदिक भार आव स्त्रीगणे पर छोड़ि देबक चाही। तौं ओ मिस साहिबा के आङन मे आनि जोर सँ बजलाह, "आब अहाँ लोकनि हिनकर यथोचित आगत-स्वागत करै जैयौन्ह। हम मिसर सँ भेट करय जाइ छिऐन्ह।"

'मेम भोजन करय आयल अछि' ई बुझितहिं सभ स्त्रीगण तमाशा देखक हेतु उमड़ि पड़लीह। ढुनमुनकाकी पैर धोआबक हेतु एक लोटा पानि लऽ कऽ ठाढ़ि भेलीह। किन्तु मेम साहिबा जूता-पैताबा पहिरनहि आसन पर चलि गेलीह। एहि पर पहिल ठहाका पड़ल।

फ्रौक मे रहबाक कारण मेम ठेहुन मोड़ि कऽ नहि बैसि सकलीह। दूनू पैर पसारि कऽ आसन पर बैसय पड़लैन्ह। एहि पर दोसर ठहाका पड़ल।

छुरी-काँटाक अभ्यास-वश मेम कैं भात सानि कऽ कौर नहि बनाबय ऐलैन्ह। आङुर सँ खैबा मे नहि ओरिआइन्ह, खसि-खसि पड़ैन्ह। अगत्या ओ एक एक टा भात मुँह मे देबय लगलीह। एहि पर तेसर ठहाका पड़ल।

मेम अप्रतिभ भऽ उड़ीदक बड़ कैं आमलेट जकाँ खोंटि-खोंटि खाय लगलीह।

ता ढुनमुनकाकी डाला-धूप लऽ कऽ पहुँचि गेलथिन्ह। मेम कैं आग्रह करैत कहलथिन्ह, "बहिनदाइ! और किछु चाहिऐन्ह?"

मेमक तृष्णा डिब्बाक पनीर पर लागल रहैन्ह। कहलथिन्ह, "कुछ 'चीज' मँगाइये।"

ढुनमुन. : "कोन चीज लेतीह?"

मेम मुश्किल मे पड़ि गेलीह। कहलथिन्ह, " 'चीज', चीज, वही सी.एच.ई. ई. एस. ई.-चीज।"

सभ स्त्रीगण कैं बुझि पड़लैन्ह जे मेम अङ्गरेजी मे गारि पढ़ि रहल छथि। एहि पर पाँचम ठहाका पड़ल।

मेम साहिबा ढुनमुनकाकी सँ नाम-ग्राम पुछलथिन्ह।

पलटीक माय बाहर सँ कहलथिन्ह, "स्त्रीक नाम क्या पूछते हैं? और सासुरक नाम की केओ लेता है जे हिनका पूछते हैं?"

एहि पर छठम ठहाका पड़ल।

एम्हर ठहाका पर ठहाका पड़ै छल और ओम्हर लालकाकी बीतलि जाइ छलीह। ताबत डहकन उठि गेल।

गीत होइते छल कि एकाएक बिहारि उड़बैत दुलारमनि पिउसी आबि कऽ पलटीक माय कैं जोर सँ पहुँचा पकड़ि लेलथिन्ह और गरजैत बजलीह, "सभ सखी झुम्मर पाड़य लुल्ही कहै हमहूँ! सभ क्रिस्तान भऽ जाएत तऽ अहूँ भठि जाएब?

राम राम! एहन अनर्थ! जे सभ कहियो ने भेल छल से सभ आब गाम मे होमय लागल। धर्म-कर्म कोठिक कान्ह पर गेल। मुदा जौं हम नैयाँ चौधरीक बेटी तऽ कहि दै छी जे एहि पापें सभ सत्यानाश मे मिलि जाएत। तकै छी की? चल!"

ई कहैत दुलारमनि पिउसी पलटी माय कैं खिंचने तिरने लऽ गेलथिन्ह। हुनका जैतहिं सभ आइ-माइ उठि बिदा भऽ गेलीह।

लालकाकी तेल-सुपारीक खातिर सोरे पारैत रहि गेलथिन्ह। किन्तु केओ फिरि कऽ तकबो नहि कैलकैन्ह।

११

सामाजिक आन्दोलन और भोजभात

गामक पंडित-प्रधान कैं एकत्र कऽ बुचकुन चौधरि कहलथिन्ह, "आब 'ठोप' मेटा कऽ 'टोप' पहिरै जाउ और टीक कटा कऽ बिलायतक टिकट कटबै जाउ। 'ईश' क स्थान मे 'ईशा' और 'गिरिजा' क स्थान मे 'गिरजा'क पूजा होय। 'ब्रह्माण्ड' सँ 'कुक्कुटाण्ड' और 'ओम' सँ 'ओमलेट' पर अबै जाउ।"

पं. ढोंढ़ाइ झा कहलथिन्ह, "किन्तु एगोटाक अजाति भेने कि सौंसे गाम अजाति भऽ जाएत? हमरा लोकनि पतितक संसर्गी नहि भऽ सकै छी।"

पं. नमोनाथ झा बजलाह, "किन्तु ओ प प प पतित कोना भेलाह?"

ज्योतिषीजी कहलथिन्ह, "तखन शास्त्रार्थ होय।"

ई कहि ज्योतिषीजी वीरासन लगा संस्कृत मे बाजऽ लगलाह,

"कथं न पातित्यम्? म्लेक्षाणां स्पर्शादेव पातित्यं संघट्यते। यथोक्तं धर्मशास्त्रे—

म्लेक्षच्छायाभिषङ्गेण चाण्डालत्वं प्रजायते।

छायास्पर्शेनैव यदा चाण्डालत्वं सञ्जायते तर्हि काञ्चिदज्ञातकुलां विधर्मिणीं गोघ्नीं गोध्नरूपे समादर्य, स्ववेश्मनि प्रवेश्य, स्वासने संस्थाप्य, स्वपात्रे परिषेव्य, यः सिद्धानं संभोजयति तस्य कथं न संसर्गदोषः? अनार्ययुष्टे सति तन्महानसे कथमस्माकं तेन सह सहभोजित्वम्? यः लोकविरुद्धमाचर्य, सनातनधर्ममर्यादामुल्ङ्घितवान् तस्य कथं नाम ब्राह्मणत्वम्? वेदोक्तविधिवाक्याद्व्भिचर्य, स्मृत्युक्तसदाचारसरणेः संस्खल्य, परम्परागतपरिपाटीं प्रत्रोट्य स व्रात्यत्वमुपगतोऽतएव सर्वस्मात् सामाजिककर्मणो वहिष्कार्य इति मे सिद्धान्तः। वर्त्ततेऽत्र कोऽपि सन्देहः? तस्य प्रायश्चित्तार्हत्वे कोऽप्याक्षेपश्चेत् कस्मिंश्चिच्छङ्काच्छन्नचेतसि तर्हि उदगीर्यताम्; प्रमाणवचनञ्च्वोद्घाट्यताम्।"

एहि प्रकारें सिंहगर्जन करैत ज्योतिषीजी पूर्वपक्ष स्थापित कैलन्हि। चारू कात सँ 'साधु साधु' उच्चरित होमय लागल। कोनो प्रतिपक्षी कैं उत्तरपक्ष करबाक साहस नहि पड़लैन्ह। पं. नमोनाथ झा किछु गोङियाय चाहलन्हि, किन्तु खट्टर चौधरि

डाँटि कऽ कहलथिन्ह, "दुर जी! आब की बाजब? अहाँ कैं मन होय तऽ सागभात करू गऽ। हमरा लोकनि भठभेर नहि कऽ सकै छी।"

अन्ततोगत्वा सर्वसम्मति सँ निर्णय भेल जे 'लाल' कैं 'बारि' देल जाइन्ह। जा घर-घराएन 'पतिया' नहि करथि ता समाज नहि उठबैन्ह।

अतएव जखन लालकाकीक बैन बँटाय गेलैन्ह तऽ केओ नहि रखलकैन्ह। दहीक स्थान मे उज्जर 'चीज' देखि घोल उड़ि गेल जे अंडाक गुद्दी सँ लालकाकी सभ कैं भटाबक चाहै छथि। बैन देखि प्रत्येक आङन मे किछु ने किछु व्यंग्यपूर्ण आक्षेप भेल।

ज्योतिषिआइन बजलीह, "हम सत्तरि वर्षक भेलहुँ। दही-माछ देखैत-देखैत केश पाकि गेल। तों आजुक नेना भऽ कऽ हमरा परतारय आएल छह! जौं काशी मे फच्च दऽ फुटैत नहि देखने रहतिऐक तऽ नहियो चिन्हितिऐक। जाह, जाह। जखन एतेक दिन निमहि गेल तऽ आब मरक बेरि ई की छूबूगऽ?"

पलटीक माय बजलीह, "मेम सँ छुआएल एहन महाप्रसाद फेर कतय पबै जैतीह? अपनहि लोकनि भरि पेट खाइ जैहथि।"

भखराइनवाली कहलथिन्ह, "बिलायती बैन खैबाक हेतु मुँहों बिलायती चाही। हमरा लोकनि कैं ओहन मुँह कहाँ?"

परिहारपुरवाली कहलथिन्ह, "जौं सभ दिन भेटैत तऽ खैबो करितहुँ। एक दिन खातिर की जाति दियऽ?"

पुहुपरानी बजलीह, "कनेयाँ अपने जा कऽ वर कैं द्विरागमन करा अनलथिन्ह तखन दही-माछ बँटाइ अछि! हुनका तऽ ऐहबक फर बाँटक चाहिऐन्ह।"

आवेशरानी नहूँ-नहूँ बजलीह, "हम तऽ राखि लितहुँ, लेकिन दस लोक सँ फराक भऽ कऽ कोना रहब?"

एवं प्रकारें टीका-टिप्पणीक संग सभ आङन सँ बैन फिरता आएल।

मेम साहिबा तऽ अपन 'डेरा' कूच कैलन्हि, लेकिन 'डंडा' भोलानाथक माथ पर बजरलैन्ह। भाइबन्धुक संग-संग पौनिओ पसारी छोड़ि देलकैन्ह। लालकाकीक रंग उतरि गेलैन्ह। मिसेज 'बी. दाइ' अपन बिदाइ बिसरि गेलीह, और सी.सी. क 'स्पिरिट' उड़ि गेलैन्ह।

जखन लाल ऐलाह तऽ हालचाल बूझि सभ ताल बिसरि गेलाह। ओ आब लाल पानक बादशाह सँ स्याह पानक गुलाम भेल छलाह। 'बटुको' अपैत भऽ गेलथिन्ह। 'कंटीर' 'कनकीट' भऽ गेलाह।

लालक प्रार्थना पर गामक ठाकुरबाड़ी मे सभा बैसल। पंच परमेश्वरक फैसला भेलैन्ह जे भोलानाथ तुलसी-ताम लऽ कऽ शपथ खाथु जे मेमक संपर्क सँ सर्वदा बाँचल छथि। तखन लोकापवादक प्रक्षालनार्थ सभ गोटा कैं बालु-गोबर गीड़ि, पंचगव्य पीबय पड़तैन्ह। मेमक संस्पृष्ट सभ बर्तन-बासन कैं फेंकि, सम्पूर्ण घर-आङन कैं गोबर-माटि सँ नीपि, तिल-कुश-गंगाजल सँ सिक्त करय पड़तैन्ह।

लाल हाथ जोड़ि कहलथिन्ह, "हमरा सभटा शिरोधार्य अछि। 'जाति गंगा गरीयसी'क आज्ञाक विरुद्ध के जा सकै अछि? आब जाहि सँ हम उत्तीर्ण होइ से अहीं लोकनिक हाथ में अछि।"

घर आबि, स्नानादि कऽ, जनउ बदलि, एक सहस्त्र गायत्री जपि, पञ्चगव्यादि पान कय लाल शुद्ध भेलाह। औरो और लोक शुद्ध भेलाह। केवल सी.सी. मिश्रा गोमूत्र पीब अस्वीकार कऽ देलथिन्ह। तैं हुनका चाय मे मिला कऽ देल गेलैन्ह। और गोबर मे पुदीना-बेसन फेंटि कऽ 'चौप' बना देल गेलैन्ह।

आब लाल 'मांजनि' (मान्य जन) लोकनि सँ आज्ञा लऽ भोज-भातक तैयारी मे लगलाह। किएक तऽ सिद्धान्तक परिपाकक हेतु समाज मे सिद्धान्नक परिपाक होयब आवश्यक।

आइ लालक आङन मे छौ सात टा 'तिउर' खनल गेल छैन्ह। ताहि पर बड़का-बड़का खाँखर सभ चढ़ल अछि। कोनो मे चाउर, कोनो मे दालि खदकि रहल अछि। पाकमल्ल लोकनि काछ भिड़ने अपन अपन 'मोर्चा' पर डटल छथि। केओ टोकना मे बाँसक काँड़ी लगा कऽ माँड़ पसा रहल छथि। केओ खखनहर मे झाँझ सँ भात छाँकि रहल छथि। केओ बड़का दलिरन्हा चढ़ौने छथि। सभक देह घाम-पसीने तर-बतर भेल छैन्ह किन्तु हाथ अपैत रहने पोछथु कोना? एक पाककर्ताक ललाटक स्वेदविन्दु नासाग्र पर आनि मोतीक स्वरूप धारण कैलकैन्ह। किन्तु जहिना एक आँजुर आमिल उझीलक हेतु निहुड़लाह कि ओ मोती टप दऽ खदकैत दालि मे जा विलीन भऽ गेलैन्ह।

ओसारा पर करछुक टनटन संग चूड़ीक झनझन स्वर व्यञ्जित करैछ जे व्यञ्जन वर्ग महिलाश्रित अछि।

भंडार घर मे धूर केराक पात पर भालसरी फूल सन भातक ढेरी लागल अछि। भोज्यान्नक सौरभ सँ सम्पूर्ण भवन गमगम कऽ रहल अछि।

पहर राति बितैत-बितैत लालक दालान पर समवेता-बुभुक्षवः भरि गेलथिन्ह। एहि दल मे दन्तहीन नेता सँ लय दन्तहीन वृद्ध पर्यन्त सम्मिलित छलाह। भिन्न-भिन्न आकार प्रकारक लोटा सँ दालानक कँगनी भरि गेल।

लाल आबि पूछारी कैलथिन्ह, "की? आब तऽ सभ केओ आबि गेलाह?"

कंटीर कहलथिन्ह, "तीन गोटे नहि आएल छथि-बुचकुन चौधरी, खट्टर चौधरी और ढोंढ़ाइ झा।"

ढोंढ़ाइ झाक महिष एक बेरि भोलानाथक खढ़ौर मे पड़ि गेल रहैन्ह जकरा

भोलानाथ फाटक मे देबा देने रहथिन्ह। फलस्वरूप ढोंढ़ाइ झा कैं अढ़ाइ टका दण्ड लागल रहैन्ह। एहि खीस सँ आइ खाय नहि ऐलाह।

खट्टर चौधरि कैं मुकुन्द सँ मुकदमा चलैत छलैन्ह। ताहि मे भोलानाथ मुकुन्दक दिस सँ गवाही देने रहथिन्ह। खट्टर चौधरी हारि गेलाह। आब ओकर कुन्नह भोजक बेरि सधाबय लगलथिन्ह।

बुचकुन चौधरी कैं कोनो टा देखार कारण नहि रहैन्ह। अतएव ओ खट्टर चौधरीक ईड़ धऽ कऽ रहि गेलाह।

लालकका भोलानाथ कैं कहलथिन्ह, “तों अपने जा कऽ मना लबहुन। की औ ज्योतिषीजी कका?”

ज्योतिषीजी कहलथिन्ह, “हँ, हँ, अवश्य।”

भोलानाथ झा झारखंडी कैं संग लऽ कऽ मनौअल मे गेलाह। एहि स्वर्ण सुयोग सँ लाभ उठबैत कतिपय बुभुक्षु कान पर जनउ चढ़ा, हाथ मे लोटा लेलन्हि और अपना पाकस्थली कैं ताही प्रकारें शुद्ध कऽ ऐलाह जेना मुमुक्षु अपना अन्त:करण कैं शुद्ध करैत छथि।

एक घंटाक बाद भोलानाथ प्रत्यागत भेलाह। ढोंढ़ाइ झा तऽ आबि गेलथिन्ह, किन्तु खट्टर चौधरी और बुचकुन चौधरी कोनो तरहें नहि मानलथिन्ह।

लालकका ज्योतिषीजी दिस ताकि पुछलथिन्ह, “आब की होबक चाही?” ज्योतिषीजी कहलथिन्ह, “एक बेरि अपने जा कऽ देखि अबियौन्ह।”

लालकका अपने लालटेन लय बिदा भेलाह। निमंत्रित ब्राह्मण लोकनि कैं भोजनशक्तिक उपयोग करबा मे पुन: व्यवधान भऽ गेलैन्ह! कतेको गोटा मनहि मन बुचकुन चौधरी कैं ब्रह्मशाप देबय लगलथिन्ह। छोट-छोट नेना सभ औंघाय लागि गेल।

डेढ़ घंटाक बाद लालकका खट्टर चौधरी कैं नेने पहुँचलाह। किन्तु बुचकुन चौधरी असक्क होयबाक लाथ कय नहि ऐलथिन्ह।

एक बजे रातिक अन्दाज घरबैया कहलथिन्ह, “तखन आब बिझौ होऔक!”

‘बिझौ’ शब्द सुनितहि बिजलीक लहरि दौड़ि गेल। सभ केओ साकांक्ष भऽ अपन-अपन लोटा हाथ मे उठौलन्हि। जनिक नेना सूति रहल रहैन्ह से जोर सँ नेनाक नाक मलि निंद तोड़ि देलथिन्ह। भक्तदेवक विशेष भक्त लोकनि पहिनहि पैर धो माँझठाम बीड़ी पर जा बैसलाह। वयोवृद्ध लोकनि झटकलो उत्तर पछुआ गेलाह, तें कतेक गोटा कैं ऐंठकटार लग बैसय पड़लैन्ह। ज्योतिषीजी कैं भट्टा मे बैसब स्वीकार नहि भेलैन्ह, तैं दुरुखाक मुँह पर आसन ओछा देल गेलैन्ह।

आब बारीकगण अपन-अपन चुमकी देखाबय लगलाह। भोजनार्थी लोकनि अपन-अपन सुचिक्कण कदली थंभक पात कैं सिक्त कय भात सरियाबऽ लगलाह। ताहि पर आमिल देल राहड़िक दालि परसल गेल। तदनन्तर सजमनि, कदीमा, अदौरी-भाटा, आलू-परोर, साग, तिलौरी, पापड़, तिलक चटनी और तेतरिक खटमिट्ठी परसाय

लागल। तत्पश्चात आम्रपल्लव लऽ कऽ घृत परसैला उत्तर ज्योतिषीजी कहलथिन्ह, "आब होउ। 'पवित्री' पड़ि गेल। नैवेद्य दैत जाउ।"

आब भोजनक सपासप ध्वनि एक ताल सँ बहराय लागि गेल।

थोड़ेक कालक उपरान्त बड़ी उठल।

पं. नमोनाथ झा दू-चारि टा चाखि कऽ बजलाह, "बाह ब ब ब बड़ी ब ब ब बड्ड व व व विलक्षण ब ब ब बनलैक अछि।"

ज्योतिषीकका समर्थन करैत कहलथिन्ह, "हँ बेस मुलायम छैक। घाटि खूब कऽ फेनल गेलैक अछि। झोरो बेस खटतुरुस भेलैक अछि। किन्तु हमरा केराव बाँतर करत तैं खाइत डर होइ अछि।"

पलटू झा जीभ चटपटबैत बजलाह, "तेतरिक खटमिट्ठी बड़ दिव भेलैक अछि। खूब चटकार। एहि मे जीरक स्वाद अपूर्व लगैत छैक।"

लाल बजलाह, "हौ, खटमिट्ठी एक बेरि और उठाबह।"

किछु कालक उपरान्त दही-चीनी उठाओल गेल।

ढोंढ़ाइ झा कहलथिन्ह, "दही किछु अम्मत भऽ गेलैक अछि। कनेक नोन मँगाउ।"

बटुकजी बजलाह, "आइ चार रोज के पौरल है-खट्टा केङत कऽ न होएत? ओह पर बथनिया सभ भैंसी के..."

लाल हुनका चुप करैत बजलाह, "हौ कंटीर, रतुका पौरल मटकूर उठाबह।"

ज्योतिषीजी कहलथिन्ह, "हाँ हाँ! चीनी फराके कऽ परसह। जाह! दहीक ऊपरे मे धऽ देलह। बारीक पक्का नहि भेलाहै।"

अन्त मे सकरौड़ी उठल। भोलानाथ बाटी लऽ कऽ पातेपात परसय लगलाह। किछु अधिक चतुर व्यक्ति गिलास बा लोटा मे सकरौड़ी पीबय लगलाह।

बौकू झा मौन भोजन करैत छलाह। हुनका बगल मे एक सात वर्षक नेना बैसल छलैन्ह। सकरौड़ी परसाय काल ओकरा पियास लागि गेलैक। जहिना लोटा उठा कऽ मुँह मे लगौलकैन्ह तहिना बौकू झा ओकरा गाल मे बामा हाथे एक तबड़ाक लगाओल। नेनाक मुँह सँ लोटा छूटि गेलैक। बौकू झा पानि फेंकि जा लोटा अजबारथि-अजबारथि ता बारीक पाते पर सकरौड़ी परसि आगा बढ़ि गेलैन्ह। बौकू झा पित्ते औंट भऽ गेलाह। किन्तु बाजथु कोना? ओ अपन मूक क्रोध नेना पर उतारय लगलाह। मुँह दूसि इशारा सँ कहय लगलथिन्ह, "आब पीबि ले सकरौड़ी! अभागल! भोजो मे ऐलाह तऽ घट-घट पानिए पीबय लगलाह। पानि तऽ अपनो इनार मे भेटितौक। कर्मनेढ़ा! मुँह ने देखिऔन्ह केहन सुथनी सन बनौने छथि!"

तावत मुकुन्द और झारखंडी मे सकरौड़ी पिउबाक बाजी लागि गेलैन्ह। घरबैयाक छाती धड़कय लगलैन्ह। भोलानाथ ऊपर सँ सकरौड़ी ढारने जाथिन्ह और झारखंडी चूर ओरने घट-घट करैत पिउने जाथि। एक्केबेरि झारखंडीक कंठ मे एतेक रासे सकरौड़ी चलि गेलैन्ह जे ओ उजबुजा गेलाह। कंठनलिका बन्द भेने दूनू आँखि

उनटि गेलैन्ह और नाक दऽ सकरोड़ी बहय लगलैन्ह। आब गर्द पड़ल-पानि लाउ, पानि लाउ! झारखंडीक ऑखि पर छिटिऔन्ह।

भोलानाथ एकाएक पानि लाबक हेतु जे घुमलाह से तलमलाकऽ पातिल नेनहि मुकुन्दक पात पर खसलाह। आब सकरौड़ीक नदी मुकुन्दक पलथी तर दऽ बहय लगलैन्ह।

लालकका अपने दौड़ि कय ऐलाह और पानिक छिटका देबय लगलथिन्ह। किछु कालक उपरान्त झारखंडीक जी ओकैलैन्ह और गरी-किशमिश सहित खैलहा सकरौड़ी पाते पर बोकरि देलन्हि।

होश भेला पर झारखंडी आँखि तकलन्हि और हाथक इशारा सँ कहलथिन्ह, "केवल सरकि गेल छल। कोनो चिन्ता नहि।"

झारखंडीक इच्छा रहैन्ह जे एक लोटा सकरौड़ी पान कैल जाय। किन्तु तावत सभ लोक हुर्र भऽ गेल।

१२

समदाउनि

भोजक प्राते भेने द्विरागमनक विचार होमय लागल। भोलानाथ और कंटीर वस्तुजात कीनक हेतु दडिभंगा बिदा भेलाह।

चिट्ठा देखि बुच्चिदाइ माय कैं कहलथिन्ह, "देहाती गहना तऽ हम एको टा पहिरबौक नहि। पौती-पेटारक हमरा कोन काज परत? और तेल-फुलेल, मसाला-तिलौरी कि 'बनारस' सँ बढ़ियाँ एहिठाम भेटतौक जे हमरा संग कऽ देबैं? एहि सँ दामे जोड़ि कऽ दऽ दे। हम ओतय अपना पसन्द सँ बनारसी साड़ी और बर्तन सभ कीनि लेब।"

लालकाकी बेटीक बात सुनि गुम्म रहि गेलीह। बजलीह, "एँ गे! दुइए आखर अङ्रेजी पढ़िकऽ तोरा एतेक बुद्धि भऽ गेलौक! भरि जन्म एही ठाम रहलैं से सभटा बिसरि गेलौक? लेकिन कतबो अङ्रेजी पढ़ि जैबें तैयो बेटी तऽ हमरे कहैबें। जे सदाय सँ भऽ एलैक अछि से तोरा मे कोना नहि होएतैक?"

बु. : "तों तऽ देहाती जकाँ बजै छै। अङ्रेजी मे एहन बात कैं 'नॉनसेन्स' (वहियात) कहै छैक।"

ला. : "गे बौआ! तऽ आब हमरो अङ्रेजी सिखा दे। और अपना बापो कैं एक घंटा कऽ पढ़ा देल करहुन!"

एतबहि मे एक झुंड आइमाइ कैं अबैत देखि लालकाकी कहलथिन्ह, "देख, सभक गर धऽ कऽ कानय पड़तौक। तैयार भऽ जाही।"

बुच्चीदाइ कहलथिन्ह, "ई असभ्यता तऽ हमरा बुतें नहि हैतौक जे 'कोरस' मे चिचिया कऽ कनबौक। हँ, देखैबाक होउ तऽ अड़ाँचीक तेल आँखि में लगा दे जे नोर चुबैत रहत।"

लालकाकी बेटीक मुँह झँपैत, आइमाइक स्वागत करय गेलीह। ता बटुकजी आबि कहलथिन्ह, "हम आठ गो कहरिया ठीक कऽ ऐली हऽ। आठ गो रुपैया लेत! और सभ कोनो के सीधा देबे के पड़त। आब ओहार के बन्दोबस्त मे जाइ छी।"

ई सुनि सी.सी. मिश्रा हुनका बजा कऽ बुझाबय लगलथिन्ह, "छौ माइल सकरी साइकिल सँ आधा घंटाक रास्ता! ओहि खातिर एतेक तूल-फजूल किऐक कऽ रहल छी? बीसम शताब्दी मे समय और मनुष्यक मूल्य एतेक कम नहि छैक जे एगोटा आठ मनुष्य माथ पर लदा कऽ चलय। और वायु-प्रकाश तथा प्राकृतिक दृश्य सँ अहाँ कैं कोन शत्रुता अछि जे 'ओहार'क खोज मे बिदा भेलहुँ अछि?"

बटुकजी कैं सभटा बात त बूझय मे नहि ऐलैन्हि। लाल कैं कहय गेलथिन्ह, "गुरुजी! ओहार तऽ दमाद रोकै छथ। कहै छथ जे साइकिले पर बिदागरी होएत।"

लालक क्रोधाग्नि मे जेना किरासन तेल पड़ि गेलैन्ह। बजलाह, "अंङ्रेजी पढ़ि कऽ हुनक बुद्धि भ्रष्ट भऽ गेलैन्ह अछि। तोहूँ एहन बूड़ि छह जे ई सभ समाद हमरा कहऽ अबै छह। जाह। कहून गऽ जे ई सभ बात एहिठाम नहि चलतैन्ह। एकबेर तऽ पाग खसा देलन्हि, आब कि नाको कटबौताह?"

बटुकजी सी.सी. मिश्रा कैं जा कऽ कहलथिन्ह, "गुरुजी खिसियाइ छथ जे साइकिल पर चढ़ला से नाक-कान कटा जतैन।"

सी.सी. मिश्रा कनेक सोचि कऽ कहलथिन्ह, "नवसिखुआ कैं नाक-कानक डर रहै छैक। अहाँक बहिन तऽ आब खूब नीक जकाँ सीखि गेली अछि। हँ, दू टा बाईक इन्तिजाम होबक चाही।"

बटुकजी अपना गुरुजीक समक्ष जा कऽ निवेदन कैलथिन्ह, "लिउ। आब दोसरे ताल लागल। ऊ कहै छथ जे आब दूगो 'बाई' कैं इन्तिजाम होबे के चाही। लेकिन ई कि बनारस है कि दू गो भाइ चार गो बाईजी बोलैला से पहुँच जैतन!"

लालक धधकैत क्रोधाग्नि मे जेना भरलो बोतल स्पिरिट उझिला गेलैन्ह। बटुकजी कैं जोर सँ खिसियाय लगलथिन्ह, "तों गदहा आदमी छह। जाह। भागह एहिठाम सँ।"

बटुकजी भनभनाइत ओहिठाम सँ बिदा भेलाह, "ले बलैया! देखू धन्धा! उलटे हमरे डाँटि लगलन! दामाद कैं कोह हमरे पर सघवै छथ। एह घर कैं आब अजबे हाल सभ देखे मे अबैयऽ। इहाँ हमर पढ़नाइ न उजिया सकैयऽ।"

ई कहैत बटुकजी अपन 'शीघ्रबोध'क गत्ता सरियाबऽ लगलाह। 'द्विरागमन' प्रकरणक श्लोक कैं रटब आब व्यर्थ बूझि ओ यत्नपूर्वक पुस्तक कैं बस्ता मे बान्हि चक्का पर राखि देलन्हि।

बटुकजी कैं बिरुझल जकाँ देखि लाल कहलथिन्ह, "तोरा दूनू सार-बहनोइ मे जे हँसी-ठट्टा होइ छौह से हमरा की कहऽ अबै छह? बहुत पाठ क्षति भऽ गेल छौह। आवृत्ति तऽ सुनाबह।"

आब बटुकजी गोङियाय लगलाह,

"डेवत्युत्तड डोहिणी मिडिग मग्घा...मिडिग मग्घा...ॐ ॐ ॐ मिडिग मग्घा..."

एवं प्रकार 'मघा' 'मघा' करैत करैत बटुकजीक स्मरणशक्ति कैं बघा लागि गेलैन्ह। कतबो मस्तिष्क-मंथन कैने अग्रिम चरणरूपी रत्न नहि बहरा सकलैन्ह। एहने संकटावस्थाक समय बटुकजीक भाग्य सँ लालक वयोवृद्ध ससुर पं. धर्मानन्द शास्त्री पहुँचि गेलथिन्ह। अत्यन्त धर्मनिष्ठ, आचारी ओ तपस्वी होएबाक कारण ओ 'महात्माजी' कहबैत छलाह। हुनका देखितहि लाल अभ्यर्थना करक हेतु उठि कऽ ठाढ़ भेलथिन्ह। बटुकजी कैं उसास भेटि गेलैन्ह। ओ 'मूलानुराधा'क पौकी छोड़बैत फुर्ती सँ समाद देबक हेतु आङन दौड़लाह।

लालकाकी एतेक दिन पर हरद्वार सँ आएल अपन पिता कैं देखबाक हेतु दौड़लीह। महात्माजी आशीर्वाद दैत कहलथिन्ह, "हमरा बड़ जोर भूख लागल अछि। पहिने भोजन कराबह। कोनो अड्वाल करबाक काज नहि। हमरा आइ अनोना अछि। अछिंजल मे सिंहाड़ाक आँटा सानि कय दस टा सोहारी छानि लय। थोड़ेक हलुआ बना लय। मखानक खीर संग खा लेब। पानि पीबक हेतु केरा-परोरक अनोन तरकारी दऽ दिहऽ। बेसी मन होऔ तऽ कोनो मधुरो बना लिहऽ। विन्यास करबाक कोन काज? जा, झट दऽ ठाँव-बाट कराबह।"

लालकाकी हड़बड़ा कऽ बिदा भेलीह। तखन महात्मा जी हँसि कऽ कहलथिन्ह, "गै बताहि! हँसी कैलिऔक अछि। एखन हमरा सन्ध्या-तर्पण, पूजा-पाठ मे तीन-चारि घंटा लागत। तखन किछु फलाहार करबौक।"

महात्माजी स्पष्टवक्ता तथा विनोदी प्रकृतिक छलाह।

सी.सी. मिश्राक परिचय पाबि ओ पुछलथिन्ह, "अहाँ अपन वेश-भूषा छोड़ि विलायतक पोशक किऐक पहिरने छी? विलायतक साहेब तऽ अपना देश सँ हजारो कोस दूर रहि कऽ अपन पतलून छोड़ि अहाँक धोती नहि पहिरैत अछि, और अहाँ भारतीय सन्तान भऽ अपन देश मे अपन धोती छोड़ि ओकर पतलून पहिरैत छी! अहाँ पाग कैं लज्जा तथा टोप कैं गौरवक विषय बुझै छी। ई लज्जाक विषय थिक वा गौरवक?"

सी.सी. मिश्रा चुप्प!

महात्माजी पुनः कहय लगलथिन्ह, "अहाँ 'आर्यसभ्यता'क सम्पादक छी अथवा व्यापादक? अहीं सन-सन व्यक्ति आर्यावर्तक 'आचार' कैं विलायती सिरका मे फुला अँचार बना दैत छथि। अपन भाषा-भूषा, भोजन-भाव कैं छोड़ि साहेबक नकल पर दौड़ै छथि और ताही मे महत्त्व बुझै छथि। कतौक व्यक्ति स्वयं सिंहचर्मावृत रासभ बनि स्त्रीओ कैं नीलवर्ण शृगाली बनाबक चाहै छथि और स्त्रीओक मुँह सँ मातृभाषाक स्थान मे पातृभाषा सुनक चाहे छथि। ई दासत्व बुद्धिक पराकाष्ठा थिक।"

सी.सी. मिश्रा चुप्प।

शास्त्रीजी फेरि बजलाह, "अहाँ शिक्षिता स्त्री ककरा कहै छिऐक? यदि भारतीय

स्त्रीक हेतु अङ्‌रेजी मे गप्प कैनाइ वा अङ्‌रेजी फैशन मे रहनाइ शिक्षिता होएबाक प्रमाण मानल जाय तऽ मेमोक हेतु मिथिला-भाषा मे गप्प कैनाइ वा मैथिल-नारी जकाँ रहनाइ शिक्षाक मापदण्ड किऐक नहि मानल जाय? और राजभाषा सीखक हेतु जखन एतेक प्रजा मौजूदे छथि तऽ प्रजावतीक नहिये सिखने कोन हानि?"
सी.सी. मिश्रा चुप्प।

महात्माजी पुन: बजलाह, "हमरा लोकनि गृहिणीक हेतु शिक्षाक अर्थ बुझै छी कर्त्तव्य-शिक्षा। जे स्त्री अनुशासनक महत्त्व बुझय, मर्यादा-पालन मे गौरव मानय, कर्त्तव्यक वेदी पर भोगलिप्साक बलिदान करय, वैह यथार्थत: शिक्षिता थिक। सीताजी अपना आदर्श पर सती भेलीह, तैं हम हुनकर पूजा करैत छिऐन्ह। यदि ओ लंकाक बाजब नाचब सीखि कऽ अशोकवाटिका सँ टहलितथि तऽ शूर्पणखा सँ बेसी महत्त्व नहि पबितथि। यथार्थ शिक्षा ओ थिक जे आत्मा मे धर्म-ज्ञानक प्रकाश ज़गा जीवन कैं पवित्र और उच्च बनाबय। भारत-भूमि मे भारतीय ललनाक सर्वोच्च आदर्श थिकीह मैथिली, जनिका समक्ष समस्त संसारक स्त्रीवर्ग नतमस्तक भऽ जाइ छथि। ओहन श्रेष्ठ आदर्श कैं बिसरि अहाँ भारतीय कन्या कैं मेम जकाँ नचाबक चाहै छी? पाश्चात्य भोगवादक मृगमरीचिका पाछाँ दौड़ैत-दौड़ैत स्त्रीओ कैं दौड़ाबय चाहै छी? यूरोपक बुद्धिवाद और उपयोगितावाद अन्ततोगत्वा भारतक अध्यात्मवाद मे आबि कऽ शान्ति ढूँढ़त से अहाँ देखि लेब। विलायती काचक चमक-दमक पर लट्टू भऽ अहाँ अपना घरक सोन कैं टलहा बूझि फेंकि रहल छी! ई केहन भारी व्यामोह थिक?"

सी.सी. मिश्रा चुप्प!

महात्माजी : "केवल अहींटाक दोष नहि थिक। एखन प्रकृति-नटी मादक अङ्‌रेजी वेष धारण कय अहाँ सन-सन अनेको पुरुष कैं लट्टू जकाँ नचा रहल छथि। सम्प्रति आदिशक्ति पुरुषक गोष्ठी मे रंग-बिरंगी वेष-भूषाक छटा देखा, हँसि-हँसि अङ्‌रेजी मे बाजि, टेबुल पर छुरी-काँटा सँ पावरोटी कटैत कतेको हृदय कतरि दैत छथि। महामायाक एहि छाया पर अहाँ सन-सन व्यक्ति मोहित भऽ काया पर्यन्त अर्पित करय लागि जाइ छथि। किन्तु ज्ञानी पुरुष शान्त भाव सँ सभ लीला देखि एक बेरि मुस्कुरा दैत छथि; अहाँ जकाँ नचै छथि नहि। ओ तरह-तरहक नाच कैं नि:सार बूझि सृष्टिक मूलतत्त्व पर ध्यान दऽ प्रजापतिक आदेश पालन करै छथि। हमरा लोकनि तऽ स्त्रीक योग्यताक अर्थ बुझै छी सत्सन्तानोत्पादनक योग्यता। पुत्रार्थं क्रियते भार्या। एहि सिद्धान्त पर अहाँ सन-सन अङ्‌रेजिया हँसथु, किन्तु घुरि फिरि कऽ अंतमे फेरि ओही पर आबऽ पड़तैन्ह। नारीक मुख्यकार्य पुत्र-प्रसविनी होएबाक छैन्ह, पुस्तक-प्रसविनी होएबाक नहि। पुरुषक देखाउस कय ओ कोनो कोनो युग मे लिखनाइ-पढ़नाइ सीखि ज्ञान-विज्ञान उपार्जन कऽ लेथु, किन्तु ओ योग्यता विकास-क्रम मे क्षणिक फेन मात्र थिक, असली प्रवाहक स्रोत नहि। कठोर विज्ञानक दुरूह

भार वहन करबाक हेतु स्त्रीक कोमल मस्तिष्क नहि बनल छैन्ह। जंगल, पहाड़ और बादशाहक नाम रटा, रेखागणित तथा बीजगणितक सूत्र कण्ठस्थ करा, और विदेशी भाषाक शब्द-कोष मुखस्थ करा, हम नारीक ओ बहुमूल्य समय नष्ट नहि करक चाहैत छिऐन्ह जाहि मे ओ सुकन्या, सुपत्नी वा सुमाता होएबाक संस्कार कैं पुष्ट कऽ अपन नारी जीवन कैं सार्थक कऽ सकै छथि। सीताजी गणित वा पदार्थ-विज्ञान नहि पढ़ने छलीह। परन्तु के हुनका अशिक्षिता कहबाक धृष्टता कऽ सकै अछि? भिन्न-भिन्न विज्ञानक संकलन तथा उपयोग सांसारिक जीवन युद्धक हेतु जीवनक अन्तिम ध्येय नहि, किन्तु उपकरण मात्र थिक, और तदर्थ पुरुष लोकनि छथिए। कोमलांगी कैं और कोमल गुणक विकास करऽ दिऔन्ह जाहि सँ माधुर्य प्रदान करतीह। यदि हुनको अपने सन कठोर बना देबैन्ह तऽ जीवनक रस सुखा जाएत। अहाँ अपने खेत जोतू, हुनका फलक आनन्द दिऔन्ह। अपने साइकिल दौड़ाउ, हुनका महफाक आदर दिऔन्ह। ओ सभ सँ पुनीत और महत्त्वपूर्ण कार्य सम्पादन करै छथि-मानव सृष्टि। हुनकर समुचित आदर करब सीखू तखन पुरुषार्थ। स्त्री सँ पुरुषवत् कार्य कराएब स्त्रैणताक लक्षण थिक।"

सी.सी. मिश्रा सोचय लगलाह।

महात्माजी : "महिलाक यथार्थ सम्मान नकली शिष्टाचार सँ नहि होइत छैक। परपुरुष सँ करमर्दन कैं हम सभ्यताक चिह्न नहि, बल्कि असभ्यताक चिह्न बुझै छी। स्त्रीक सहशिक्षा तथा स्वतंत्रताक आंदोलन कैं हम अधिकांशतः पुरुषक उद्दाम लालसाक छद्मवेश मात्र बुझै छी। स्त्रीक वास्तविक शिक्षा घर मे होइ छैक। बाहरी चमक-दमक कैं शान सिखा, तथा स्वच्छन्दताक मादक नशा पिया हम ओकरा बनबैत नहि, बिगाड़ैत छिऐक। यथार्थ शिक्षा ओ थिक जे भोगवृत्ति कैं उद्दीप्त नहि कय त्यागवृत्ति कैं प्रोत्साहित करय। अहाँ पहिने स्वतः शिक्षित होउ तखन स्त्री-शिक्षाक असली अर्थ बुझबैक।"

महात्माजी उठि कऽ पूजाक आसन पर गेलाह। सी.सी. मिश्रा मनहि मन विवेचना करय लगलाह, "आधुनिक प्रगतिशील युगक क्रान्तिकारी विचार और एहि वृद्धक प्राचीन सात्विक आदर्श मे कतेक अन्तर अछि? एक मदिराक समान मनोहर, दोसर जलक समान शीतल। एहि दूनू मे सत्य कोन?"

सी.सी. मिश्रा मनहि मन मिस बिजली तथा महात्माजीक व्यक्तित्त्वक तुलना करय लगलाह। एक चञ्चल निर्झरिणी, दोसर शान्त महासागर। एक रजोगुणक मूर्ति, दोसर सत्त्वगुणक अवतार। एक देहाभिमानी सुखाराधिका, दोसर देह और सुख कैं तुच्छ बूझि तपस्या मे निरत। मिश्राजी जतेक अधिक चिन्तन करय लगलाह, ततेक अधिक महात्माजीक प्रति हुनक श्रद्धा बढ़य लगलैन्ह।

बुच्चीदाइ तुलसी चौरा लग माय कैं कहैत रहथि, "आङन मे ई तुलसी की रोपने छैं? दू-चारिटा 'क्रोटन'क गमला मङा ले।"

सी.सी. मिश्रा आङन में पहुँचलाह। उपयुक्त वाक्य सुनि एक चिन्ता मन मे उत्पन्न भऽ गेलैन्ह। बड़ी काल धरि सोचैत रहलाह। अन्त मे किछु निश्चय कैलन्हि।

बटुकजी के बजा कय कहलथिन्ह, "अहाँ जा कऽ महफा ओ कहार लऽ आउ।"

बटुकजी आश्चर्यचकित भऽ बजलाह, "ले बलैया! देख धंधा! अपनही रोकियो देलन और आब फेन लाबहू कहै छथ! अहाँ त बोलत रही जे साइकिले पर जाइ जाएब!"

सी.सी. मिश्रा कहलथिन्ह, "हम त साइकिल पर जाएब, लेकिन अहाँक बहिन बिना पर्दाक कोना कऽ जैतीह?"

बटुकजी कैं ई नहि बूझि पड़लैन्ह जे बहिनोइ यथार्थ कहै छथि वा हँसी करै छथि। ओ मन मे सोचय लगलाह, "ई त अजगूते बात आइ हिनका मुँह से सुनाइ पड़ल। जाने कैसे पच्छिम मे सूरज उग गेलन!"

द्विरागमनक वस्तुजात आबि गेल। लालकाकी दुइए टा काज आब करय लगलीह। पौती साँठब और कानब।

नियत दिन मे दरबाजा पर महफा आबि गेलैन्ह। बुच्चीदाइक नैहर आब छूटय लगलैन्ह। करुण क्रन्दन सँ आङन घर प्रतिध्वनित होबय लागल। आब बुच्चीदाइ कैं एक-एक कऽ बाप, माय, भाइ, बहिन सभक गुण मन पड़य लगलैन्ह।

महात्माजी आङन मे आबि लालकाकी कैं चुप करैत बजलाह, "सनातन काल सँ एहिना होइत ऐलैक अछि। तोंहू त एहिना हमरा घर सँ विदा भेल रहह। केओ सर्वदा एकठाम नहि रहि सकै अछि। सभ सँ सभक बिछोह भेनाइ अवश्यंभावी छैक। यैह संसारक नियम थिकैक। यावत धरि लोक एक ठाम रहै अछि, तावत धरि एक दोसराक मोह रहै छैक। किन्तु कालचक्र ककरो बराबरि एक ठाम नहि रहय दऽ सकै छैक। कतेक कनै जैबह?"

बुच्चीदाइ कैं आशीर्वाद दैत कहलथिन्ह, "सीता समान होइहऽ। एहि सँ उत्तम आशीर्वाद विवाहिता स्त्रीक हेतु नहि भऽ सकै छैक।"

बुच्चीदाइ आँचर सँ हुनका पैरक धूलि हँसोथि माथ मे लगा लेलन्हि। आब हुनका माय-पितिआइन गर लगौने महफा मे चढ़ा देलथिन्ह।

सी.सी. मिश्रा चलय काल महात्माजीक चरण छूबि प्रणाम कैलथिन्ह। महात्माजी आशीर्वाद देलथिन्ह, "माता चंडी अहाँ कैं सी.सी. सँ चंडीचरण बनाबथु।"

तावत लाल कहरिया सभक दिसि ताकि कहलथिन्ह "आब मुहूर्त बीतल जाइ छैक। महफा उठो।"

कहार सभ कान्ह लगौलक। बुच्चीदाइ और जोर सँ 'बाबू, बाबू' कहि आक्रोश करय लागि गेलीह। तावत लाल कनैत-कनैत बजलाह, "चुप रहह! मँगा लेबौह।"

गाइन दल कनैत-कनैत समदाउनिक करुण स्वर उठा देलन्हि—

बड़ रे जतन सँ सियाजी कैं पोसलहुँ सेहो रघुवर नेने जाय!